LOUISE BAY
Mister Mayfair

LOUISE BAY

MISTER MAYFAIR

Roman

Ins Deutsche übertragen
von Anja Mehrmann

LYX in der Bastei Lübbe AG
Dieser Titel ist auch als E-Book und als Hörbuch erschienen.

Die Bastei Lübbe AG verfolgt eine nachhaltige Buchproduktion.
Wir verwenden Papiere aus nachhaltiger Forstwirtschaft und verzichten darauf,
Bücher einzeln in Folie zu verpacken. Wir stellen unsere Bücher in Deutschland
und Europa (EU) her und arbeiten mit den Druckereien kontinuierlich
an einer positiven Ökobilanz.

Für die deutschsprachige Ausgabe:
Copyright © 2021 by Bastei Lübbe AG, Köln
Textredaktion: Antje Steinhäuser
Umschlaggestaltung: © Guter Punkt, München | www.guter-punkt.de
unter Verwendung von Motiven von Getty Images (© feedough;
© AmArtPhotography; © kukurikov)
Satz: Greiner & Reichel, Köln
Gesetzt aus der Adobe Caslon
Druck und Einband: GGP Media GmbH, Pößneck

Printed in Germany
ISBN 978-3-7363-1605-8

5   7   6

Sie finden uns im Internet unter lyx-verlag.de
Bitte beachten Sie auch: luebbe.de und lesejury.de

1. KAPITEL

BECK

»Kevin Bacon erzählt echt nur Bullshit!«, brachte ich keuchend heraus, während ich mit dem Schläger auf den kleinen schwarzen Gummiball eindrosch.

Dexter wich rasch aus, als der Ball vom Boden aufsprang und seine Eier zu treffen drohte. »Was hat er dir denn getan?«

»Diese Geschichte mit den sechs Stadien der Trennung – totaler Schwachsinn, echt.«

»Was?«, fragte Dexter, der nach Luft rang. Ich machte ihn gerade komplett fertig, und mir war klar, wie sehr ich sein empfindliches Ego damit verletzte. Seine Niederlage würde er zweifellos der Skiverletzung ankreiden, über die er nach wie vor klagte. Meiner Meinung nach hatten Leute, die Ski fuhren, jede ihrer Verletzungen verdient – wie sollte es auch anders ausgehen, wenn man mit Metallflossen an den Füßen den Berg hinunterraste?

»Du weißt schon, die Behauptung, dass jeder auf diesem Planeten über sechs Personen mit jedem anderen Menschen verbunden ist. Also der Freund eines Freundes eines …«

»Daran ist nicht Kevin Bacon schuld. Schließlich hat er sich das nicht ausgedacht«, sagte Dexter, ehe er aufschlug.

»Na schön, wenn du unbedingt pedantisch sein willst, dann war eben Frigyes Karinthy derjenige, der lauter Bullshit erzählt hat.«

»Mir ist nicht klar, ob du mich gerade beschimpft oder Ukrainisch mit mir gesprochen hast.«

»Ungarisch«, versetzte ich und wischte mir mit dem Ärmel die Stirn ab. Sportliche Leistung bemaß sich meiner Meinung nach nicht an der Anzahl verbrannter Kalorien oder an der Zeit, die ich im Gym verbrachte, sondern an der Menge Schweiß, die ich dabei vergoss. Jemand müsste eine Maschine erfinden, die das Ausmaß des Schwitzens messen konnte – dafür würde ich eine ordentliche Summe Geld hinlegen. Meiner Meinung nach brachte Anstrengung die besten Resultate. »Das ist der Typ, der die Bullshit-Theorie entwickelt hat. Habe ich bei Wikipedia nachgeschlagen.«

»Fuck!«, fauchte Dexter, als der Ball unterhalb der roten Linie an die verputzte Wand prallte und mir den Sieg schenkte, mit dem ich seit Betreten des Courts gerechnet hatte. Dexter verlor beim Squash nur dann, wenn er geschäftlichen Ärger hatte, also würde ich mich mit meinem Sieg über ihn nicht brüsten. »Ja, schon klar. Aber was ist das Problem?«

Ich bückte mich und hob den Ball, der auf mich zugerollt kam, noch außerhalb des Spielfelds auf. »Die Theorie ist fehlerhaft. Ich habe mich an jeden einzelnen meiner Kontakte gewendet, aber niemand konnte mich mit Henry Dawnay zusammenbringen.«

»Versuchst du immer noch, dich mit diesem ollen Milliardär zu treffen?« Dexter grinste, als könnte ihn mein geschäftliches Scheitern für seine miese Performance auf dem Squashfeld entschädigen. »An deiner Stelle würde ich die Hoffnung allmählich aufgeben.«

»Henry Dawnay ist nicht irgendein oller Milliardär. Er ist *der* alte Milliardär, der zwischen mir und neun Komma vier Millionen Pfund steht. Und auf dieses Geld werde ich auf keinen Fall verzichten. Ich habe mich durch all meine Kontakte geackert und stehe immer noch mit leeren Händen da. Ich dachte, dass vielleicht einer von euch irgendwie mit ihm in Verbindung steht. Was habe ich von wohlhabenden, erfolgreichen Freunden, wenn sie mir nichts nützen?«

»*Einer von uns?* Sprichst du etwa von deinen fünf besten Freunden, die für dich durchs Feuer gehen würden?«

So sicher, wie ich wusste, dass Manchester United die Liga gewinnen würde, wusste Dexter, dass ich nur scherzte, denn die Tatsache, dass die Typen, mit denen ich mich bereits als Teenager angefreundet hatte, allesamt reich und erfolgreich waren, war reiner Zufall. Ihre Jobs spielten keine Rolle. Abgesehen von meinem Vater waren sie die besten Männer, die ich kannte, und ich würde für sie ebenso durchs Feuer gehen wie sie für mich. Was mich nicht daran hinderte, mich darüber zu beklagen, dass mir bislang keiner von ihnen ein Treffen mit Henry Dawnay hatte verschaffen können – auch wenn ich mich wie der launische Blödmann anhörte, als den Dexter mich so gern bezeichnete.

Ich verdrehte die Augen und deutete mit einem Nicken auf die Umkleide. Ich brauchte eine Dusche, und danach musste ich mir einen Plan machen. »Ich brauche niemanden, der für mich durchs Feuer geht. Mir reicht jemand, der mich dem Eigentümer des Gebäudes vorstellt, das zwischen mir und zehn Millionen Pfund steht.«

»Eben hast du noch von neun Komma vier gesprochen.«

»Hab ich dir eigentlich schon mal gesagt, wie nervig du bist?«

»Nicht nur einmal«, sagte Dexter und stieß die Tür zur Umkleide auf. »Hör zu, wenn es niemanden gibt, der dich diesem Dawnay vorstellt, warum machst du ihn dann nicht einfach ausfindig, läufst ihm zufällig über den Weg und stellst dich ihm selbst vor?«

Ich bedachte ihn mit dem Blick, der eigentlich meiner Mutter vorbehalten war, wenn sie mir unerwünschte Ratschläge erteilte. »Das habe ich bereits getan. Vor einem Monat in der Lobby des *Dorchester*. Er hat mir die Hand geschüttelt und ist hinausgestürmt, ohne mich nach meinem Namen zu fragen.«

Dexter zuckte zusammen, und zwar zu Recht. Es war blamabel gewesen. Ich hatte mich gefühlt wie ein neunjähriger Junge, der Cristiano Ronaldo begegnet.

Ich schloss den Garderobenschrank auf und holte mein Handy heraus, um die neu eingegangenen Nachrichten zu lesen. Zwei weitere verpasste Anrufe von Danielle. *Shit.* Noch etwas, worum ich mich kümmern musste. »Ich konnte mir Zugang zu seinem Kalender verschaffen, und deshalb –«

»Wie zum Teufel hast du das denn gemacht?«

»Frag nicht. Wenn man nicht im Gefängnis landen will, muss man in der Lage sein, Dinge glaubwürdig abzustreiten.« Soweit ich wusste, hatte ich mehrere britische und auch ein paar international gültige Gesetze gebrochen, indem ich mir diese Information verschafft hatte. Hoffentlich war sie es wert.

»Na, ich hoffe jedenfalls, dass ihr im Knast landet, Joshua und du.«

Über seine Annahme, dass mit Joshua ein weiterer unserer Kampfgefährten in die Sache involviert war, ging ich stillschweigend hinweg. Die Vermutung war naheliegend, denn Joshua hackte sich zur Entspannung gern in die Rechner von Regierungsbehörden. Wir anderen spielten Squash. »Ich bin eben gut vernetzt – manche würden sagen, dass ich im Immobiliengeschäft über einen gewissen Einfluss verfüge. Ich habe Geld und Ressourcen. Um Himmels willen, ich weiß sogar, von welcher Marke das Klopapier ist, das dieser Kerl benutzt! Aber offensichtlich reicht nicht mal das aus, um einen Gesprächstermin bei ihm zu bekommen.« Die Sache sähe völlig anders aus, stünde der Name meines leiblichen Vaters auf meiner Geburtsurkunde.

»Du solltest dich lieber beruhigen und eine Lösung finden.«

»Toller Rat«, murmelte ich und scrollte durch meine E-Mails. Eine kam von Joshua und enthielt Henrys Reisepläne und Termine für die kommenden Monate. Ich ließ mich auf die Bank fallen und öffnete den Anhang in der Hoffnung, dass Henry endlich ein Mittagessen oder ein Meeting mit jemandem vereinbart hatte, den ich kannte.

Aber nein. Nichts. Allerdings war eine komplette Woche geblockt. Ob er in Urlaub fahren wollte?

»Das ist der Typ, dem du das Gebäude in Mayfair abkaufen willst, stimmt's?«

»Ja. Mir gehören sämtliche Grundstücke in der Häuserzeile bis auf dieses eine – es ist das heruntergekommenste von allen, und er macht nichts damit. Es steht leer und muss komplett saniert werden. Es ist reif für eine Komplettsanierung *durch mich*.« Von diesem Gebäude war ich besessen, solange ich zurückdenken konnte.

»Na schön, im schlimmsten Fall umgehst du es einfach.«

Kopfschüttelnd erwiderte ich: »Ich *umgehe* keine Probleme. Ich *löse* sie mit der Abrissbirne.« Ich hatte alles genau durchgerechnet. Ohne Henrys Immobilie würde ich keinen Gewinn machen. Und Verluste akzeptierte ich nicht. Außerdem ging es mir um mehr als nur um Geld.

In diesem Haus hatte meine Mutter gewohnt, als sie feststellte, dass sie mit mir schwanger war.

Es war das Haus, aus dem meine Mutter vertrieben worden war, sobald ihr Freund – Eigentümer des Gebäudes und mein leiblicher Vater – von ihrer Schwangerschaft erfahren hatte.

Als er starb, erbte es ein entfernter Cousin, und da meine Mutter mir die Geschichte erzählt hatte, als ich ein Teenager war, konzentrierte ich meine Energie wie einen Laserstrahl auf den Plan, dieses Haus zu kaufen. Vielleicht glaubte ich, es würde das Unrecht wiedergutmachen, wenn ich das Haus besaß, das ich eigentlich hätte erben müssen.

Dann könnte ich es abreißen und ganz von vorn beginnen.

Ich würde die Geschichte neu schreiben.

Ich betrachtete die Dokumente, die Joshua mir geschickt hatte. Warum hatte Henry eine ganze Woche geblockt? Dieser Mann machte keinen Urlaub. Ich sah genauer hin. Der einzige Eintrag in der Woche lautete »M&K«. Ich gab die Buchstaben in die Suchmaschine in meinem Handy ein. Wofür konnte M&K stehen? Als ich die Ergebnisse durchscrollte, leuchtete mir nicht ein, inwiefern ein Möbelladen in Wigan oder ein amerikanischer DJ für Henry relevant sein sollten. Henry kam aus einer Familie, die nicht nur reich, sondern auch adlig war – er war ein Earl oder so, obwohl er den Titel offenbar nicht benutzte. Ich war mir ziemlich sicher, dass er weder in Wigan einkaufen gehen noch einen DJ engagieren würde.

Ich öffnete ein weiteres Fenster auf dem Display, und als ich Joshua gerade anrufen und um nähere Informationen bitten wollte, ploppte eine weitere E-Mail mit Anhang auf. Als ich sie öffnete, sah ich die Daten der M&K-Woche als Erstes. Es war eine elegant gestaltete elektronische Hochzeitseinladung. Offenbar war Joshua ebenso neugierig gewesen wie ich. Eine Hochzeit, die eine Woche lang dauerte? Hatten diese Leute und ihre Gäste keine Jobs? M stand für Matthew und K für Karen. Die Braut und der Bräutigam. Ich gab ihre Namen bei Google ein. Niemand, den ich kannte. Aber das überraschte mich nicht. Sie sahen aus, als hätten sie sich auf einem Krocketfeld kennengelernt – Matthew trug auf jedem Bild ein Sportsakko und einen Strohhut. Ich hatte nicht gewusst, dass Eton-Absolventen und Menschen mit ererbtem Reichtum anders aussahen als die meisten normalen menschlichen Wesen, aber so war es. Vermutlich lag es an den halblangen Haaren, diesen modernen Schmachtfransen, oder an der Anspruchshaltung, die sie zur Schau trugen.

Eine High-Society-Hochzeit war der perfekte Ort, um Henry anzusprechen.

Aber seine Leute waren nicht meine Leute.

Mein Geld war so neu wie der junge Morgen, und darum würde ich dieser Hochzeitsfeier fernbleiben, sie mir von außen ansehen müssen und nach vielen abgelehnten Anrufen noch immer nicht in der Lage sein, mich mit Henry Dawnay zu treffen.

»Da wir gerade von Abrissbirnen sprechen: Wie geht es eigentlich Danielle? Hast du die Beziehung schon kaputt gekriegt?«, fragte Dexter und riss mich aus meiner zwanghaften Beschäftigung mit Henry.

Ich blickte von meinem Handy auf. »Wie bitte? Es geht ihr gut.« Ich hatte keine Ahnung, ob das stimmte, ich hatte sie nämlich verärgert. Mal wieder. Bei unserem letzten Dinner hatte sie davon gesprochen, unsere Beziehung zu vertiefen. Aber mir gefiel gerade das Oberflächliche daran – mehrmals pro Woche ein Dinner, gefolgt von einer gemeinsamen Nacht. Für etwas anderes hatte ich keine Zeit. Normalerweise arbeitete ich – ich rechnete den nächsten Deal durch, überprüfte neue Kaufgelegenheiten, spielte Feuerwehr, wenn es auf einer Baustelle dringende Probleme gab. Das ließ mir gerade genug Zeit für regelmäßige Treffen mit meinen fünf besten Freunden. Auch wenn mich das zu einem Arschloch macht: Mir waren Frauen zwar im Allgemeinen wichtig, aber das galt nicht für eine bestimmte. In den letzten Monaten war es also Danielle gewesen. Davor war es Juliet, und am Ende des Sommers würde es vermutlich wieder eine andere sein. Aber ich musste Danielle zurückrufen. Ich war sehr beschäftigt gewesen, und diese Sache mit Henry ging mir ziemlich an die Nieren.

»Wann hast du sie zuletzt zum Dinner ausgeführt? Oder dich auch nur außerhalb des Schlafzimmers mit ihr unterhalten?«

»Himmel, bist du neuerdings mein Therapeut?« Schuldgefühle ließen meine Haut unangenehm kribbeln, und ich richtete den Blick erneut auf mein Handy. Das Dinner an diesem Samstag hatte ich abgesagt. Mal wieder. Sie war stinksauer gewesen, darum war ich für ein paar Tage auf Abstand gegangen. Aber inzwischen war Donnerstag. *Mist.* Ich hätte sie längst anrufen müssen. Wenn ich das zugab, würde Dexter mich als Arschloch bezeichnen. Dabei hatte ich gar nicht vorgehabt, so lange zu warten. Ich war nur zu sehr mit allen möglichen anderen Dingen beschäftigt, und irgendwie war Danielle mir von der Anrufliste gerutscht. Ich klickte auf ein anderes Fenster und rief meine Sprachnachrichten ab, um am Ton ihrer Stimme zu hören, ob sie sich wieder abgeregt hatte.

Ich löschte die drei Sprachnachrichten, in denen sie mich aufforderte, sie zurückzurufen. Die vierte gipfelte in einem vorwurfsvollen »Wo bist du?«, in der fünften forderte sie mich erneut auf, sie anzurufen. Sie klang ruhiger, entspannter. Perfekt. Genau, wie ich gehofft hatte. Aber mit der sechsten Nachricht hatte ich nicht gerechnet. Oder vielleicht doch. Sie gab mir den Laufpass. Ihre Stimme klang resigniert, die Worte schneidend.

»Alles okay?«, fragte Dexter und sah mir forschend ins Gesicht.

Ich beendete den Anruf. »Ja. Ich bin ein mieser, egoistischer Workaholic. Und Danielle Fishers Ex-Freund.«

Zum zweiten Mal an diesem Morgen zuckte Dexter zusammen – berechtigterweise.

Ich zuckte mit den Achseln, als könnte ich nichts dafür. Als wäre es nicht ganz allein meine Schuld. »Ich hätte sie eher zurückrufen müssen.«

Dexter nickte, während er sich ein Handtuch um die Hüften wickelte.

»Ja, das hättest du. Aber andererseits: Wenn sie die Richtige für dich wäre, hättest du sie längst angerufen. Du hättest ihre Anrufe nicht ignoriert, weil du nämlich mit ihr hättest sprechen *wollen*.«

»Und was zum Teufel weißt du darüber, wie man mit der Richtigen umzugehen hat?«

»Ich weiß es eben«, sagte er.

»Aber Stacey ist es nicht, stimmt's?«, fragte ich und meinte die Frau, mit der er sich derzeit das Bett teilte.

»Nein, nicht Stacey. Aber dass ich bei der Richtigen Mist gebaut habe, heißt noch lange nicht, dass du es auch tun musst. Lerne aus meinen Fehlern.«

Ich verdrehte die Augen und wandte mich wieder Joshuas E-Mail zu. »Wenn ich Stacey das nächste Mal sehe, vergesse ich hoffentlich nicht, ihr zu sagen, dass sie nur deine Übergangsfrau ist.«

»Hör auf, den Idioten zu spielen.«

»Hör du doch auf«, erwiderte ich. Aber ich benahm mich tatsächlich idiotisch. Danielle hatte irgendwie resigniert geklungen, so als hätte ich ihre Erwartungen enttäuscht, und das versetzte mir einen Stich. In demselben Ton hatte meine Klassenlehrerin mit mir gesprochen, als ich ihr sagte, dass ich nicht die Absicht hatte, zur Uni zu gehen. Meine Noten waren gut, aber ich hatte kein Interesse daran, noch länger zu lernen. Das war eine Welt, zu der ich nicht gehörte. Ich wollte durchstarten und Geld verdienen. Ich bezweifelte, dass meine Lehrerin in demselben Ton mit mir reden würde, wenn ich ihr jetzt über den Weg liefe. Sie hatte mich für faul gehalten, dabei war ich genau das Gegenteil. Die Uni war gut für Leute wie Henry und für diesen Matthew und seine Karen, wer auch immer die beiden sein mochten – ich hingegen hatte Besseres zu tun. Ich musste mir mein Vermögen erst verdienen.

Aber egal, wie reich ich wurde, ich konnte mich trotzdem nicht unter die Leute mischen, mit denen sich Henry Dawnay umgab.

Und das musste sich ändern. Irgendwie würde ich es fertigbringen, eine Einladung zur Hochzeit des Jahres zu ergattern.

2. KAPITEL

BECK

Ich fuhr zum zweiten Mal mit dem Finger über die Gästeliste. Irgendetwas musste ich übersehen haben. Oder *jemanden*.

»Ich habe die Liste dreimal überprüft, Sir«, sagte Roy, mein Assistent, der vor meinem Schreibtisch stand. »Ich habe sogar die Kontakte Ihrer Kontakte gecheckt.«

Als ich nach dem Duschen wieder an meinem Schreibtisch saß, hatte Joshua mir bereits die Gästeliste der Hochzeit geschickt, bei der Henry zu Gast sein würde, und ich war fest entschlossen, mir Zugang zu dem Event zu verschaffen. Der Vater des Bräutigams war in der City allgemein bekannt – er war Teilhaber einer der ältesten Investmentbanken Londons. Ich kannte den Typus – diese Männer hassten es, wenn Clubs in London gezwungen waren, Frauen zuzulassen, und sie sehnten die Tage herbei, an denen nach dem Lunch niemand mehr im Büro auf sie wartete. Ich sollte ihnen dankbar sein, denn dies waren die Männer, die genug Fleisch am Knochen ließen, damit ich es verschlingen konnte. Der Vater der Braut war ein Gutsbesitzer, und das bedeutete, dass er nicht viel mehr tat, als in Tweedklamotten in einem Land Rover durch die Gegend zu fahren. Hätte ich nur jemanden gekannt, der hinging! Dann hätte ich ihn überreden können, Henry auf der Hochzeit anzusprechen und mich lobend zu erwähnen, ihm zu versichern, dass ich vertrauenswürdig und ehrlich war – vielleicht könnte dieser Jemand sogar erwähnen, dass ich Henry ein Geschäft vorschlagen wollte. Ich musste mir gut überlegen, wen ich darum bat. Dexter und ich stichelten uns zwar ständig, aber wenn er zu dieser Hochzeit ging, würde Henry mich am Ende für seine gute Fee halten – und jeder von uns sechs hätte für die anderen dasselbe getan. Wir trugen unterschiedliche Namen, aber abgesehen davon waren wir Brüder.

Wer käme sonst noch in Frage? Ich bezweifelte, dass ich jemandem, der nicht zu unserem Kreis gehörte, eine derart wichtige Aufgabe anvertrauen konnte. Besser wäre es, ich könnte selbst als Gast zu der Hochzeitsfeier gehen. Dann wäre Henry gezwungen, mich anzuhören, und ich würde ihn mit Sicherheit dazu bringen, auf der gepunkteten Linie zu unterschreiben.

»Und Sie sind sicher, dass ich *niemanden* dort kenne?« Ich hatte vielleicht die falschen Schulen besucht und war auch nicht in den richtigen Kreisen aufgewachsen, aber ich war seit Jahren erfolgreich. Ich verdiente mehr Geld als der größte Teil aller Londoner zusammengenommen, und ich hatte jeden Tag von morgens bis abends mit Anwälten und Geschäftsleuten zu tun. Dennoch kannte ich keinen einzigen Menschen, der an dieser Hochzeitsfeier mit ihren dreihundertfünfzig Gästen teilnehmen würde.

»Absolut sicher. Ich habe Ihre Kontakte mit Ihrer Linked-In-Seite abgeglichen. Und ich habe die Listen für die Weihnachtskarten der letzten fünf Jahre überprüft, um herauszufinden, ob ich jemanden übersehen habe.«

Das Ganze überraschte mich nicht sonderlich. Wir waren zwar allesamt Briten und wohnten in derselben Stadt, aber für diese Menschen lebte ich nach wie vor auf einem anderen Planeten.

»Es gibt vermutlich keine alleinstehenden Frauen auf der Liste, oder?« Es musste doch Frauen geben, die ohne Mann dort auftauchen würden. Ich war Single. Also würde ich diese Frauen ausfindig machen, sie verführen und zukünftig als Begleitung für Hochzeiten und Bar-Mizwas zur Verfügung stehen. Nein, das war ein bescheuerter Plan. Ich musste dafür sorgen, dass ich Zutritt zu dieser Hochzeit bekam – und das würde ich auf keinen Fall dem Zufall überlassen. Ich wollte eine Art Garantie – einen Vertrag oder so was.

»Die eingeladenen Frauen mit unbenanntem Begleiter stehen unten auf der Liste«, sagte Roy. Ich drehte die Seite um und las einen Männer- und drei Frauennamen.

»Wissen Sie, wie alt die sind?« Vielleicht hatte er Fotos von ihnen.

»Nein, Sir. Aber das kann ich für Sie in Erfahrung bringen.« Ich musste genau wissen, wer diese drei Frauen waren.

Candice Gould

Suzie Dougherty

Stella London

Drei Singlefrauen – mit einer von ihnen würde ich mir Zutritt zu der Feier verschaffen können. Als geladene Gäste zu M&Ks Hochzeit besaßen sie etwas, das ich dringender benötigte als Sauerstoff. Möglicherweise würde es mir nicht gelingen, eine von ihnen zu verführen, sodass sie mich garantiert als Begleiter akzeptieren würde, aber *irgendetwas* begehrte jeder Mensch. Und mir standen beträchtliche Mittel zur Verfügung. Ich musste nur herausfinden, was sie sich wünschten und einen Tauschhandel vereinbaren – Begleitung zu der Feier gegen ein Pony oder eine Woche auf einer Yacht oder was auch immer sich Leute, die nicht arbeiteten, wünschen mochten. Ich musste diese Frauen nur finden und ihnen ein Angebot machen, das sie nicht ablehnen würden.

Eine dieser Frauen war der Schlüssel zu Dawnays Gebäude.

3. KAPITEL

STELLA

Und wieder war ein Tag geschafft, wie die Redensart so schön heißt. Aber für mich bedeutete dieser Tag lediglich weitere zwölf Stunden in einem miesen Büro mit der miesesten Chefin aller Zeiten. Dass ich Leute, die ich nicht kannte, in Jobs stecken musste, die sie nicht wollten, war das Schlimmste daran. Ich hatte die Stelle als Personalberaterin zwar erst seit zwei Monaten, aber an diese Arbeit würde ich mich niemals gewöhnen.

Mein Handy summte neben mir auf dem Schreibtisch, und ich blickte über die Schulter zum leeren Büro meiner Chefin. Sie hasste es, wenn die Leute private Anrufe entgegennahmen. Hätte Atmen Zeit gekostet, hätte sie auch das verboten.

Es war Florence. Eigentlich rief sie mich nie auf der Arbeit an. Ich beschloss, selbst über mein Leben zu bestimmen, und wischte über das Display, um den Anruf anzunehmen. »Hey«, flüsterte ich.

»Sitzt du am Computer?«, fragte sie.

»Natürlich. Ich bin daran angekettet, was hast du denn …«

»Ich bin nur fünf Minuten entfernt. Was auch immer du tust, check *nicht* deine E-Mails. Hol deinen Mantel, wir treffen uns gleich unten.«

Florence war offenbar verrückt geworden. Ich checkte meine Mails *ständig*. »Ich habe den Posteingang direkt vor der Nase, Florence.«

»Ich meine deine privaten Mails. Versprich es mir. Log dich aus und komm runter, sonst komme ich zu dir ins Büro und schleife dich da raus.«

»Es ist gerade erst sechs. Ich kann nicht einfach gehen. Was ist denn los?« Offenbar war es etwas Ernstes. »Ist mit dir und Gordy alles okay?« Florence und Gordy waren das perfekte Paar, und wenn es Ärger im Paradies gab, war nichts mehr unmöglich.

»Ich bin gerade in die Monmouth Street abgebogen. Hast du deine Jacke an?«

Oh Gott. Sie hatte nicht gesagt, dass alles in Ordnung war. Florence brauchte mich, und sie war mir wichtiger als der Zorn meiner Chefin. »Ich komme«, sagte ich und klemmte mir das Handy zwischen Kinn und Schulter, während ich mich bereits ausloggte.

Ich nahm meine Jacke von der Stuhllehne, strebte dem Ausgang zu und achtete nicht darauf, dass die Assistentin demonstrativ auf die Uhr blickte, als sie mich hinausgehen sah.

Sobald ich aus dem Aufzug trat, entdeckte ich Florence vor der Glastür des Bürogebäudes. Mit hängenden Schultern, gerunzelter Stirn und leichenblassem Gesicht stand sie da. Etwas Katastrophales war passiert, daran bestand kein Zweifel.

Ich würde Gordy umbringen.

»Es tut mir so leid, Florence«, sagte ich und breitete die Arme aus, um sie an mich zu ziehen.

Sie drückte mich so fest, dass ich kaum Luft bekam. Vermutlich war sie am Boden zerstört. Und dabei hatten alle geglaubt, Gordy sei ein anständiger Typ.

»Ich wollte, dass du es von mir hörst«, sagte Florence, als sie sich von mir löste und mir den Arm um die Schultern legte.

»Natürlich. Ich bin für dich da«, antwortete ich und griff nach ihrer Hand. »Wenn du willst, helfe ich dir, seine Leiche zu verbrennen.«

Sie runzelte die Stirn, als überraschte sie mein Angebot. Aber warum? Es gab nichts, was ich für Florence oder meine anderen besten Freundinnen nicht tun würde.

Wir überquerten die Straße und steuerten auf einen Tisch vor der Bar in der Monmouth Street gegenüber meinem Büro zu. Einer der wenigen Pluspunkte meines Arbeitsplatzes bestand darin, dass er sich im West End befand und von Bars und Restaurants umgeben war. »Ich glaube, wir brauchen Wein«, sagte ich.

Und wir würden eine Schaufel brauchen. Wenn *sie* Gordy nicht umbrachte, würde *ich* es tun.

Wir bestellten eine Flasche Wein und nahmen Platz. »Du hast es also gesehen?«, fragte Florence. »Du wirkst sehr gefasst.«

»Was habe ich gesehen?«, fragte ich. »Ach ja.« Ich holte mein Handy heraus. »Du hast gesagt, da ist etwas in meinem privaten Postfach.«

»Du hast es noch nicht gesehen?«, fragte Florence.

»Was denn?«

Sie entwand mir das Handy und griff nach meiner Hand. »Welche Leiche hilfst du mir zu begraben?«, fragte sie. »Gordys natürlich. Erzähl mir, was er angestellt hat.«

Sie schüttelte den Kopf. »Es geht nicht um Gordy. Es geht um Matt.«

Mir rutschte das Herz in die Hose, und ich erstarrte. Wenn Florence an einem Mittwochabend um sechs von ihrem Arbeitsplatz in der City hierhergerast kam, konnte das nichts Gutes bedeuten. Hatte er einen Unfall gehabt? War sein Vater gestorben?

»Er heiratet«, sagte sie und drückte mir beide Hände.

Ich wich zurück, versuchte zu verarbeiten, was sie gerade gesagt hatte. »Er heiratet natürlich *nicht*. Wir sind erst seit zwei

Monaten auseinander.« Ich sagte nur ungern, dass wir uns getrennt hatten, denn das war keine zutreffende Beschreibung dessen, was zwischen uns vor sich ging. Wir waren im Augenblick nicht zusammen, das war alles. Es war nur vorübergehend. Matt hatte Panik bekommen, weil all unsere Freunde heirateten und uns ständig fragten, wann es bei uns endlich so weit sei. Es war dieses typische Männerding, eine Art kleiner Nervenzusammenbruch, kurz bevor er mir die Frage aller Fragen stellen würde. Siehe Prinz William und Kate Middleton. Die beiden hatten drei Monate Beziehungspause, bevor William ihr einen Antrag machte.

»Es tut mir so leid, Stella.«

Florence hob den Kopf und sah mich an. Ihre Augen füllten sich mit Tränen, und erst jetzt begann mein Herz zu rasen. Sie meinte es ernst. »Wie bitte? Wen denn? Woher weißt du das?«

»Die Einladung ging an Gordys Büro. Und dann kam eine E-Mail mit dem Ablaufplan. Ach, vergiss es!«

Ich versuchte zu schlucken, aber meine Kehle war wie zugeschnürt. Ich griff nach dem Glas Wein, das Florence mir eilig eingegossen hatte. »Das verstehe ich nicht. Es muss sich um einen Fehler handeln.« Wie war es möglich, dass Matt heiratete? Er hatte mir nie einen Antrag gemacht, obwohl wir seit sieben Jahren zusammen waren. Florence musste da etwas in den falschen Hals bekommen haben.

Sie schüttelte den Kopf. »Es kommt noch schlimmer, Stella. Ich weiß nicht, wie ich es dir sagen soll, aber … er heiratet Karen.«

Ich zitterte, und auf einmal wurde mir am ganzen Körper kalt.

Ich konnte nicht sprechen.

Ich konnte nicht atmen.

Ich konnte nicht denken.

Florence schob mir eine weiße Karte über den Tisch zu.

Ich fuhr mit einer Fingerkuppe über die erhabene Schrift, während sich mein Magen zu drehen begann, langsam, aber unerbittlich, ein bisschen wie ein Betonmischer. Es war die Einladung, die ich mir für meine eigene Hochzeit ausgesucht hätte – dickes weißes Papier, ein dünner goldfarbener Rand und eine elegante schwarze Schrift. Schlicht. Klassisch. Kultiviert.

Offenbar reichte es nicht, dass sie mir die Liebe meines Lebens stahl. Meine beste Freundin musste auch noch bei der Hochzeitseinladung denselben Geschmack haben wie ich.

»Karen und Matt?« Ich blickte Florence forschend ins Gesicht, als könnte ich dort eine Antwort auf meine Frage finden. »*Mein* Matt? *Meine* Karen?«

Florence legte den Kopf schief. »Aus irgendeinem Grund haben sie dich eingeladen. Ich wusste nicht mal, dass sie etwas miteinander hatten. Gordy auch nicht.«

Sie hatten mir eine Einladung geschickt? Vermutlich, weil ich ihr gemeinsamer Nenner war. »Wie lange sind sie schon …?« War dies der wahre Grund, warum Matt mich verlassen hatte? Die Gründe, die er für die Trennung angeführt hatte, wirkten rückblickend wenig überzeugend …

Ich weiß nicht, ob wir wirklich füreinander bestimmt sind.
Wir haben nicht dieselbe Vorstellung vom Leben.

Ich hatte angenommen, dass er nur nervös geworden war, weil die Zeit der Hochzeiten und Babys immer näher rückte.

Offensichtlich hatte ich mich getäuscht.

»Karen schwört, dass es erst seit eurer Trennung ist, aber–«

»Du hast mit ihr gesprochen?« Bei genauerem Nachdenken fiel mir auf, dass ich mit Karen kein richtiges Gespräch mehr geführt und mich auch nicht mit ihr getroffen hatte, um Neuigkeiten auszutauschen, seit … Nun, ich hatte vergessen, seit wann wir uns nicht mehr gesehen hatten. Wir tauschten Textnachrichten aus. Ständig. Fast jeden Tag. Aber ich hatte sie seit Wochen weder gesehen noch mit ihr gesprochen.

»Als Gordy mir von der Einladung erzählt hat, habe ich Karen sofort angerufen. Die Karte haben sie ihm ins Büro geschickt, was ich ziemlich sonderbar fand, denn irgendwann hätte ich es sowieso erfahren.«

Ich registrierte nur die Hälfte von dem, was Florence mir erzählte. »Was hat sie gesagt?«

»Nur dass …« Florence zögerte und atmete durch. »Sie und Matt hätten gemerkt, dass sie etwas füreinander empfinden, und es sei ernst, mehr hat sie nicht gesagt. Als ich dich erwähnte, hat sie sich mit einem Anruf herausgeredet, den sie angeblich noch machen musste, und hat aufgelegt.«

Mein Freund heiratete also. Mein Ex-Freund. Was aufs Gleiche herauskam. Der Mann, mit dem ich bis zwei Monate zuvor sieben Jahre lang ein Bett geteilt hatte, würde heiraten. Etwas Schlimmeres konnte eigentlich nicht passieren. Aber noch dazu meine beste Freundin?

Warum?

»Ist sie schwanger?«

Florence lehnte sich auf dem Stuhl zurück. »Glaubst du, das ist der Grund?«

Was ging hier vor sich?

Warum heiratete Matt eine andere, obwohl er doch *mich* heiraten sollte?

Warum heiratete meine beste Freundin und sagte mir nichts davon?

Warum heirateten sie einander?

»Ich weiß nicht, ob es überhaupt eine Erklärung dafür gibt«, sagte ich. »Aber wenn sie gevögelt haben und Karen schwanger geworden ist, wäre das zumindest ein logischer Grund für eine

23

rasche Heirat.« Und dieser Grund war mit Sicherheit leichter zu verstehen als die Erklärung, meine beste Freundin habe Gefühle für meinen Freund entwickelt, denn das führte unweigerlich zu weiteren Fragen – seit wann empfanden sie bereits etwas füreinander? Hatte Matt sich insgeheim nach Karen gesehnt, wenn er mit mir zusammen war? Hatten sie eine Affäre? Seit ein paar Monaten? Seit Jahren? Vom Beginn unserer Beziehung an?

»Ich verstehe nicht, warum sie mir das verschwiegen hat«, sagte ich. »Irgendwann musste ich es doch mitbekommen, aber sie hat gewartet, bis ich die Einladung bekomme und es auf diese Art erfahre.«

»Dafür fällt mir nur ein Grund ein: Sie ist ein verdammtes Miststück.«

Damit würde ich mich zufriedengeben müssen. Vorerst. »Vermutlich hat sie mich nur eingeladen, um mir die Neuigkeit zu verkünden. Diese Verräterin war viel zu feige, um mir ins Gesicht zu sagen, dass sie mir den Freund ausgespannt hat.«

»Glaubst du, die beiden hatten eine Affäre, als ihr beiden noch zusammengewohnt habt?«

»Diese Frage steht ganz oben auf meiner Liste.« War mir irgendetwas aufgefallen? Seit wir nach London gezogen waren, hatte Matt häufig bis spät abends gearbeitet. Aber wir waren aus Manchester hierhergezogen, weil man ihm seinen Traumjob angeboten hatte. Natürlich hängte er sich mit Leib und Seele rein.

Wann hätte er da noch Zeit für eine Affäre gehabt?

Wir waren in dem Stadium angelangt, in dem ich Matt die Unterhosen kaufte und er mich daran erinnerte, dass ich meinen Bruder seit drei Wochen nicht angerufen hatte.

Wir waren ein Team.

Wir liebten uns.

Wir wollten den Rest unseres Lebens miteinander verbringen.

Das hatte ich zumindest geglaubt.

Eigentlich hätte ich weinen sollen, aber aus irgendeinem Grund blieben die Tränen aus. Vielleicht konnte ich es einfach nicht glauben, vielleicht hatte aber auch der Ärger, der leise in mir zu köcheln begann, meine Tränen versiegen lassen.

Seit unserem ersten Schultag war Karen ein Teil meines Lebens gewesen. Im Vergleich zu ihr war ich mir immer ein wenig verwahrlost vorgekommen, sogar damals schon. Als sie fünf war, rutschten ihr nie die weißen Kniestrümpfe hinunter oder warfen Falten um die Fesseln, wie es bei mir der Fall war. Mit dreizehn hatte sie keine Akne und musste sich nicht mit vergeblichen Versuchen herumquälen, ihre Pickel abzudecken, und als wir Twens waren, habe ich sie kein einziges Mal mit klumpiger Mascara oder verschmiertem Eyeliner gesehen.

Karen hatte Matt bereits gekannt, bevor wir ein Paar wurden. Während des ersten Semesters an der Uni hatte sie mich in Manchester besucht. Sie war hereingestürmt wie ein Wirbelwind, hatte die Jungs in Verzückung versetzt und mit den Mädels in meinem Wohnblock Schminktipps ausgetauscht. In Exeter hatte sie nicht recht dazugehört, was für mich keinen Sinn ergab. All meine Freunde liebten sie.

Als Matt mich beim Sommerball auf die Tanzfläche zog, mir erzählte, dass ich das Beste in ihm zum Vorschein brachte und dass er meinen Busen mochte, fand ich es großartig, dass Karen ihn bereits kannte, denn auf diese Art konnte sie mir helfen, unsere Beziehung bis ins Detail zu analysieren.

Sieben Jahre später kannte sie Matt beinahe genauso gut wie ich.

»Vielleicht solltest du zu ihrer Hochzeit gehen, und wenn die Frage nach Ehehindernissen kommt, stehst du auf und fragst ihn nach dem Grund«, schlug Florence vor. »Aber natürlich wirst du nicht hingehen.«

»Nein, natürlich nicht«, sagte ich. Obwohl sie mich eingeladen hatten, war ich mit ziemlicher Sicherheit der letzte Mensch, den Karen auf ihrer Hochzeit sehen wollte. Schließlich stand es auch auf meiner Wunschliste für den Sommer nicht obenan, zuzusehen, wie mein Ex-Freund meine ehemalige beste Freundin heiratete.

»Wirst du hinfahren?« Ich liebte Florence wie eine Schwester, und wenn Karen fähig war, mit meinem Freund zu schlafen, konnte sie Florence vermutlich noch Schlimmeres antun.

»Natürlich nicht«, antwortete sie.

»Aber Gordy wird dabei sein wollen, und bestimmt nicht ohne dich. Wenn die Trennung schon länger zurückläge, wenn ich verheiratet oder wenigstens mit jemandem zusammen wäre, würde ich definitiv hingehen.« Ich hätte zu gern Karens Gesicht gesehen, wenn sie meine Zusage bekam.

»Mit der Einladung ist ein Programm gekommen«, sagte Florence.

Ich runzelte die Stirn. Ich war dermaßen auf die weiße Karte fokussiert gewesen, die so sehr derjenigen ähnelte, die ich mir selbst ausgesucht hätte, dass ich die E-Mail völlig vergessen hatte.

»Das Ganze findet in Schottland statt und wird ungefähr eine Woche dauern.«

Ich ließ mich erneut auf meinen Stuhl sinken und war froh, dass meine Jacke die dicke Gänsehaut bedeckte, die sich auf meinen Armen gebildet hatte. »Im Schloss seines Onkels?«, fragte ich.

Florence nickte, und das dumpfe Grollen in meinem Magen wurde lauter; wie ein Wagen, der vom Leerlauf in den ersten Gang geschaltet wird.

»Er hat immer schon gesagt, dass er dort heiraten will.« Im Sommer zuvor waren wir in dem Schloss zu Besuch gewesen. Wir waren gewandert und geritten und hatten unter dem Sternenhimmel geschlafen. Ein wundervolles, geradezu magisches Erlebnis.

»Er ist wirklich ein Riesenarschloch«, sagte Florence.

Matt Gordon führte das Leben, das er und ich uns immer gewünscht hatten – mit einer anderen.

4. KAPITEL

STELLA

Ich starrte in das Glas Wein, das Florence mir hingestellt hatte. Seit sie mir von Matt und Karen erzählt hatte, hatte sie jeden Tag einen Grund gefunden, mich im Büro zu besuchen, und das bedeutete, dass ich nicht allein dasaß und trank.

Dieselbe Bar. Ein weiteres Glas Wein.

In den vorangegangenen drei Wochen hatte ich das Gefühl gehabt, in einem dicken Nebel festzustecken, in dem ich nichts sehen und an nichts anderes denken konnte als an Karen und Matt. Es war der Nebel des Verrats.

Ich war zwar täglich ins Büro gegangen, konnte mich aber nicht erinnern, etwas anderes getan zu haben, als mich morgens ein- und abends wieder auszuloggen.

Noch immer hatte ich auf keine meiner zahlreichen Fragen eine Antwort bekommen.

»Ihr zwei solltet hingehen, dann kannst du mir hinterher erzählen, wie schrecklich die Feier und wie geschmacklos ihr Kleid waren«, sagte ich. Arme Florence. Sie war zweifellos gelangweilt von meinen endlosen Grübeleien über alles, was vorgefallen war. Ich *wollte* mich ja zusammenreißen. An etwas anderes denken. Aber ich steckte in diesem schrecklichen Niemandsland fest, in dem ich mich immer wieder mit tausend ausgedachten Bildern von Matt und Karen quälte.

Wie sie mich hinter meinem Rücken betrogen.

Wie sie mich auslachten, weil ich dumm genug war, um nicht zu merken, dass Karen diejenige war, die er liebte. Nicht ich.

Wie sie sich zusammen über einen Kalender beugten, um den perfekten Samstag für ihre Hochzeit zu finden.

Wie sie die Gästeliste zusammenstellten.

Die Einladungskarten aussuchten.

Wie sie sich küssten.

Miteinander schliefen.

Ich griff nach dem Weinglas und trank einen großen Schluck in der Hoffnung, meine Fantasien damit zum Verblassen zu bringen.

»Vielleicht solltest du einen heißen, sexy Kerl engagieren und mit ihm dort auftauchen – wie in diesem Film«, sagte Florence. »Der mit der Frau aus *Will & Grace*.«

»Du meinst *Wedding Date*?«

Sie nickte begeistert. »Ja, im Ernst. In London gibt es eine Agentur, glaube ich. Du könntest sogar so tun, als wärst du verlobt. Auf die Art kannst du Karen ihren großen Tag versauen, indem du sie beschämst. Erstens, weil sie dir den Freund ausgespannt hat und zweitens, weil sie dich eingeladen hat.«

»Was haben sie dir nur in den Wein getan?«, fragte ich. Florence war Buchhalterin und erträumte sich ständig andere, aufregendere Leben. »Du weißt, dass ich so was nicht kann.«

»Aber du solltest es tun. Karen hat dir den Freund ausgespannt, und du hast Hemmungen, sie in Verlegenheit zu bringen? Du solltest endlich mal anfangen, zuerst an dich selbst zu denken. Immer sind die anderen wichtiger als du, dabei sollten deine eigenen Bedürfnisse an erster Stelle stehen.«

»Ich bin mir ziemlich sicher, dass man Dermot Mulroney nicht mieten kann, und der Film berücksichtigt auch nicht, dass es Soziale Medien gibt. Dort kann jeder nachsehen und herausfinden, dass ich mir einen Freund angeheuert habe, der stundenweise abrechnet, und dann stehe ich da wie eine Vollidiotin. Nein, im Ernst: Ich denke durchaus an mich selbst.«

»Okay, kann schon sein. Es müsste irgendein erstklassiger, international operierender Geschäftsmann sein oder ein Hollywood-Schauspieler oder …«

»… zumindest einer, der weiß, wie man einen Anzug trägt«, führte ich den Satz zu Ende.

»Da wir gerade davon sprechen …«, sagte Florence und blickte über meine Schulter.

Ich drehte mich um und sah, worauf Florence den Blick geheftet hatte. Oder vielmehr, auf wen. Eigentlich war er nicht ihr Typ. Groß, okay, aber Florence stand normalerweise auf blonde Männer. Dieser hier hatte dickes, dunkles Haar, einen olivfarbenen Teint und ein markantes Kinn – das entsprach eher *meinen* Vorlieben. Zumindest theoretisch.

In der Praxis hingegen … Nun, Matt war nicht direkt klein, aber wenn ich High Heels trug, waren wir gleich groß. Er war attraktiv – zumindest in meinen Augen. Allerdings war er kein Mann, der jeder Frau sofort auffiel.

Aber *dieser* Typ hier war ein Mann, den niemand übersehen konnte.

Er ertappte mich dabei, dass ich ihn anstarrte, und lächelte mich an. Instinktiv erwiderte ich sein Lächeln. Ich drehte mich zu Florence, während sich der Mann an unserem Tisch vorbeischob und die steinernen, von Lorbeerbäumchen flankierten Stufen hinauf in die Bar ging.

»Du müsstest mit so einem Typen zusammen sein und mit ihm zu der Hochzeit gehen«, sagte Florence.

»Der Typ da ist entweder verheiratet oder schwul. Und sollte er wundersamerweise nichts von beidem sein, ist er ein Psychopath. Männer sind für mich tabu. Ich traue mir selbst nicht über den Weg. Wenn ich mich in dem Mann getäuscht habe, mit dem ich sieben Jahre lang das Bett geteilt habe, irre ich mich zweifellos auch in anderer Hinsicht, und bei Menschen, die einen Penis besitzen, liege ich wahrscheinlich grundsätzlich falsch.«

»Ladys.« Ein Kellner näherte sich unserem Tisch mit einem Eiskühler und zwei Champagnergläsern.

»Das haben wir nicht bestellt«, sagte ich, beäugte die Flasche Dom Pérignon und wünschte, das Gegenteil wäre der Fall.

»Es ist von dem Gentleman an der Bar«, antwortete der Kellner und deutete mit einem Kopfnicken zum Fenster.

Ich drehte mich um und sah dem dunkelhaarigen Fremden in die Augen, der mich für einige Sekunden aus meinem Selbstmitleid gerissen hatte.

»Das können wir nicht annehmen«, sagte ich, aber der Kellner goss den Schampus bereits in die Gläser. Etwas an der Art, wie leicht es mir gefallen war, das Lächeln des Typen zu erwidern, flößte mir Unbehagen ein. Wenn er mir trotz meiner gegenwärtigen Stimmung ein Lächeln entlocken konnte, war er definitiv nicht vertrauenswürdig.

»Natürlich können wir«, sagte Florence und prostete dem Fremden mit ihrem vollen Glas zu.

Ich verdrehte die Augen, trank aber einen Schluck, entschlossen, ihn kein zweites Mal anzusehen. »Du findest also, ich sollte die Einladung ignorieren oder Nein auf die Antwortkarte schreiben?«

»Ich finde, du solltest mit einer Briefbombe antworten oder dich gar nicht dazu äußern«, sagte Florence.

»Es wäre schön, wenn ich einen aufregenden Grund für meine Absage hätte – mal abgesehen vom Offensichtlichen«, sagte ich.

»Antworte einfach nicht. Oder denk dir einen Grund aus. Sag, du bist zum Arbeiten auf den Malediven.«

»Quatsch, das glaubt mir doch kein Mensch. Schließlich bin ich Personalberaterin und kein Supermodel.« Die einzige Reise seit meinem Arbeitsbeginn zwei Monate zuvor hatte mich zum Hauptsitz der Firma in Wiltshire geführt, und um eine Tagestour nach Swindon würde mich sicherlich niemand beneiden.

»Vermutlich hast du recht. Aber du könntest wenigstens von deiner Beförderung erzählen.«

»Das ist dasselbe. Leiterin Professional Services bei einem Personalberatungsunternehmen – das interessiert niemanden.« Meine rasche Beförderung war mir willkommen gewesen, hatte aber weder mein Herz noch meine Seele erfüllt. Sie sorgte nur dafür, dass ich die Hypothek bezahlen konnte.

»Hast du die Sache mit der Innenarchitektur komplett aufgegeben?«

Eigentlich hätte mir die Antwort auf Florences Frage leichtfallen müssen. Bei Matts Auszug war ich gerade dabei gewesen, mir ein eigenes Geschäft aufzubauen, aber ich verdiente kein Geld und hatte Rechnungen zu bezahlen, also hatte ich vernünftig sein und den ersten Job annehmen müssen, den ich bekommen konnte. Ich war nach wie vor nicht von der Richtigkeit meiner Entscheidung überzeugt, aber ich hing an der Wohnung, die wir uns geteilt hatten, und hatte darauf bestanden, dort wohnen zu bleiben. Also hatte er sie mir überschrieben – mitsamt der Hypothek und allen anderen Verpflichtungen. In einer hinteren Ecke meines Verstandes hatte ich geglaubt, Matt würde zurückkommen ... zu mir und in unser Zuhause. »Ein Job im Personalwesen bedeutet ein regelmäßiges Einkommen, und ich muss die Hypothek bezahlen.«

»Ich kann nicht glauben, dass du wegen ihm dein Geschäft aufgegeben hast und nach London gezogen bist, und dann hat er sich umgedreht und dir das hier angetan.«

»Ich bin nicht *wegen ihm* nach London gezogen.« Diese Begründung ließ mich schwach wirken, und ich war zwar betrogen worden, aber ich *weigerte* mich, als Opfer dazustehen.

»Wenn er dieses Jobangebot nicht bekommen hätte, wärst du immer noch in Manchester.«

»Ja, ich weiß, aber wir waren ein Paar, ein Team, und es war sein Traumjob.«

Meine Firma hatte geblüht. Nach und nach waren die Aufträge hereingekommen, und jeder erledigte Auftrag hatte zu einem weiteren geführt. Matts Jobangebot hatte seinem Traum entsprochen – eine Chance, wie man sie nur einmal im Leben bekommt. »Er war der Mann, mit dem ich den Rest meines Lebens verbringen wollte. Er sollte den Job bekommen, den er sich immer schon gewünscht hat.«

»Also hast du ihn an die erste Stelle gesetzt, wie immer.«

»Ich habe mich für unsere Beziehung entschieden – für den Traum einer gemeinsamen Zukunft. Ich dachte, ich sei in der Lage, auch in London eine Einrichtungsfirma aufzubauen.« Die ersten Monate hatte ich damit verbracht, mich einzugewöhnen und Kontakte zu knüpfen, aber als Matt mich verließ, hatte ich nur wenige Kunden und musste für eine Hypothek aufkommen.

Ich hatte getan, was ich tun musste, und mich um jeden in Frage kommenden Job beworben, egal, ob er etwas mit Design zu tun hatte oder nicht.

»Aber du findest diese Personalgeschichte schrecklich. Du hast gesagt, es sei nur vorübergehend, du würdest es nur machen, solange du noch deinen Kundenstamm aufbauen musst.«

»Ja, und dann ist mir das Leben dazwischengekommen.«

Personalbeschaffung, all das Anwerben und Rekrutieren, bedeutete viele Stunden Arbeit. Seit ich den Job angenommen hatte, fühlte ich mich nicht mehr als Herrin meines eigenen Lebens. Meine Chefin schien zu glauben, dass ich ihr gehörte. Am Mittwoch zuvor hatte sie mich abends um halb elf noch angerufen. Ich hatte mit meinem iPad im Bett gelegen und *Chilling Adventures of Sabrina* geguckt, weil ich auf einen Zauberspruch zu stoßen hoffte, der mein Leben umkrempeln würde. Sie entschuldigte sich nicht mal für die Uhrzeit, so als wäre es völlig normal, mich zu Hause anzurufen und zu fragen, ob die Vorstellungsgespräche für einen unserer großen Kunden gut verlaufen waren. »Als Innenarchitektin könnte ich nur wieder arbeiten, wenn ich einen einzelnen Kunden an Land ziehe, der mich für ... sagen wir, für ein halbes Jahr beschäftigt hält. Auf die Art hätte ich ein garantiertes Einkommen *und* ein aktuelles Portfolio, das zu weiteren Aufträgen führen würde.«

»Kannst du dir nicht einen Job bei einer Einrichtungsfirma suchen? Dann könntest du wenigstens tun, was du liebst.«

»Tja, leider gibt es da kaum Jobs, und wenn es welche gibt, ist die Bezahlung grottenschlecht, weil der Markt von Kids mit Treuhandfonds überschwemmt wird. Die brauchen das Geld nicht.«

»Entschuldigung.« Die sehr tiefe und maskuline Stimme ließ meine Fußsohlen vibrieren, und ich bekam eine Gänsehaut.

Ich blickte ins Sonnenlicht und sah den heißen Anzugträger, der uns den Champagner ausgegeben hatte, neben unserem Tisch stehen. Mein Lächeln kam so automatisch, als hätte es meinen Verstand, der es aufhalten wollte, aus dem Weg geschubst. »Ähm ... danke für den Champagner«, murmelte ich.

»Sie sind mir im Vorbeigehen aufgefallen, und ich wollte Ihre Aufmerksamkeit auf mich lenken.«

Ich sagte ihm nicht, dass ihm das bereits im Vorbeigehen gelungen war.

»Ein willkommenes Vergnügen nach einem miesen Tag«, antwortete ich. Er lächelte, und für den Bruchteil einer Sekunde war es, als wäre eine drei Meter hohe Mauer aufgetaucht und hätte uns gegen den Rest der Welt abgeschirmt, sodass nur er und ich übrig blieben und einander anstarrten.

»Tut mir leid zu hören, dass Sie einen schlechten Tag hatten, aber ich freue mich, dass ich ihn ein bisschen angenehmer machen konnte«, sagte er und bedachte mich mit einem Lächeln, bei dem mir die Knie weich geworden wären, hätte ich in diesem Augenblick gestanden. Seine breiten Schultern, die Wärme, die mir unter die Haut kroch, wenn er sprach, sein Amorbogen, so klar, dass ich ihn gern mit der Zunge nachgezeichnet hätte, alles sagte ein und dasselbe: Dieser Typ war ein Wahnsinnskerl.

»Bitte, setzen Sie sich zu uns«, sagte Florence, und ich hätte sie am liebsten umgebracht. Sie wusste, dass ich mir geschworen hatte, von nun an im Zölibat zu leben. Ich konnte es nicht gebrauchen, dass ein Sexgott im Anzug vor mir saß und mir die personifizierte Versuchung ins Gesicht atmete. Außerdem hatte ich vom Mittagessen noch einen Spritzer Misosuppe auf der Bluse – ein weiterer Beweis, dass ich für einen Flirt – oder für ein Date – nicht zu haben war. Ich hatte nicht mal Lust auf *Kontakt* zu einem Mann.

»Amüsiert euch gut«, sagte ich und bückte mich, um meine Handtasche aufzuheben. »Ich muss jetzt los.«

Auch ohne sie anzusehen, wusste ich, dass Florence mich mit finsterem Blick musterte. Aber es war mir egal. Okay, es war nicht gerade so, dass ich ständig angemacht wurde, aber heute war einfach der falsche Tag dafür. Ich wollte nach Hause, in meinen Schlafanzug schlüpfen, *Made in Chelsea* gucken und mein eigenes Gewicht in Form von Frozen Yogurt verspeisen.

Als ich aufgestanden war, legte mir der heiße Typ im Anzug eine Hand auf die Schulter.

»Schenken Sie mir fünf Minuten Ihrer Zeit? Ich möchte Ihnen ein Angebot machen, Stella.«

Ich erstarrte, und ein kalter Schauer lief mir über den Rücken, während ich mich fragte, woher zum Teufel dieser Typ meinen Namen kannte.

5. KAPITEL

BECK

»Woher wissen Sie, wie ich heiße?«, fragte sie und musterte mich argwöhnisch.

»Darf ich mich zu Ihnen setzen? Ich erkläre es Ihnen gern.« Sie runzelte die Stirn, sagte aber nicht Nein, also zog ich einen Stuhl vom Nachbartisch heran und nahm Platz. Stella London war die einzige alleinstehende Frau, die zu dieser Hochzeit ging. Hinter den beiden anderen Namen verbargen sich alte Damen. Eine war ans Bett gefesselt, die andere wohnte in Florida und war zum Fliegen nicht mehr in der Lage. Beide waren eindeutig nur aus Höflichkeit eingeladen worden.

Stella war meine letzte Chance. Ich musste unbedingt dafür sorgen, dass sie mitspielte.

Ich war zu Stellas Büro gefahren, um mich ihr vorzustellen. Die Situation war zu kompliziert, um sie in einer E-Mail zu erklären – am Ende würde ich klingen wie ein nigerianischer Anwalt, der einem hundert Millionen versprach, wenn man ihm dreihundert Pfund Verwaltungsgebühr schickte. Also war ich zu dem Schluss gekommen, dass es das Klügste wäre, bei ihr im Büro aufzukreuzen und sie um ein Treffen zu bitten. Schließlich wollte ich ihr ein geschäftliches Angebot machen. Als ich auf der Straße an ihr vorbeigegangen war, hatte sie hübsch ausgesehen und war mir irgendwie vertraut vorgekommen, aber weiter hatte ich nicht gedacht, als ich vor dem Besuch in ihrem

Büro die Bar betrat, um auf die Toilette zu gehen. Während ich meinen Schwanz in der Hand hielt, wurde mir klar, wer sie war. Auf keinen Fall würde ich mir die Chance entgehen lassen, sie anzusprechen. Dafür stand viel zu viel auf dem Spiel.

»Soweit ich weiß, sind Sie Personalberaterin«, sagte ich. »Und noch dazu eine ehrgeizige, wenn ich mich nicht irre. Sie sind bei *Foster and Associates* bereits befördert worden, obwohl Sie erst seit wenigen Monaten dort arbeiten.« Ich zögerte. Ich musste behutsamer vorgehen. Mir Zeit lassen. Auf keinen Fall durfte ich die Sache vermasseln.

Ich lehnte mich zurück und musterte sie. Die Fotos, die ich in den Sozialen Medien von ihr gefunden hatte, wurden ihr nicht gerecht. Ihre Haare waren länger und fielen ihr in weichen, blonden Wellen über die Schultern, und ihre Augen, die ich für blau gehalten hatte, wirkten beinahe violett – sie brachten mich völlig aus dem Konzept. Sie hatte volle Lippen ohne jede Spur von Make-up und einen Schönheitsfleck auf dem linken Wangenknochen, auf den jede Fünfzigerjahre-Sexbombe stolz gewesen wäre.

Stirnrunzelnd blickte sie mich an. »Woher wissen Sie, wie lange ich meinen Job habe? Ach, egal, ich muss jetzt los.«

»Ich weiß, das klingt ein bisschen seltsam.« Ich beugte mich auf dem Stuhl vor. »Bitte geben Sie mir ein paar Minuten Zeit, um es zu erklären. Ich bin hier, weil ich Ihnen ein geschäftliches Angebot machen möchte. Ein Angebot, das vermutlich sehr interessant für Sie ist.«

Ich hatte Erkundigungen über diese Frau eingezogen, wie ich es immer tat, wenn ich eine neue Geschäftsbeziehung einging. Bei Bauprojekten gab es nichts Schlimmeres, als überrascht zu werden, wenn die Arbeiten bereits begonnen hatten. Nichts führte schneller dazu, dass man sich verausgabte. Es war viel einfacher, sich die Mühe bereits im Voraus zu machen –

herauszufinden, was die Sache einen kosten würde und sie ins Budget miteinzubeziehen.

Meine Recherchen hatten ergeben, dass Stella in ihrem Job schnell vorangekommen war, seitdem sie in London wohnte. Sie hatte eine neue Laufbahn eingeschlagen, war aber definitiv engagiert und ehrgeizig. Einen Monat zuvor hatte sie einer Fachzeitschrift ein Interview gegeben und davon gesprochen, wie sehr sie die Firma liebte, für die sie arbeitete, und dass sie hoffte, dort Teilhaberin zu werden. Ich musste dafür sorgen, dass sie mein Angebot akzeptierte, darum würde ich ihr sinnvollerweise etwas anbieten, das sie sich wirklich wünschte – einen weiteren Schritt nach oben auf der Karriereleiter, eine Chance, ihre Ziele zu verwirklichen. Ich konnte es mir nicht leisten, Zeit mit langwierigen Verhandlungen zu verschwenden. Stella musste einwilligen.

Ich würde ihr ein Angebot machen, das sie nicht ablehnen konnte.

»Ich bin Immobilienunternehmer, und ich werde bald ein neues Projekt beginnen. Ich dachte, Sie möchten vielleicht bei der Zusammenstellung des Teams mitwirken.«

»Sie wollen *Foster and Associates* damit beauftragen?« Anstatt begeistert wirkte sie eher verwirrt. Es war der gleiche Blick, mit dem mich Joshua gemustert hatte, als ich ihn fragte, ob er zu Gabriels Junggesellenabschied nach Vegas gehen würde – als ergäbe meine Frage keinen Sinn.

»Ich glaube, wir würden großartig zusammenpassen. Ich muss mehr als hundert Leute einstellen, und ich könnte den Gesellschaftern Ihrer Firma mein Vorhaben unterbreiten und den Vertrag unter der Bedingung abschließen, dass Sie Teilhaberin werden.« Ein Auftrag dieser Größenordnung konnte ihr unmöglich bereits zuvor in den Schoß gefallen sein. Keine Verhandlungen über die Höhe der Provision oder über die Frage, ob es ein Exklusivvertrag war oder nicht – Stella hatte den Deal in der Tasche. Außerdem konnte sie stolz darauf sein, für *Wilde Developments* zu arbeiten. Unser Firmenname war weithin bekannt.

»Warum sollten Sie das tun?«

»Aus vielen Gründen. Wie ich bereits sagte, ich glaube, dass wir gut zusammenarbeiten würden, und nach allem, was man so hört, machen Sie Ihre Sache ganz hervorragend.«

Sie verdrehte die Augen, als wäre ich ein wollüstiger alter Knacker, der sie aufforderte, mit in seine Wohnung zu kommen und sich seine Briefmarkensammlung anzusehen, und nicht jemand, der ihr eine Chance bot, wie man sie nur einmal im Leben bekommt. Ich hätte ein bisschen mehr Begeisterung von ihr erwartet.

»Dann schlage ich vor, dass Sie im Büro anrufen. Für Immobilien bin ich nicht zuständig.«

Vielleicht hatte sie mich falsch verstanden. Hätte sie begriffen, was ich ihr anbot, hätte sie mit Sicherheit nicht derart wegwerfend reagiert. »Ich will Ihnen helfen, Teilhaberin zu werden.«

Sie brach in Gelächter aus. War das Mädchen betrunken? Die Sache verlief eindeutig anders, als ich geplant hatte. »Als ob mir das etwas bedeuten würde.«

Ich ballte die Fäuste, und meine Handflächen wurden feucht. *Mist.* Ich hatte Stella London für karrierebewusst und ehrgeizig gehalten. Hatte ich mich geirrt?

»Sie wollen keine Teilhaberin werden?«, fragte ich und versuchte, möglichst gleichmütig zu klingen.

»Warum interessiert Sie das überhaupt? Wer sind Sie?«

»Ich brauche eine hervorragende Personalberaterin«, sagte ich, und mir schwirrte der Kopf, so angestrengt versuchte ich, die Kontrolle über dieses Gespräch zu behalten.

»Nun, ich bin keine.« Sie atmete durch und drehte sich zu ihrer Freundin: »Dafür bin ich nicht geschaffen.«

Wenn sie sich aus Personalberatung nichts machte, sollte sie mir einfach ihren Preis nennen. Ich war ein Idiot, ich hätte einen Plan B haben müssen, aber nach dem Artikel, den ich gelesen hatte, war ich davon ausgegangen, dass ich keinen brauchen würde. »Ich brauche Ihre Hilfe, Stella.« Wie konnte es dazu kommen, dass das Ziel, auf das ich mein Leben lang hingearbeitet hatte, davon abhing, ob eine Fremde befördert werden wollte oder nicht? Bei jedem anderen Immobiliengeschäft hätte ich bereits Monate zuvor aufgegeben. Aber bei diesem kam das nicht in Frage.

»Im Ernst, jeder andere im Büro würde sich über diesen Job freuen. Rufen Sie Sheila an. Sie ist für Personal im Immobiliensektor zuständig.«

Ich brauchte nicht *irgendeine* Fachfrau für Personal. Wenn ich Stella nicht verlieren wollte, musste ich nun offen und ehrlich mit ihr sein. »Ja, aber Ihre Kollegin hat nicht, was ich brauche.«

Sie drehte sich zu mir und fragte: »Und das wäre? Ich werde nicht mit Ihnen schlafen, nur weil Sie ein Problem mit der Stellenbesetzung haben.«

Gegen meinen Willen fing ich an zu lachen. »Nein, das meine ich nicht. Ich möchte mit Ihnen über Matthews und Karens Hochzeit reden.«

Ihr Gesicht wurde so weiß wie frisch gefallener Schnee. »Was ist damit?«

»Ich hatte gehofft, als Ihr Begleiter dort aufzutauchen.«

»Tja, da haben Sie Pech gehabt. Denn ich werde auf keinen Fall dorthin gehen, und selbst wenn ich es täte – ich kenne Sie doch überhaupt nicht.«

Es war wie verhext. »Bitte, hören Sie mir einfach zu. Geben Sie mir fünf Minuten.«

Sie blickte ihre Freundin an. »Du hast recht. Ich bin nicht gut darin, zuerst an mich selbst zu denken. Ich sollte jetzt gehen, meinst du nicht auch?«

Ihre Freundin zuckte mit den Schultern. »Wenn du ihn angehört hast, kannst du das immer noch tun.«

Seufzend ließ sich Stella wieder auf ihren Stuhl sinken. »Okay, dann seien Sie ehrlich zu mir. Wer zum Teufel sind Sie, woher kennen Sie mich, und was in aller Welt wollen Sie von mir?«

Sie war definitiv am Ende ihrer Geduld angelangt. Wenn ich mit dem Rücken zur Wand stand, war Ehrlichkeit meiner Erfahrung nach der einzig richtige Weg.

»Ich bin Beck Wilde. Ich bin Projektentwickler im Immobiliensektor. Ein Mann namens Henry Dawnay hält meine Zukunft in Händen. Er besitzt ein Haus, das ich unbedingt kaufen muss.«

Als ich in Hackney Einzimmerwohnungen renovierte, bevor Hackney beliebt war, als ich erschöpft von Vierundzwanzig-Stunden-Schichten und dreckig vom Bodenbretter-Herausreißen und Wände-Abreißen war, war ich hin und wieder mit der Tube zur Bond Street gefahren und mitten in der Nacht durch Mayfair gewandert, um mir Dawnays Haus anzusehen. Es war zu einer Besessenheit geworden.

Ich wollte dieses Haus. Ich wollte es kaufen, um es abreißen zu können. Um es von Grund auf neu zu bauen, neu und besser. Ich wollte es besiegen. Meine Vergangenheit besiegen.

Bei der Jagd nach diesem Haus würde ich vor nichts und niemand haltmachen.

Aber Stella London war meine letzte Hoffnung.

»Karens Patenonkel?«, fragte sie.

Ich musste mich zusammenreißen, um sie nicht einfach auf ihren Stuhl zu drücken und sie zu fragen, ob sie ihm je begegnet war. Vielleicht funktionierte die Sache ja sogar besser, als ich gehofft hatte. »Kennen Sie ihn?«

»Flüchtig. Er war immer da, wenn sie Geburtstag hatte, und mit siebzehn waren wir in seinem Haus auf den Bahamas, aber ich verstehe nicht, warum Sie an einer Hochzeitsfeier teilnehmen müssen, um ein Haus zu kaufen. Woher kennen Sie mich und was …?«

»… in aller Welt will ich von Ihnen?«, brachte ich den Satz an ihrer Stelle zu Ende. »Seit Monaten versuche ich vergeblich, einen Termin bei Henry zu bekommen. Diese Hochzeit gäbe mir Gelegenheit, mit ihm zu sprechen und ihn zu überreden, mir das Grundstück in Mayfair zu verkaufen.«

»Aber was habe ich damit zu tun?«

»Ich habe Nachforschungen angestellt. Ich weiß, dass Sie eingeladen sind, und ich möchte dort als Ihr Begleiter erscheinen.«

Sie lachte. »Ja, okay, wie gesagt, ich gehe nicht hin, also werden Sie wohl jemand anderes finden müssen.«

So wenig, wie ich damit gerechnet hatte, dass sie mich auslachen würde für mein Angebot, ihr zur Position einer Teilhaberin zu verhelfen, so wenig war ich darauf vorbereitet, dass sie meine Einladung ablehnen würde. Nie zuvor hatte ich etwas dermaßen verbockt. Alles an ihrem Verhalten forderte mich auf, dieses Geschäft sausen zu lassen. Aber das konnte ich nicht. Dieses Haus stand für das Pech meiner Familie. Ich war entschlossener denn je, es zu kaufen und mir zu eigen zu machen. »Es wird sich für Sie lohnen, versprochen.« Von mir aus konnte sie sogar die geplanten neun Komma vier Millionen Profit einstreichen. Na gut, vielleicht nicht alles.

»Wie gesagt, ich gehe nicht zu der Hochzeit, und neue Aufträge für *Foster and Associates* interessieren mich nicht.« Erneut stand sie auf. »Und jetzt gehe ich wirklich, Florence. Ich rufe dich nachher an, und Ihnen, Champagnermann – Beck oder wie auch immer Sie heißen –, vielen Dank für den Schampus.«

Verdammt, ich hatte versagt. Vielleicht war ich zu forsch gewesen. Ich hätte sie nicht bedrängen dürfen. Na schön, dann würde ich es an einem anderen Tag noch einmal versuchen, wenn sie Zeit gehabt hatte, über alles nachzudenken. Ich holte eine Visitenkarte heraus. »Ihnen ist egal, ob *Foster und Associates* neue Aufträge bekommen«, sagte ich. »Einverstanden. Aber überlegen Sie doch mal, was Sie gern *wollen*. Und wenn es nur ein Scheck ist. Ich muss unbedingt zu dieser Hochzeit.«

»Ein Scheck? Kein Geld der Welt könnte mich dazu bringen, Matts und Karens Eheschließung zu feiern.«

Warum hatte ich so ein Pech? Es war, als versuchte jemand absichtlich, dieses Projekt zu sabotieren. Normalerweise zahlte sich harte Arbeit für mich aus. Nie zuvor hatte ich so viel Zeit und Mühe aufgewendet, um mir eine Immobilie zu sichern, und trotzdem trat ich auf der Stelle, kam einfach nicht voran. Es war, als ob mir das Projekt in Zeitlupe und mit unsichtbaren Fäusten immer wieder in die Magengrube boxte.

»Wenn Sie keinen Scheck wollen, kann ich Ihnen vielleicht einen Gefallen tun«, sagte ich. »Ich kenne eine Menge Leute. Wenn Sie den Job wechseln wollen, kann ich Ihnen möglicherweise helfen. Oder vielleicht wollen Sie Ihr Leben lang Urlaub machen. Denken Sie mal drüber nach.«

»Danke, kein Interesse«, sagte Stella. »Zu dieser Hochzeit zu gehen wäre wie Urlaub in der Hölle. Schlimmer als das.«

»Stella«, sagte die Freundin. »Nimm seine Visitenkarte.«

Stella bedachte sie mit einem vernichtenden Blick. »Ich gehe nicht zu dieser Hochzeit. Ich habe kein Interesse an einer beschissenen Beförderung. Oder an einem Urlaub. Nichts auf der Welt ist es wert, diese Show zu ertragen.«

»Ich weiß. Aber es gibt durchaus ein paar Dinge, an denen dir liegt«, sagte ihre Freundin. »Was hast du zu verlieren, wenn du seine Visitenkarte nimmst? Dann kannst du ihn wenigstens anrufen, falls dir doch noch etwas einfällt, wofür es sich lohnt, zu dieser Feier zu gehen.«

Am liebsten hätte ich Stellas Freundin an Ort und Stelle einen Scheck ausgestellt.

Sie nahm mir die Karte aus der Hand wie ein Kind, das sich in sein Schicksal fügt und seine Karotten isst. »Dieser Tag ist das reinste Chaos. Hoffentlich ist er bald vorbei.«

Das Gefühl kannte ich.

6. KAPITEL

STELLA

»Stell dir einfach vor, er wäre der Geist aus der Flasche.« Florences Stimme kam knisternd aus dem Handy, das auf Lautsprecher stand, während ich mir die Zähne zu Ende putzte.

Ich nahm einen Schluck Wasser aus dem Glas, spülte mir den Mund und spuckte es aus. »Hast du getrunken?«

»Ich meine es ernst. Der heiße Typ im Anzug ist der Geist aus der Flasche.«

»Ach ja? Und ich bin die Flasche, oder was? Nein, verdammt, ich lasse ihn nicht in mich rein.«

»Unsinn, du verrückte Perverse. Du bist natürlich Aladdin.«

Ich verdrehte die Augen. »Und er gesteht mir drei Wünsche zu?«

»Genau. Er hat gesagt, du sollst dir überlegen, was du willst. Vielleicht ist es nicht die Teilhaberschaft in deiner Personalberatung, aber vielleicht kann er dir bei der Suche nach einem anderen Job helfen.«

»Hast du vergessen, welchen Preis der Flaschengeist dafür verlangt? Du hältst es doch nicht ernsthaft für eine gute Idee, dass ich zu der Hochzeit gehe. Lieber würde ich mir mit einem rostigen Messer die Hand durchstechen, gern auch mehrmals.«

Was dachte sich Florence nur dabei? Sie wollte doch selbst nicht zu der Feier gehen. Bei einer Hochzeit ging es darum, ein verliebtes Paar zu feiern, nicht darum, zwei Menschen, die einen auf übelste Art belogen und betrogen hatten, bei ihrem Start in die gemeinsame Zukunft zu beobachten.

»Natürlich wäre es schrecklich, daran teilzunehmen«, sagte Florence.

»Dann sind wir uns ja einig.«

»Aber …«

Was sollte dieses ständige *Aber?* In dieser Situation gab es kein akzeptables *Aber.* Auf keinen Fall würde ich bei dieser Hochzeit erscheinen.

»Im Grunde willst du dein Unternehmen zurückhaben. Dein Leben. Stimmt's?«

»Ja, natürlich.« Am liebsten hätte ich zurückgespult zu der Zeit, als Matt mich noch liebte und wir miteinander glücklich waren. Aber ich wusste nicht, wann das gewesen war. Hatten er und Karen bereits in Manchester hinter meinem Rücken miteinander rumgemacht? Waren wir nach London gezogen, damit die beiden zusammen sein konnten? Ich trank noch einen Schluck Wasser.

»Wenn Beck dir das ermöglichen kann, sind ein paar Tage bei dieser Hochzeit vielleicht tatsächlich die Mühe wert.«

Hatte Karen sie manipuliert? Hatte jemand Florence davon überzeugt, dass Karens und Matts Verhalten nicht weiter schlimm war? »Beck kann die Zeit nicht zurückdrehen. Er kann Matt und Karen nicht vom Heiraten abhalten.«

»An deiner Vergangenheit kann er nichts ändern, aber vielleicht kann er dir eine bessere Zukunft verschaffen.«

An meine Zukunft konnte ich nicht mal denken. Ich irrte noch immer im Nebel herum und versuchte herauszufinden, wo oben und wo unten war. In den zwei Monaten, bevor die Einladung gekommen war, hatte ich mich um meine eigenen Angelegenheiten gekümmert und geglaubt, dass Matt letztlich zu mir zurückkehren würde. Ich hatte tatsächlich nicht geglaubt, dass es endgültig aus war zwischen uns. Ich hatte keinerlei Pläne für ein Leben ohne ihn geschmiedet.

»Ich weiß, das wäre furchtbar«, fuhr Florence fort. »Aber sieh es doch mal so – sie haben dir diese Einladung geschickt, weil sie Feiglinge sind oder weil sie dich verletzen wollten. Wer weiß. Und wenn du nun dort auftauchst? Das ist das Letzte, womit sie rechnen. Damit bekommst du wieder ein bisschen Kontrolle über die Situation, und die beiden würden sich verdammt unwohl in ihrer Haut fühlen.«

»Kann schon sein, aber mir wäre genauso elend zumute wie jetzt. Das lohnt sich nicht.«

»Mag sein. Aber es geht um mehr als einfach darum, ihnen ein schlechtes Gefühl zu geben. Es geht darum, dich selbst ausnahmsweise mal an die erste Stelle zu setzen.« Als ich Anstalten machte, sie zu unterbrechen, fuhr sie fort: »Lass mich bitte ausreden. Nur mal theoretisch: Wenn dieser Beck dir etwas geben kann, wofür es sich lohnt, zu dieser Hochzeit zu gehen, solltest du es tun. Hab ich recht oder nicht?«

Florence war wie ein Hund, der den Knochen nicht loslassen wollte. Mir war schleierhaft, warum sie die Sache nicht einfach auf sich beruhen ließ. »Was sollte ich von Beck wollen? Nichts ist es wert, auf diese Hochzeit zu gehen.«

»Ich frage mich, ob das stimmt«, sagte sie. »Er hat gesagt, er ist Projektentwickler, richtig?«

»Ja«, sagte ich. »Er will eine Immobilie in Mayfair kaufen, die Henry Dawnay gehört.« Ich nahm die jüngste Ausgabe der *Elle Decoration* vom Nachttisch. Sollte Florence doch reden – offenbar musste sie die Sache aus ihrem System bekommen –, aber ich würde auf keinen Fall zu der Hochzeit gehen.

»Richtig. Also, ich habe ihn gegoogelt. Was soll man im Bus schließlich anderes tun, als auf dem Handy Fremde ausspionieren? Ich bin dafür bekannt, dass ich Schnappschüsse mache, wenn interessante Leute einsteigen, und sie durch die Gesichtserkennungs-Software jage.«

»Du machst wohl Witze.«

»Nope. Mehr über andere zu wissen als sie über mich gibt mir ein Gefühl von Macht. Aber wie dem auch sei – google mal *Wilde Developments*.«

Es war sinnlos, sich mit ihr zu streiten, ich würde Florence beschwichtigen müssen. Also holte ich mein Laptop vom Fußende des Bettes und tat, was sie mir befohlen hatte. »Erstens: Alles, was er gesagt hat, stimmt offenbar. Er ist im Immobiliengeschäft und hat eine Menge Geld mit der Entwicklung exklusiven Wohnraums in der Londoner Innenstadt verdient. Kannst du es sehen?«

Während ich die schicke Website voller Bilder aufrief, begann mein Herz zu flattern, als erwachte es wieder zum Leben. Die eingeblendeten Projekte waren atemberaubend. Geräumig, luftig, mit unglaublichen Aussichten. Die verwendeten Materialien waren hochwertig – italienischer Marmor, Glas aus Murano und wunderschöne Fliesen aus Porzellan. Als Architektin liebte ich es, mit Budgets in solcher Höhe zu arbeiten. Und ich liebte die ungewöhnlichen Räume, die in diesen alten Gebäuden gestaltet worden waren. Moderne Klassik war mein Stil, aber niemand, der mich zu Hause besuchte, würde je darauf kommen – obwohl ich Innenarchitektin war. Matt war bei der Ausstattung unserer Wohnung sehr wählerisch gewesen. Als ich noch im Geschäft war, hatte ich ein sehr viel traditionelleres Portfolio gehabt, denn das war es, was meine Kunden wünschten. Dabei hätte ich viel lieber im Stil von *Wild Developments* gearbeitet. »Ich frage mich, wer sein Innenarchitekt ist«, sagte ich und scrollte mich weiterhin durch die Seiten. »Sie haben einen fantastischen Geschmack.«

»Genau wie du«, sagte Florence.

»Mit einem solchen Budget kann man eine Menge auf die Beine stellen.« Es fehlte mir, schäbige, vernachlässigte Räume in ein frisches, anregendes Ambiente zu verwandeln. Ich kam mir dann vor wie eine gute Fee, die den Menschen das Leben schöner macht, indem sie ihr Zuhause verschönert – die ihnen einen Ort gibt, den sie lieben und an den sie sich zurückziehen können, wenn sie Trost brauchen, oder mit dem sie angeben können, wenn sie ihre Freunde beeindrucken wollen. In meinen Augen war ich eine Art Ärztin oder Therapeutin – ich stellte Medikamente für die Seele her.

»Genau darum geht es mir. Du könntest Beck darum bitten, dir diese Chance zu geben.«

»Wie bitte? Ich soll ihn um einen Scheck bitten, damit ich meine Wohnung umgestalten kann? Auf keinen Fall. Ich nehme kein Geld von einem Fremden als Gegenleistung für ein Date.«

»Nein, das meine ich nicht!«, rief Florence. »Er wird die Immobilie in Mayfair doch sanieren, stimmt's?«

»Ja, stimmt.« War mir etwas entgangen?

»Na also. Sag ihm, du willst bei dem Projekt die leitende Innenarchitektin sein.«

Ich schnaubte. »Mach dich nicht lächerlich. Ich habe seit einem halben Jahr nicht mehr gearbeitet. Ich habe kein Portfolio. Und ich habe noch nie etwas in dieser Größenordnung gemacht – oder in diesem Stil.«

»Benutz dein Portfolio aus der Zeit in Manchester«, sagte Florence.

»Die Kunden da oben bevorzugen einen völlig anderen Stil. Weniger innovativ, und die Kundschaft ist nicht international. Außerdem habe ich noch nie einen Neubau ausgestattet. Auf so einer leeren Leinwand hat man viel mehr Spielraum.«

»Ach, im Grunde ist das Portfolio egal, weil du dich ja nicht bewerben musst. Und du weißt doch, dass du es kannst, nicht wahr? Dafür würde sich die Reise nach Schottland wirklich lohnen.«

Florence benahm sich einfach lächerlich. Ich konnte von einem Fremden nicht verlangen, dass er mir einen Job gab. Er würde mich auslachen. Ich hatte nicht mal meinen Freund davon überzeugen können, dass ich etwas von der Sache verstand. Wie konnte ich da hoffen, einen Projektentwickler der Spitzenklasse zu überzeugen? »Klar weiß ich das. Aber ich kann es ihm nicht beweisen. Auf keinen Fall …« Die Innenausstattung eines dieser Häuser zu entwerfen – das war der Stoff, aus dem meine Träume waren. Aber mein Lebenslauf wies in letzter Zeit nur eine Tätigkeit im Personalwesen auf. Und als ich noch als Innenarchitektin tätig gewesen war, hatte ich keine Projekte übernommen, die denen von *Wilde Developments* auch nur entfernt ähnelten. Die Innenausstattungen, die ich in Manchester gemacht hatte, würden Beck nicht beeindrucken.

»Er hat gesagt, du sollst dir überlegen, was du willst. Und du erzählst mir ständig, dass du deinen Job hasst. Für mich klingt das nach einer perfekten Lösung.«

»Was denn, mich auf Erpressung zu verlegen?«

»Das ist keine Erpressung, sondern eine geschäftliche Vereinbarung. Er hat etwas, das du haben willst – du hast etwas, das er haben will. Das nennt man ein Tauschgeschäft.«

»Dasselbe könntest du über eine Prostituierte und ihre Kunden sagen.«

»Ich sage ja nicht, dass du mit dem Typen schlafen sollst – obwohl das eine verdammt verlockende Vorstellung ist. Er hat dich aufgefordert, den Preis zu nennen, zu dem du ihn zu einer Hochzeit begleiten würdest. So ein Job ist doch wohl eine Woche Leiden wert, oder? Das ist deine Chance, dir deine Karriere zurückzuholen, dein eigenes Leben. Lohnt es sich für lebenslanges Glück nicht, eine Woche lang zuzusehen, wie dein idiotischer Ex eine Frau heiratet, die du für deine Freundin gehalten hast?«

Ein Job für ein Unternehmen wie *Wilde Developments* würde mehrere Monate in Anspruch nehmen und mein Portfolio dermaßen aufpeppen, dass ich endlich wieder tun konnte, was ich liebte.

»Theoretisch schon. Aber ich weiß nicht, ob ich in der Lage bin, Karen und Matt zusammen zu sehen und Zeugin ihrer Eheschließung zu sein.«

Die Worte blieben mir fast im Hals stecken. Karen hatte gewusst, dass ich mir einen Heiratsantrag von Matt gewünscht hatte. Ich hatte es ihr erzählt. Sie hatte mir Ratschläge erteilt, mir gesagt, ich sollte ihm ein Ultimatum setzen. Waren die beiden zu dem Zeitpunkt bereits zusammen? Diente Karens Rat eher dazu, uns auseinander- als weiter voranzubringen? Auf jedem Gespräch, das ich je mit ihr geführt hatte, lag nun ein Schatten. Ich hatte geglaubt, sie würde für mich durchs Feuer gehen, aber jetzt wusste ich, dass sie am liebsten *mich* ins Feuer geworfen hätte, um ungestört meinen Freund heiraten zu können.

»Glaubst du, dass ich rein physisch in der Lage bin, zu dieser Hochzeit zu gehen? Ich glaube, ich müsste mich ständig übergeben oder bei den Ansprachen unkontrolliert losschreien oder so. Ich befürchte, dass ich etwas Schreckliches tun würde.«

»Wenn du hingehst, komme ich mit«, sagte Florence. »Zur moralischen Unterstützung. Und wer weiß, vielleicht schöpfst du ja Kraft aus dem Wissen, dass du ihre Hochzeit nutzt, um zu bekommen, was du willst. Das ist *die* Gelegenheit für dich, dir deine Macht zurückzuholen. Eine Chance, mit der Sache endgültig abzuschließen.«

Machtlosigkeit ... Ja, das war eine gute Beschreibung dafür, wie ich mich in den Wochen zuvor gefühlt hatte. Man hatte mir meine Zukunft geraubt, und ich konnte nichts dagegen tun.

Ich hasste Karen. Und ich hasste die Tatsache, dass ich sie hasste. Ich wollte kein verbitterter, hasserfüllter Mensch sein. Ich wollte über diese Sache hinwegkommen. Ich wollte den Abschluss, den Florence mir in Aussicht stellte.

Mit einem Ziel vor Augen würde ich mich wieder konzentrieren können, anstatt ständig über zwei Menschen nachzudenken, an die ich überhaupt nicht denken *wollte*.

»Und als Sahnehäubchen wirst du mit dem schärfsten Typen dort aufkreuzen, den ich je gesehen habe. Die Leute werden euch für ein Paar halten … Ja, mach ihn einfach zu einem zweiten Dermot Mulroney. Bring ihn dazu, so zu tun, als wäre er dein Freund – und schon bist du die Gewinnerin.«

Aus Florence Mund klang es, als wäre der Deal bereits besiegelt. »Ich soll also Beck überreden, mich zur leitenden Innenarchitektin bei einem milliardenschweren Bauprojekt zu machen *und* vorzugeben, er sei mein Freund, und am Ende der Woche bin ich darüber hinweg, dass meine ehemalige beste Freundin und mein Ex-Freund mich betrogen haben?« Florences positive Art, die Dinge zu sehen, gefiel mir sehr, aber an diesem Tag war sie definitiv entweder betrunken oder völlig durchgeknallt.

»Willst du mir ernsthaft erzählen, dass du der Hochzeit fernbleiben willst, wenn Beck der Flaschengeist sich auf den Deal einlässt?«

Natürlich konnte ich den Deal, den Florence mir beschrieben hatte, auf keinen Fall ablehnen. Sie hatte recht, ich war lange Zeit Kompromisse eingegangen und hatte Entscheidungen immer nur als Teil eines Paares getroffen. Matt und unsere Beziehung hatten für mich über allem anderen gestanden. Aber nun gab es diese Beziehung nicht mehr. Wir hatten keine Pause eingelegt, sondern ich war allein. Und ich musste anfangen, über meine Zukunft nachzudenken. Der Job als Personalberaterin war als vorübergehende Maßnahme gedacht, aber wenn ich mich nicht aufraffte und aktiv wurde, würde er zu einer dauerhaften Angelegenheit werden.

War es möglich, dass Beck Wilde mein Sechser im Lotto war? Die Dosis Medizin, die mich heilen, mir über die Art hinweghelfen würde, wie Matt und Karen mich betrogen hatten, und gleichzeitig ein karrierefördendes Jobangebot für mich bereithielt? »Darauf lässt er sich garantiert nicht ein.«

»Wenn du ihn nicht fragst, wirst du es nie erfahren. Was hast du zu verlieren?«

Ich fühlte mich, als hätte ich bereits alles verloren, was ich je besessen hatte – meine Karriere, meine Beziehung –, aber die Anwesenheit bei dieser Hochzeit würde mich möglicherweise auch noch meinen Stolz kosten.

Oder sie würde ihn mir zurückgeben.

Ich musste lediglich Beck überzeugen, dass ich in der Lage war, ein Projekt dieser Größenordnung zu übernehmen, obwohl ich kein grandioses Portfolio vorweisen konnte, und dann bei der Hochzeit meines Ex-Freunds und meiner ehemaligen besten Freundin auftauchen.

Das konnte doch nicht so schwer sein, oder?

7. KAPITEL

BECK

Normalerweise war ich darauf bedacht, kreative Lösungen für schwierige Probleme zu finden, denn genau darum ging es bei Bauprojekten, aber die Lage, in der ich mich derzeit befand, war alles andere als *normal*.

Ein Shitstorm – *das* war meine aktuelle Lage.

»Hör zu, Beck, ich habe getan, was ich konnte. Deine Zeit ist um.« Craigs Stimme drang aus dem auf Lautsprecher gestellten Handy auf meiner gläsernen Schreibtischplatte.

Mir lief ein kalter Schauer über den Rücken. Irgendetwas musste ich doch tun können. Ich konnte das Mayfair-Projekt nicht einfach fallen lassen. Ich drehte mich auf dem Stuhl zur Seite, sodass ich einen Blick auf die Kuppel der St.-Pauls-Kathedrale erhaschte, die über mir aufragte. Die Aussicht aus den Fenstern rief mir in Erinnerung, wie weit ich bereits gekommen war. »Ich kann damit nicht abschließen, so einfach ist die Sache nicht. Der Markt hat sich verändert. Niemand kann eine Immobilie monatelang behalten, ohne sie zu entwickeln und Profit daraus zu ziehen.«

Ich würde zehn Millionen Pfund verlieren.

Mindestens.

Wäre es *nur* um diese zehn Millionen Pfund gegangen, wäre es mir leichter gefallen, das Vorhaben aufzugeben. Aber dieses Projekt hatte mir mehr zu bieten, als für Geld zu haben war.

Craig war nicht derjenige, der den Verlust einstecken musste, und er würde auch keine schlaflosen Nächte verbringen,
weil ich ein Ziel aufgab, das ich mein Leben lang verfolgt hatte.

»Na schön, dann machst du eben Verlust. Es sind versunkene Kosten. Lass die Sache hinter dir.«

Ich schüttelte den Kopf. Dazu würde es nicht kommen,
denn ich hatte Henry noch nicht abgeschrieben. Wenn ich nur
fünf Minuten mit ihm verbringen konnte, würde ich ihn zu
dem Verkauf überreden, davon war ich überzeugt.

»Ich weiß, dass du das nicht hören willst, aber die Bank ge-
währt dir keinen weiteren Zahlungsaufschub. Wir werden den
Kredit kündigen müssen. Du wirst heute noch eine offizielle
Mitteilung per Kurier bekommen, mit der Anordnung, innerhalb von dreißig Tagen mit den Arbeiten zu beginnen. Andernfalls treten wir in Aktion und bringen die Immobilie auf
den Markt.«

Ich lehnte mich im Schreibtischsessel zurück und fuhr mir
mit den Fingern über den Kragen meines Hemds, als versuchte
ich die Schlinge zu lösen, die sich um meinen Hals zuzuzie-
hen begann. Es war alles gesagt. Craig hatte es freundlich ausgedrückt, aber tatsächlich war ich mein Darlehen los, wenn
ich innerhalb des nächsten Monats nicht vorankam. Ich würde
Geld verlieren, dazu meinen Traum, und auch meine Reputa-
tion würde Schaden nehmen.

Ich lag am Boden. Irgendwie musste ich wieder auf die Füße
kommen – irgendwoher die Energie dafür nehmen.

Auf keinen Fall durfte ich zulassen, dass die Bank sich
einschaltete. Wenn das Projekt scheiterte, würde es in der
Branche hinter vorgehaltener Hand heißen, dass ich nicht
mehr in Form war. Möglicherweise würde es sogar zukünftige Kreditgeber davon abhalten, andere Projekte zu finanzie-

ren. Ich konnte nicht mehr zurück. Ich hatte es weit gebracht, seit ich damals Einzimmerwohnungen im East End saniert hatte.

Verdammte Stella London.

Ich hatte diese Frau für die Lösung all meiner Probleme gehalten. Aber ich hatte auch sie noch nicht abgeschrieben.

Ich musste kreativ sein, aber im Moment waren mir die Ideen ausgegangen, mein Kopf war leer, und die Hoffnung war das Einzige, das mir noch geblieben war.

»Ich werde meine Verpflichtungen einhalten«, sagte ich zu Craig. »Ich bekomme die Unterschrift für Dawnays Haus, glaub mir.«

»Ich hoffe es, aber wie gesagt, dir bleiben dreißig Tage, um die Zahlung zu leisten, sonst wird das Darlehen fällig, und wir leiten Schritte ein, um das Geld einzutreiben.«

Ein Klopfen an der Bürotür verhinderte eine schlagfertige Antwort. »Ich halte dich auf dem Laufenden«, sagte ich, drehte mich zur Tür und sah die Empfangsdame hereinkommen. »Ich muss los, mein nächstes Meeting fängt gleich an.« Zwar stand mir in der folgenden Stunde kein einziges Meeting bevor, aber es war sinnlos, die Sache immer wieder mit Craig durchzukauen. Er hatte sich klar und deutlich ausgedrückt. Das Damoklesschwert hing nun noch ein paar Zentimeter tiefer über meinem Kopf.

»Tut mir leid, dass ich störe, Sir«, sagte Gina, »aber im Empfang ist eine Stella London, die behauptet, Sie würden sie mit Sicherheit sehen wollen.«

Der Druck auf meinen Brustkorb ließ ein wenig nach, sodass ich durchatmen und das Lächeln registrieren konnte, das meine Mundwinkel nach oben zog.

In dem Augenblick, in dem ich glaubte, komplett auf die Schnauze gefallen zu sein, lachte mir das Glück und schickte mir Stella London. Für ihre Anwesenheit konnte es nur einen Grund geben – sie wollte ein Geschäft mit mir machen.

Und egal, was sie wollte, an diesem Punkt würde ich zu allem Ja sagen, solange sie mich nur in diese Hochzeitsgesellschaft einschleuste.

Ich bat Gina, sie hereinzubringen, dann fuhr ich mir mit den Fingern durchs Haar.

Stella betrat den Raum. Ihre blonden Haare waren zurückgekämmt, der rote Rock schmiegte sich an ihre schlanke, feminine Figur. Die Härchen in meinem Nacken standen stramm, als würden sie von einem Feldwebel inspiziert. Vielleicht lag es daran, dass Stella bei unserer ersten Begegnung gesessen hatte, jedenfalls hatte ich sie nicht derart attraktiv in Erinnerung.

»Danke, dass Sie vorbeigekommen sind«, sagte ich. »Kann ich Ihnen etwas zu trinken anbieten? Tee, Kaffee?«

»Ich hätte gern ein Glas Mineralwasser. Ohne Eis.«

Ich warf Gina einen Blick zu, die nickte und auf dem Weg nach draußen die Tür hinter sich zuzog.

»Freut mich, Sie wiederzusehen.« Attraktive Frauen sah ich immer gern, aber ich hoffte, dass mir das, was sie mir zu sagen hatte, noch besser gefallen würde als ihr Anblick. Und der gefiel mir schon verdammt gut.

»Also, ich habe Erkundigungen über Sie eingezogen, damit ich auf Augenhöhe mit Ihnen sprechen kann«, begann sie.

Wenn sie sich über mich erkundigt hatte, wollte sie wissen, ob sie mir vertrauen konnte. Und das hieß, dass sie definitiv an dem Deal interessiert war. Da sie nun wusste, dass ich weder ein Pfuscher noch ein Hochstapler war, konnten wir ins Geschäft kommen. »Bitte, nehmen Sie Platz«, sagte ich und wies auf den Stuhl vor meinem Schreibtisch. »Und erzählen Sie mir, was Sie herausgefunden haben.«

Als sie saß, ließ sie den Blick durch mein Büro schweifen. »Eine Menge.« Sie musterte mich aus schmalen Augen, während ich ihr gegenüber Platz nahm. »Ein paar gute Dinge. Und ein paar …« Sie errötete, wollte mir offensichtlich nicht sagen, was sie dachte, was nur dazu führte, dass ich noch neugieriger wurde. »Viele Dinge.«

»Erzählen Sie«, sagte ich und lächelte, ohne es zu wollen. Himmel, auf ihrem Hals breitete sich jetzt eine leichte Röte aus, und ich hätte ihr am liebsten die Bluse aufgeknöpft, um der Spur bis zum Ende zu folgen.

»Na, wie dem auch sei«, sagte sie kurz angebunden. Ihre harte Stimme ließ meinen Schwanz zucken, und ich räusperte mich und versuchte, mich auf das Geschäft zu konzentrieren, wegen dem sie hergekommen war. »Jedenfalls weiß ich, dass Sie jemanden brauchen, der Sie Henry vorstellt, und dafür kann ich sorgen.«

»Dann werde ich Sie also zu der Feier begleiten?« Das Herz hämmerte mir gegen die Rippen, als verlangte es nach meiner Aufmerksamkeit. War es wirklich so einfach? »Die ganze Woche«, fügte ich hinzu. Mir blieben dreißig Tage, und wenn die Hochzeitsfeier anstand, war davon nur noch eine Woche übrig.

Ich würde so viel Zeit wie möglich mit Henry verbringen müssen. Ich musste ihn nicht nur grundsätzlich von dem Geschäft überzeugen, sondern ich brauchte seine Unterschrift auf den Papieren.

»Wenn Sie mit meinen Bedingungen einverstanden sind.«

Sie musste sie nur nennen. Ich würde alles tun, um an dieser Hochzeit teilzunehmen. Nach dem Gespräch mit Craig hatte ich keine Zeit mehr zu verlieren. Es war, als blickte ich auf den Gipfel des Mount Everests wenige Schritte vor mir, und jemand sagte mir, dass ich es nicht schaffen würde. Ich war zu weit gekommen, um noch aufzugeben und auf alles zu verzichten, was ich mir je gewünscht hatte.

»Fahren Sie fort«, sagte ich und versuchte zu verbergen, wie gespannt ich auf ihre Worte war.

»Die Grundstücke in Mayfair neben dem von Henry gehören Ihnen bereits seit einiger Zeit und kosten Sie vermutlich viel Geld.«

Verdammt noch mal, sie sollte endlich zum Punkt kommen. Was sie mir da erzählte, wusste ich bereits.

»Was sind Ihre Bedingungen, Stella?«

»Ich habe mir Ihre Arbeit genauer angesehen.« Sie zögerte, als überlegte sie, was sie als Nächstes sagen sollte. »Ich möchte die Innenausstattung des Gebäudes übernehmen – Küchen, Bäder, Fußböden, Holz- und Malerarbeiten –, und dann richte ich eine Wohnung zur öffentlichen Besichtigung ein.« Sie schlug ihre langen Beine übereinander, und es fiel mir schwer, mich auf das zu konzentrieren, was sie sagte.

Ich ließ ihre Worte auf mich wirken und versuchte, sie in meinem Kopf in eine Ordnung zu bringen, die Sinn ergab. »Sie sind Personalberaterin«, sagte ich und rief mir ins Gedächtnis, was ich bei meinen Recherchen über sie herausgefunden hatte. Ungefähr ein halbes Jahr zuvor war sie von Manchester nach London gezogen und hatte bei einer Personalvermittlung angefangen. War sie ausgebildete Innenarchitektin? Sie glaubte doch sicher nicht, dass sie einfach daherkommen und über Nacht zur Architektin werden konnte.

»Ich habe Innenarchitektur studiert«, sagte sie. »Bis vor einem halben Jahr hatte ich eine eigene Firma. Solche Projekte sind mein ureigener Bereich.«

Ihr Blick huschte von meiner Schulter zu meiner Hand und dann zum Fenster hinaus. Irgendetwas von all dem war gelogen. Ich wusste nur nicht, was. Ich erinnerte mich, dass sich ihr Unternehmen in Manchester mit etwas völlig anderem beschäftigt hatte. Offenbar war ich dermaßen darauf fixiert gewesen, dieser Personalvermittlung Arbeit zu verschaffen, dass ich die Tatsache übersehen hatte, dass sie Innenarchitektin gewesen war. *Mist*, ich war so hungrig nach Erfolg, dass ich wichtige Details einfach übersehen hatte. »Ich habe bereits jemanden für dieses Projekt.« Meinte sie das wirklich ernst? Konnte ich sie vielleicht überreden, einfach einen Scheck anzunehmen? Das würde mir die Sache deutlich erleichtern.

Stella erhob sich von ihrem Stuhl, als wäre das Gespräch damit beendet, aber ich würde sie auf keinen Fall gehen lassen. »Erzählen Sie mir etwas aus der Praxis. Sie sind jetzt im Personalwesen, warum wollen Sie wieder in Ihren alten Bereich zurück?«

»Ich habe den Job aufgrund einer persönlichen Angelegenheit gewechselt, aber tatsächlich möchte ich gern als Innenarchitektin arbeiten«, sagte sie. »Ich liebe großartiges Design, aber noch lieber gestalte ich Häuser, in denen die Menschen gern wohnen – Orte, an denen sie sich selbst sehen können. Orte, an denen sie eine Familie gründen, ihre Erfolge feiern und sich von ihren Niederlagen erholen. Das ist meine Leidenschaft, meine Berufung, wenn Sie so wollen, und ich bin wirklich gut darin.« Sie räusperte sich, als wäre sie nervös. »Sie haben mich nach meinen Konditionen gefragt – ich werde sie Ihnen nennen.«

Immerhin war sie bereit, ein Geschäft abzuschließen. »Haben Sie ein Portfolio, das ich mir ansehen kann?« Anstatt einfach ihre Konditionen abzulehnen, konnte ich ihr auf diese Art hoffentlich so charmant wie möglich klarmachen, warum ihr Vorschlag lächerlich war, und sie dazu bringen, etwas anderes zu akzeptieren – etwas, das ich ihr geben konnte.

»Das hier ist kein Vorstellungsgespräch. Wenn Sie nicht zu

dieser Hochzeit wollen, kein Problem.« Inzwischen hatte sie den Raum durchquert, und als ich sie einholte, lag ihre Hand bereits auf dem Türknauf.

»Stella, kommen Sie. Lassen Sie uns darüber reden«, sagte ich und atmete einen Hauch Rosenblütenduft ein. Ich streifte ihre Seidenbluse. Ich war ihr viel zu nah, darum trat ich einen Schritt zurück. Ich schob die Hände in die Hosentaschen, um ihr nicht die Haare aus dem Gesicht zu streichen, damit ich ihr besser in die Augen sehen konnte. »Sie verstehen sicher, dass ich für die Art von Häusern, an denen ich arbeite, einen erfolgreichen Innenarchitekten brauche, der auf dem neuesten Stand ist. Ich versuche nur, uns beide zu schützen.«

»Für mich klingt das, als wollten Sie Ihren Kuchen essen und ihn gleichzeitig behalten. Sie haben mich nach meinen Konditionen gefragt.«

Ich musste mir schnell etwas einfallen lassen. Ich war nicht die Sorte Mann, die sich gern zu etwas zwingen ließ, aber Stella tat genau das. Und die Alternative bestand darin, dass mir die Bank den Riegel vorschob. Ich musste mit Henry sprechen. Dafür würde ich alles tun, was nötig war. Vielleicht konnte sie mit dem Architekten zusammenarbeiten, den ich für das Projekt bereits ins Boot geholt hatte.

»Ich weiß, dass wir kein Vorstellungsgespräch führen«, sagte ich. »Aber Sie sollten mich wenigstens bei Laune halten.« Anstatt aus dem Raum zu stürmen, hielt sie meinem Blick stand, also fuhr ich fort: »Angenommen, ich lasse sie an dem Projekt in Mayfair arbeiten. Was ist Ihre Vision?«

Sie seufzte, erklärte dann aber: »Ich würde sagen, Sie zielen auf wohlhabende Leute ab, deren Hauptwohnsitz auf dem Land liegt und die eine Zweitwohnung suchen, oder auf kinderlose Singles und Paare. Und Sie verkaufen auf einem internationalen Markt – das müssen wir berücksichtigen. Ich glaube, der Stil Ihrer letzten Projekte in Fitzrovia würde gut funktionieren, aber potenzielle Käufer werden bei demselben klassischen Stil ein bisschen mehr Luxus, mehr Exklusivität erwarten. Ich schlage vor, dass jede Wohneinheit sich durch etwas Einzigartiges auszeichnen sollte. Das ist bei solchen Projekten der Luxusklasse durchaus üblich, zielt aber meistens in eine moderne Richtung – ich hingegen schlage eine traditionelle Stilrichtung vor. In den Schlafzimmern könnten wir antikes Glas verwenden, in den Bädern aufgearbeiteten Marmor in eine Wand einfügen und davor Glasböden anbringen. In der Nähe meines Büros wird gerade ein Theater renoviert. Wir könnten ihnen die Bühne abkaufen, sie restaurieren und sie als erhöhten Fußboden im Hauptschlafzimmer verwenden. Oder ich beschaffe Leuchtkörper aus Herrenhäusern. Wir wollen nicht übertreiben – in jeder Wohnung nur ein oder zwei Dinge, die kein anderer hat, Objekte mit einer Vorgeschichte, die den Reiz der jeweiligen Wohnung erhöhen. Das ist schön, aber es ist auch Marketing.«

Ihre Ideen gefielen mir. Und sie hatte verstanden, dass mein Ziel darin bestand, die Wohnungen zu verkaufen, dass sie nicht nur hübsch aussehen sollten. Ich atmete tief durch. Sie hatte mich in der Tasche. Wenn ich ablehnte, verschenkte ich meine größte Chance, an Dawnays Haus zu kommen. »Ich muss das Recht haben, Sie von dem Projekt abzuziehen, wenn die Sache nicht funktioniert.« Vielleicht konnte ich sie dazu bringen, mich zu der Hochzeit mitzunehmen, und hinterher neu verhandeln – sie eine Einzimmerwohnung ausstatten lassen und für das Mayfair-Projekt auf meinen üblichen Innenarchitekten zurückgreifen. Im schlimmsten Fall würde ich die Wohnung später entkernen müssen.

Sie nahm die Konferenzmappe, die sie unter den Arm geklemmt hatte, und holte einige Unterlagen heraus. »Sie können mich feuern, wenn ich die Fristen des Projektplans nicht einhalte oder mehr als sieben Prozent zu viel ausgebe. Das steht hier in Paragraf zehn.«

Ich blätterte den Werkvertrag durch, den sie mir gegeben hatte.

»Der Vertrag ist normgerecht«, sagte sie. »Unterschreiben Sie einfach auf der letzten Seite.«

Ohne Vertrag blieb ich flexibel, und wenn ich unterschrieb, hatte ich keinen Verhandlungsspielraum mehr. Mir blieb jedoch nichts anderes übrig, als zu unterzeichnen und mir später Gedanken darüber zu machen. »Ich hoffe, Sie machen Ihre Sache gut«, sagte ich, holte meinen Füller aus der Innentasche und drückte den Vertrag an die Tür.

»Ich werde sie mehr als gut machen. Ach, eine Sache wäre da noch.«

Ich setzte den Punkt auf das I in Wilde und blickte auf, wartete ab, was Stella sagen würde – wahrscheinlich wollte sie Informationen über Grundrisse oder eine Gewinnbeteiligung.

»Sie müssen so tun, als wären Sie mein Freund – als wären Sie wahnsinnig in mich verliebt und würden mir bald einen ernst gemeinten Heiratsantrag machen.«

Ich lächelte. Bat sie mich um ein Date? »Bei der Hochzeit?«, fragte ich.

»Ja, bei der Verlobungsparty, oben in Schottland und bei jedem anderen bevorstehenden Event.«

Ich lehnte mich an die Tür und musterte sie eingehend. »Wie viele Events sind das?«

Erneut huschte ihr Blick von meiner Schulter zur Kuppel der St.-Pauls-Kathedrale hinter mir. »Keine Ahnung. Soweit ich weiß, geht es um die Verlobungsparty und die Feier nach der Trauung.«

Vermutlich war das ihre Art, mich um ein Rendezvous zu bitten. »Wenn Sie ein richtiges Date mit mir wollen, müssen Sie es nur sagen. Sie sind eine attraktive Frau, und ...«

Stella seufzte. »Hören Sie auf, sich wie ein Arschloch zu benehmen. Ich brauche keinen Freund. Es muss nur so *aussehen*, als hätte ich einen.« Sie riss mir den unterschriebenen Vertrag aus der Hand und stopfte ihn in ihre Handtasche. »Es ist rein geschäftlich. Genau wie das hier«, sagte sie und wedelte mir mit den Unterlagen vor der Nase herum. »Es muss nur glaubwürdig sein, das ist alles.«

Offensichtlich war das wichtig für sie, aber ich verstand nicht, warum. »Sie wollen also, dass wir in der Öffentlichkeit so tun, als ob, aber nicht, wenn wir allein sind?«

Sie legte den Kopf schief. »Ich habe Sie nicht gebeten, mein käuflicher Liebhaber zu sein, Beck. Es ist alles nur Show.« Sie verdrehte die Augen, als wäre ich der dümmste Mann, dem sie je begegnet war. Stella London war eine neue Erfahrung für mich. Ich war es gewohnt, dass Frauen mit mir flirteten. Mich anlächelten. Sie spielten an ihren Haaren herum, wenn sie mit mir sprachen, und waren nicht sauer auf mich wie auf einen nervigen kleinen Bruder.

»Aber warum?« Allmählich fühlte ich mich wie ein Statist in einer nachmittäglichen Seifenoper, dem ein Stück des Drehbuchs fehlte.

»Spielt das eine Rolle? Es gehört zu meinen Konditionen. Stimmen Sie zu oder bleiben Sie zu Hause. So einfach ist das.«

Ich beschwerte mich nicht. Ihr Verhalten war seltsam, aber sie brach damit keine Abmachung. Ich war nur neugierig, warum sie diese Bedingung stellte. »Okay. Ich werde den verliebten Freund geben.« Im echten Leben war ich kein guter fester Freund, aber wer weiß, wenn ich in die Rolle hineinschlüpfte, würde es in meiner nächsten Beziehung vielleicht besser laufen.

»Okay, dann ist die Sache abgemacht. Die Verlobungsparty findet an diesem Samstag statt«, sagte sie und drehte sich zur Tür. »Holen Sie mich um sieben ab.« Und damit verließ Stella mein Büro.

»Warten Sie, ich brauche Ihre Adresse. Und die Telefonnummer.«

»Die finden Sie sicher selbst heraus. Schließlich haben Sie mich in meiner Lieblingsbar aufgespürt.« Sie schlug mir die Tür vor der Nase zu, und mich beschlich das Gefühl, dass bei diesem Deal möglicherweise ich der Verlierer sein würde.

Diese Frau würde es mir nicht leicht machen. Aber für zehn Millionen Pfund, die Zukunft meines Unternehmens und für die Chance, das Unrecht meiner Vergangenheit wiedergutzumachen, würde ich damit zurechtkommen.

8. KAPITEL

STELLA

So sieht eine mutige Frau aus, sagte ich zu meinem Spiegelbild. Ausnahmsweise einmal hatte ich es geschafft, mir falsche Wimpern anzukleben, ohne wie eine Nutte auszusehen. Und die getönte Feuchtigkeitscreme, die ich im Angebot gekauft hatte, hielt ihr Versprechen und ließ meine Haut ebenmäßig aussehen. Hoffentlich würde sie auch den Ausschlag abdecken, den ich bestimmt schon bei dem Gedanken bekommen würde, mich Matt und Karen auf weniger als drei Meter zu nähern. Hätten sie nicht nach Tasmanien oder so durchbrennen können?

»Bist du sicher, dass du mich nicht abholen willst? Es liegt auf dem Weg«, sagte Florence.

»Nein, Beck kommt vorbei.« Ich warf einen Blick auf die Uhr. Er musste jeden Moment eintreffen. Genau zwei Stunden nach meinem Aufbruch aus seinem Büro einige Tage zuvor hatte er mir eine E-Mail geschickt und mir mitgeteilt, dass er meine Mailadresse, meine Handynummer und meine Anschrift herausgefunden hatte. Wahrscheinlich hatte er meine Kontaktdaten vorher schon gehabt, aber die Vorstellung, dass er sich dafür anstrengen musste, gab mir ein gutes Gefühl. In der Beziehung mit Matt war immer ich diejenige gewesen, die das Restaurant ausgesucht, seinen Anzug in die Reinigung gegeben und das Taxi bestellt hatte. Und wohin hatte mich das gebracht?

Florence seufzte. »In aller Bescheidenheit: Es war eine geniale Idee von mir, ihn für die Hochzeitssaison zu deinem Freund zu machen.«

»Er *tut* doch nur so. Aber ja, dadurch ist der Gedanke an heute Abend und an die Hochzeit ein bisschen weniger schrecklich.«

»Damit löst du eine Menge Probleme. Ich meine, du kannst zu der Hochzeit gehen und so tun, als wärst du längst über Matt hinweg …«

»Hey, das bin ich auch. Ich schmiede bereits Zukunftspläne. Gestern Abend habe ich nicht mal ein Glas Wein getrunken.« Der Nebel hatte sich zwar nicht gelichtet, aber seit ich in Becks Büro gewesen war, konnte ich ein bisschen besser sehen.

Das Schweigen am anderen Ende der Leitung verriet mir, dass Florence mir nicht so recht glaubte. Aber ich wollte Matt wirklich nicht zurückhaben. Okay, ich vermisste ihn vielleicht, oder zumindest vermisste ich das Bild, das ich mir von ihm gemacht hatte. Aber einen solchen Betrug vergaß man nicht.

»Hast du etwas von Karen gehört, nachdem du Beck und dich angemeldet hast?«, fragte Florence.

»Nope. Nur die Standardantwort. Und du?«

Ich konnte sie beinahe in den Hörer grinsen hören. »Ja, sie hat mich gestern Abend angerufen. Sag, dass du heute wahnsinnig scharf aussiehst. Was hast du an?«

Ich starrte mich im Spiegel an. Als *scharf* hätte ich mich nicht bezeichnet, aber immerhin hatte ich doch keinen Ausschlag bekommen, und auch die Haare klebten mir nicht schlaff im Gesicht – das Volumenshampoo hatte seinen Zweck erfüllt –, es hätte also schlimmer sein können. »Die schwarze, paillettenbesetzte Smokingjacke und die schwarze Hose mit dem weißen Bustier drunter.«

»Lass das Bustier weg. Nimm nur das Jackett.«

»Du meinst, ich soll nur meinen BH tragen? Mach dich nicht lächerlich. Ich tue mein Bestes, um *nicht* wie eine Nutte auszusehen, obwohl meine falschen Wimpern mich dazu überreden wollen, den Beruf zu wechseln.«

»Keinen BH. Das Jackett hat Knöpfe. Und auf der Website des Händlers zeigen sie, wie man es ohne was drunter trägt.«

Ich hatte zwar nicht viel Oberweite, aber was ich hatte, sollte trotzdem nicht jeder sehen.

»Du hast doch dieses Klebeband, oder? Also, beweg dich, weg mit dem Bustier.«

Es klingelte, und ich sprang auf, ehe mein Magen erneut rebellieren konnte. Das hier passierte wirklich. Wenn ich noch länger darüber nachdachte, würde ich die Tür nicht aufmachen und mich mit einer Flasche Wein und einer Ausgabe der *Elle Decoration* unter dem Bett verstecken. »Ich muss los. Beck ist da. Ach, und übrigens: Nenn ihn Beck, wenn du ihn siehst, nicht *heißer Typ im Anzug*.«

Henry würde auf der Party an diesem Abend nicht auftauchen, und Beck wusste das, sodass er nur meinetwegen mitging – um seinen Teil unserer Abmachung zu erfüllen. Insgeheim hatte ich befürchtet, er würde einen Rückzieher machen – einen anderen Weg finden, um zu bekommen, was er wollte –, und ich würde – wieder mal – dumm dastehen, wenn ich zu erklären versuchte, warum ich trotz Zusage nicht auf der Hochzeit aufgetaucht war.

Ich rannte barfuß die Treppe hinunter, um ihn an der Haustür abzuholen. Seine Gestalt füllte die bunten Glasscheiben in der Haustür aus – ich hatte vergessen, wie groß er war.

»Hey«, sagte ich, als ich die Tür aufriss und lächelte. Er war zwar verpflichtet, an diesem Abend bei mir zu erscheinen, aber deswegen konnte ich trotzdem nett zu ihm sein, oder?

»Miss London«, begrüßte er mich und reichte mir einen kleinen Blumenstrauß.

»Edelwicken?« Blumen hätte ich nicht mal von einem echten Freund erwartet, ganz zu schweigen von einem solch ungewöhnlichen. »Kommen Sie mit rauf«, sagte ich und begann, die Stufen hinaufzusteigen.

»Die Lieblingsblumen meiner Mutter.«

»Sie müssen mir keine Blumen mitbringen.« Ich bog links in die Küche ab und holte eine Vase vom Schrank. »Die Sache mit dem Fake-Freund ist für die anderen. Ich sehne mich wirklich nicht nach männlicher Gesellschaft. Trotzdem, danke.«

Er stand in der Tür zu der Küche, die Matt immer als zu klein bezeichnet hatte, wenn ich vorschlug, gemeinsam zu kochen. »Was ich mache, mache ich gern gut. Und es schmerzt mich, zu sagen, dass ich kein guter Freund bin.«

Ich grinste. »Das schockiert mich überhaupt nicht. Dem Mann, der ein guter Freund sein kann, müsste ich noch begegnen.« Es war seltsam, einen anderen Typen in meiner Wohnung zu sehen. Seit Matt hatte es niemanden mehr gegeben. Aber es war nicht unangenehm, Beck um mich zu haben. Vielleicht, weil wir kein Date hatten, deshalb verglich ich ihn nicht mit Matt. Ich machte mir keine Gedanken darüber, ob das Licht meinem Teint schmeichelte oder ob er meinen hautfarbenen Miederslip sehen würde. Mir war egal, was er von mir hielt.

Ich nahm die Blumenvase und scheuchte ihn aus der Küche. »Setzen Sie sich, ich bin in einer Minute bei Ihnen. Und fassen Sie nichts an.«

»Das würde ich niemals wagen«, sagte er und ging mit erhobenen Händen rückwärts auf das Sofa zu.

Ich musterte ihn und versuchte herauszufinden, ob er es ernst meinte. »Sie finden, ich wirke wie ein Mensch, der jedem sagt, was er zu tun hat, stimmt's?« Matt hatte immer geklagt, ich sei rechthaberisch; Florence und Karen hingegen hatten mir ständig versichert, er sei ein Idiot und rede nur Unsinn. Hatte Karen geglaubt, was sie sagte, oder hatte sie nur versucht, ihre wahren Gefühle zu verbergen? Hatte sie Matt immer schon geliebt, oder war die Anziehung zwischen den beiden langsam gewachsen? Ein metallischer Geschmack erfüllte meinen Mund, und ich schluckte, damit er verschwand.

Becks leises Lachen beendete meinen Anflug von Panik. Es kam unerwartet und wärmte mir die Fingerkuppen wie ein willkommenes Feuer an einem kalten Tag. Es klang eher selbstbewusst als großspurig. Er senkte den Blick auf seine Schuhe, dann hob er den Kopf und sah mir in die Augen. »Ich finde, Sie wirken wie eine Frau, die weiß, was sie will und die sich von niemandem daran hindern lässt, es sich zu holen.«

Wenn ich überhaupt eine Chance auf eine weitere gute Beziehung haben wollte, musste ich wahrscheinlich lernen, weniger herrisch zu sein. Florence hätte mir widersprochen, aber ihre Aufgabe war es, mich aufzubauen, daher zählte ihre Meinung nicht.

»Das ist nichts Schlechtes«, sagte er stirnrunzelnd. »Sie sehen sauer aus. Nicht doch. Mir gefällt das. Es ist heiß. Es ist, als wären Sie mein weibliches Gegenstück.«

»Sie sind also narzisstisch genug, um sich selbst heiß zu finden?« Ich lachte, und mein Magen verlagerte sich wie die schwere, steinerne Tür eines ägyptischen Grabs, die seit tausend Jahren nicht mehr geöffnet worden war. Wie schaffte es dieser Mann, der mir völlig fremd war, dass ich mich so verdammt wohlfühlte?

»An einem gesunden Selbstbewusstsein gibt es nichts auszusetzen«, antwortete er.

Selbstbewusstsein besaß Beck zweifellos in höchstem Maße. Wenn ich Zeit mit ihm verbrachte, würde es vielleicht ein wenig auf mich abfärben.

»Geben Sie mir zwei Minuten, dann können wir los.« Ich steuerte bereits auf mein Schlafzimmer zu und rief aus dem Flur: »Ich muss mich nur noch für ein Outfit entscheiden. Ich weiß nicht, ob ich unter dem Jackett ein Top brauche.«

»Was denn sonst?«

Ich zog mein seidenes Bustier aus, schlüpfte in die Jacke und schloss die beiden Knöpfe. »Wie – was denn sonst?«, rief ich ins Wohnzimmer hinüber.

»Ein Top oder was sonst?«

»Nur den BH«, antwortete ich und ging zurück ins Wohnzimmer. »Was meinen Sie?«, fragte ich und spähte auf mein Dekolleté. Aus diesem Blickwinkel kam ich mir ein bisschen zu nackt vor.

»Definitiv nur den BH«, sagte Beck, und als ich den Kopf hob, sah ich, dass auch er mir aufs Dekolleté starrte.

»Sehen Sie? Ich kann das nicht tragen. Meine Brüste gucken raus.« Es sollte nicht so aussehen, als gäbe ich mir große Mühe, aber Matt sollte auch nicht denken, dass ich mich wie eine Schlampe anzog.

Er war immer sehr speziell gewesen, wenn es um meine Kleidung ging, und obwohl ich mich anfangs von ihm kontrolliert gefühlt hatte, verstand ich nach dem ersten Treffen mit seiner Familie, dass er seiner Mutter keinen Grund zur Klage geben wollte. Ich hasste Matt, aber er sollte mich nicht sehen und sagen: »Gott sei Dank habe ich nicht *sie* gebeten, mich zu heiraten.« Ich wollte etwas tragen, bei dessen Anblick er seine Taten bereute.

»Sie gucken nicht *ganz* raus«, stellte Beck fest. »Sie winken mir nur ein kleines bisschen zu.«

Ich legte mir die Hände auf die Brust. »Sie winken weder Ihnen noch sonst jemandem zu.«

»Dann zwinkern sie eben.«

»*Holy Shit*«, sagte ich, machte kehrt und steuerte erneut auf mein Schlafzimmer zu. »Meine Brüste zwinkern nicht!«

»Hm. Wenn Sie meine Freundin wären, würde ich Sie sehr gern mit zwinkernden Brüsten ausführen.«

Ich konnte nicht aufhören zu lachen. »Ich empfehle Ihnen dringend, so etwas zu keiner Frau zu sagen. *Niemals.*« Ich hatte diesen Kerl gerade erst kennengelernt, und schon redeten wir über meine Möpse. Vermutlich *waren* wir bereits in einer festen Beziehung.

»Guter Tipp«, rief er. »Aber mal im Ernst, Sie sehen scharf aus. Besser als mit dem Top, das war ein bisschen … alt.«

Auf *alt* stand ich absolut nicht.

»Jetzt sind Sie sexy«, sagte er. »Ihr Outfit, meine ich.«

Ich griff nach meiner Abendtasche und rief: »Auf geht's!«

An der Wohnungstür holte er mich ein. »Ich glaube, diese Sache mit der vorgetäuschten Beziehung können wir knicken, wenn wir so locker über meine Möpse reden können. Bevor der Abend zu Ende ist, werden wir beim Pinkeln die Badezimmertür offen lassen.«

Er hielt mir die Tür auf, und ich duckte mich unter seinem Arm hindurch, um ins Freie zu gelangen. »Vielleicht sollten wir uns über ein paar Details austauschen oder uns zumindest eine Geschichte zurechtlegen, wie wir uns kennengelernt haben, seit wann wir zusammen sind und so.«

Ich blieb auf halber Treppe stehen, weil es mir plötzlich eiskalt den Rücken hinunterlief. »Mist. Wir sind völlig unvorbereitet. Ich meine, ich weiß nicht mal, wo Sie aufgewachsen sind oder wie Ihr zweiter Vorname lautet.«

Da hatte ich vorgehabt, einfach reinzuschneien und allen

vorzulügen, dieser Typ namens Beck sei die Liebe meines Lebens, dabei wusste ich nicht mal, was er am Sonntagmorgen tat. War er der Typ, der ins Gym ging, oder blieb er lieber im Bett und las Zeitung?

Jedem würde klar sein, dass wir uns gerade erst kennengelernt hatten.

Ich würde die totale Demütigung erleben.

Ich zog die Tür zu und schloss ab. Vielleicht sollte ich ihn bitten, wieder zu gehen, und die ganze Sache einfach abblasen. Die Idee war lächerlich. Blöde Florence. Nur sie war fähig, mich zu so etwas zu überreden.

»Kent und Robert«, sagte er und winkte ein nahendes Taxi herbei.

»Ich glaube, wir sollten das lieber nicht tun«, sagte ich, und meine Füße schienen auf dem Pflaster zu kleben, als Beck mir die Tür des Taxis aufhielt. »Das ist doch verrückt. Die Leute werden mich für eine Irre halten, wenn sie merken, dass ich nur so tue, als wären wir zusammen.«

»Steigen Sie ein, Stella.«

»Ich meine es ernst. Ich bin eine furchtbar schlechte Lügnerin – im günstigsten Fall. Aber auf so etwas bin ich einfach nicht vorbereitet.«

»Wir können unterwegs darüber reden.«

Vielleicht lag es daran, dass er so ruhig blieb, aber ich tat, was er von mir verlangte, stieg in das Taxi und nannte dem Fahrer die Adresse.

»Ich schlage vor, wir sind uns bei der Arbeit begegnet. Es ist leichter, wenn man so nah wie möglich an der Wahrheit bleibt. Sie haben ein paar Probearbeiten für mich angefertigt, den Job bekommen, und ich habe Sie um eine Verabredung gebeten.«

Entweder war er ein ausgezeichneter Lügner oder er hatte

so etwas schon einmal gemacht. »Haben Sie mit solchen Dingen viel Erfahrung?«

»Mit falschen Freundinnen?« Er zog die Brauen hoch, als hätte ich ihn gerade gefragt, ob er schon mal in Betracht gezogen hätte, ein Lama als Haustier zu halten.

»Na, Sie wissen schon, mit Lügen.«

»Jeder lügt«, sagte er. »Aber eine falsche Freundin habe ich noch nie gehabt, nein.«

»Oh mein Gott. Haben Sie denn eine echte?« Natürlich hatte er eine Freundin. Neben diesem Typen sahen die Hemsworth-Brüder aus, als wären sie bei der Genpool-Lotterie schlecht weggekommen. »Der kann diese Idee doch nicht gefallen.« Das Herz polterte in meinem Brustkorb herum, beschleunigte meinen Puls und ließ meine Handflächen schwitzen. »Was ist, wenn jemand sie kennt …«

»Stella, im Ernst, Sie müssen sich beruhigen, sonst bekommen Sie noch einen Schlaganfall. Ich bin mit niemandem zusammen.«

»Nein? Wie kommt das?« Beck war attraktiv und wohlhabend. Eigentlich hätte er an jedem Finger zehn Frauen haben müssen.

»Wenn ich mich richtig an die Sprachnachricht erinnere, die meine Ex-Freundin mir letzte Woche hinterlassen hat, kommt es daher, dass ich ein egoistisches, arbeitssüchtiges Arschloch bin … ach nein, falsch. Ich bin ein Scheißkerl, kein Arschloch.«

Ich zuckte zusammen, dabei hatte ich ihn selbst danach gefragt. »Waren Sie lange zusammen?«

Erneut lachte er leise in sich hinein und fuhr sich mit den Fingerknöcheln übers Kinn. »Ein paar Monate. Sie hat mir nicht das Herz gebrochen, keine Sorge.«

Für eine Sekunde vergaß ich die Party, Karen und Matt und wollte Beck fragen, ob er ihr treu gewesen war oder ob sie zusammengewohnt hatten, aber irgendwie schaffte ich es, den Mund zu halten.

»Vielleicht sollten wir die Party heute Abend auslassen«, sagte ich. »Hausaufgaben machen, uns etwas übereinander erzählen und dann gut vorbereitet bei der Hochzeit auftauchen. Die ist schon in zwei Wochen, aber bis dahin weiß ich zumindest, ob Sie Tofu oder Drachenfliegen mögen.«

»Schließt das eine das andere aus?«, fragte er grinsend.

Ohne es zu wollen, erwiderte ich sein Lächeln. »Um Himmels willen, sagen Sie bloß nicht, Sie mögen Tofu.« Ich seufzte theatralisch. »Ich weiß nicht, ob ich eine Beziehung zu einem Tofu-Fan vortäuschen könnte.«

Stolz flammte in mir auf, als er lachte. Dass ich dieses Lachen hervorrufen konnte, gab mir das Gefühl, eine Art Auszeichnung oder zumindest ein Abzeichen zu verdienen.

»Da kann ich Sie beruhigen. Und heute Abend kommen wir auch zurecht. Wir müssen nur versuchen, zusammenzubleiben, dann stellt Ihnen niemand Fragen über mich und umgekehrt auch nicht.«

Ich bewunderte seinen Optimismus. Irgendetwas würde bestimmt katastrophal schiefgehen. Obwohl es mir widerstrebte, weil ich von niemandem bemitleidet werden wollte, musste ich ihm von Matt erzählen. Schließlich war er auf dieser Party nicht irgendein Gast. Er war der Bräutigam. Das hier war seine Party. Die Leute würden davon ausgehen, dass Beck die Geschichte zwischen Matt und mir kannte. Ich wappnete mich dagegen, dass er den Kopf schief legen und dann entweder eine mitleidige Miene aufsetzen oder hörbar einatmen und mich schockiert mustern würde. »Sie sollten wahrscheinlich wissen, dass ich früher mal mit dem Bräutigam zusammen war«, sagte ich.

Er drehte sich zu mir, während das Taxi zum Stehen kam und die Straßenlaternen die Konturen seines Gesichts hervorhoben und sein markantes Kinn betonten. Männer hatten echt Glück – sie konnten sich einfach aus dem Bett wälzen, in einen Anzug schlüpfen, und schon sahen sie absolut vernaschbar aus. Ich hingegen hatte beinahe zweieinhalb Stunden mit dem Versuch verbracht, sexy auszusehen, ohne ins Nuttige abzugleiten.

»Tatsächlich? Wie lange denn?«, fragte er.

Ich seufzte und überprüfte mit einem Blick durch die Windschutzscheibe, ob die Ampel umgesprungen war. »Lange. Wir haben uns an der Uni kennengelernt.« Es war schon länger nicht mehr gut zwischen uns gelaufen, das war mir klar gewesen, aber ich hatte immer geglaubt, dass wir auf Dauer zusammenbleiben würden. Jedes Paar hat mal eine schlechte Phase.

»Und Sie sind immer noch so gut befreundet, dass er Sie zu seiner Hochzeit einlädt? Wie erwachsen von Ihnen beiden.«

Ich zuckte mit den Schultern und versuchte Becks durchdringenden Blick zu ignorieren. »Wir haben viele gemeinsame Freunde. Es ist leichter, wenn wir uns anständig verhalten.«

»Mögen Sie seine Verlobte?«

Ich hatte erwartet, dass er mich fragen würde, wann wir uns getrennt hatten. Meine Beziehung zu Karen warf mehr Fragen auf, als ich beantworten konnte. »Na ja, wir haben denselben Freundeskreis.«

»Ach ja?«, fragte er, als wir vor dem *Berkeley Hotel* vorfuhren.

Wenn er es seltsam fand, dass ich nach wie vor mit meinem Ex befreundet war, was würde er dann erst denken, wenn er erfuhr, dass Karen seit der Grundschule und bis zu dem Punkt, an dem sie mir die Liebe meines Lebens gestohlen hatte, meine beste Freundin gewesen war? »Ja«, antwortete ich und öffnete bereits die Wagentür.

Ehe meine Füße den Boden berührten, hatte Beck den Wagen umrundet und reichte mir eine Hand, um mir beim Aussteigen zu helfen.

»Hassen wir ihn? Oder mögen wir ihn? Nur damit ich vorbereitet bin.«

Matt zu hassen wäre leichter. Ich konnte an nichts anderes denken als an die Frage nach dem Warum und was gewesen wäre, wenn es mit uns anders gelaufen wäre. Was wäre passiert, wenn wir nicht nach London gezogen wären? Wenn ich ihn bereits Jahre zuvor zum Heiraten gedrängt hätte?

»Er bedeutet uns nicht genug, um ihn zu hassen. Er ist Schnee von gestern, und mit Ihnen bin ich viel glücklicher, weil Sie reicher sind und weil Sie einen riesigen Schwanz haben.«

»Nun, das stimmt in beiderlei Hinsicht«, sagte er und führte mich zum Eingang, indem er mir eine Hand auf den unteren Rücken legte.

Obwohl ich mich in eine der schwierigsten Situationen meines Lebens begab, musste ich lächeln, als er mir den Arm um die Taille legte. Aber er war noch immer ein vollkommen Fremder für mich. Ich fragte mich, wie wir einen Abend lang so tun sollten, als wären wir schwer ineinander verliebt, obwohl ich so gut wie nichts über ihn wusste. Wir würden bestimmt erwischt werden, und als wäre es nicht demütigend genug, dass meine ehemalige beste Freundin meinen Ex-Freund heiratete, würde ich nun als eine Frau dastehen, die verzweifelt genug war, jemanden zu erpressen, damit er so tat, als wäre er in sie verliebt. Wenn ich je ein Wunder gebraucht hatte, dann in diesem Moment.

9. KAPITEL

STELLA

»Habe ich Lippenstift auf den Zähnen?«, fragte ich und reckte das Kinn in seine Richtung, als wir gerade die Lobby des *Berkeley* betraten. Karen war immer perfekt gekleidet – sogar früh am Morgen und verkatert brauchte sie nur eine Schicht Mascara und ein Paar High Heels, und schon wäre sie in der Lage gewesen, einen Charity-Lunch auszurichten. Wohingegen mir ständig entweder ein Stück Klopapier am Absatz klebte oder kurz vor dem entscheidenden Moment in meiner Karriere ein Knopf absprang. An diesem Abend wollte ich aussehen wie jemand, der sein Leben im Griff hatte. Die Leute sollten mich sehen und denken, dass Matt ein Idiot war, weil er mich hatte gehen lassen, und nicht, dass die Situation zwar unschön, aber dennoch verständlich war, weil jeder, der die Wahl hatte, Karen mir vorziehen würde.

An diesem Abend wollte ich mich nicht wie die abservierte Ex fühlen.

Ich wollte mich schön fühlen. Glamourös. Und sexy.

Ich wollte mich wie eine Frau fühlen, die kein Mann je betrügen würde. Die jeder Mann heiraten wollte.

Beck schob seine Hand in meine, und mein Magen verkrampfte sich wie eine aufgedrehte Zehnjährige in den Stöckelschuhen ihrer Mutter. Für einen Augenblick vergaß ich, dass mir die Begegnung mit Matt und Karen unmittelbar bevorstand. Es war schon eine Weile her, dass mich ein Mann wie ein Liebhaber berührt hatte. Rückblickend hätte ich nicht mehr sagen können, wann Matt das letzte Mal meine Hand gehalten hatte. Und Beck war einfach unfassbar attraktiv. So gutaussehend, dass ich den Blick abwenden musste, weil es einfach zu viel war.

»Sie sehen verdammt großartig aus«, flüsterte er. »Und jetzt begrüßen wir Ihre Freunde.«

Ich starrte ihn an, während er uns über den langen Flur führte. Hatte er das ernst gemeint oder versuchte er nur, meine wachsende Besorgnis um den Verlauf des Abends zu zerstreuen? Denn er selbst war die Verkörperung fantastischen Aussehens.

Er bewegte sich zielstrebig, obwohl ich keinerlei Hinweisschilder zum Ballsaal gesehen hatte. »Wissen Sie, wo Sie hingehen?«

»In Ihrer E-Mail haben Sie gesagt, dass wir in den Ballsaal müssen. Das ist hier entlang.«

»Waren Sie schon mal hier?« War er diese Art von Partys in Fünf-Sterne-Hotels gewohnt? Mochte er sie? Was für Wein trank er?

So viele Fragen.

»Ja, ein paarmal. Sie wissen schon, Benefizdinner, Drinks mit Vertretern der Branche.«

»Ich weiß wirklich gar nichts über Sie.« Dieser Abend drohte eine Katastrophe zu werden. Am besten ließen wir uns nur kurz sehen und verschwanden so schnell wie möglich wieder.

Beck drückte meine Hand, als meine Freundin Jo auf uns zukam und den Blick von mir zu Beck und dann wieder zu mir wandern ließ, wobei ihre Augen ein kleines bisschen größer waren als zuvor.

»Ich freue mich so, dass ihr da seid«, sagte sie und nahm mich in die Arme. »Du bist ein großartiger Mensch.«

»Wenn du wüsstest, was ich gerade denke, hättest du das nicht gesagt.«

»Du bist hier, und nur das zählt. Außerdem siehst du toll aus.« Sie trat einen Schritt zurück, um mich genauer zu betrachten. »Dieser Look ist super sexy.«

»Eigentlich steht er mir nicht, oder?«

»Er steht dir hervorragend. Subtil, elegant und auf selbstbewusste Art sexy, genau wie du.«

Meine Nervosität ließ um einige Grade nach, und ich entspannte die Schultern. An Beck gewandt, sagte Jo: »Ich bin Jo Frammer.«

Himmel, vor lauter Panik, nicht genug über Beck zu wissen, vor Sorge um mein Outfit und vor Nervosität, weil ich Karen und Matt begegnen würde, hatte ich völlig vergessen, die beiden einander vorzustellen. Ich musste mich konzentrieren.

»Beck Wilde«, sagte er und beugte sich vor, um Jo auf beide Wangen zu küssen.

»Ich freue mich sehr, Sie kennenzulernen. Ich möchte alles über euch beide wissen«, sagte sie, machte kehrt und steuerte uns voran auf die Partygesellschaft zu. »Da hat aber jemand Geheimnisse gehabt! Erzählt mir alles, sofort. Wie lange läuft das zwischen euch schon?«

Ich hatte einkalkuliert, Karen und Matt anzulügen, hatte aber nicht über die Tatsache nachgedacht, dass ich auch meine Freunde – Menschen, die ich liebte – in Bezug auf Beck würde anlügen müssen. Jo hatte es nicht verdient, von mir belogen zu werden, obwohl sie lieb und verständnisvoll sein würde, sollte sie es jemals herausfinden.

Ich war ein schrecklicher Mensch. Ich konnte diese Sache auf keinen Fall durchziehen. Ich blickte über die Schulter und fragte mich, ob es zu spät war, um so zu tun, als wäre mir furchtbar übel. Aber auch das wäre eine Lüge – ich war von Lügen geradezu umzingelt.

»Kommt drauf an, ob du meinst, wann wir uns kennengelernt haben, oder ob du wissen willst, seit wann wir zusammen sind. Unser erstes Dinner liegt ungefähr zwei Monate zurück, stimmt's?« Beck drehte sich zu mir, damit ich seine Angabe bestätigte.

Ich nickte nur.

»Wow, ihr habt euch aber gar nicht in die Karten schauen lassen«, antwortete Jo. »Auf Facebook oder Insta habe ich nichts gesehen.«

Mist. Soziale Medien. Ich hatte nicht daran gedacht, dort etwas einzustellen, aber ehe ich zu Wort kam, sagte Beck: »Stimmt, aber ich treibe mich nicht in den Sozialen Medien herum. Es sei denn, es geht ums Geschäft.«

»Oh, verstehe«, antwortete Jo. »Ich habe gehört, dass es solche Leute gibt, aber ich dachte immer, die wären wie das Monster von Loch Ness oder wie der Yeti – nur ein Märchen.«

»Ich bin nicht auf Instagram und lebe trotzdem noch«, antwortete er. »Erstaunlich, nicht wahr?«

»Das ist nicht erstaunlich, es zeigt nur, dass du alt bist«, sagte ich.

»Oder dass ich viel lieber mit dir zusammen bin, als online zu gehen.« Er blickte mich mit diesen tiefgründigen, grünen Augen an, und die Mauer, die bei unserer ersten Begegnung aus dem Boden gewachsen war, tauchte wieder auf – sie schloss alle anderen aus und ließ nur Beck und mich zurück, allein, und wir starrten uns an, als wären wir uns bereits vor tausend Leben begegnet und bräuchten keine Worte, um uns zu verständigen.

Jos Räuspern holte uns in die Gegenwart zurück. »Die Party ist hier drin«, sagte sie und deutete mit dem Kopf auf eine Flügeltür.

Nachdem wir eingetreten waren, sah ich mich in dem Ballsaal um. Ein Gesamtkunstwerk aus funkelnden Lichtern, Pastellfarben und den Klängen eines Streicherquartetts umfing uns, und es verschlug mir beinahe den Atem. Es war schön. Ein riesiges Blumenarrangement aus Flieder und Sommerblumen hing unter der Decke und etwas abgesenkt über der Haupttheke, die aus Spiegeln und Glas bestand. Weitere Blumen waren an den Seiten des Raumes angebracht, holten die Natur herein und erfüllten die Luft mit ihrem lieblichen Duft.

Das hier war nicht Matts Wahl. Seine Familie hätte sich für etwas weitaus Traditionelleres in seinem Elternhaus entschieden. Nein, diese Dekoration trug Karens Handschrift – teuer, aber geschmackvoll. Vermutlich war es gut, dass Matt gelernt hatte, Zugeständnisse zu machen. In unserer Beziehung war er immer stur gewesen, und ich fragte mich, warum er nie bereit gewesen war, mir zuliebe einen Kompromiss einzugehen?

Geplauder, Gläserklirren und Gelächter hallten durch den Raum. Wahrscheinlich war ich der einzige Mensch hier, der sich nicht für Karen und Matt freute. Der einzige Mensch, der der Meinung war, dass die zwei nur deshalb perfekt zusammenpassten, weil sie beide betrügerisch, untreu und verachtenswert waren.

»Sind Florence und Gordy hier?«, fragte ich. Wenn Beck und ich mit ihnen reden konnten, würde uns das vielleicht vor Gesprächen mit Leuten bewahren, die zu viele Fragen stellten.

»Ich habe sie noch nicht gesehen«, antwortete Jo.

Wir stellten uns an einen lächerlich kleinen und sehr hohen Tisch, um den sich die Leute versammeln und auf dem sie ihre Drinks abstellen sollten. »Bleibt hier, ich hole uns etwas zu trinken«, sagte Beck.

Er wollte mich allein lassen? Seinen Vorschlag, den größten Teil des Abends zusammenzubleiben, fand ich absolut sinnvoll. Was war, wenn ihm jemand über den Weg lief, dem er tausend Details über unsere Beziehung erzählte, von denen ich keine Ahnung hatte? Oder wenn Matt und Karen auftauchten und Beck nicht an meiner Seite war, sodass ich wie die verbitterte Ex-Freundin aussah, die ich nun mal war?

Als ich den Raum nach Florence und Gordy absuchte, tauchte auf einmal Karen in meinem Blickfeld auf. Sie steuerte auf unseren Tisch zu. Vor meinen Augen verschwamm alles, und ich hielt mich an der Tischkante fest, um nicht aus dem Gleichgewicht zu geraten. Himmel, sie hätte wenigstens warten können, bis ich mich eingewöhnt und ein bisschen Sicherheit gewonnen hatte.

Das war die Frau, die mir den Freund, den Liebhaber, den guten Kumpel ausgespannt hatte.

Oder die Frau, für die mein Freund mich verlassen hatte.

Ich wusste nicht, was schlimmer war.

Ich versuchte, sie mit den Augen einer Fremden zu betrachten – was an ihr hatte ihn dazu gebracht, sieben Jahre Beziehung einfach wegzuwerfen?

War sie hübscher, lustiger, besser im Bett?

Liebte er sie einfach mehr als mich?

Als sie nähergekommen war, quiekte sie: »Ich freue mich so, dass du hier bist«, und nahm mich in die Arme, als wäre nichts geschehen.

Ich hatte versucht, mich auf diesen Moment vorzubereiten, aber mir war keine Strategie eingefallen. Ich könnte so freundlich sein, dass es sarkastisch wirkte. Ich könnte cool, aber distanziert sein. Ich könnte sie ignorieren oder ihr sagen, was ich

von ihr hielt. Letzteres würde allerdings vermutlich dazu führen, dass sie die Einladung widerrief, sodass es keine Option
war. Ich beschloss, einfach das zu tun, was ich in diesem Augenblick für richtig hielt, stellte aber fest, dass ich vor Wut,
Angst und Fassungslosigkeit wie gelähmt war.

»Ich wusste nicht, ob du wirklich kommen würdest«, sagte
Karen. »Ich weiß, du hast zugesagt, aber ehrlich gesagt habe
ich damit gerechnet, dass du eine Magen-Darm-Grippe bekommst oder so.«

Ich setzte mein bestes falsches Lächeln auf. Sie hatte also
damit gerechnet, dass ich mich mit einer Lüge aus der Affäre
ziehen würde. Vermutlich beurteilte sie mich nach ihren eigenen Maßstäben. »Meinem Magen geht es sehr gut.« Nicht
nur, dass sie mir gegenüber keinerlei Reue empfand. Sie war
nicht einmal in der Lage, nett zu mir zu sein. Sie hatte mir den
Freund ausgespannt und tat nun so, als wäre er immer schon
ihrer gewesen. Und möglicherweise stimmte das ja auch.

Vielleicht war sie verlegen und hoffte, dass wir die ganze
Sache einfach vergessen würden. Klar, nichts einfacher als das,
wenn man die Liebe seines Lebens an seine beste Freundin
verlor.

Sie lachte und spähte mir in den Ausschnitt. »Okay, das
freut mich. Und hast du deinen … dein Date oder was auch
immer mitgebracht?«

»Und ob«, antwortete Jo an meiner Stelle. »Er steht da drüben an der Bar. Der große, irre gutaussehende Typ.«

Ohne es zu wollen, musste ich bei Jos Beschreibung grinsen,
während wir alle in Richtung Bar blickten. Die Beschreibung
wurde Beck nicht gerecht. Er gehörte zu den Männern, bei denen man zweimal hingucken musste, wenn man ihnen auf der
Straße begegnete. Er war so schön, dass er ein männliches Mo-
del hätte sein können, aber die Art, wie er diesen Anzug trug –

und auch jeden anderen, in dem ich ihn gesehen hatte – verlieh ihm eine Aura von Macht.

Zu dritt sahen wir zu, wie er zurückkam, einen Eiskühler und Gläser in der Hand. Unsere Blicke trafen sich, und die Anspannung in meinem Kiefer löste sich. Er hatte etwas an sich, das mir das Gefühl gab, ihn schon ewig zu kennen. Er lächelte, und es wirkte so echt, dass ich es bis ins Mark fühlen konnte.

»Oh, wow, das ist der Blick der Liebe«, sagte Jo, die neben mir stand.

Wenn du wüsstest.

»Ladys«, sagte er und stellte den Eiskübel auf den Tisch.

»Das ist Karen«, sagte ich, weil ich mich diesmal an meine guten Manieren erinnerte. »Sie ist die zukünftige Braut.«

Ich wusste nicht, warum, aber er küsste Karen nicht, so wie er Jo geküsst hatte. Stattdessen gab er ihr die Hand. »Beck Wilde. Freut mich, dich kennenzulernen.«

»Dom Pérignon?«, fragte Jo, nachdem sie die Flasche umgedreht und das Etikett entdeckt hatte.

»Ja, ich habe den Kellner losgeschickt, damit er eine Flasche für uns holt.« Er begann den Champagner in die Gläser zu füllen. »Dom ist sozusagen *unser* Drink.«

»Euer Drink?«, fragte Karen.

»Wir haben bei unserem ersten Date Dom getrunken«, erklärte Beck. »Ich wollte diese schöne Frau unbedingt beeindrucken.« Er reichte mir ein Glas und gab mir einen Kuss auf die Wange. Wow, im Faken war er echt gut. »Was gar nicht so einfach war«, fuhr er fort. »Aber ich hoffe, ich habe sie überzeugt.«

»Wie habt ihr euch kennengelernt?«, fragte Karen.

»Bei der Arbeit«, murmelte ich und trank rasch einen Schluck Schampus.

»Oh«, sagte sie. »Bist du Personalberater?«

Beck lachte leise. »Nein. In dem Job wäre ich eine Katastrophe. Da muss man zu allen Kunden und Bewerbern nett sein. Stella hat die Innenausstattung eines meiner Häuser übernommen.«

»Wirklich?«, fragten Karen und Jo im Chor.

»Ich dachte, du hättest diese Sache mit der Innenarchitektur aufgegeben?«, fragte Karen etwas schmallippig.

Diese Sache? Innenarchitektur war keine Sache und auch kein Hobby. Ich hatte diese Arbeit geliebt. Ich hatte sie vermisst. »Nein. Ich habe es in letzter Zeit nur nebenbei gemacht.«

»Was verrückt ist«, sagte Beck. »Du solltest dein Talent wirklich nutzen.« Er legte mir eine Hand um die Taille und zog mich an sich. Die Hitze seines Körpers umgab mich wie eine Rüstung, seine Hand hielt mich fest, als wäre sie ein Schild.

»Wenn du es sagst«, antwortete ich in dem Versuch, die Scharade fortzusetzen. Er machte das so verdammt gut, dass ich mich dringend steigern musste.

»Ich sage es, weil es stimmt.« An Karen und Jo gewandt, fuhr er fort: »Ihr wisst, wie bescheiden Stella ist. Sie glaubt einfach nicht, dass sie irgendetwas richtig gut kann.«

Ich konnte den Blick nicht von ihm abwenden, während er mir mit der Hand über den Rücken strich. Für eine Sekunde hätte ich beinahe geglaubt, dass er es ernst meinte.

Innerlich begann ich zu schmelzen wie Eiscreme in der Sonne.

Aber natürlich meinte er es nicht ernst. Es war alles nur Show.

»In dem Augenblick, in dem ich ihr zum ersten Mal begegnet bin, wusste ich, dass ich sie um ein Rendezvous bitten musste, aber davon musste ich Stella zunächst einmal überzeugen.«

Ich musterte Karen und Jo verstohlen, um herauszufinden, ob sie ihm das abnahmen. Beide starrten Beck so gebannt an, als zauberte er weiße Kaninchen aus dem Eiskübel. Wenn sein Verhalten an diesem Abend ein Hinweis darauf war, wie er sich seinen Freundinnen gegenüber verhielt, wusste ich nicht, warum er noch Single war. Er war lustig, selbstsicher, aufmerksam und großzügig.

»Du hast mich mürbe gemacht«, antwortete ich.

Er grinste, als hätte ich einen Insiderwitz gemacht, den außer uns niemand verstehen konnte. »Und du hast es mir verdammt schwer gemacht.«

Mein Lachen war echt. Beck war ein amüsanter Gesellschafter, das musste ich der Liste seiner großartigen Eigenschaften hinzufügen. »Schließlich durfte ich es dir nicht zu leicht machen.«

»Okay, Stella, er scheint perfekt zu sein und noch dazu bis über beide Ohren in dich verliebt«, sagte Karen. »Bist du sicher, dass du ihn für seine Anwesenheit hier nicht bezahlt hast?« Mein Magen rebellierte, als hätte meine Mutter mich soeben dabei erwischt, wie ich ihr Make-up ausprobierte. Sie grinste, als hätte sie einen Witz gemacht, aber ich kannte Karen gut genug, um zu wissen, dass sie es ernst meinte. Es hatte zwar zwanzig Jahre gedauert, aber inzwischen wusste ich, mit wem ich es zu tun hatte. Und ich wusste auch, dass sie sich nicht so leicht ablenken lassen würde, wenn sie den Verdacht hegte, dass die Beziehung zwischen Beck und mir nicht echt war.

»Ich freue mich so sehr, dich endlich kennenzulernen, Karen«, sagte Beck. »Stella hat mir so viele tolle Sachen über dich erzählt. Wir sind beide ganz aufgeregt, weil wir nach Schottland fahren werden. Ich liebe dieses Land.«

Ich legte ihm den Arm um die Taille. Himmel, diesem Kerl

schien das Vortäuschen falscher Tatsachen überhaupt keine Mühe zu machen.

Karens Mundwinkel zuckten. »Ja … ähm … Matt und ich freuen uns sehr, dass ihr kommen könnt.«

Sie betonte den Namen meines Ex-Freundes, als wollte sie mir damit wehtun. Nur für den Fall, dass ich vergessen hatte, wen sie heiraten würde. Als könnte ich das jemals vergessen. War sie immer schon so gewesen? So kalt, so herzlos? So ein Miststück?

»Hey«, sagte Florence, die sich zu uns an den Tisch gesellte.

»Florence!« Beck gab ihr einen Kuss auf die Wange. »Warte, ich hole dir ein Glas.« Er stolzierte zur Bar zurück, und ohne es zu wollen, folgte ich ihm mit meinem Blick. Er hatte einen hübschen Hintern. Würde ich etwas an ihm entdecken, das mir nicht gefiel? Hoffentlich. Das Letzte, was ich gebrauchen konnte, war, dass ich für Beck zu schwärmen begann. Wir waren Geschäftspartner. Und ich traute mir nicht zu, einen guten Kerl zu finden. Wenn ich mich irgendwann, in zwanzig Jahren oder so, wieder auf Dates einließ, würde ich das Handling Florence überlassen. Sie könnte mir einen Freund aussuchen. Sie hatte viel mehr Gespür und würde niemals bei einem Typen landen, der so wenig von ihr hielt, dass er sie betrog oder mit ihrer besten Freundin abhaute.

Florence rollte mit den Augen und drehte die Flasche in dem Eiskübel um, sodass sie das Etikett sehen konnte. »Schon wieder Dom Pérignon? Wird es dir nicht allmählich langweilig mit so einem scharfen, reichen, charmanten Kerl?«

Ich lachte. Vielleicht würde die Woche mit Beck in Schottland gar nicht so übel werden. »Nobody is perfect.« Obwohl Beck Wilde wahrscheinlich der perfekte falsche Freund war. Dieser Typ war scharf. Er bekam alles sofort mit und improvisierte, als würde er dafür bezahlt. Kein Wunder, dass er vor diesem Abend keine Angst hatte. Sogar ich selbst war beinahe davon überzeugt, dass wir zusammen waren.

»Genau«, sagte Karen. »Es gibt bestimmt so einiges an ihm, das dich zur Weißglut bringt, stimmt's?«

Beck hatte gesagt, dass er so nah wie möglich an der Wahrheit bleiben wollte. »Nein, ehrlich gesagt ist mir bisher nichts aufgefallen«, gab ich zurück.

»Und wann hast du ihn kennengelernt, Florence?«, fragte Karen.

»Als die beiden sich zum ersten Mal begegnet sind«, antwortete sie.

Mein Herz setzte einen Schlag aus, und ich fühlte mich, als presste mir Karen ihre Hände einer Verräterin so fest auf die Brust, dass sie mir die Rippen zu brechen drohte. Ich hatte Florence keine Anweisungen zur Geschichte unseres Kennenlernens gegeben – sie würde bestimmt etwas preisgeben, das uns bloßstellte und verriet, dass unsere Beziehung nur vorgetäuscht war.

Ich war überhaupt nicht vorbereitet.

Ich fiel Florence ins Wort. »Ich vertraue auf Florences Urteilsvermögen, deshalb habe ich dafür gesorgt, dass sie sich kennenlernen, bevor ich mich auf ein Date mit ihm einlasse.«

Karen lächelte, ein kleines, aufgesetzte Lächeln. »Ach wirklich. Wie nett.«

Puh, das war gerade noch mal gutgegangen.

»Ich finde, ihr beiden passt perfekt zusammen«, sagte Jo. »Es ist schön, dich mit jemandem zu sehen, der dich als den wundervollen Menschen schätzt, der du bist.« Jo hatte das bestimmt nicht als Spitze gegen Matt gemeint, schließlich stand Karen neben ihr, aber deren Stirnrunzeln zeigte mir, dass sie es als Affront auffasste.

»Ja«, sagte Karen. »Es ist wichtig, dass man sich einem Mann von seiner besten Seite zeigt.«

»Ich glaube, für mich funktioniert das nicht«, erwiderte ich.

»Wo Licht ist, ist auch Schatten. Man muss nicht alles am anderen mögen, aber sich zu verstellen, das klappt nicht.«

Ehrlichkeit bedeutete mir viel in einer Beziehung – jetzt erst recht. Als ich mit Matt zusammen war, hatte ich nie etwas vor ihm versteckt. Vielleicht hatte es deshalb zwischen Karen und ihm funktioniert, nicht aber zwischen uns. Vielleicht mochten Männer nur die angenehme, sexy, lustige Seite. Vielleicht war die Seite mit dem Ärger auf der Arbeit, den alten, abgetragenen Schlafshirts und dem fehlenden Make-up für diejenigen reserviert, die für immer und ewig Single blieben. Wenn das stimmte, würde ich für den Rest meines Lebens allein bleiben. Beck und ich waren eine Show, für die Öffentlichkeit bestimmt, aber so etwas würde ich nicht durchhalten. Nicht mit jemandem, mit dem ich zusammenlebte, den ich liebte. So war ich einfach nicht.

Beck kam mit zwei weiteren Gläsern zum Tisch zurück. »Gordy wird auch bald hier sein, stimmt's?« Wie hatte er es geschafft, sich den Namen von Florences Freund zu merken? Kein Wunder, dass er mir gesagt hatte, ich sollte mir keine Sorgen machen.

»Ja, er bringt nur unsere Mäntel zur Garderobe. Danke, Beck. Du musst mit dem Schampus bald mal aufhören, sonst gewöhne ich mich noch daran.«

»Du kennst Gordy?«, fragte Karen.

»Nur aus den Erzählungen der beiden hier«, sagte er und deutete mit dem Kinn auf Florence und mich.

»Ihr werdet super miteinander klarkommen«, sagte Florence.

»Wir müssen für nächste Woche unbedingt ein gemeinsames Dinner in den Kalender eintragen. Und wir gehen in das

Restaurant, von dem ich dir erzählt habe«, sagte er und drehte sich zu mir. »Wo sie die besten Austern haben.«

Oh nein! Gerade war es noch so gut gelaufen!

Mein Mund war wie ausgetrocknet, und ich versuchte zu schlucken, um etwas zu sagen und die Situation zu retten. Jeder, der mich länger als vierundzwanzig Stunden kannte, wusste, dass ich Meeresfrüchte und Schalentiere hasste.

»Warum willst du Stella in ein Restaurant ausführen, in dem es tolle Austern gibt?«, fragte Karen, deren Lächeln nun viel aufrichtiger wirkte. Sie hatte uns erwischt.

Karen starrte mich an, obwohl ihre Frage an Beck gerichtet war. Sie wollte sich an meiner Verlegenheit weiden.

Wer war diese Frau? Das Mädchen, mit dem ich Geheimnisse geteilt hatte, Träume und Ängste – wir hatten eine lange gemeinsame Geschichte.

Dennoch hatte sie mich betrogen, als läge ihr nicht das Geringste an mir. Als wären mein Leben und mein Glück vollkommen bedeutungslos für sie.

Ich atmete durch. Der Versuch, ihr offen und ehrlich zu begegnen, war zum Scheitern verurteilt. Darauf würde sie nicht eingehen. Vielleicht waren Lügen das Einzige, das sie verstand. »Beck macht Scherze«, sagte ich, straffte die Schultern und machte mich bereit zum Kampf. »Er weiß, dass ich Meerestiere hasse.«

Neben mir hörte ich Beck leise lachen. »Ich hoffe immer noch, dass sie ihre Meinung irgendwann ändert. Das ist wirklich das Schlimmste an dir, Stella.«

Karen legte den Kopf schief. »Das ist ja seltsam. Es klang gar nicht, als wolltest du scherzen.«

»Du kennst mich eben noch nicht richtig«, bemerkte Beck schulterzuckend. Er war gut. Aber ich bezweifelte, dass er gut genug war, um Karen hinters Licht zu führen.

Karen war wie ein Spürhund, so leicht würde sie sich mit Sicherheit nicht abwiegeln lassen.

Wir hätten uns besser vorbereiten müssen. Nun würde sie nach anderen Dingen zwischen Beck und mir suchen, die keinen Sinn ergaben. Und nur eines war noch demütigender als der eigene Freund, der mit der besten Freundin durchbrennt: durchschaut zu werden, wenn man einen unechten neuen Freund zur Hochzeit mitbrachte.

Wenn wir uns nicht tausendmal besser vorbereiteten, würden wir diese Farce in Schottland niemals eine ganze Woche lang durchhalten.

10. KAPITEL

BECK

Die meisten Leute hassen es, an einem Sonntag ins Büro zu gehen, aber ich war nicht wie die meisten Leute. Zwischen den leeren Schreibtischen von *Wilde Development* hindurch steuerte ich auf mein Büro an der Hinterseite des Gebäudes zu.

Ich liebte es, am Wochenende zu arbeiten. Die Telefone standen still, und der beständige Strom von Menschen, die in mein Büro kamen, um mich um eine Unterschrift oder meine Meinung zu bitten, blieb aus. Ich konnte Dinge erledigen. Und da ich bereits in wenigen Wochen Henry dazu bringen würde, mir das Anwesen in Mayfair zu überschreiben, gab es eine Menge zu tun. Ich musste an den Ausschreibungsunterlagen für die Architekten arbeiten, die Baupläne von Henrys Gebäude durchgehen, die Joshua mir besorgt hatte, und ich musste mir überlegen, was ich in Sachen Innenausstattung unternehmen würde. Ich hatte Stella zugesagt, ihr einen Vertrauensbonus gegeben, aber der Anblick ihrer Wohnung am Abend zuvor hatte erneut Bedenken in mir geweckt. Nichts daran wirkte luxuriös, hochwertig oder innovativ.

Ich schloss gerade die Bürotür hinter mir, da begann mein Handy zu klingeln.

»Stella«, sagte ich. »Gerade habe ich an Sie gedacht.«

Schweigen. Dann sagte sie: »Ich kann auf keinen Fall mit

Ihnen zu dieser Hochzeit gehen. Das war eine alberne Idee von mir.«

Vor Frust zog sich mein Magen zusammen. Ich würde auf keinen Fall zulassen, dass sie ihre Meinung änderte, dafür stand zu viel auf dem Spiel. »Warum denn?«, fragte ich und versuchte, gleichmütig zu klingen. Am liebsten hätte ich sie angeschrien, aber mir war klar, dass das kontraproduktiv gewesen wäre.

»Ich habe gerade mit Florence telefoniert. Karen hat sie angerufen und ihr tausend Fragen über Sie und mich gestellt. Sie meinte, irgendetwas würde mit uns nicht stimmen …«

Die Frau war zwar schön, aber sie war auch total paranoid. »Ich bin mir sicher, dass Karen sich in Schottland auf ihre Hochzeit konzentrieren wird und nicht auf uns.«

Sie seufzte, als wäre *ich* derjenige, der auf dem Schlauch stand. »Sie kennen Karen nicht. Ihr Fokus liegt darauf, mich dumm dastehen zu lassen.«

Ich dachte, die beiden Frauen waren Freundinnen? Dieses Thema wollte ich nicht weiter vertiefen. Mich interessierte nur, dass Stella zu Karens Hochzeit eingeladen war. Das war das Einzige, das zählte. »Sie werden nicht dumm dastehen.«

»Gestern Abend wären wir beinahe aufgeflogen. Ich habe diese Scharade nur mit Mühe einen Abend lang durchgehalten. Eine ganze Woche schaffe ich das nicht.«

Ich warf den Schlüsselbund auf meinen Schreibtisch und setzte mich auf den Rand, den Blick auf die Stadt gerichtet. »Wissen Sie, es war Ihre Idee, so zu tun, als wären wir ein Paar.« Es war eine dumme Idee. Warum konnten wir nicht einfach als Freunde dort aufkreuzen?

»Ich weiß. Und ich gebe zu, dass es eine schreckliche Idee war und dass ich einen Idiotin bin. Es ist nicht Ihre Schuld. Ich sage ja nur, dass ich das kein zweites Mal tun kann. Ich werde das auf keinen Fall durchziehen. Einigen wir uns einfach darauf, dass es nicht funktioniert, und ich sage ab … Ich behaupte, dass ich eine Leistenbruch-OP habe oder so.«

Ich musste sie überreden. Sie würde jetzt keinen Rückzieher mehr machen.

»Warum interessiert Sie das überhaupt? Im schlimmsten Fall finden die Leute heraus, dass wir nicht zusammen sind. Das ist doch kein Weltuntergang.« Ich kannte Stella nicht gut genug, um zu wissen, wie ich sie umstimmen konnte, aber ich musste es wenigstens versuchen. »Sie haben mich ausgelacht, als ich Ihnen Arbeit für die Personalberatungsfirma angeboten habe, aber als Sie in mein Büro gestürmt sind und von mir verlangt haben, Sie als Innenarchitektin bei meinem Projekt zu beschäftigen, waren Sie extrem zielstrebig und entschlossen. Sie sind definitiv an dieser Aufgabe interessiert, andernfalls hätten Sie einfach einen Scheck von mir verlangen können. Sind Sie wirklich bereit, kampflos aufzugeben?« Ich versuchte, ruhig und logisch zu klingen, aber die Verwirklichung meines lang gehegten Traums hing nun erneut in der Luft. Den Geldverlust würde ich verkraften. Wahrscheinlich. Aber auf die Chance, genau *diesen* Block in Mayfair zu sanieren, konnte ich nicht verzichten.

»Es ist besser, einfach aufzugeben, als vor den Augen all meiner Bekannten tief gedemütigt zu werden. Ich weigere mich, im Mittelpunkt dieses Skandals zu stehen. Ich weiß nicht mal, wann Sie Geburtstag haben oder auf welcher Seite des Betts Sie schlafen. Es war verrückt von mir, zu glauben, dass diese Sache funktionieren könnte.«

Das war also das Problem. Sie fühlte sich unvorbereitet und befürchtete, die Kontrolle zu verlieren. Nun, das konnte ich in Ordnung bringen. Ich griff nach meinen Schlüsseln und stand auf. »Wo sind Sie?«

»In meinem Wohnzimmer, warum?«

»Ich komme jetzt zu Ihnen, und dann bereiten wir uns vor«, sagte ich, öffnete die Bürotür und verließ die Räumlichkeiten auf demselben Weg, auf dem ich sie wenige Minuten zuvor betreten hatte.

»Vorbereiten?«, fragte sie.

»Ich wette, dass Sie eine dieser Studentinnen waren, die an der Uni nichts anderes tun als studieren. Und wahrscheinlich haben Sie bereits einen Entwurf für das Objekt in Mayfair erstellt, ehe Sie zu mir kamen, um mir den Deal vorzuschlagen. Habe ich recht?«

»Äh … deswegen geht man zur Uni. Um zu studieren.«

»Falsch.« Ich stürmte die Treppe hinunter, nahm immer zwei Stufen auf einmal. »Die meisten Leute gehen zur Uni, um zu feiern. Aber gut, Sie sind ein Arbeitstier. Eine Planerin. Damit kann ich leben. Wir müssen nur anfangen, für diese Hochzeit zu studieren und zu planen. In einer Viertelstunde bin ich bei Ihnen.«

»Nein! Sie können hier nicht einfach reinplatzen … Ich bin noch im Schlafanzug.«

»Das ist gut. Ich muss wissen, wie lange Sie brauchen, um zu duschen und sich fertig zu machen. All das ist hilfreich.«

»Hilfreich wobei?«

Ich stieß die Glastür zur Straße hin auf und drückte auf den Anhänger des Autoschlüssels. »Ich habe Ihnen doch gesagt, dass man am besten lügt, wenn man so nah wie möglich an der Wahrheit bleibt. Wir werden uns besser kennenlernen. Auf diese Art müssen wir in Schottland nicht lügen, weder Sie noch ich. Wir haben eine Menge zu erzählen, das durchaus der Wahrheit entspricht.« Ich schob mich auf den Fahrersitz meines Sportwagens, den ich nur am Wochenende fuhr, und ließ den Motor an. Ein Jahr zuvor erst hatte ich ihn gekauft, und jedes Mal, wenn ich mich hinters Steuer setzte, brachte er mich zum Lächeln wie eine schöne Frau, die sich, nur mit Dessous bekleidet, auf meinem Bett räkelt.

»Das ist eine schlechte Idee. Wir haben nur zwei Wochen Zeit. Wir können keine feste Beziehung in einen einzigen Tag quetschen.«

»Nein, aber vielleicht in zwei«, sagte ich, stieß aus der Parklücke und machte mich auf den Weg zu Stellas Wohnung. Wenn ich das Gespräch am Laufen hielt, würde ich bei ihr sein, ehe sie eine voreilige Entscheidung traf.

»Sie können nicht einfach davon ausgehen, dass ich zwei Tage Zeit habe, um etwas mit Ihnen einzustudieren. Ich muss arbeiten. Orte aufsuchen. Leute treffen.«

»Genau. Und dabei können wir die Sache proben. Es ist gut für mich, wenn ich Sie begleiten kann. Dann sehe ich, was sie tagsüber so anstellen. Ich lerne Ihre Macken kennen …«

»Ich habe keine Macken.«

Ich lächelte und stellte mir vor, wie sie leicht die Stirn runzelte und die Lippen schürzte. »Jeder hat Macken. Sie machen einen Menschen erst interessant.«

Ihr Schweigen nahm ich als gutes Zeichen. »Wir verbringen etwas Zeit miteinander, und ehe Sie sich versehen, kennen wir uns gut genug, um die Woche in Schottland mühelos hinter uns zu bringen.«

»Auf keinen Fall …«

»Hey, ich habe gesehen, wie sehr Sie sich diesen Job als Architektin wünschen. Hat sich das einfach in Luft aufgelöst? Ist das nicht ein bisschen Anstrengung wert? Was passiert denn, wenn Sie Ihren Job bei einem Projekt für *Wilde Developments* in Mayfair gut machen? Ich kann es Ihnen sagen: Dann sind Sie keine Personalberaterin mehr.«

Ich trat aufs Gaspedal. Ich hatte sie beinahe überzeugt – ich erkannte es daran, dass ihr allmählich die Argumente ausgingen. »In ein paar Minuten bin ich da, und wir können anfangen.«

»Aber was ist mit Ihnen? Ich muss auch wissen, was Sie am Wochenende machen.«

»Nun, ich war im Büro, als Sie angerufen haben, aber verbringen wir doch einfach heute und morgen und die zwei Wochen vor der Hochzeit, als wären wir ein Paar. Auf die Art ist es uns zur zweiten Natur geworden, wenn wir in Schottland ankommen. Wir müssen nichts mehr vorspielen. Sie bringen Ihre Karriere wieder auf Kurs, ich bringe Henry dazu, mir dieses Haus zu verkaufen, und alle sind glücklich.« Ich sagte ihr nicht, dass ich an den Wochenenden meistens arbeitete, und dass Dating für mich im Wesentlichen aus Dinner und Sex bestand. Aber wie dem auch sei: Es ging um drei Wochen meines Lebens im Tausch gegen zehn Millionen Pfund und den Sieg über meine Dämonen.

»Ich denke, wir warten ab, wie es heute läuft, und überschlafen die Sache noch einmal«, sagte sie.

Ich schwieg, um nicht versehentlich etwas zu sagen, das sie von diesem Vorhaben wieder abbringen könnte. »Kommen Sie schnell her, bevor ich es mir anders überlege«, sagte sie.

»In fünf Minuten bin ich bei Ihnen.«

11. KAPITEL

STELLA

Die Türklingel ließ mich aufschrecken. Das konnte doch nicht Beck sein, oder doch? Ich hatte das Handy noch in der Hand – wir hatten kaum eine Minute zuvor erst aufgelegt. Ich hätte mich umziehen sollen.

Ich blickte an meinem Schlafanzug hinunter – am Knie war ein Loch, und der elastische Bund war ausgeleiert, sodass die Hose mir auf die Hüfte gerutscht war. Das Singledasein hatte eine Menge Vorteile. Einer davon war, dass ich zu Hause meine Lieblingsklamotten tragen konnte, weil niemand da war, der mich kritisierte oder mir erzählte, dass seine Mutter stets perfekt frisiert war.

Beck sah immer aus, als käme er direkt von einem Laufsteg in Mailand, und ich war mir sicher, dass seine richtigen Freundinnen nicht mal einen Pyjama besaßen.

Aber ich war nicht seine richtige Freundin, was interessierte mich also, wie ich aussah? Ich drückte auf den Summer und schloss die Tür auf. Sollte ich ihm für die kommenden zwei Monate einen Schlüssel geben? Nein, das war ein bisschen übertrieben.

»Haben Sie eigentlich schon mal mit einer Frau zusammengewohnt?«, rief ich, als ich ihn zur Tür hereinkommen hörte. Hatte er je eine Frau gesehen, die nicht perfekt gestylt und geföhnt war und ausgeblichene Unterwäsche trug?

»Ihnen auch einen guten Tag, Stella. Und nein. Habe ich nicht.« Er erschien im Türrahmen zur Küche, genau wie am Abend zuvor, als er vorbeigekommen war, um mich abzuholen. Er schien sich bereits wie zu Hause zu fühlen, aber andererseits war Beck vermutlich die Sorte Mann, die sich überall wohlfühlt.

»Haben Sie schon mal einer Frau einen Schlüssel zu Ihrer Wohnung gegeben?« Beck hatte recht – ich wollte diesen Job als Innenarchitektin. Ich wollte aus dem Kreislauf von Enttäuschungen ausbrechen, in dem ich mich befand, seit ich von der Sache zwischen Matt und Karen erfahren hatte. Aber wir würden unser Spiel verbessern müssen. Vor allem nach meinem Telefonat mit Florence. »Möchten Sie Kaffee?« Wir würden sehr viel in eine sehr kurze Zeitspanne packen müssen. Bis Schottland dauerte es nur noch wenige Wochen.

»Nein zu der Frage mit dem Schlüssel. Obwohl es mir ein paarmal vorgeschlagen wurde. Und Wasser wäre schön, wenn Sie welches haben. Gerne aus der Leitung.«

»Trinken Sie keinen Kaffee?«

Er schüttelte den Kopf, und ich atmete tief durch. Wir hatten eine Menge zu bedenken. »Sie müssen mir all diese Dinge sagen. Dass Sie keinen Kaffee trinken, ist eine wichtige Information.«

»Ach ja?«

»Natürlich ist es das. Trinken Sie Tee?«

»Nope. Ich mag den Geschmack nicht. Dasselbe gilt für Kaffee. Und außerdem bin ich nicht gern high von Koffein.«

»Von Koffein werden Sie high?« Womöglich war Beck einer von diesen wahnsinnig langweiligen Männern, die sich nicht amüsieren konnten. Irgendeinen Haken musste die Sache ja haben.

»Nicht high, aber es kann immerhin die Stimmung aufhellen. Ich trinke auch so gut wie keinen Alkohol.«

»Oha. Wirklich? Überhaupt nicht? Sind Sie Alkoholiker? Nehmen Sie Drogen?« Ich hatte zehn Millionen Fragen. Es würde nicht funktionieren.

Er lachte leise. »Nein, ich bin kein Alkoholiker, und ich nehme keine Drogen.«

»Ich dachte, Sie waren auf der Uni, weil Sie sich eine schöne Zeit machen wollten. So toll kann es ja nicht gewesen sein, wenn sie weder trinken noch Drogen nehmen. Nicht, dass ich was mit Drogen hatte, aber getrunken habe ich durchaus.«

»Ich habe keine Universität besucht.«

Ich hielt inne, der Teebeutel lag auf dem Löffel, und drehte mich um, weil ich ihn ansehen und herausfinden wollte, ob er es ernst meinte. »Nein? Warum nicht?« In meinem Freundeskreis hatte jeder an einer Uni studiert.

Er zuckte mit den Schultern. »War nicht mein Ding. Ich wollte raus und Geld verdienen.«

»Nun, das ist Ihnen eindeutig gelungen.«

»Genau. Ich hatte immer den Gewinn im Auge.«

»Und Ihre Eltern hatten nichts dagegen?«

Er rollte mit den Augen. »Nein. Die haben auch nicht studiert.«

Ich hatte Vermutungen über Beck angestellt, ohne mir dessen bewusst zu sein. Ich hatte angenommen, dass er aus einer privilegierten Familie der oberen Mittelschicht stammte, genau wie meine Freunde und ich. Aber nun veränderte sich das Bild, das ich mir von ihm gemacht hatte, ohne es zu wissen.

»Sie sind ohne Umwege ins Immobiliengeschäft eingestiegen?«, fragte ich. Hatte er russische Hintermänner oder so? Vielleicht war sein Unternehmen nur Tarnung für mafiöse Geldwäsche. War die Mafia in London überhaupt aktiv?

»Mehr oder weniger. Ich habe viele verschiedene Jobs gemacht, ein bisschen Geld gespart und ein Darlehen aufgenommen, um eine Wohnung in Hackney zu kaufen und sie gewinnbringend zu veräußern. Das habe ich dann noch mal gemacht. Und noch einige Male, Sie wissen schon.«

Nein, ich wusste gar nichts. Meine Freunde waren Anwälte oder Ärzte oder sie waren an der Leitung ihrer Familienunternehmen beteiligt. Apartments in Hackney zu renovieren gehörte nicht zu meiner Welt. »Von einer Wohnung in Hackney haben Sie sich also zu einem Bauprojekt in Mayfair hochgearbeitet?«

Er schob die Hände in die Hosentaschen und sah mir in die Augen. »Offensichtlich.«

»Ihre Eltern sind bestimmt sehr stolz auf Sie«, sagte ich und hoffte, ihm auf diese Art mehr Informationen über seinen familiären Hintergrund zu entlocken.

»Vermutlich. Darüber habe ich eigentlich noch nie nachgedacht.«

»Stehen sie Ihnen nah?«

Er lachte. »Sie werden einen Stift und einen Notizblock brauchen. Gehen Sie duschen, danach können wir tun, was Sie für heute geplant haben und dabei weiterreden.«

Ich hatte vorgehabt, den Tag im Schneidersitz auf dem Sofa zu verbringen und an Designideen für sein Projekt zu arbeiten, aber das würde ich ihm nicht erzählen. Beck sollte nicht sehen, wie planlos meine Vorgehensweise war.

»Okay, Sie können mir durch die geschlossene Badezimmertür schon etwas erzählen. Wir sollten keine Zeit verschwenden«, sagte ich und steuerte mit einer Tasse Tee in der Hand auf mein Schlafzimmer zu.

»Keine Angst, das wird schon.« Während ich die Tür zum Bad schloss, streifte er die Schuhe ab und setzte sich auf mein Bett, als wären wir einander seit Jahren vertraut. Es kam mir seltsam vor, in meiner Wohnung ein Gespräch mit einem

Fremden zu führen und mich dabei auszuziehen. Womöglich war er ein Axtmörder oder zumindest ein Perverser. Obwohl er nichts Perverses ausstrahlte. Dazu war er zu selbstbewusst, zu sehr von sich überzeugt.

»Schließlich fragt uns niemand aus, der es darauf *anlegt*, Sie zu erwischen«, sagte er.

»Wie ich schon sagte, Karen riecht offenbar den Braten bereits. Sie wird garantiert versuchen, uns bloßzustellen.«

»Aber warum? Sie haben doch gesagt, dass sie Ihre Freundin ist.«

»Wir haben uns in letzter Zeit auseinandergelebt«, erwiderte ich. »Sie hat zu Florence gesagt, sie hätte den Eindruck, dass mit uns beiden etwas nicht stimmt.«

»Warum kümmert sie das überhaupt? Weil Ihr Ex der Bräutigam ist? Ist die Sache zwischen Ihnen nicht schon seit Jahren vorbei?«

Ich stieg in die Dusche, dankbar, dass Beck meine Miene nicht sehen und ich so tun konnte, als wäre alles total easy. »Sie wissen doch, wie die Leute reden«, sagte ich mit lauter Stimme, damit er meine Antwort hörte und um ihn von seiner Frage abzulenken. »Wir waren lange zusammen.« Ich würde doch einem neuen Freund nicht gleich die Details einer alten Beziehung erzählen, oder? Wenn ich zu dieser Hochzeit gehen musste, wollte ich es mit einem Menschen tun, der mich nicht für eine Idiotin hielt – jemandem, der nicht wusste, dass ich Jahre mit einem Mann verbracht hatte, der mich weggeworfen und innerhalb weniger Wochen durch meine beste Freundin ersetzt hatte.

Ich war schon gedemütigt genug. Ich brauchte eine Pause von der Scham, eine Art sicheren Hafen.

»Waren Sie verlobt?«, fragte er. Seine tiefe Stimme drang durch die geschlossene Tür.

Ich kniff die Lider zusammen und ließ mir das Wasser aufs Gesicht prasseln in der Hoffnung, dass es den dumpfen Schmerz in meiner Magengegend wegwaschen würde. Dies war der Grund, warum ich nicht zu der Hochzeit wollte. Sechsundneunzig Komma vier Prozent der Zeit ging es mir prächtig, nämlich solange ich nicht an Matt und daran dachte, was er und Karen getan hatten. Aber wenn ich nach Schottland fuhr, konnte ich den beiden eine Woche lang nicht aus dem Weg gehen. »Nicht offiziell«, sagte ich. »Aber es war durchaus ein Thema zwischen uns. Ich bin davon ausgegangen, dass es irgendwann so weit sein würde.« Ich hatte geglaubt, dass wir auf unsere gemeinsame Zukunft hin arbeiteten. Da hatte ich mich gründlich getäuscht.

»Haben Sie zusammengewohnt?«

»Ja. In dieser Wohnung.«

Schweigen auf der anderen Seite der Tür. Okay, das Gespräch über Matt war vorbei, wir konnten uns wichtigeren Dingen zuwenden.

»Haben Sie diese Wohnung gestaltet?«, fragte er.

»Keine Sorge«, sagte ich. »Ich weiß, was Sie bei Ihrem Bauprojekt brauchen. Ich habe verstanden, dass der Stil ein anderer ist.« Die meisten Gegenstände in dieser Wohnung hatte Matt ausgesucht, nicht ich. »Und was ist mit Ihnen? Was glauben sie, warum haben Sie noch nie mit einer Frau zusammengelebt?«

Erneut breitete sich Schweigen aus, aber schließlich sagte er: »Ich habe gern Platz für mich allein. Ich genieße es, nach Hause zu kommen, die Nachrichten einzuschalten, mir ein Bier aufzumachen und mich in Boxershorts aufs Sofa zu setzen.«

Das klang nach der männlichen Entsprechung von Schlafanzügen, Eis und einer Wiederholung von *Bridget Jones – Schokolade zum Frühstück*.

»Und mit einer Frau können Sie das nicht tun?« Ich spülte mir den letzten Rest Shampoo aus dem Haar und drehte die Dusche ab.

»Jedenfalls habe ich es noch nie getan. Manchmal mag ich einfach die Stille. Ich will nicht ständig reden müssen. Ich will mir nicht anhören, wie ihr Tag war oder daran denken müssen, dass sie mit ihrer Katze beim Tierarzt war oder so.«

»Wow. Das ist heftig«, antwortete ich, während ich mich abtrocknete und in meinen Lieblings-Morgenmantel schlüpfte. Er war weiß und mit rosa Flamingos bedeckt. Ich hatte ihn so oft getragen und gewaschen, dass er unter dem Arm ein kleines Loch hatte, aber er war das bequemste Kleidungsstück, das ich besaß, und ich liebte ihn.

Matt hatte ihn gehasst.

»Dass ich gern mit mir allein bin, finden Sie heftig?«, fragte er, als ich gerade die Tür öffnete. Er lag rücklings auf dem Bett, eine Hand unter den Kopf geschoben, die langen Beine an den Fesseln überkreuzt. Bei seinem Anblick zog sich in meiner Magengegend etwas zusammen. Okay, er verhandelte hart und war so übertrieben selbstbewusst, dass es mich beinahe ärgerte, aber von diesem markanten Kinn und dem perfekten Körper konnte ich den Blick einfach nicht abwenden. Der perfekte Sitz seines Hemds, die Art, wie seine Hose die eindeutig muskulösen Oberschenkel erahnen ließ – es war nahezu obszön. Ich blickte weg und versuchte, mich auf das Gespräch zu konzentrieren.

»Vermutlich ergibt das Sinn, wenn man noch nie verliebt war, was auf Sie offensichtlich zutrifft.«

Ein Grinsen breitete sich auf seinem Gesicht aus wie ein Sonnenaufgang. »Offensichtlich?«

Ich drehte mich um, nahm vor meinem Schminktisch Platz und sah ihn im Spiegel hinter mir sitzen. »Ja, das ist mir aus zwei Gründen klar. Erstens wäre es Ihnen sonst nicht lästig, Ihre Freundin von ihrem Tag erzählen zu hören – Sie würden wissen wollen, wie es ihrer Katze geht.«

»Ich mag wirklich keine Katzen«, sagte er.

»Mag sein, aber wenn ihr ihre Katze wichtig ist und sie Ihnen wichtig ist, würden Sie wissen wollen, was beim Tierarzt passiert.« Etwas an der Art, wie er mich ansah, verriet mir, dass er mir nicht glaubte. Aber was kümmerte es mich? »Nur fürs Protokoll: Diese Wohnung ist katzenfreie Zone.«

»Gott sei Dank. Was ist der zweite Grund?«, fragte er und setzte sich auf.

»Jeder hat mal einen Tag, an dem er nach der Arbeit nur rumsitzen und sich entspannen will. Verliebte Menschen wissen, dass sie das auch zusammen tun können.«

Er schwenkte die Beine über mein Bett und begann nachzusehen, was sich auf meinem Nachttisch befand. »Ist es zwischen Matt und Ihnen so gewesen?«

Ich zögerte, sah zu, wie er den kleinen silbernen Elefanten mit dem Schmuckkästchen darauf in die Hand nahm, den ich auf der Indienreise mit Matt nach dem Abschluss gekauft hatte. Matts Eltern waren mit einem Sabbatjahr nicht einverstanden gewesen, aber wir hatten immerhin eine sechswöchige Pause eingelegt. Damals waren wir so glücklich, als wärmten wir uns vor einem Marathon auf oder befänden uns vor der Premiere unseres Stücks in der Seitenkulisse des Theaters – wir waren aufgeregt und nervös, voller Hoffnungen und Erwartungen. Ich hatte geglaubt, wir würden für immer zusammenbleiben.

Seitdem war eine Menge passiert.

»Ja, vielleicht. Am Anfang, als noch alles gut war.«

»Das ist die andere Sache, die ich bei Paaren nicht verstehe. Sie halten immer geduldig alles aus, obwohl jeder um sie herum sieht, dass keiner von beiden glücklich ist und sie sich eigentlich trennen müssten. Warum zum Teufel ist das so?«

Ich löste das Handtuch, das ich mir um den Kopf gewunden hatte, und griff nach meiner Haarbürste. »Vermutlich hoffen beide, dass es besser wird. Sie wünschen sich, dass es wieder so wird wie zuvor. Es ist schwer, sich zu trennen, wenn man so viel Zeit und Energie in eine Beziehung investiert hat.«

»Aber das sind versunkene Kosten. Zeit und Mühe sind unwiederbringlich verloren – vergeudet. Es ist sinnlos, noch mehr Ressourcen für ein Projekt zu verschleudern, das nirgendwohin führt.«

»Himmel. Beziehungen sind doch keine Bilanz. Da sind Gefühle im Spiel. Oder sind Sie einfach ein kaltschnäuziger Geschäftsmann, der sich nur für harte Kohle interessiert?«

Mit dem Buch, das ich gerade las, in der Hand – *Der Distelfink* –, drehte er sich um und starrte mich an. Tatsächlich war es das Buch, das ich im Augenblick zu lesen *versuchte* – in Wirklichkeit las ich nämlich die neueste Nora Roberts. Ich hatte mir angewöhnt, ein Taschenbuch neben mein Bett zu legen, das Matts Zustimmung finden würde, und das Buch, das mich tatsächlich interessierte, auf dem E-Reader zu lesen, sodass er keinen Kommentar über die Anzahl der Gehirnzellen abgeben konnte, die ich bei der Lektüre verlieren würde. Tja, nun gab es niemanden mehr, dem ich etwas vormachen musste.

»Mag sein. Vielleicht bin ich einfach nicht beziehungsfähig.«

»Wer war Ihre letzte Freundin?«

»Danielle. Sie ist Apothekerin. Eine hinreißende Frau.«

Ich würde es nicht zugeben, aber ich war davon ausgegangen, dass er mit Models oder Tänzerinnen ausging. Wo zum Teufel trieben Männer nur immer Tänzerinnen auf? Florences

Ex-Freunde hatten sie allesamt wegen einer Ballerina verlassen. »Was mochten Sie an ihr?«, fragte ich.

»Sie war fleißig.«

Ich brach in Gelächter aus. »Ihnen gefiel, dass sie *fleißig* war?«

Er zuckte mit den Schultern. »Na ja, sie war hübsch. Toller Körper. Ihre Haare waren … sie haben geglänzt. Was wollen Sie von mir hören?«

Ich biss mir auf die Lippen, um nicht erneut laut loszulachen. Der Typ hatte überhaupt keine Ahnung. »Warum ist Ihnen als Erstes eingefallen, dass sie fleißig war? Weil Sie sich nicht so oft mit ihr treffen mussten?«

Er warf den *Distelfink* aufs Bett und ging zu meinem Kleiderschrank hinüber. »Nein, ich glaube nicht. Mir hat einfach gefallen, dass sie ein eigenes Leben hatte, eigene Freunde. Sie war nicht so bedürftig. Obwohl sie vielleicht mehr Aufmerksamkeit von mir gebraucht hätte, als ich angenommen habe.«

»Ihre ideale Frau braucht also nichts von Ihnen? Sie müssen ihr keine Aufmerksamkeit schenken, sich nicht anhören, was sie tagsüber erlebt hat, sie müssen sich keine Gedanken darüber machen, was ihr wichtig ist, solange sie nach Belieben für eine Nummer zur Verfügung steht? Fasst es das in etwa zusammen?«

»Das klingt, als wäre ich ein Arschloch«, antwortete er und holte ein rosafarbenes Hoodie aus dem Schrank, das ich längst hätte spenden oder zumindest in einer Schublade hätte verschwinden lassen sollen, weil ich es eh nie trug.

»Ich fasse nur zusammen, was ich gerade gehört habe.«

»Sie sagen damit, dass ich ein Arschloch bin.«

»Nein, tue ich nicht.« Allerdings sagte ich auch nicht, dass er *kein* Arschloch war. Als ich mit dem Make-up fertig war, stand ich auf und holte eine Jeans und ein Top aus dem Kasten unter dem Fenster. »Sie müssen jetzt gehen, sonst schnüffeln Sie noch in meiner Küche herum, während ich mich umziehe.«

Er musterte mich mit ernster Miene. »Wenn wir gründlich recherchieren, müsste ich Sie eigentlich nackt sehen.«

Hitze stieg in meinem Körper auf, ließ meine Wangen erröten, und ich begann zu zittern. Es war lange her, dass ich die Anzeichen verspürt hatte, die mir verrieten, dass ich mich zu jemandem hingezogen fühlte.

Ich blickte zu ihm auf, und er lächelte mich an, ehe er aus dem Zimmer schlüpfte.

Beck war das genaue Gegenteil von Matt. Der hatte sich nie vor Verbindlichkeit gefürchtet, er hatte immer schon ein Leben mit Frau und Kindern ins Auge gefasst. Vielleicht lag es daran, dass wir uns so jung kennengelernt hatten, aber keiner von uns hatte sich an eine Paarbeziehung erst gewöhnen müssen. Wir wollten zusammen sein, wollten tagtäglich voneinander hören.

Beck dazu zu bringen, dass er sich wie ein verliebter Mann verhielt – einer, der Matt ein bisschen ähnlicher war –, würde einiges an Arbeit erfordern.

12. KAPITEL

BECK

Frauen zu verstehen war mir nie ein besonderes Anliegen gewesen. Aber in diesem Fall ging es ums Geschäft, und auch wenn ich mich mit Beziehungen nicht auskannte – fürs Business galt das Gegenteil. Ich hatte Nachforschungen angestellt und Beispiele für Stellas gestalterische Arbeit gefunden – sie hatte definitiv die angegebene Ausbildung genossen, und obwohl ihre Kunden sich ein wenig von meinen unterschieden, war doch offensichtlich, dass sie jedem Projekt eine individuelle Note verliehen hatte. Ihre eigene Wohnung hingegen war bis obenhin vollgestopft mit einem Sammelsurium alter Sachen, die nicht zueinander passten.

»Gehen wir jetzt zu Ihnen?«, fragte sie. »Damit ich alles durchwühlen und insgeheim mein Urteil darüber fällen kann?«

Ich lachte. Stella war respektlos und ein bisschen seltsam, schaffte es aber irgendwie immer, den Nagel auf den Kopf zu treffen. »Nein, wir gehen nicht zu mir, aber ich würde mich freuen, wenn Sie Ihr Urteil über mich ganz offen äußern würden«, sagte ich und drückte auf den Anhänger an meinem Autoschlüssel. Die Lichter des Lamborghini blitzten auf, als die Türen sich entriegelten.

Sie stöhnte. »Ernsthaft jetzt? *Das da* ist Ihr Auto?«

»Ist das ein Problem?«, fragte ich, öffnete ihr die Tür und ging um die Motorhaube herum zur Fahrerseite.

»Es ist nur ein bisschen … auffällig«, sagte ich, bereits im Einsteigen begriffen.

»Und mit auffällig meinen Sie neureich.« Mein Ton war nicht direkt scharf, trotzdem wünschte ich sofort, ich hätte nichts gesagt. Joshua und Dexter zogen mich wegen dieses Wagens ständig auf. Aber ich mochte ihn. Welchen Sinn hatte es, Geld zu haben, wenn man es nicht für amüsante Dinge ausgab?

»Vermutlich – woran ich allerdings nichts auszusetzen habe.«

»Schnelle Autos machen Spaß. Wenn das mit auffällig gemeint ist, bin ich durchaus Ihrer Meinung.« Ich fädelte mich in den beinahe stehenden Verkehr ein. Wären wir nicht mitten in London, könnte ich ihr zeigen, wie viel Spaß ein solches Auto tatsächlich machen konnte. Ich hatte mein Vermögen zwar nicht von meinem Vater geerbt, aber es war genauso gut wie altes Geld.

»Ich hatte es noch nie so mit Autos, aber jedem Tierchen sein Pläsierchen. Also, wenn wir nicht zu Ihnen nach Hause fahren, wohin geht es dann?«

»Ich weiß nicht. Was machen Sie gern am Wochenende?«

Sie atmete durch, vermutlich, um Zeit zu schinden, ehe sie antworten musste. »Entweder lande ich doch wieder bei der Arbeit oder ich bin davon so geschafft, dass ich mich ins Bett lege und einfach auf den Tod warte.« Sie grinste mich an.

Sie war witzig, sie hätte einer von den Jungs sein können. »Erzählen Sie mir offen und ehrlich über diese Sache mit der Personalberatung. Warum haben Sie einen Job, den Sie eindeutig nicht mögen, wenn Sie vorher etwas gemacht haben, wofür Sie Leidenschaft empfinden?«

Sie beugte sich vor und machte sich an der Klimaanlage zu schaffen. »Das gehört nicht zum Einführungskurs. Es steht auf dem Lehrplan für Fortgeschrittene. Außerdem haben Sie eine Menge über mich erfahren und waren bereits zweimal in meiner Wohnung. Ich hingegen weiß nicht, ob Sie in einer einsturzgefährdeten Ein-Zimmer-Wohnung in Croydon oder in einem georgianischen Stadthaus in Belgravia wohnen.«

Ich lachte, denn ich freute mich, über etwas anderes als ihren Job zu reden, obwohl ich gern gewusst hätte, wie sie auf dieser Stelle gelandet war. Ich war zuversichtlich, dass sie es mir früher oder später erzählen würde. »Ich wohne natürlich in Mayfair.«

»Natürlich«, murmelte sie. »Mr Mayfair. Wie konnte ich das vergessen?«

»Also, wenn Sie nicht im Bett liegen und auf den Tod warten, was unternehmen Sie dann gern in London?«

»Essen?«, sagte sie zögerlich, und es klang eher wie eine Frage. »Vor allem am Wochenende. Ich nehme mir die Zeitungen und setze mich zum Mittagessen hin. Dabei ist Reden streng verboten.«

»Okay, mit dem Essen komme ich klar, aber Zeitungen sind untersagt. Wir müssen reden, sonst muss ich damit klarkommen, dass Sie einen Nervenzusammenbruch erleiden, weil Sie sich nicht gut vorbereitet fühlen.«

»Es kommt mir vor, als ob wir uns schon tausend Jahre kennen. Aber mal im Ernst: Vielleicht sollten wir uns eingestehen, dass diese Situation unmöglich ist, uns die Hand geben und uns wieder unserem eigenen Leben widmen. Wenn Karen herauskriegt, dass wir nicht zusammen sind … Ich glaube, ich muss auswandern, um der Schande zu entgehen.«

»Es wird keine Auswanderung geben. Und wir geben nicht auf. Wir haben eine Abmachung.« Ich wusste zwar nicht, warum sie für diese Hochzeit unbedingt einen Freund vorweisen musste, aber wenn das bedeutete, dass sie mich mitnehmen würde, war ich bereit, die Rolle zu spielen. »Muss ich Sie darin erinnern, dass Sie die Innenarchitektin bei meinem neuen Projekt sein wollen? Und glauben Sie, dass eine solche Gelegenheit jemals wiederkommt?«

Ich erwähnte den alten Kasten in ihrem Schlafzimmer nicht, der zu nichts anderem passte, und auch nicht das seltsame Chesterfield-Sofa im Wohnzimmer, das aussah, als stammte es aus einem spießigen Gentlemen's Club. Vielleicht waren die Möbel gebraucht, und sie konnte sich keine anderen leisten. Ich versuchte mich auf die Arbeit zu konzentrieren, die sie zuvor abgeliefert hatte, und schenkte meiner Befürchtung keine Beachtung, dass ihr Talent für die Innenarchitektur womöglich nur in ihrer Einbildung existierte. Damit würde ich mich zu gegebener Zeit befassen.

»Und noch etwas: Sie liegen am Wochenende im Bett und warten auf den Tod.« Beim Gedanken an diese theatralische Beschreibung ihrer Stimmung musste ich leise lachen. »Das hier wird ein bisschen Leben in die Bude bringen, alles etwas interessanter machen. Eine neue Herausforderung für Sie.«

»Und wenn ich versage …« Ihre Stimme verklang, und die Hoffnungslosigkeit in ihrem Blick verriet, dass mehr hinter ihrer Geschichte steckte, als sie mir erzählt hatte.

»Tun Sie mir einen Gefallen?«, fragte ich. Sie sollte sich nicht mehr einreden, dass sie zu diesem Spiel gezwungen war. Es war ihre eigene Entscheidung.

»Schon wieder?«

»Sehr lustig«, sagte ich, wechselte die Spur und bog auf der Marylebone Road links ab. »Wenn Sie etwas dafür zurückbekommen, tun Sie mir keinen Gefallen. Sie erfüllen Ihren Teil bei einem Deal. Geben Sie uns diese zwei Wochen Zeit. Wir treiben uns zusammen herum. Wir lernen uns besser kennen, und wenn Sie sich dann immer noch nicht ausreichend vorbereitet fühlen, gehen wir nicht zu der Hochzeit. Sie können eine Krankheit vortäuschen oder so. Bleiben Sie positiv. Behalten Sie Ihr Ziel im Auge. Wir schaffen das schon.«

Ich spähte zu ihr hinüber und stellte fest, dass sie aus dem Fenster blickte, während sie mit einer Fingerkuppe einen kleinen Kreis auf das Glas malte. »Sie haben recht. Ich glaube nicht mehr daran, dass sich die Dinge für mich zum Guten wenden können.«

Ihre Stimme klang so traurig, dass mir ein Schauer über die Haut lief, als hätte mich ein eisiger Windstoß getroffen.

»Man hat mir schon mal gesagt, dass ich das Leben einer Frau verändern kann. Also, machen Sie sich bereit.«

Sie drehte sich zu mir und lächelte. »Sie sind echt geschmacklos.«

Ihr Lächeln vertrieb die Kälte. »Also, haben wir eine Abmachung?«

»Ja.« Sie nickte entschlossen. »Ich höre auf zu jammern, und in den nächsten Wochen tun wir beide unser Bestes.«

Ich würde dafür sorgen, dass diese Frau mehr über mich wusste als meine Mutter und meine fünf besten Freunde zusammen. Auf keinen Fall würde ich mir Stella London oder Henry Dawnay durch die Lappen gehen lassen.

»Und wohin jetzt?«, fragte Stella, als wir nach einem langen, späten Lunch, der wie im Flug vergangen war, wieder beim Auto ankamen.

Ich blickte auf die Uhr. Es war nach sechs. Wie hatten so viele Stunden vergehen können, ohne dass ich es bemerkt hatte? Was ich tatsächlich wollte, war, sie vor ihrer Wohnung absetzen und mich auf den Weg ins Pub machen. Letzteres tat ich an jedem Sonntagabend. »Müssen Sie sich nicht auf morgen vorbereiten?«, fragte ich über das Autodach hinweg, ehe ich einstieg und den Motor anließ.

»Worauf denn vorbereiten?«, fragte Stella. »Auf eine weitere aufregende Woche in der Personalagentur? Nein, in letzter Zeit ist es dort etwas ruhiger geworden. Aber wenn ich morgen ins Büro komme, wird mich zweifellos eine Flut von Anrufen und E-Mails überrollen.« Einige Minuten lang fuhren wir schweigend. »Und was machen Sie normalerweise am Sonntagabend?«

»Arbeiten. Mit Freunden rumhängen.«

»Und was ist mit Frauen? Für einen Mann wie Sie steht doch sicherlich Sex auf der Agenda, auch wenn Danielle die Nase voll von Ihnen hat?«

Was meinte sie damit: *für einen Mann wie mich?* Ich war kein Typus. Ich passte in keine Schublade. »Nicht am Sonntag«, antwortete ich.

»Aus religiösen Gründen?«, fragte sie. Ich drehte mich zu ihr, um zu sehen, ob sie es ernst meinte, und begegnete einem breiten, warmen Lächeln, das sie viel zu selten trug.

Ich beschloss, kehrtzumachen und zu meiner Wohnung zu fahren. Sie wollte vorbereitet sein? Und sie konnte scherzen wie meine Jungs? Dann würde ich sie mit ins Pub nehmen. »Ja, ich bin ein richtiger Benediktinermönch.«

»Den Eindruck machen Sie aber gar nicht.«

»Sonntagabend quatsche ich mit meinen besten Freunden und trinke Bier mit ihnen.«

»Ich dachte, Sie trinken nicht.«

»Die anderen trinken. Ich nuckele nur an einem halben Liter Limonade«, antwortete ich.

»Nun, Sie wissen, was ich Ihnen vorschlagen werde.«

»Da bin ich Ihnen weit voraus. Wir lassen den Wagen stehen und kommen früh genug an, um die erste Runde zu bestellen.«

»Sind Jeans okay?« Sie blickte an sich herab. »Und dieses Shirt ist schon alt.«

»Ich schwöre, keiner von den Jungs wird bemerken, was Sie anhaben.«

»Wie nett. Wenn Sie immer solche Komplimente machen, wundert mich nicht, dass Frauen nicht zu Ihrem Sonntagabend-Programm gehören.«

»Ich habe nicht gesagt, dass sie *Sie* nicht bemerken werden. Nur, dass sie sich nicht für Ihre Klamotten interessieren. Das Erste wird Ihr Lächeln sein. Danach werden Sie Ihnen zweifellos auf den Hintern, den Busen und die Beine starren. Aber sie werden sich bestimmt nicht weiter mit der Tatsache aufhalten, dass Ihr Shirt aus der letzten Saison stammt.«

»Ich weiß gerade nicht, ob ich lachen oder Ihnen eine reinhauen soll.« Sie kicherte und boxte mich scherzhaft gegen den Arm, und ich tat so, als hätte sie mir furchtbar wehgetan.

»Immer schön locker bleiben.« Ich lachte in mich hinein, während Stella mit den Augen rollte. »Was denn? Sie haben selbst gesagt, dass ich geschmacklos bin. Ich bestätige Sie doch nur. Sie sollten froh sein.«

»Sie meinen, Männer reduzieren Frauen auf ihre Körperteile?«, fragte sie, als ich in die Garage fuhr.

Das war eine dieser Fragen, die unmöglich zu beantworten sind. Ich würde entweder wie ein Arschloch oder wie ein *Mega*-Arschloch rüberkommen. Also musste ich die Frage neu interpretieren: »Das Erste, das wir bemerken, ist die physische Erscheinung einer Frau. Das ist einfach eine Tatsache. Aber es ist nicht das Einzige, das uns interessiert. Und Sie können mir nicht erzählen, dass es bei Frauen anders ist.« Ich machte den Motor aus. »Ich mag es, wenn Frauen mir Aufmerksamkeit schenken. Ich habe nichts dagegen, wenn sie mich sehen und wenn ihnen gefällt, was sie sehen. Es liegt in der menschlichen Natur, sich körperlich zu jemandem hingezogen zu fühlen.«

Wir stiegen aus und steuerten auf den Ausgang zu. Ja, wir würden zu früh in dem Pub ankommen, aber es ergab keinen Sinn, nach oben in meine Wohnung zu gehen. Ich wusste nicht, ob ich schon bereit war, Stella Zutritt zu meiner Privatsphäre zu gewähren.

»Sie meinen also, ich sollte mich darauf einrichten, von Ihren Freunden zum Objekt gemacht zu werden.«

»Nicht mehr als jede andere Frau, welche die Bar betritt. Wenigstens starren sie Ihnen nicht aufs Shirt.« Der Aufzug hielt in der Eingangshalle, und ich forderte sie mit einer Geste auf, ihn zu betreten.

Jeder von uns sechs Männern hatte zu verschiedenen Zeiten in seinem Leben Beziehungen mit Frauen gehabt, mal ernste und mal weniger ernste, aber nur einer von uns war verheiratet. Frauen waren nicht per se von unserem wöchentlichen Gang ins Pub ausgeschlossen, es war einfach nie eine aufgetaucht, und darum wusste ich nicht recht, wie es ankommen würde, wenn ich Stella mitbrachte.

Joshua und Dexter wussten, dass sie mich zu der Hochzeit mitnehmen würde, damit ich mit Henry sprechen konnte. Aber ich würde auch die anderen einweihen müssen, damit niemand etwas in den falschen Hals bekam und glaubte, die Sache sei so ernst, dass ich keinen Abend mehr getrennt von ihr verbringen konnte. Das wäre so untypisch für mich, dass sie glauben würden, ich hätte mir einen seltsame Krankheit eingefangen. Ich konnte mir nicht mal vorstellen, einer Frau derart nahezustehen. Für mich bestand die perfekte Beziehung darin, eine Frau zweimal wöchentlich zum Dinner zu treffen und danach die Nacht mit ihr zu verbringen. Bei der Vorstellung, mir *jede* Nacht ein Bett mit einer Frau zu teilen, bekam ich Juckreiz und feuchte Hände.

»Und ich muss kein Bier trinken, okay? Wenn ich das tun

muss, um mich in die Gruppe einzufügen, bleibe ich lieber außen vor. Ich hasse es.«

»Sie müssen keineswegs, aber wenn Sie sich anpassen wollen …«, ermahnte ich sie in scherzhaftem Ton. »Ich trinke Limonade, Stella, schon vergessen?«

Als ich die Ausgangstür des Gebäudes öffnete, blieb sie wie angewurzelt stehen. »Gehen wir nicht hinauf in Ihre Wohnung?«

»Nein, warum sollten wir? Wir können direkt ins Pub gehen. Es ist gleich um die Ecke.«

Sie beäugte mich misstrauisch, folgte mir aber. »Im Sommer ist es in London am schönsten«, sagte sie.

»Wenn die Sonne scheint«, erwiderte ich und verließ das Haus, in dem ich wohnte. Meine fünf Freunde und ich bestimmten abwechselnd, in welchem Pub wir unsere Drinks zu uns nehmen würden, aber im Lauf der Jahre hatten wir uns für drei Lokale entschieden. An diesem Abend war ich an der Reihe, und das hieß, dass wir den Abend gleich um die Ecke verbringen würden.

»Und wenn es nicht zu schwül ist«, sagte sie.

»Und man nicht im Stau steht.«

»Und wenn man nicht arbeiten muss«, fügte sie hinzu. »Lassen Sie es mich anders ausdrücken: sonnige, nicht schwüle Sommerabende in London ohne Verkehr und ohne Arbeit sind die besten.«

Ich nickte. Dagegen war nichts zu sagen. »Und mit Freunden zusammen abschalten ist die beste Art, solche Abende zu verbringen.«

»Einverstanden. Oh, das *Punchbowl?*«, fragte sie und legte den Kopf schief, um das Schild zu betrachten, während das schwächer werdende Sonnenlicht ihre Haarsträhnen erfasste. »Ist es das Pub, das Guy Ritchie gehört?«

»Er hat es verkauft«, erklärte ich, löste den Blick von Stella und öffnete die Tür, wobei ich ihr bedeutete, vor mir einzutreten. »Schon vor Jahren. Glaub mir, es ist nett.« Es war mein Lieblingspub in London, ein altmodischer Ort, den man aufpoliert hatte, damit er wieder schön anzusehen war. Und irgendwie passte das zu mir.

»Wir sind in Mayfair. Natürlich ist es nett hier«, sagte sie. Wir gingen weiter hinein, und sie sah sich um. »Meine Güte, es ist ja viel größer, als es von außen aussieht.«

Die Auswahl an Biersorten war enorm, was den Jungs sehr gefiel, und das dunkle Holz und die roten Lederstühle verliehen dem Lokal eine authentische Atmosphäre.

»Ist es okay?«, fragte ich.

»Klar«, antwortete sie achselzuckend. »Aber ich wette, Dom Pérignon gibt es hier nicht.«

»Darauf würde ich nicht wetten. Nehmen Sie den Tisch dort, ich gehe los und bestelle. Wollen Sie Champagner?«

»Nein, bloß nicht. Ich möchte bitte Wein.«

»Was für Wein?«

»Der weiße Hauswein ist okay.«

Ich hatte für Danielle einmal Hauswein bestellt, und sie war stinksauer auf mich gewesen. Hauswein war offensichtlich unzumutbar, und noch dazu hätte ich mich *erinnern* müssen, welche Art von Wein sie bevorzugte. Nun war ich offenbar dem einzigen Menschen in London begegnet, der tatsächlich Hauswein trank.

Traditionell bestellte derjenige, der zuerst im Pub ankam, für alle etwas zu trinken, auch wenn das hieß, dass das Bier schal wurde. Die Bestellung war unkompliziert, aber um sicherzugehen, dass die Frau hinter der Theke alles richtig verstanden hatte, ließ ich sie dreimal wiederholen, was ich gesagt hatte. Schließlich kehrte ich mit sieben Drinks auf einem Tablett zu unserem großen runden Tisch zurück. Es sah aus, als bereiteten Stella und ich uns auf einen feucht-fröhlichen Abend vor, aber die Jungs würden bald hier sein.

»Also, habt ihr früher zusammengearbeitet? Seid ihr miteinander aufgewachsen? Oder woher kennt ihr euch?«

»*Duke of Edinburgh*«, antwortete ich. »Als ich ein Teenager war, bildeten sich in unserer Siedlung erste Gangs, und meine Mum dachte, wenn ich am Wochenende auf etwas Positives wie den *Duke-of-Edinburgh-Award* hinarbeitete – Zeit an der frischen Luft, Bergsteigen und ehrenamtliches Engagement –, würde ich nicht im Gefängnis landen. Und so war es auch.« Etliche Kids, mit denen ich zur Schule gegangen war, waren irgendwann in den Knast gewandert.

»Und ihr seid all die Jahre in Verbindung geblieben?«

»Ja. Es dauerte drei Jahre, um alle drei Stufen des Programms zu durchlaufen. Und das hat mir eine andere Zukunft eröffnet. Hast du auch daran teilgenommen?«, fragte ich und nahm auf einem der niedrigen Hocker Platz.

Sie schüttelte den Kopf. »Ich kannte ein paar Leute, die dabei waren, aber ich habe mich lieber drinnen als draußen aufgehalten. War es das, was dir so gut gefallen hat? Das Wandern? Du gehst gern bergsteigen, stimmt's?«

»Das gehört dazu«, antwortete ich. »Aber weil Kinder aus der ganzen Region, von verschiedenen Schulen und mit unterschiedlichem Hintergrund an dem Programm teilnahmen, bin ich Leuten begegnet, die mehr vom Leben erwarten, als nicht im Gefängnis zu landen oder kein Dealer zu werden«, sagte ich, während ich das letzte Pint Bier vom Tablett nahm und auf den Tisch stellte. In meiner Klasse war ich der Einzige gewesen, der an dem Jugendprogramm teilnahm, und ich hatte niemandem davon erzählt. Ich hatte früh gelernt, dem Feind keine Munition zu liefern. »Die Kinder aus anderen Gegenden hatten ganz andere Geschichten zu erzählten, ihr Leben unterschied sich stark von meinem. Und mir wurde klar, dass mein Schicksal nicht unabänderlich feststand – ich musste nicht in der Siedlung bleiben, in der ich aufgewachsen war.« Ich atmete durch und spürte noch immer, wie dankbar ich gewesen war, auf das Jugendprogramm des Duke of Edinburgh gestoßen zu sein. Hätte ich das Poster an der Pinnwand in der Aula nicht entdeckt und wäre nicht heimlich noch mal hingegangen, um es abzufotografieren, als mir während einer Geografiestunde gestattet wurde, aufs Klo zu gehen, wäre mein Leben möglicherweise ganz anders verlaufen. »Da war ein Mädchen, die mit uns die Silbermedaille errungen hat. Am Ende ist sie über den Atlantik gesegelt – sie und ihre Freundin. Das war großartig. Sie waren die jüngste Mädchencrew, die das je geschafft hat. Wenn man sieht, dass andere Menschen solche Ziele verwirklichen, beginnt etwas in einem zu keimen. Mein Ehrgeiz erwachte, als ich Zeit mit anderen aus dem Kurs verbrachte und begriff, was die Welt da draußen für mich bereithielt. Wir teilten unsere Hoffnungen und Träume für die Zukunft miteinander. Am Ende der drei Jahre hatte ich die Grundlagen geschaffen, um der Mann zu werden, der ich heute bin, und ich habe die fünf besten Freunde gefunden, die man sich nur vorstellen kann.«

»Beck, das ist fantastisch!«

Stellas Augen funkelten, sie schien von meiner Geschichte aufrichtig begeistert. Und es *war* fantastisch. Für uns alle. Die vielen Stunden, die wir damit verbracht hatten, im Regen oder bei unerträglicher Hitze auf Berge und wieder hinunter zu klettern, ehrenamtliche Arbeit für sozial benachteiligte Kinder zu leisten oder Geld für Obdachlose zu beschaffen – sie waren die beste Zeit meines Lebens.

»Da wir gerade davon sprechen – da kommt Dexter«, sagte ich und blickte zur Tür.

Dexter kam zu uns an den Tisch; sein Blick huschte von mir zu Stella und wieder zu mir zurück, wobei seine Brauen mit jeder Sekunde, die verging, näher zu seinem Haaransatz wanderten.

»Hey, Kumpel«, sagte ich. »Von Stella habe ich dir schon erzählt.« Ich deutete auf sie, die neben mir saß.

»Ja, stimmt. Ihr beide geht zusammen zu der Hochzeit.« Er küsste Stella auf beide Wangen, ehe er neben ihr Platz nahm.

»Das ist der Plan«, sagte ich, bevor Stella davon anfangen konnte, dass es eigentlich unmöglich war.

»Und ihr habt euch miteinander angefreundet?«, fragte er.

»Wir sind dabei«, antwortete ich. »Da ich als Stellas Begleiter mitgehe, hielten wir es für eine gute Idee, ein bisschen Zeit miteinander zu verbringen.«

»Er tut so, als wäre er mein Freund, darum muss ich alles über ihn wissen. Ich hoffe, ihr als seine Freunde könnt mir alles erzählen, worüber er nicht mit mir sprechen will.«

Dexter bedachte sie mit einem Lächeln, als hätte er gerade in der Lotterie gewonnen. »Ich bin mir ziemlich sicher, dass wir das hinkriegen.«

»Dass wir *was* hinkriegen?«, fragte Joshua, der sich dem Tisch näherte und seine Brieftasche darauf ablegte, ehe er Stella bemerkte. Ich hätte geschworen, dass er eines Tages einfach über die Straße laufen würde, ohne nach rechts und links zu schauen, weil er sich gerade einen komplizierten Algorithmus ausdachte oder so.

»Joshua, das ist Stella. Stella, das ist Joshua.« Ich hätte doch lieber später mit ihr auftauchen sollen, auf die Art hätte ich sie nur einmal vorstellen müssen.

»Wir müssen alle schrecklichen Dinge wieder aufwärmen, die wir über Beck wissen, und sie Stella erzählen«, sagte Dexter.

»Das hier ist keine Showreihe – wir bleiben nur einen Abend«, erwiderte Joshua.

Ich hätte sie wirklich informieren sollen, bevor ich Stella mitbrachte. Sie machten zwar nur Witze, aber ich fragte mich, ob sie Stella womöglich dazu bringen würden, vor der Hochzeit zu fliehen. Auf keinen Fall durften die Jungs mir diese letzte Chance auf eine Begegnung mit Henry vermasseln.

Als Andrew eintraf, wusste Stella bereits, dass ich ein mieser Fußballspieler war. Ich hielt es nicht für nötig, hinzuzufügen, dass das nur der Fall war, weil ich das Spiel hasste. Nachdem wir alle die ersten Pints getrunken hatten, war Stella beinahe mit ihrem Glas Wein fertig, und die leicht geröteten Wangen und das Dauerlächeln standen ihr. Offensichtlich entspannte es sie, auf meine Kosten lachen zu können.

»Seine Beine waren so dünn, dass er durch ein Abflussrohr hätte rutschen können«, sagte Dexter.

»Leck mich«, sagte ich. »Ich war schlank, das war alles.«

»Wohl eher spindeldürr«, sagte Tristan. »Meine Mum hat mir immer Schokoriegel in den Rucksack gepackt, damit ich sie dir gebe. Sie hielt dich für unterernährt.«

»Das ist gelogen. Du hast mir nie Schokolade geschenkt.«

»Natürlich nicht, ich habe sie behalten«, sagte Tristan schulterzuckend, als wäre ich ein bisschen begriffsstutzig.

»Habt ihr alle Levels miteinander gemacht?«, fragte Stella.

»Ja. Wir haben alle Bronze, Silber und Gold absolviert, es hat also eine Weile gedauert«, sagte Tristan. »Mehrere Jahre. Diese Typen werde ich nicht mehr los, selbst wenn ich wollte.«

»Eins der besten Dinge, die ich in meinem Leben getan habe, obwohl es bedeutete, dass ich mit diesem Haufen von Losern herumhängen musste«, sagte Dexter. »Dass ich alle drei Medaillen errungen habe, gehört zu den Leistungen, auf die ich besonders stolz bin.«

Ich nickte und hob den Blick, um zu sehen, ob auch die anderen vier nickten. Tristan war ein Milliardär, der seinen Online-Pharmagroßhandel aus dem Nichts aufgebaut hatte. Dexter war Diamantenhändler und so ziemlich der cleverste Typ, dem ich je begegnet war. Alle sechs waren wir auf unserem Gebiet der Beste. Jeder von uns hatte eine Menge, worauf er stolz sein konnte. Aber der *Duke of Edinburgh* gehörte in jedem Fall zu den Top Drei unserer Errungenschaften. Wir alle verdankten einen guten Teil unseres Erfolgs den Fertigkeiten, die wir zu jener Zeit entwickelt hatten.

»Und ihr durftet in den Buckingham Palast, stimmt's?«, fragte Stella.

»In der Goldstufe, ja. Wir haben den Duke of Edinburgh sogar persönlich kennengelernt.« Dexter holte sein Handy heraus und zeigte ein Bild von sich und seinen Eltern vor den Palasttoren. Jeder von uns besaß ein vergleichbares Bild. Und natürlich hatten wir jede Menge Bilder von unserer Sechserclique.

»Das Programm scheint eure große Leidenschaft zu sein«, sagte Stella.

»Also, auf Beck trifft das mit Sicherheit zu«, sagte Dexter. »Wenn er nicht teilgenommen hätte, wäre er in den Abfluss gerutscht.«

»Klappe. Ich war *schlank*.«

Stella lachte, und ein Teil von mir wollte sich nackt ausziehen und die anderen auffordern, sich noch einmal über mich lustig zu machen. Ich war immer noch schlank, aber im Gegensatz zu dem vierzehnjährigen Jungen, der ich einmal gewesen war, hatte ich nun definierte Muskeln, die meinen Körper formten. Ich kam seltener zum Wandern, als ich es mir wünschte, aber ich war ein trainierter Läufer und ging regelmäßig ins Gym.

»Was muss ich denn sonst noch über diesen Kerl hier wissen?«, fragte Stella.

»Er ist ekelhaft konkurrenzbewusst«, meinte Tristan.

»Das sagt der Richtige.« Er machte wohl Scherze. Tristan war einer der konkurrenzbewusstesten Menschen auf diesem Planeten und der schlechteste Verlierer, den es je gegeben hat.

»Wir reden hier nicht über mich«, gab er zurück. »Es geht um dich.«

»Ehrgeizig sind wir alle«, sagte ich. Das konnte keiner von uns abstreiten. Was wir jedoch unerwähnt ließen, war die Tatsache, dass wir uns füreinander vor den Zug geworfen hätten.

Als ich siebzehn war, starb Gabriels Vater, und ich nahm drei Züge und ging elf Kilometer zu Fuß, um zu der Beerdigung zu gelangen.

Zwei Jahre zuvor war Tristans Schwester von ihrem Freund verprügelt worden. Joshua spürte ihn im Netz auf, leerte seine Konten, zerstörte seine Kreditwürdigkeit und sorgte dafür, dass er eine Vorstrafe wegen schwerer Körperverletzung erhielt.

Als ich meine erste Wohnung in Hackney kaufte, tauchten sie alle auf und halfen mir, das Ding zu entkernen.

Wir waren Brüder. Ich hatte bereits vor langer Zeit verstanden, dass Familie nicht Blutsverwandtschaft bedeutete, sondern in gemeinsamen Erfahrungen bestand, die Menschen miteinander verbanden.

»Okay, wie sieht es mit aktuellen schlechten Gewohnheiten aus?«, fragte Stella.

»Ehrlich gesagt ist er bei Frauen nicht sehr erfolgreich«, sagte Joshua. »Aber abgesehen davon ist er ein ziemlich anständiger Kerl.«

»Wie sieht seine Bilanz bei den Frauen denn aus?«, wollte sie wissen.

»Frauen stehen für mich einfach nicht im Mittelpunkt«, antwortete ich, bevor jemand etwas sagte, das ich nicht entkräften konnte. »Darum bin ich manchmal ein bisschen gedankenlos.«

»Hast du je eine feste Beziehung gehabt?«, fragte sie.

»Ist das dein Ernst?« Dexter lachte glucksend.

»Ich arbeite einfach zu viel«, murmelte ich.

»Ich hab's dir immer schon gesagt, Kumpel: Wenn du die richtige Frau findest, musst du keine bewussten Anstrengungen mehr unternehmen. Aber bis dahin ist eine Fake-Beziehung wahrscheinlich eine gute Sache. Das hält ihn auf Trab«, sagte Dexter.

»Ihr verbringt also eine Art Vertiefungswochenende miteinander, bevor ihr auf diese Hochzeit geht?«, fragte Joshua. »War vermutlich schwer, das noch reinzuschieben, bevor du nächste Woche nach New York fliegst.«

Fuck, ich hatte völlig vergessen, dass ich in der Woche darauf in die Staaten fliegen musste. Stella würde darüber nicht glücklich sein.

»Du fliegst nach New York?«, fragte sie. »Für wie lange?«

»Insgesamt dauert die Reise zehn Tage. Ich verbringe ein paar Tage in Chicago, aber ich breche erst am Donnerstag auf.«

»Kannst du das absagen? Wir müssen uns vorbereiten. Ich habe nicht vor, mich vor meinen Freunden komplett zum Affen zu machen.«

Ehe diese Reise erwähnt wurde, hatte ich Stella beinahe für mich eingenommen. Sie hatte sich entspannt, und ich fing an, ihre Gesellschaft zu genießen. Ich spürte, dass das Eis zu schmelzen begann.

»Ich kann nicht absagen. Diese Meetings sind schon vor Monaten vereinbart worden. Aber es wird bestimmt alles gutgehen. Inzwischen habe ich das Gefühl, du kennst mich besser als meine eigene Mutter.« Bei dem Meeting in Chicago ging es um die Umwandlung eines alten Hotels in Luxuswohnungen. Die Sache würde sich möglicherweise als sehr lukrativ erweisen, und ich freute mich darauf, meinen Tätigkeitsbereich zu erweitern, ein wenig die Flügel auszubreiten.

Stella stellte ihren Drink auf den Tisch und lehnte sich zurück. Sie sah aus, als hätten sich dunkle Wolken über ihr zusammengebraut. Ihre Mundwinkel zeigten nach unten, die Brauen waren zusammengezogen. »Ich meine es ernst, Beck, Karen schreckt vor nichts zurück, um mich in Verlegenheit zu bringen. Und ich glaube, damit würde ich nicht klarkommen. Ich habe genug Demütigungen für ein ganzes Leben eingesteckt. Dass ich zu dieser Hochzeit muss, ist schlimm genug.«

»Demütigung? Wie meinst du das?«

Ihre Augen füllten sich mit Tränen, was so ungefähr das Letzte war, womit ich gerechnet hatte. Sie hatte zwar behauptet, sie und Karen seien Freundinnen, aber danach sah es absolut nicht aus. Warum war es so schlimm für sie, an dieser Hochzeitsfeier teilzunehmen? Ich wollte nicht fragen und damit riskieren, sie noch mehr aufzuregen. »Kannst du mich vielleicht nach Amerika begleiten?«, schlug ich vor.

»Sei nicht albern. Ich kann nicht mit dir nach New York fliegen. Abgesehen von allem anderen habe ich kaum noch Resturlaub – und für die Hochzeit muss ich mir eine ganze Woche freinehmen.«

»Dann reichst du eben deine Kündigung ein. Du kannst diesen Job sowieso nicht mehr machen, wenn du die Innenausstattung für mein Gebäude übernehmen willst.« Was tat ich da? Ich durfte sie doch nicht ermutigen, ihren Job aufzugeben. Es wäre besser für mich, wenn sie selbst zu dem Schluss kam, dass sie nicht beides gleichzeitig tun konnte, und sich schließlich aus meinem Projekt zurückziehen würde.

»Ich werde es mir überlegen.« Sie tippte mit den Fingern auf den Fuß ihres Weinglases. Ihre Worte klangen nicht besonders überzeugend. »Inzwischen kannst du deine Reise absagen.«

»Dazu wird es nicht kommen. Wir können telefonieren. Meinetwegen reden wir per FaceTime miteinander. Aber ich fliege nach New York. Ende der Durchsage.«

»Oh, habe ich schon erwähnt, dass Beck verdammt stur sein kann?«, fragte Joshua.

»Halt die Klappe«, blaffte ich ihn an. »Du würdest an meiner Stelle auch nicht absagen. Außerdem ist es überflüssig. Wenn wir eine Beziehung hätten, würden wir einfach viel telefonieren, also werden wir genau das tun. Wenn nötig, rufe ich dich fünfmal täglich an.« Ehrlich gesagt war es nicht ideal, in die Staaten zu reisen, wenn Stella so nervös war, aber ich würde einfach Wort halten und sie häufig anrufen müssen – ihr Fragen stellen und auf ihre Fragen antworten. Es würde schon gutgehen.

»Ich denke, ich werde tun, was du mir vorgeschlagen hast: Ich warte ab, wie selbstsicher ich mich fühle, und wenn ich glaube, dass wir nicht gut genug vorbereitet sind, behaupte ich eben, ich sei krank.«

»Wir werden gut genug vorbereitet sein, das verspreche ich dir.« Zu den Dingen, die Stella über mich erfahren würde, gehörte auch dies: Ich gab niemals ein Versprechen, das ich nicht hielt.

13. KAPITEL

STELLA

Ich würde das Beste daraus machen müssen, dass Beck in New York war. Schließlich war er nicht ohne Handy auf einer einsamen Insel gestrandet. Nachdem ich mir mit den Ellbogen einen Weg durch die mittägliche Menschenmenge bei *Seven Dials* gebahnt hatte, stellte ich den Salat auf meinen Schreibtisch und holte mein Handy heraus. In New York war es neun Uhr morgens. Beck sollte zu ein paar Fragen bereit sein.

Ich: *Bist du da?*

Beck: *Wo?*

Ich: *Am anderen Ende der Leitung?*

Beck: *Nein.*

Er war *beinahe* lustig.

Ich musste die Zeit seiner Abwesenheit so effizient wie möglich nutzen. Ich musste darüber nachdenken, mit welchen Fragen Karen mich bedrängen würde. Nichts, was sie im Internet finden konnte, würde uns Probleme bereiten. Schließlich war Beck nicht insgeheim schwul oder verheiratet oder Priester oder so.

Er mochte Frauen. Das hatten mir seine Freunde in dem Pub versichert. Ich schmunzelte. Er wirkte immer so cool und selbstsicher, und es war schön zu sehen, dass er nicht perfekt war – die Art, wie seine Freunde ihn vor meinen Augen aufgezogen hatten, hatte ihn definitiv verunsichert.

Es war *süß*.

Beinahe, als wollte er sich mir von der besten Seite zeigen. Als wollte er von mir gemocht werden.

Und ich mochte ihn. Bislang. Obwohl das keine Rolle spielte. Allerdings war er verdammt attraktiv. Sogar eine fünfundachtzigjährige lesbische Nonne wäre in Becks Gegenwart ein wenig nervös geworden.

Aber es spielte keine Rolle, denn wir waren nicht zusammen. Wir lernten uns kennen. Das war etwas anderes.

Irgendwie.

Ich: *Was ist dein Lieblingsrestaurant in London?*

Nichts.

Zwei Minuten später – nichts.

Zehn Minuten später – immer noch nichts.

Fünf Stunden später, als ich mich gerade ausloggte, um nach Hause zu gehen – immer noch Funkstille. Was konnte wichtiger für ihn sein als das hier? Ich dachte, er wollte unbedingt zu dieser Hochzeit gehen.

Drei Punkte erschienen auf dem Display und zeigten, dass er online war ... nicht, dass ich das Handy die ganze Zeit umklammert hätte oder so.

Aber dann – wieder nichts.

Ich tippte »Hallo« ein und löschte es wieder. Dann schrieb ich eine weniger höfliche Nachricht und löschte sie ebenfalls.

Mir war klar, dass sich jeder zurechnungsfähige Mensch, der mich in diesem Moment sah, fragen musste, was zum Teufel hier vor sich ging. Zeit also, den einzigen Menschen anzurufen, von dem ich mit Sicherheit wusste, dass er geistig gesund war: Florence.

Ich raste an den Aufzügen vorbei und die Treppe hinunter, weil ich dort Empfang haben würde.

»Hey«, meldete sie sich.

»Du musst mich überreden, nicht zu springen. Oh, und hi.«
Ich hörte sie tief durchatmen und tat es ihr nach.

»Was gibt's?«

Florence wusste, wie schwierig diese Hochzeit für mich sein würde. Sie würde verstehen, wenn ich hin und wieder ausflippte. »Beck beantwortet meine Nachrichten nicht.«

Als ich das Gebäude verließ, wartete an der Haltestelle wundersamerweise mein Bus auf mich. Ich stieg ein und drückte mir das Handy fester ans Ohr, weil ich hoffte, Florence trotz des Verkehrs und der Ansagen im Bus zu verstehen.

»Überhaupt nicht? Oder hat er nur eine Textnachricht nicht beantwortet – bis jetzt?«

»Die Nachricht, die ich ihm vor fünf Stunden geschickt habe, hat er nicht beantwortet. Und bevor du fragst: Er hat sie gesehen, und in New York ist es früher Nachmittag.« Ich war nicht so unvernünftig, mitten in der Nacht eine Antwort von ihm zu erwarten oder so.

»Du weißt, was ich dazu sage«, antwortete Florence.

Ich blickte aus dem Fenster, beobachtete das Gedränge der Büroangestellten, die die Gegend so schnell wie möglich verlassen wollten, und der Touristen, die herbeiströmten. »Dass ich mich von Anfang an nicht auf diesen Plan mit der Hochzeit hätte einlassen dürfen?« Nun, das stand außer Frage. »Es war ein Angebot, das ich nicht – «

»Du weißt, dass ich das nicht sagen wollte. Beck ist aus einem bestimmten Grund in New York und nicht nur, um dir ständig Nachrichten zu schicken. Er wird antworten. Er weiß, dass er dich bei Laune halten und verhindern muss, dass du komplett zusammenbrichst.«

Florence hatte recht. Vermutlich saß er in einem Meeting. Oder in mehreren nacheinander. Aber machte er denn niemals eine Pinkelpause?

»Karen wird alles tun, um herauszufinden, ob wir nur eine Show abziehen. Sie darf nicht den kleinsten Spalt in unserer Rüstung finden.«

»Ja, das hat sie sich zur Mission gemacht. Wenn ich es nicht besser wüsste, würde ich sagen, dass sie sich mehr für Beck und dich als für die Hochzeit selbst interessiert. Sie hat mich gestern Abend noch mal angerufen und mir eine Menge Fragen gestellt, wann ihr euch kennengelernt habt und wann ich ihn zum ersten Mal gesehen habe und so.«

Mein Herz hämmerte, saugte mir das Blut aus den Zehen, die so kalt wie Marmor wurden. Ein Teil von mir hatte gehofft, Florence würde mir sagen, dass Karen mich inzwischen vergessen hatte und sich in Schottland viel stärker auf ihre Hochzeit und die anderen Gäste konzentrieren würde, aber tatsächlich hatte sie mir das Gegenteil mitgeteilt. »Vielleicht hätte ich mit nach New York gehen sollen«, antwortete ich. Ich hätte mich krankmelden können, aber bei meinem Glück wäre ich im Heathrow Express jemandem aus dem Büro begegnet.

»Na ja, wen interessiert schon, was Karen denkt«, sagte Florence. »Sie ist eine Hexe. So jemand muss dir nicht glauben.«

Und ich hatte geglaubt, sie hätte verstanden, worum es ging. »Karen darf auf keinen Fall erfahren, dass Beck und ich in Wirklichkeit kein Paar sind. Gordy hat doch nichts gesagt, oder?« Versuchte sie mich darauf vorzubereiten, dass Gordy alles verraten hatte?

»Gordy spricht nicht mit Karen. Und tatsächlich hat er auch kaum ein Wort mit Matt gewechselt. Unter uns gesagt, Stella: Die beiden haben sich gestritten. Was Matt getan hat, findet Gordy absolut nicht okay.«

Gordy war ein lieber, netter Mann, der Florence vielleicht tatsächlich verdient hatte.

Meine Gedanken stürzten in das Tal des Ich-kann-eseinfach-nicht-glauben ab. An diesem Ort hatte ich bereits zu viel Zeit mit Grübeleien und der Frage zugebracht, was passiert war, wann die Dinge aus dem Ruder gelaufen und wie lange Matt und Karen schon zusammen waren – dorthin konnte und durfte ich nicht zurückgehen.

»Tja, er hat es nun mal getan. Ich versuche, in die Zukunft zu blicken – andernfalls würde ich mich von der Hochzeit fernhalten.«

Der Bus hielt an der Haltestelle, die nur drei Häuser von der Wohnung entfernt war, von der ich geglaubt hatte, Matt und ich würden als frisch verheiratetes Paar darin leben.

»Genau. Wen interessiert es also, ob Karen das mit Beck und dir herausfindet? Den Job hast du trotzdem, du kommst auf jeden Fall voran im Leben.«

Möglicherweise würde ich den Job meines Lebens bekommen, aber irgendwie brauchte ich mehr als nur das. Ich musste glauben, dass ich mehr sein konnte als eine Frau, deren beste Freundin ihr den Freund ausspannt und ihn heiratet. »Ich brauche Beweise«, sagte ich. »Ja, der Job ist wichtig. Ich brauche diese Chance, um mein eigenes Unternehmen in Gang zu bringen, aber ich brauche noch etwas. Ich bewege mich in ausgefahrenen Gleisen – ich habe eine Pechsträhne oder so. Wenn ich diesen Job jetzt schon hätte, würde ich mir Sorgen machen, dass irgendetwas passiert und ich die Sache vermassele. Ich brauche dieses Sache mit dem gefakten Freund, um das Muster zu durchbrechen.«

»Um deine Pechsträhne zu beenden?«

Ich schob den Schlüssel ins Schloss und stieß die Tür zum Wohnungsflur auf. Am Nachhausekommen hatte sich seit Matts Auszug nicht das Geringste geändert. Abgesehen davon, dass Matt nicht da war. An den Garderobenhaken hingen immer noch zu viele Mäntel, obwohl es sich nun lediglich um meine eigenen Mäntel und Jacken handelte. Die Sukkulente, die seine Mutter bei ihrem letzten Besuch mitgebracht hatte, stand noch immer auf dem Konsolentisch. Der dunkelrote Teppich ließ den Flur nach wie vor dunkel wirken. »Genau. Ja, kann sein.« Es war nicht direkt eine Pechsträhne, die ich durchlebte. Aber ich war in den Sog negativer Ereignisse geraten und fing allmählich an, so etwas normal zu finden. »Irgendetwas Gutes muss passieren. Und weißt du was? Ich will jeden auf dieser Hochzeit davon überzeugen, dass Beck mein Freund ist, denn ich will erleben, dass die Leute das für möglich halten – einschließlich Karen.«

»Ich kann dir nicht ganz folgen. *Was* sollen sie für möglich halten? Dass du mit einem Typen wie Beck zusammen sein könntest?«

»Gewissermaßen. Ich meine, er sieht gut aus, arbeitet hart, er hat einen tollen Körper und ein eigenes Unternehmen. Er ist lustig – manchmal jedenfalls. Seine Freunde sind nett. Ich weiß nicht … die Leute sollen glauben, dass ich es wert bin, mit so jemandem zusammen zu sein. Dass ich etwas Besseres als einen untreuen Freund verdiene. Bestimmt glauben alle, dass ich etwas falsch gemacht habe, dass ich es nicht besser verdient habe.« Tatsächlich zerbrach ich mir ständig den Kopf darüber, was ich hätte anders machen können. Was ich hätte tun können, damit Matt mich nicht betrog.

»Stella, ich glaube sehr wohl, dass du einen Besseren als Matt verdient hast.«

Mir gefiel der Anflug von Mitleid in ihrer Stimme nicht, mit dem sie meinen Namen aussprach.

»Du zählst nicht. Du bist parteiisch.« Ich zog die Schublade des Nachttischchens auf, das Matt gehört hatte. Als ich sein Zeug zusammenpackte, hatte ich diese Schublade vergessen, und als ich es schließlich gemerkt hatte, sparte ich mir die Mühe, es ihm zu sagen. Und ich hatte sie nicht geleert. Es war beinahe, als wollte ich seine restlichen Sachen aus irgendeinem Grund behalten. Und nun waren eine Packung Pfefferminzbonbons, ein Füller, den ihm sein Vater zu seinem ersten Job geschenkt hatte und ein eselsohriges Exemplar von *In die Wildnis* das Einzige, das von Matt in dieser Wohnung übrig geblieben war. In meinem Leben. Ich knallte die Schublade zu.

»Es ist nicht nur die Sache mit Beck. Ich will für stark und fähig gehalten werden. Sie sollen nicht glauben, dass mein Leben in tausend Scherben zersplittert ist.«

»So möchtest du gesehen werden?«

Ja. Alle sollten denken, dass es mir gutging. Dass ich nicht nur fähig war, Matts und Karens Betrug zu überleben, sondern im Gegenteil sogar aufblühte.

Wenn die anderen daran glaubten, würde ich es vielleicht auch selbst glauben können.

Ein Piepton kündigte eine eingehende Nachricht an.

»Ich stelle dich auf Lautsprecher«, sagte ich. Wenn Beck online war, wollte ich es ausnutzen.

Beck: *J Sheekey. Und du?*

Er lebte also noch. Und die Wahl des Restaurants gefiel mir.

Weil es dort Wild gab, war Matt immer gern ins *Rules* gegangen. Ich hingegen zog ebenfalls etwas Moderneres, weniger Biederes vor. Wie das *J Sheekey*.

Ich: *Gefällt mir auch.*

Beck: *Hast du eigentlich Geschwister?*

Ich lächelte und warf mich rücklings aufs Bett. Beck nahm die Sache wirklich ernst.

»Glaubst du, ich werde eines Tages auf diese Sache zurückblicken und sagen: Gott sei Dank ist es so gekommen? Wie gut, dass Matt mich betrogen hat, mit Karen davongelaufen ist und sie nach wenigen Wochen geheiratet hat?«

»Aber unbedingt!«, sagte Florence im Brustton der Überzeugung. »Würde mich nicht wundern, wenn sie gegen Ende des Jahres wieder geschieden sind.«

»Und ich werde die Scheidung nicht mal zur Kenntnis nehmen, weil ich so viel zu tun habe.«

»Und weil du großartigen Sex mit einem intelligenten, attraktiven, lustigen Kerl haben wirst, der dich auf Händen trägt.«

»Richtigen Sex? Oder den vorgetäuschten, den ich gerade mit Beck habe?«

»Wer weiß, vielleicht hast du nach einer Woche in Schottland ja *richtigen* Sex mit Beck«, antwortete Florence.

Ich schenkte dem Kribbeln unterhalb der Rippen, das diese Vorstellung in mir auslöste, keine Beachtung.

»Ich will nur den Designjob. Ich kann durchaus ohne seinen Penis leben.«

»Ich wette, der sieht wahnsinnig gut aus. Genau wie er«, sagte Florence.

»Ich muss jetzt aufhören«, sagte ich glucksend. »Das ist lächerlich, und Beck hat gerade geantwortet. Ich muss ihn mit Fragen zutexten.«

»Ich wiederhole es nur ungern, aber ich habe dir doch gesagt, dass er antworten würde«, sagte Florence. »Und genau dasselbe werde ich sagen, wenn ihr beide in Schottland schließlich miteinander im Bett landet.«

»Ich lege jetzt auf«, sagte ich.

Beck und ich würden nicht miteinander rummachen. Wir würden diese Sache mit dem vorgetäuschten Pärchen auf die Reihe kriegen. Beck würde sein Gebäude in Mayfair bekommen, und ich würde mir mein Leben zurückholen.

14. KAPITEL

STELLA

»Was meinst du, sind wir bereit?«, fragte ich und öffnete in unserem Hotelzimmer den Reißverschluss meines Koffers. Trotz Becks zahlreicher Meetings, trotz des Zeitunterschieds und des Drachens, der meine Chefin war, hatten wir uns in den vergangenen zehn Tagen täglich getextet, ein paarmal miteinander gesprochen und sogar einen Videoanruf eingeschoben, aber ich war immer noch nervös. Den ganzen Morgen hatte ich versucht, die aufsteigende Panik zu unterdrücken, aber in diesem Augenblick, eine Stunde vor dem Beginn der Hochzeitsfeier der beiden Menschen, die mich betrogen hatten, kam es mir lächerlich vor, an diesem Ort zu sein. Und dass ich mit Beck hier war, machte die Sache noch schlimmer, so als betonte seine bloße Anwesenheit die Tatsache, dass ich allein war. Ich hatte niemanden. »Ich habe die logistischen Erfordernisse eines gemeinsamen Zimmers gar nicht bedacht. Ich brauche einen Drink.«

»Die logistischen Erfordernisse?«

»Du weißt schon. Zwei Menschen. Ein Bett.«

»Ich dachte, es könnte Verdacht erregen, wenn wir getrennte Zimmer haben«, sagte er.

Offenbar hielt er mich für zu dumm, um mich im Leben zurechtzufinden. Natürlich war mir klar, dass wir uns in dem Hotel ein Zimmer teilen mussten, trotzdem war ich mental nicht darauf vorbereitet. Meine ganze Energie war in das Vorhaben geflossen, dieses Wochenende gut zu überstehen. Am Tag der Trauung wollte ich mich in eine der hinteren Kirchenbänke setzen, weit weg vom Mittelgang, um so wenig wie möglich zu hören und zu sehen. Anstatt zu warten, bis der Fotograf fertig war, würde ich gleich nach der Zeremonie wieder im Hotel verschwinden. Aber vor dieser letzten Hürde waren noch mehrere Tage zu überstehen.

Und hier kam auch schon das erste Hindernis – ich hatte nicht daran gedacht, dass ich mir das Zimmer mit einem völlig Fremden teilen musste, und als wollte mein Koffer mir ein Beweisstück liefern, hielt ich auf einmal meinen Schlafanzug in der Hand. Wären Beck und ich tatsächlich ein Paar, wäre der rosa, mit Gänseblümchen übersäte Schlafanzug nicht die richtige Wahl gewesen. Er war es zweifellos gewohnt, Frauen in durchsichtigen, erotischen Fetzen zu sehen, in denen man unmöglich schlafen konnte. Nun, an diesem Abend würde er zu sehen bekommen, was Frauen im Bett trugen, wenn sie es nicht mit einem attraktiven Mann teilten. »Ich weiß«, antwortete ich. »Aber es ist komisch. Wir kennen uns kaum.«

»Das stimmt überhaupt nicht. Du weißt mehr über mich als irgendjemand sonst, abgesehen von meinem engsten Familienkreis und meinen fünf besten Freunden.«

Je mehr Zeit ich mit Beck verbrachte, desto mehr Fragen gingen mir durch den Kopf. »Wie ist der zweite Vorname deiner Mutter?«, fragte ich.

»Bridget.«

»Vermutlich sollte ich sie kennen.«

Er lachte leise, wie er es meistens tat, wenn ich mich einem Nervenzusammenbruch näherte. Seitdem wir unseren Pakt geschlossen hatten, hatte er mich mindestens dreimal davon abhalten müssen, aus dem Fenster zu springen. Darin war er gut.

Er wusste, was er sagen und welche Knöpfe er drücken musste. Wie seltsam – ich wusste, dass er es tat, um zu bekommen, was er wollte, aber es kam immer rüber, als wollte er nur mein Bestes. Ich durfte mich nicht täuschen lassen. Er war nicht *wirklich* nett zu mir. Er hatte seine eigenen Absichten, so überzeugend er auch wirken mochte. Alles, was er tat, war nur vorgetäuscht.

»Du weißt doch, dass wir nicht wirklich zusammen sind, oder?«, fragte er. »Und wir *tun nur so*, als wären wir seit knapp drei Monaten ein Paar.« In Lichtgeschwindigkeit packte er seinen Koffer aus, zog den Reißverschluss zu und verstaute ihn hinter der Tür.

Ich seufzte theatralisch. »Beck, wenn man es weiß, dann weiß man es eben. Ein Vierteljahr ist eine lange Zeit. Wir sollten zum nächsten Level übergehen. Wir sind verliebt. Die Sache ist ernst. Worauf warten wir?«

Er zögerte eine Sekunde. »Ein Vierteljahr findest du lang? Erwartest du wirklich, dass jemand nach drei Monaten Beziehung mit dir übers *Heiraten* spricht?«

Ich dachte einen Augenblick nach. Ich konnte mich nicht erinnern, wann Matt und ich zum ersten Mal vom Heiraten und über die Zukunft geredet hatten, sogar über die Namen unserer Kinder, aber als wir uns kennenlernten, waren wir so jung, dass diese Dinge nicht unmittelbar bevorzustehen schienen. Es war etwas, das wir irgendwann in der Zukunft tun würden. Nur war diese Zukunft nie eingetreten. »Ich glaube, das hängt von der jeweiligen Beziehung ab, aber wenn sie gut ist, dann ja. Warum nicht?«

»Nach drei Monaten reserviere ich nicht einmal einen Tisch für ein Dinner eine Woche später. Und mit Sicherheit denke ich nicht über mögliche Ziele für die Flitterwochen nach.«

»Das heißt, du wartest einfach, bis dir die Richtige über den Weg läuft und es *bumm* macht? Oder weigerst du dich, vor einem bestimmten Geburtstag eine Familie zu gründen oder … Ich meine, was hast du vor?«

Er rutschte auf dem Bett zurück und sah zu, wie ich weiter auspackte, Sachen wegräumte und Ordnung machte. »Glaubst du etwa, *eine ernste Beziehung eingehen* steht am ersten Tag nach meinem fünfunddreißigsten Geburtstag in meiner Agenda?«

»Bei manchen Männern ist das so.« Matt war ein Planer gewesen. Wenn ich von Heirat sprach, hatte er immer gesagt, er wollte erst einen bestimmten Punkt in seiner Karriere erreichen oder in einem anderen Haus wohnen. Immer gab es einen praktischen Grund, warum gerade nicht der richtige Zeitpunkt war. Zu sehen, wie schnell er Karen heiratete, hatte all diese Gründe in Ausreden verwandelt. »Du sagst, du gehörst nicht zu diesen Männern. Hat dir eine Frau das Herz gebrochen? Ist das dein Problem?«

»Es gibt kein Problem, und mir hat auch keine das Herz gebrochen. Ich bin einfach glücklich mit dem Leben, das ich führe. Wie ist das bei dir? Suchst du einen Mann, der dich innerhalb von drei Monaten zum Traualtar führt?«

»Himmel, nein, aber wenn ich jemanden heiraten wollte, wüsste ich das vermutlich nach drei Monaten bereits.«

Im Augenblick konnte ich mir nicht vorstellen, jemals zu heiraten. Matt und ich waren zusammen aufgewachsen. Es gab nichts, das wir nicht übereinander wussten. Diese Art von Intimität würde ich nie wieder mit jemandem erleben, aber genau danach suchte ich – ich wollte jemanden, der mich in- und auswendig und von vorn bis hinten und wieder zurück kannte. Ich stand nicht auf Versteckspiel und Täuschung – darauf, mich von der besten Seite zu zeigen, wie Karen es ausdrücken würde.

»Ich weiß nicht, ob ich jemals bereit sein werde, mich an etwas anderes zu binden als an einen speziellen Cocktail. Es ist schwer, einen Menschen zu finden, mit dem man Zeit verbringen und jeden Gedanken teilen will, der einem durch den Kopf geht, und von dem man genau wissen will, was er denkt. Stell dir vor, die letzten Wochen zwischen uns wären echt gewesen – die eingeschobenen Anrufe und Textnachrichten. Das ist schwer, und es muss die Mühe wert sein.« Mit Beck war es mir nicht schwergefallen, weil ich wild entschlossen war, mich nicht demütigen zu lassen. Und es war leicht, mit ihm zu reden, denn er beantwortete beherzt die vielen verrückten Fragen, die ich ihm stellte.

»Nur damit das klar ist: Wenn jemand fragt, sind wir nicht verlobt, okay?«, fragte er.

»Dich scheint bereits die Vorstellung zu erschrecken, auch nur so zu tun, als ob.« Ich schüttelte den Kopf. Glücklicherweise war ich nicht mit Beck zusammen. Es würde nicht mal einen Abend lang halten. Die Bindungsangst strömte ihm aus allen Poren. »Wir sind wahnsinnig verliebt, aber nicht verlobt. Aber wenn dich jemand anstößt und sagt: ›Du bist der Nächste‹, solltest du möglichst nicht aussehen, als hätte jemand von dir verlangt, dir mit einem rostigen Messer ein Bein abzuschneiden. Lächele einfach und sag was Positives, zum Beispiel …«

»›Wenn sie mich will‹ oder ›Ich hoffe es‹. Ich hab's kapiert, Stella. Du musst keine Angst haben, dass ich es vermassele.«

Um Beck machte ich mir im Grunde keine Sorgen. Er wusste, wie er sich verhalten musste. Ich machte mir Sorgen um mich selbst. Wie würde ich reagieren, wenn ich sah, dass Karen und Matt den offiziellen Beginn ihres gemeinsamen Lebens feierten? Würde ich den Schmerz herunterschlucken können, wenn ich zusehen musste, wie alle sich um sie herum versammelten, um ihnen Glück zu wünschen? Würde ich mir wünschen, an Karens Stelle zu sein und mich für meine Erbärmlichkeit hassen? »Gibt es hier eine Minibar? Ich brauche einen Drink.«

Beck sah auf die Uhr, ehe er zu dem Schränkchen unter dem Fenster ging. Es war noch nicht mal Mittag, aber ich brauche etwas, um den Mut aufzubringen, diese Treppe hinunterzugehen. »Was möchtest du?«, fragte er und spähte in den kleinen Kühlschrank.

»Gibt es Wein?«

Er holte eine Flasche heraus und machte sich daran, ein Glas zu beschaffen und mir etwas einzugießen. »Alles wird gut, Stella. Wir haben alles im Griff. Wir müssen nur genauso zusammenhalten wie auf der Verlobungsparty.«

Was wusste er schon? Schließlich waren es nicht *seine* Ex und *sein* ehemaliger bester Freund, die heiraten würden. Ich musste mir ins Gedächtnis rufen, dass es nur eine Woche meines Lebens war, und dafür würde ich hoffentlich meine Karriere zurückbekommen.

Ich konnte es schaffen.

Ich konnte die Leute glauben machen, dass ich an Matts und Karens Betrug nicht zerbrochen war.

Ich konnte alle davon überzeugen, dass ich ein neues, ein besseres Leben führte.

Wahrscheinlich.

15. KAPITEL

BECK

Ich mochte keine Hochzeiten, nicht mal, wenn ich zu einer eingeladen war. Immer gab es einen Ort, an dem ich lieber wäre – bei der Arbeit, Wandern mit den Jungs, meinetwegen in einem Schlachthof. Aber diesmal war es anders. Diese Hochzeit *war* Arbeit. Und Henry Dawnay war das einzige Meeting, das ich geplant hatte. Mit dem Blick suchte ich den hellen, sonnendurchfluteten Raum ab, wo Willkommensdrinks ausgeschenkt wurden, und versuchte so auszusehen, als suchte ich nicht nach jemandem. Was ich allerdings sehr wohl tat. Es war zwar der erste Tag, aber ich wollte keine Gelegenheit verpassen, Henry über den Weg zu laufen.

»Himmel, ist das schön«, sagte Stella. Ich fragte mich, ob sie merkte, dass sie meine Hand umklammert hielt wie einen Rettungsring in stürmischer See. Erneut blickte ich mich in dem Raum um und versuchte, ihn mit ihren Augen zu sehen. Ja, vermutlich war es schön. Wohin ich blickte, waren frische weiße und blaue Blumen – sie rahmten die Tür ein, bildeten Girlanden um die Bilderschienen, und auf jedem Tisch lagen kleine Gestecke. Die Balkontür führte auf einen mit Ziegeln gepflasterten Innenhof, von dem aus die Leute auf eine Rasenfläche strömten. Vielleicht war Henry dort draußen. Es klang, als hätten sie ein Streicherquartett engagiert – ob ihm diese Musik gefiel?

Als wir den Raum durchquerten, näherte sich uns ein Kellner mit einem Tablett Champagner. Ich nahm zwei Gläser und reichte eines davon Stella, die es sofort leerte, sodass ich ihr auch mein eigenes gab. Sie lächelte leicht verlegen, nahm das Glas aber dennoch. Sie musste sich mit dem Alkohol ein wenig zurückhalten, sonst würde ich sie später in unser Zimmer tragen müssen. Sie stand unter heftigem Stress. Und ich wusste nicht, ob es nur an der Hochzeit ihres Ex' lag oder ob sie Angst hatte, dass man unser falsches Spiel durchschauen würde. Sie näher kennenzulernen, hatte mir die Augen geöffnet. Ich hatte einen Einblick bekommen, wie Frauen denken. Bei mir galt die Devise: Was du siehst, bekommst du auch. In den zurückliegenden Wochen war mir klar geworden, dass die Frauen, mit denen ich normalerweise Zeit verbrachte, mir nicht einmal die Hälfte von dem erzählten, was sie dachten. Stella hingegen hielt sich nicht zurück. Sie kommentierte nahezu pausenlos alles, was in ihrem Kopf vor sich ging. Sie hatte mir versichert, dass bei manchen Themen alle Frauen dasselbe dachten – über Männer, die nur nachts anriefen, Männer, die sich weigerten, eine Frau oral zu befriedigen, aber einen Blowjob wollten, und Männer mit Haaren auf dem Rücken, um nur einige Themen zu nennen. Ich kannte auch ihre Meinung zu Männern, die Frauen ghosten – was offenbar Florence widerfahren war, bevor Gordy aufgetaucht war –, zu der Freude, die es ihr bereitete, vom Bett aus zu arbeiten und zur Wichtigkeit von Igeln. Es war, als hätte ich plötzlich eine Schwester bekommen.

Allerdings war Stella heiß.

»Du siehst hübsch aus«, sagte ich, um sie ein wenig zu beruhigen. Hätte ich es nicht besser gewusst, hätte ich geglaubt, dass sie ein Alkoholproblem hatte, aber ich hatte sie nie zuvor in einer solchen Verfassung gesehen.

An diesem Tag sah sie besonders hübsch aus. Sie trug ein

luftiges Blümchenkleid mit langen, bauschigen Ärmeln und tiefem Ausschnitt. Wenn sie ging, blitzten ihre straffen, gebräunten Beine hervor. Es war ein Kleid, das prüder aussah, als es tatsächlich war.

Und das passte zu Stella – etwas an der Oberfläche deutete etwas Interessanteres gleich darunter an.

Dieses Kleid war wie für sie gemacht. Aber am besten gefiel mir an diesem Tag die Art, wie sie sich die Haare an einer Seite mit einer Spange hochgesteckt hatte, die mit frischen Blumen dekoriert war. Es sah unschuldig und gleichzeitig sexy aus. Die Frisur brachte ihren langen, schlanken Hals zur Geltung und betonte ihre Wangenknochen. Sie war wunderschön, obwohl ihr das nicht im Geringsten bewusst war.

Es gab nichts, worüber sie sich Sorgen machen musste. Ich hatte Karen nur einmal gesehen, und ich hatte mich gefragt, warum um alles in der Welt Stellas Ex sie sitzengelassen hatte. Karen war zwar attraktiv, aber sie war nicht so schön wie Stella. Nicht mal annähernd.

»Ich sehe Henry nicht«, sagte sie, leerte das zweite Glas Champagner und hielt einen vorbeigehenden Kellner auf, um ihr leeres Glas gegen zwei volle zu tauschen.

Eins davon gab sie mir.

»Bist du sicher, dass du sie nicht lieber gleich beide behalten solltest?«, fragte ich lächelnd.

Sie schnitt eine Grimasse. »Tut mir leid. Ohne Drogen überstehe ich den Abend nicht. Hoffentlich wird es nicht noch schwieriger, wenn ich sie erst mal gesehen habe.«

Aber sie war doch mit den beiden befreundet, oder? Stella hatte mir nicht die ganze Geschichte erzählt, aber da sie in vielerlei Hinsicht so offen mit mir gewesen war, hatte sie vermutlich gute Gründe, manches geheim zu halten. Ich wollte nicht, dass ihr meinetwegen unbehaglich zumute war.

»Da sind Florence und Gordy. Vielleicht haben sie Henry gesehen.«

»Und? Haltet ihr durch?«, fragte Florence, nachdem wir uns alle begrüßt hatten.

»Mir geht's gut«, antwortete Stella. »Na, okay ... so gut, wie unter diesen Umständen zu erwarten.«

»Du brauchst einen Drink«, sagte Florence. »Oder vielleicht lieber nicht«, fügte sie hinzu, als Stella auf dem komplett ebenen Bodenbelag stolperte. Dabei war es noch nicht mal acht. Wenn sie so weitermachte, würde sie sich innerhalb einer Stunde übergeben müssen.

»Das liegt an meinen Schuhen, aber ich gebe zu, dass es nicht mein erstes Glas ist. Wenn es so weitergeht, muss Beck mich die Treppe hinauftragen.«

»Und das gehört nicht zum Paket«, antwortete ich, woraufhin Stella errötete und einen Finger an den Mund legte.

Ich hatte damit nicht unsere Abmachung gemeint – es war nur eine flapsige Bemerkung, ein Scherz, aber ich spürte die Hitze ihrer Wangen in meinen Fingerkuppen, obwohl ich sie nicht berührt hatte. Sie musste aufhören, sich dermaßen auf das Unechte zwischen uns zu konzentrieren und den Fokus auf das richten, was echt war.

Ich kannte sie wirklich – besser als jede andere Frau.

Ich mochte sie wirklich.

Und ich wollte sie wirklich besser kennenlernen.

Wie aufs Stichwort hielt sich Stella um kurz vor zehn den Bauch und sagte: »Mir geht's nicht so gut. Ich glaube, ich gehe lieber aufs Zimmer.«

Ich hatte Henry nicht entdeckt und war mir ziemlich sicher, dass er nicht erst auftauchen würde, wenn alle anderen bereits wieder gingen. Ich würde mich gedulden müssen. Allerdings hatte ich all meine Langmut bereits aufgebraucht, um an diesen Punkt zu kommen. Ich brauchte seine Unterschrift unter dem Vertrag. Wie bereits im Kalender gecheckt, blieb mir nach der Trauung exakt eine Woche, um sie mir zu holen. Dann konnte ich die Bank anrufen und sie auffordern, die Hunde zurückzupfeifen, sodass ich mit der Sanierung beginnen konnte. Ich hatte die Nase voll vom Warten.

»Ich komme mit«, sagte ich und nahm Stella das halb leere Glas aus der Hand, bevor sie den Rest Champagner hinunterstürzen konnte, den wir vermutlich auf dem Rückweg wieder hochkommen sehen würden. Glücklicherweise war Stella eine harmlose und lustige Betrunkene. Richtig süß sogar. Ich hatte einige Freundinnen gehabt, die sich nach ein paar Gläsern Wein in ein zweiköpfiges, feuerspeiendes Monster verwandelten. In letzter Zeit hatte ich mich mit keiner von ihnen mehr getroffen. Die letzte war Joan gewesen. Eigentlich war sie cool und sexy, und alles lief super, bis wir eines Freitagabends zum Essen ausgingen, nachdem sie etwas getrunken hatte – es war, als wäre sie von einem bösen Geist besessen. Es fing damit an, dass sie mir erzählte, keine würde sich je in mich verlieben, weil ich ein kaltherziger Scheißkerl war, der Frauen nur zum Sex benutzte. Ihre Cooles-Mädchen-Show war genau das gewesen – nur Show.

Stella hatte sich lediglich ein wenig entspannt. Mit jedem Drink senkten sich ihre Schultern um einige Zentimeter, und dann legte sie den Kopf schief, während sie Florence und Gordy immer wieder versicherte, wie sehr sie sie liebte.

Stella packte Florence, und sie drückten sich so fest, als befürchteten sie, sich nie mehr wiederzusehen.

»In ungefähr neun Stunden werdet ihr zusammen frühstücken«, sagte ich.

»Ja, und Bea und Jo kommen bald. Ich freue mich so, sie

zu sehen.« Stella hob abrupt eine Hand und schob die Hüfte vor. Sie würde noch jemandem die Augen ausstechen. »All die Mädchen von St. Catherine's!«

Hoffentlich würde Henry am nächsten Tag eintreffen. Und Joshua konnte ich nur wünschen, dass er recht gehabt hatte mit seiner Behauptung, Henry würde die ganze Woche über hier sein, sonst würden wir nämlich Streit miteinander bekommen.

»Genau. Will ins Bett«, sagte sie.

Ich legte ihr eine Hand auf den unteren Rücken und schob sie sanft vorwärts.

»Beck, du bist ein sehr netter Typ«, sagte sie und deutete mit dem Finger auf mein Jochbein, als wir die alte Treppe aus Eichenholz hinaufstiegen, wobei ihr straffer Schenkel bei jedem Schritt unter dem Stoff hervorblitzte. Das Kleid war perfekt für sie – süß und sexy. Hätte das Kleid eine Flasche Wein in sich hineingeschüttet, hätte ich gesagt, dass die beiden miteinander verwandt waren. »Heute Abend bist du der perfekte Gentleman.«

»Hast du etwas anderes erwartet?«, fragte ich, als wir auf dem Treppenabsatz angekommen waren, und holte den Schlüssel zu unserem Zimmer heraus.

Als mir auffiel, dass sie nicht mehr neben mir war, drehte ich mich um – und sah, dass sie wie erstarrt mitten im Flur stand.

»Bin ich attraktiv?«, fragte sie.

Auf einmal schien der Boden unter meinen Füßen nachzugeben – würde sie sich jetzt in eine Joan verwandeln? War diese Frage ein Trick, und jede Antwort, die ich gab, würde einen Wutanfall hervorrufen? Wenn ich Ja sagte, machte ich sie zum Objekt, und wenn ich Nein sagte, war ich ein mieser Scheißkerl. »Natürlich. Komm, lass uns reingehen.« Ich deutete in unser Zimmer, hielt bereits die Tür auf.

»Meinst du das ernst?«, fragte sie, als sie sich an mir vorbeischob. »Oder sagst du das nur so?«

Ich atmete tief durch, denn ich erhaschte einen fantastischen Blick auf ihren Hintern, als sie sich aus der Taille vorbeugte, um die Riemchen ihrer Sandaletten aufzumachen. An ihrer Attraktivität bestand nicht der geringste Zweifel. Seit ich sie das erste Mal gesehen hatte, war ich von ihrer Offenheit beeindruckt. Und von ihren hohen Wangenknochen und ihren Augen, die mich so aufmerksam musterten. »Ich sage selten etwas einfach nur so«, antwortete ich, schlüpfte aus meinem Jackett und hängte es auf einen Kleiderbügel.

»Aber bin ich auch als *Ehefrau* geeignet?«

Meine Güte, musste das wirklich sein? Ich war doch nicht ihr Therapeut. Ich war nicht ihre Schwester oder ihre beste Freundin. Mit Frauengesprächen kannte ich mich nicht aus. »Ich habe keine Ahnung, wer als Ehefrau geeignet ist und wer nicht.«

»Karen ist eine Ehefrau.« Sie kämpfte mit dem Reißverschluss hinten an ihrem Kleid, und ich trat einen Schritt nach vorn, um ihr zu helfen. »Ja, eindeutig. Wir sind auf ihrer Hochzeit. Aber ich bin offensichtlich nicht geeignet. Jedenfalls nicht für Matt. Und auch sonst für niemanden, meinem linken Ringfinger nach zu urteilen.« Ehe ich den Blick abwenden konnte, ließ sie das Kleid auf den Boden fallen. Für eine halbe Sekunde rechnete ich damit, dass sie mich anmachen würde, aber sie schien ihre Sorge wegen des gemeinsamen Betts und des gemeinsamen Badezimmers überwunden zu haben und lief unbekümmert in ihrer Unterwäsche herum. Ich würde sie nicht davon abhalten. Nicht bei diesem Körper. Ihre Haut war makellos, und sie hatte Kurven an genau den richtigen Stellen. Manche Männer mögen große Brüste, aber mir gefielen Frauen, deren Brüste zum Rest ihres Körpers passten. Wie bei Stella.

Sie beugte sich vor, griff unter ihr Kopfkissen und holte ihren Schlafanzug hervor. »Ich wette, die Frauen, mit denen du normalerweise ins Bett gehst, tragen wahnsinnig sexy Negligés, oder?« Bei dem Wort Negligés verhaspelte sie sich, und ich musste ein Grinsen unterdrücken. Sie war gefährlich nahe daran, anbetungswürdig zu sein.

»Normalerweise sind sie nackt.« Wenn eine Frau eine Nacht mit mir verbrachte, waren Klamotten weitgehend überflüssig. Ich veranstaltete keine Übernachtungspartys, um *Game of Thrones* zu schauen und Tee zu trinken.

Sie rümpfte die Nase. »Igitt, das ist ja ekelhaft. Und kalt. Was machst du, wenn es nachts Feueralarm gibt?«

»Du meinst also, ich sollte etwas anlassen?«, fragte ich.

Ihre Augen weiteten sich, und sie fing an zu kichern. »Ja! Bedeck deinen Penis.«

Das war nicht das, was ich üblicherweise im Schlafzimmer zu hören bekam.

»Glaubst du, dass mich irgendwann jemand heiraten wird?«, fragte sie und blickte an ihren Schlafsachen hinunter, ehe sie sich auf das kleine blaue Sofa neben der Minibar fallen ließ.

Ich zog mir ein T-Shirt an und tapste auf sie zu. Sie brauchte ein Glas Wasser. »Willst du einfach irgendjemanden heiraten, oder spielt es eine Rolle, wer es ist?«, fragte ich zurück. Ich verstand die Frauen einfach nicht, für die Heiraten ein *Ziel* war. War das nicht etwas, das einfach passierte, wenn es so weit war?

Ich ging vor dem Schränkchen mit den Getränken in die Hocke und holte Gläser und Wasser heraus.

»Ich meine, wahrscheinlich gibt es Mädchen, die der Typ sind, den Männer heiraten, und es gibt Mädchen, die es nicht sind.«

Ich reichte ihr ein Glas.

»Danke«, sagte sie. Ihre Augen wirkten trüb, ihre Mundwinkel zeigten nach unten. Normalerweise war sie so fröhlich und zuversichtlich – entschlossen und auf unsere Vorbereitungen konzentriert. Ich nahm neben ihr Platz.

»Ich habe keine Ahnung, ob das stimmt. Aber wahrscheinlich bin ich auch nicht der Richtige, um diese Frage zu beantworten.«

»Ich wette, du bist der Typ, der nur mit Models und verdammten Balletttänzerinnen ausgeht.«

»Keine Ahnung, ob ich schon mal ein Date mit einer Ballerina hatte. Ist das gerade angesagt?« Ich legte den Arm auf die Sofalehne und drehte mich zu ihr. Warum war sie besessen von Balletttänzerinnen? Und vom Heiraten? Vielleicht lag es nur daran, dass wir auf der Hochzeit ihres Ex-Freunds waren.

»Aber ich bin nicht dein Typ, stimmt's? Das merke ich.«

Daran bestand kein Zweifel, aber nicht, weil ich sie übersehen würde, wenn ich an der Straße an ihr vorbeiging. Ich würde sie bemerken. Ich würde sie auf der anderen Seite des Raums bemerken. Vielleicht würde ich ihr sogar einen Drink ausgeben oder sie zum Dinner einladen. Aber nachdem ich sie in den zurückliegenden Wochen kennengelernt hatte, wusste ich, dass sie anders war. Irgendwie hatte sie *mehr* verdient. »Stella, du bist eine attraktive Frau …«

Ehe ich den Satz beenden konnte, stürzte sie sich auf mich und drückte mir die Lippen auf den Mund.

Ich erstarrte.

Für gewöhnlich hatte ich kein Problem damit, wenn mich eine Frau küsste. Vor allem eine so attraktive wie Stella. Aber inzwischen kannte ich sie gut genug, um zu wissen, dass es ihr bei diesem Kuss nicht um mich ging. Der Grund waren ihre Anwesenheit auf dieser Hochzeit, ihre Nervosität und der Alkohol. Am nächsten Tag würde sie ihr Verhalten zutiefst bereuen, und so sollte es nicht sein. Wenn ich Stella London küsste, würde sie nichts bereuen. Sie würde weder an ihren Ex denken noch an die Befürchtung, erwischt zu werden, und sie würde auch nicht unter der Wirkung einer Flasche Champagner stehen.

Sie löste sich von mir und bedeckte ihr Gesicht mit beiden Händen. »Oh mein Gott. Es tut mir leid. Ich weiß nicht, was in mich gefahren ist. Natürlich willst du mich nicht.«

Es verschlug mir beinahe die Sprache. »Das stimmt nicht, Stella. Es ist nur ...«

Sie hielt sich die Ohren zu und kniff die Lider zusammen. »Nein, bitte, ich möchte keine Zusammenfassung. Ich bin müde und betrunken und sentimental. Es tut mir wirklich leid.« Sie sprang vom Sofa auf, steuerte auf den Kleiderschrank zu und holte Decken heraus. »Ich werde auf dem Sofa schlafen. Bitte, können wir so tun, als wäre das nie passiert?«

Verdammt noch mal, als würde ich sie auf dem Sofa schlafen lassen! Das Letzte, was ich wollte, war, sie in Verlegenheit zu bringen. Wenn sie nicht so viel Wein getrunken hätte, wäre vielleicht ich derjenige gewesen, der sie geküsst hätte und nicht umgekehrt. Verdammter Mist! »Sei nicht albern. Ich übernachte auf dem Sofa, wenn es dir unangenehm ist, in einem Bett mit mir zu schlafen.«

»Wahrscheinlich ist es genau anders herum. Ich bin eine Idiotin. Ich habe mich einfach einsam gefühlt und mich im Selbstmitleid gesuhlt. Es tut mir total leid, wirklich.«

»Bitte entschuldige dich nicht. Ich fühle mich sehr geschmeichelt ...«

Sie stöhnte, schleppte die Decken zum Sofa und verscheuchte mich, dann machte sie Anstalten, sich ein provisorisches Bett zu bauen.

»Ich meine es ernst. Du bist wunderschön.« Auf keinen Fall konnte ich ihr erzählen, dass ich mich liebend gern ausgezogen hätte, wäre sie nüchtern und nicht so eindeutig traurig wegen ihres Ex-Freunds oder wegen der Tatsache gewesen, dass sie nicht verheiratet war. Oder weswegen auch immer.

Sie schlüpfte unter die Decke und drehte sich mit angezogenen Beinen, damit sie auf die Unterlage passte, zur Sofalehne um. »Ich wäre dir wirklich dankbar, wenn wir die ganze Sache einfach vergessen könnten.«

Ich fuhr mir mit der Hand durchs Haar und überlegte fieberhaft, wie ich sie trösten konnte. Es war wirklich keine große Sache. »Natürlich. Betrachte es als erledigt, aber unter einer Bedingung: Du schläfst im Bett. Ich nehme das Sofa, wenn es dir damit bessergeht.«

»Du kannst hier nicht schlafen. Du bist doch mindestens zwei Meter zehn oder so.«

Ich würde die Nacht sehr viel lieber mit ausgestreckten Beinen verbringen. Vermutlich würde ich auf dem Boden schlafen. »Eins neunundachtzig. Komm, schlafen wir beide im Bett. Ich baue eine Wand aus Kissen in der Mitte, wenn dir das lieber ist.« Ich machte mich daran, die Kissen in die Mitte des Betts zu legen, aber als ich damit fertig war, hatte Stella sich nicht vom Fleck gerührt. Da half nur eins. Ich hob sie vom Sofa hoch, und ehe sie mich fragen konnte, was zum Teufel ich da tat, lag sie bereits auf dem Bett.

»So. Und jetzt schlaf. Morgen früh geht es dir wieder besser.«

»Danke«, sagte sie kleinlaut, und ich lächelte in mich hinein. Sie war süß, wenn sie verlegen war. Ich hatte keine Ahnung, warum sie glaubte, dass kein Mann sie heiraten würde, denn tatsächlich hatte sie an diesem Abend alle anderen in dem Raum überstrahlt. Ob sie es glaubte oder nicht, ihr Mund lud zum Küssen geradezu ein, ich fand sie nahezu unwiderstehlich. Aber an diesem Abend, unter uns? Es war einfach der falsche Zeitpunkt. Wenn die Zeit gekommen war, würde ich sie küssen, und wenn es so weit war, würde sie nicht mehr an ihren Ex-Freund denken.

Sie würde nicht betrunken sein.

Sie würde nicht traurig sein.

Und sie würde es niemals bereuen.

16. KAPITEL

STELLA

Oh. Mein. *Gott.*

Jedes Mal, wenn ich an den Abend zuvor dachte, rutschte mir das Herz in die Magengrube, und ich musste für einen Moment innehalten und durchatmen, sonst hätte ich mich vermutlich übergeben müssen. Warum war ich nicht einfach ohnmächtig geworden, anstatt zu dem Entschluss zu kommen, dass ich Beck küssen wollte? Offenbar war es noch nicht demütigend genug, mit einem Fremden auf der Hochzeit meines Ex aufzutauchen, der nur *so tut*, als wäre er mein Partner. Nun musste ich mich auch noch schämen, weil ich den attraktivsten Mann der Welt zu küssen versucht hatte.

Ich war eine Idiotin.

Ich wusste nicht, ob irgendetwas auf der Welt es wirklich wert war, den Rest der Woche an diesem Ort zu verbringen. Wäre ich nüchtern genug gewesen, um mein Handy zu laden, hätte ich mir mit Sicherheit längst einen Flug gebucht, um dieser Hölle der Erniedrigungen zu entkommen. Dass wir allesamt vom Hotel aus mit dem Bus zum Schloss von Matts Onkel gekarrt wurden, um dort einen Tag mit *Aktivitäten* zu verbringen, machte die Sache nicht besser. Die Fahrt dauerte zwar nur eine Viertelstunde, aber die engen, kurvenreichen Straßen drohten in Verbindung mit der Erinnerung an den Abend zuvor das Dinner wieder zum Vorschein zu bringen.

Wenigstens saß ich ganz vorn in dem Reisebus – als Letzte rein, als Erste raus. Beinahe hätte ich ihn verpasst, und ich war mir ziemlich sicher, dass ich mir am Abend wünschen würde, es wäre so gewesen.

Der Bus hielt vor Glundis Castle. Bei meinem letzten Besuch hier hatten Matt und ich im Westflügel im Churchill-Zimmer gewohnt, das nach seinem berühmtesten Bewohner benannt worden war. Ich versuchte, die Erinnerungen beiseitezuschieben. Inzwischen hatte sich die Lage komplett geändert, und ich konnte nichts dagegen tun. Wenn wir in den Vorjahren verreist waren, hatte ich mich jedes Mal gefragt, ob Matt mir einen Heiratsantrag machen würde. Auch im Sommer zuvor hatte ich darauf gehofft. Ich drückte die Stirn ans Fenster, um mir die Türmchen auf den vier aus verwitterten roten Ziegeln bestehenden Stockwerken anzusehen. Die breite Freitreppe wurde zum Eingang hin schmaler, und damit sich beim Eintreten jeder wie eine VIP fühlen konnte, war ein roter Teppich darauf ausgebreitet worden. Bei meinem letzten Besuch hatte man mich wie ein Familienmitglied behandelt, diesmal war ich nur einer von vielen Gästen.

Ich stieg aus und stand in der Sonne, die in Schottland so selten scheint. Ich versuchte mich auf etwas anderes zu konzentrieren als auf das Rumoren in meinem Magen. »Hey!«, rief Florence und kam mit beschwingten Schritten auf mich zu. »Ich habe dich gar nicht einsteigen sehen. Ich dachte schon, die Kopfschmerzen heute Morgen wären zu schlimm gewesen.«

»Erinnere mich bloß nicht daran. Es war das reinste Fiasko.«

Jo und Bea holten uns ein, und ich breitete die Arme aus, um sie alle drei an mich zu drücken. Meine Mädels. Beck würde ich an diesem Tag glücklicherweise kaum zu sehen bekommen, und am Abend würde sein Gedächtnis hoffentlich wie durch Zauberei ausgelöscht und meine traurige, jämmerliche Darbietung vergessen sein. An diesem Tag waren die Männer von den Frauen getrennt, und für beide Gruppen standen unterschiedliche Dinge auf dem Plan. Die Männer würden offenbar auf die Jagd gehen, während wir Frauen vermutlich Blumenarrangements fertigen sollten. Der Text auf der Einladung hatte uns versichert, dass es ein unterhaltsamer Tag werden würde. Ich wusste es besser.

»Ich freue mich so, dich zu sehen«, sagte Bea. »Es ist einfach großartig, dass ich eine ganze Woche mit euch verbringen kann!«

Glücklicherweise hatte es doch noch eine angenehme Seite, hier zu sein. Allmählich fragte ich mich nämlich, ob ich den Rest der Woche nicht lieber mit einer fingierten Mandelentzündung im Bett verbringen sollte. Oder mit etwas, das noch ansteckender war und mir einen Vorwand liefern würde, mir ein eigenes Zimmer zu nehmen, um so weit wie nur möglich von Beck Wilde entfernt zu sein. Könnte ich nur die Zeit zurückdrehen und mich dazu bringen, sofort ins Bett zu gehen, ohne ein einziges Wort mit ihm zu reden!

Ich würde nie mehr Alkohol trinken. Nie wieder.

»Ist das zu fassen? Wir sollen Keramik bemalen!«, sagte Jo, während wir dem Rest der Gesellschaft zur Rückseite des Schlosses folgten, wo fünf lange Tapeziertische mit Stühlen zu beiden Seiten aufgebaut waren. Frei stehende Regale voller schlichter Gefäße und Glasuren flankierten die Tische. »Warum können wir nicht mit den Jungs auf die Jagd gehen?«

Hätte ich mich am Abend zuvor nicht dermaßen vor Beck blamiert, hätte ich ihr zugestimmt, aber an diesem Tag war ich dankbar für die Geschlechtertrennung – obwohl es eigentlich sexistischer Bullshit war.

»Matt würde sich niemals auf Keramikmalerei einlassen, und Karen würde nicht jagen gehen, also ist es so vermutlich sinnvoll«, sagte Florence. »Es scheint ein Ersatz für den Junggesellenabschied zu sein, den keiner von ihnen gefeiert hat.«

»Ich weiß, aber ich kann es kaum erwarten, endlich Stellas neuen Mann kennenzulernen!«, sagte Bea, als wir am Ende eines Tisches Platz nahmen. Wenn ich geglaubt hatte, mit ihnen eine Atempause von meiner Übelkeit zu bekommen, hatte ich mich geirrt. Nur Florence wusste, dass Beck in Wahrheit nur ein vorgetäuschter Freund war. Sie hatte mich überzeugt, dass es besser war, wenn möglichst wenig Leute Bescheid wussten, aber ich hasste es, Bea anzulügen – sie war bezüglich ihres Liebeslebens immer sehr offen zu mir gewesen.

»Also, wir haben noch vier Tage Zeit, und ich gehe davon aus, dass ihr ihn irgendwann sehen werdet«, sagte ich und tat mein Bestes, um ein aufrichtiges, frisch verliebt wirkendes Lächeln zustande zu bringen.

»Wenn man vom Teufel spricht«, sagte Florence, und als wir ihrem Blick folgten, sahen wir Beck auf uns zukommen.

Oh Gott. Was will er nur? Als er zu einem Morgenlauf aufgebrochen war, hatte ich mich schlafend gestellt, dann aber sofort geduscht, sodass ich noch vor seiner Rückkehr fertig gewesen war. Im übertragenen Sinn hatte ich mir selbst auf die Schulter geklopft – schließlich hatten wir uns im Grunde kaum etwas zu sagen, und ich brauchte ein paar Stunden, um das Gefühl der Demütigung zu besänftigen.

Nun musste ich meine Pflicht erfüllen und die frisch verliebte Freundin spielen. »Hey«, sagte er. »Hi, Florence. Jo.«

»Ich bin Bea, Stellas Freundin von der St. Catherine's School.« Bea stand auf und schenkte Beck ein strahlendes Lächeln.

»Freut mich sehr, dich kennenzulernen, Bea«, antwortete Beck und beugte sich über sie, um sie auf die Wange zu küssen.

»Ich habe schon viel von dir gehört. Und gerade bin ich James begegnet.«

Beeindruckend, dass er sich den Namen von Beas Freund gemerkt hatte und wusste, dass die beiden zusammengehörten. Er war so verdammt überzeugend, dass er anfangen sollte, sein Geld als Schauspieler zu verdienen.

»Stella«, sagte er, und mir raste das Herz in der Brust, während Demütigung, Verwirrung und eine Spur Lust in mir um die Vorherrschaft kämpften. »Kann ich dich kurz sprechen?« Er winkte mich zu sich und entfernte sich von unserer Gruppe.

Ich folgte ihm über den Rasen. Was zum Teufel wollte er hier? Ich hatte mich am Abend zuvor wie eine Vollidiotin benommen. Nie zuvor hatte ich versucht, einen Mann zu küssen. Warum musste ich ausgerechnet bei Beck Wilde damit anfangen? Wahrscheinlich würde er mich gleich in ein peinliches Gespräch verwickeln und mir erklären, dass er mich als gute Freundin sah, und ich würde ihm versichern, dass ich mit dem Kuss gar nicht ihn persönlich gemeint hatte und dass der Wein an allem schuld war. Und er würde versuchen, mich zu beruhigen und mir ein gutes Gefühl zu geben. Vielleicht hatte ich ja doch ihn gemeint … wenigstens ein bisschen, denn er bestand nicht nur aus fast zwei Metern gutem Aussehen, sondern war obendrein auch noch verdammt nett zu mir. Selbst *ohne* Wein fiel es mir schwer, ihm zu widerstehen.

Ungefähr zwanzig Meter von der Stelle entfernt, an der die anderen sich ihre Keramikgefäße aussuchten, blieb er stehen. Niemand würde hören, worüber wir sprachen.

»Hör mal, das mit gestern Abend tut mir echt leid, Beck«, sagte ich im Vorgriff auf das Gespräch, das er gleich anfangen würde.

Er fuhr sich mit beiden Händen durchs Haar, als bereitete er sich darauf vor, mir schlechte Nachrichten zu überbringen.

»Keine Sorge«, sagte ich. »Ich verspreche dir, dass es nicht wieder vorko-«

Er nahm mein Gesicht in beide Hände, und seine Wärme übertrug sich auf meine Haut.

»Äh … was ist?« Was ging hier vor sich? Warum berührte er mich? Gehörte das zur Show? Auf der Suche nach Antworten blickte ich ihm forschend ins Gesicht.

»Ich werde dich jetzt küssen. Bist du bereit?«, fragte er.

Ich wich zurück, und er machte einen Schritt vorwärts, ohne mein Gesicht loszulassen.

»Hast du gehört, was ich gesagt habe?«, fragte er.

»Ich verstehe nicht –«

Ehe ich den Satz beenden konnte, berührten seine Lippen meinen Mund und übertrugen eine derart intensive Energie auf mich, dass ich glaubte, fliegende Funken zu spüren, die sich augenblicklich auf meiner Haut ausbreiteten.

Was ging hier vor sich? Seine Lippen waren weich und doch fordernd, und er duftete nach Kokos-Duschgel, frisch gemähtem Gras und etwas, das zwar unbeschreiblich, aber unverkennbar maskulin war.

Er beendete den Kuss, löste sich aber nicht von mir, sondern legte seine Stirn an meine. Bestimmt hatte er das hier nur wegen der anderen getan, um ihnen zu beweisen, dass wir ein Paar waren.

»Darauf habe ich gewartet.« Er richtete sich auf und trat einen kleinen Schritt zurück, so als suchte er nicht nur in meinem Gesicht, sondern an meinem ganzen Körper nach einer Reaktion auf diesen Kuss. Was absolut verständlich war, denn er wirkte heftig in mir nach; ich spürte ihn von den Zehen bis zu dem Atem, der aus meiner Lunge aufstieg und mir aus dem Mund strömte, während mein Kinn noch unter seinen Fingern zitterte.

Ich spürte ihn *überall.*

»Ist mir etwas entgangen?«, stammelte ich und versuchte zu verstehen, warum er mich geküsst hatte. Wer sah uns in diesem Augenblick zu?

Er schlang mir einen Arm um die Taille, zog mich an sich und küsste mich erneut, und diesmal teilte seine Zunge meine Lippen. Er stöhnte, als er in mich eindrang, und ich spannte mich innerlich an, mein Herz schlug schneller, und meine Haut prickelte wie ein Bonbon unter der Zunge. Mir wurden die Knie weich, und ich musste mich an ihn lehnen, um nicht hinzufallen. Aber das änderte nichts an meiner Benommenheit – sobald er mich berührte, schien die Welt ins Wanken zu geraten.

»Meine Güte«, sagte er und löste sich leicht von mir, hielt mich aber weiterhin im Arm. »Ich weiß zwar nicht, wie ich dich für den Rest des Tages allein lassen soll, aber ich werde es wohl müssen. Noch dreißig Sekunden, und ich hätte dich auf den Rasen gedrückt und Trockensex mit dir gemacht, als wäre ich noch vierzehn.«

Lächelnd, verwirrt und leicht desorientiert blickte ich zu ihm auf. »Was ist denn … Ich meine, ist etwas passiert? Hat jemand etwas zu dir gesagt?«

Beck zögerte, und in seinem Blick lag eine Sanftheit, die ich bisher nicht darin gesehen hatte. »Gestern Abend … na ja, du hast mich ziemlich überrascht. Du warst …«

»Betrunken«, brachte ich den Satz für ihn zu Ende.

Er zuckte mit den Schultern. »Ich wollte die Situation nicht ausnutzen, aber beim Laufen heute Morgen habe ich beschlossen, nicht mehr länger zu warten und dich endlich zu küssen.« Seine Miene veränderte sich, während er mich musterte – vermutlich sah er so benommen und verwirrt aus, wie ich mich fühlte. »Das ist doch in Ordnung, oder?« Er strich mir mit dem Daumen über das Kinn. »Gestern Abend hatte ich den Eindruck, dass du wirklich Lust hattest, mich zu küssen.«

Die Situation war völlig bizarr. Am Vorabend war ich ein Fiasko gewesen – eine Geisteskranke. Und wenn ich an diesem Morgen an meinen Kussversuch dachte, fühlte ich mich absolut gedemütigt. Als ich mir ein Keramikobjekt zum Bemalen aussuchte, hatte ich nicht darüber nachgedacht, ob ich ihn noch mochte oder ob er mich an diesem Tag küssen würde, darum war ich auf seine Frage nicht vorbereitet. »Ist schon okay«, antwortete ich. »Kam ein bisschen unerwartet. Aber du hast es nicht getan, weil jemand eine Bemerkung gemacht hat?«, fragte ich.

»Stella, hör mir zu. Ich küsse keine Frau, weil ich es *muss*. Ich habe dich geküsst, weil ich es wollte. Ich *will* es.«

Am liebsten hätte ich mich von ihm abgewandt, damit er nicht sah, welche Wirkung seine Worte auf mich hatten, obwohl ich mich wegen des Abends zuvor dermaßen schämte. »Gestern Abend hätte ich nicht – «

»Gestern Abend war gestern Abend.« Er zögerte. »Du hattest ziemlich viel getrunken.«

Ich hatte mich ihm hemmungslos an den Hals geworfen, und obwohl ich betrunken gewesen war, konnte ich mich leider an jede Einzelheit erinnern. Ich drückte mit den Händen gegen seine Brust, um für etwas Abstand zu sorgen. »Wir sind hier, um dich Henry vorzustellen, nicht um zu … na du weißt schon.«

Er zog mich an sich und küsste mich erneut. »Das Geschäft geht vor. Aber ich küsse dich wirklich gern.«

Um mein Lächeln zu verbergen, legte ich mir die Fingerkuppen auf den Mund. Er küsste hervorragend. Und in den sechzig Sekunden danach hatte ich kein einziges Mal an Matt oder Karen oder ihren Betrug gedacht. Beck zu küssen war offenbar, als drückte ich auf einen Knopf, der vorübergehend alle Gedanken aus meinem Hirn löschte. Ich nickte. »Ich dich auch.«

Das Geräusch von zerbrechendem Steinzeug holte mich in die Realität zurück, und als ich über die Schulter blickte, sah ich, dass Florence uns anstarrte. Ich würde ihr vermutlich einiges erklären müssen. Nicht dass es viel zu sagen gab, schließlich war es nur ein Kuss. »Ich sollte dann mal wieder …«, setzte ich an und verzog das Gesicht, »… zur Keramikmalerei zurückkehren.«

»Klingt faszinierend. Werfen sie das Zeug in die Luft, damit wir darauf schießen können, wenn ihr fertig seid?«, fragte er. »Diese Leute tun die seltsamsten Dinge, um sich zu amüsieren.«

»Was für *Leute*?«

»Du weißt schon. Leute mit Geld.«

»Muss ich dich daran erinnern, dass wir in einem Privatjet hierhergeflogen sind, den du regelmäßig benutzt?«, fragte ich.

»Ja, aber ich besitze kein altes Geld. Ich gehöre nicht zu diesen Leuten«, sagte er. »Ich schieße nicht aus Spaß auf unbelebte Objekte. Ich mag gutes Essen, Sport und Sex. Ich bin ein einfacher Mann.«

Ich lachte. Auf den ersten Blick hätte ich zwischen Beck und diesen *Leuten* keinen Unterschied gemacht, aber vermutlich gab es einen. Die meisten Jungs, mit denen ich aufgewachsen war, waren reich, aber er hatte recht: Jetzt, als er mich darauf hingewiesen hatte, konnte ich den Unterschied sehen. Er war nicht offensichtlich, aber bei Beck lauerte unter der Oberfläche ein Hunger, eine Tatkraft, wie ich sie nur selten gesehen hatte. »Die einfachen Freuden sind die besten«, antwortete ich.

»Definitiv.« Seine Mundwinkel zuckten, und in seinen Augen funkelte ein Anflug von Bosheit. »Ich muss wieder zum Tontaubenschießen zurück. Ich frage mich, ob ihre Art, Sex zu haben, genauso unbefriedigend ist wie das, was sie Sport nennen.«

Als er das Wort Sex sagte, zitterte ich wie eine Vierzehnjährige. Ich konnte mir nicht vorstellen, dass Sex mit Beck überhaupt unbefriedigend sein *konnte*. Ich blickte auf den Boden und hoffte, dass ihm die heiße Röte nicht auffiel, die mir in die Wangen gestiegen war. »Yep. Und jetzt müssen wir zurückgehen und uns amüsieren.« Obwohl ich es geschafft hatte, einen Platz an einem Tisch mit Menschen zu ergattern, die ich liebte, weit weg von Karen, empfand ich die Trennung von den Männern inzwischen nicht mehr als Erleichterung, wie es noch auf der Busfahrt gewesen war.

»Dann sehen wir uns also im Hotel?« Beck beugte sich vor und sah mir in die Augen. Die Frage schien mehr zu bedeuten, als es zunächst den Anschein hatte.

Ich nickte, verschränkte die Arme und drehte mich um, fühlte mich gleichzeitig aber auf völlig neue Weise zu Beck hingezogen.

Es war sehr lange her, dass mich jemand auf diese Art geküsst hatte. Tatsächlich fragte ich mich, ob ich je zuvor einen Kuss so tief empfunden hatte. Matt und ich waren zu jung gewesen, um zu begreifen, wofür ein Kuss stehen konnte, dass er ein Versprechen auf etwas sein konnte, egal, ob gut oder böse. Becks Kuss hatte eine derart starke Wirkung auf mich gehabt, dass er entweder eine Katastrophe oder das Beste prophezeite, das mir je im Leben passieren würde.

Bei beidem fragte ich mich, ob ich es aushalten würde.

Ich schlenderte zu den Tischen zurück und vermied es sorgfältig, in Karens Richtung zu blicken.

»Wie ist Beck denn so?«, fragte Florence, und während ich

näher kam, grinste sie mich an, als könnte sie es kaum noch erwarten, mir endlich zu sagen, dass sie es ja gleich gesagt hatte.

Bea und Jo starrten mich an wie hungrige Vogeljunge, die darauf warten, mit kleinen Stückchen Klatsch gefüttert zu werden. »Na ja, groß, dunkel und attraktiv eben.«

»Das ist er definitiv«, sagte Bea. »Und wie es aussieht, küsst er auch noch phänomenal gut.«

Daran bestand kein Zweifel.

»Komm, ich helfe dir, etwas zum Bemalen auszusuchen«, sagte Florence und sprang auch schon vom Stuhl auf. Sie winkte mich zu den Regalen hinüber, auf denen sich verschiedene unbearbeitete Keramikgefäße stapelten.

Sie reichte mir eine Vase. »Oh mein Gott, was ist denn nur los?«, flüsterte sie laut.

Ich spähte zu unserem Tisch hinüber, um sicherzugehen, dass niemand uns beobachtete oder nahe genug war, um uns zuzuhören, aber alle waren in die Arbeit vertieft.

»Nichts … ich meine …«

»Hör sofort auf damit! Erzähl mir bloß nicht, dass das *nichts* war. Dieser Kuss war keine Show. Schläfst du mit ihm? Nicht zu fassen, dass du mir das verschwiegen hast – obwohl mir natürlich von Anfang an klar war, dass es dazu kommen würde.«

»Nein, ich schlafe nicht mit ihm. Mehr als das, was du gerade gesehen hast, ist zwischen uns nicht passiert.«

»Warte mal – habt ihr euch gerade zum ersten Mal geküsst? Was ist denn nur los?«

»Er meinte, heute Morgen beim Laufen sei ihm klar geworden, dass er mich küssen wollte.«

Florences Augen wurden schmal und warfen mir wortlos vor, dass ich ihr etwas verschwieg.

»Weißt du, wie blau ich gestern Abend war? Und allein die

Tatsache, dass ich hier bin – es war einfach alles zu viel für mich, und an irgendeinem Punkt habe ich mich eben auf ihn gestürzt.«

»*Gestürzt?*«

Eigentlich war es nicht mein Stil, mich auf jemanden zu *stürzen*. Andererseits hatte ich in Bezug auf Männer überhaupt keinen Stil. Für mich hatte es nie einen anderen als Matt gegeben. »Ja. Es war furchtbar peinlich, und wenn du es weitererzählst, bringe ich dich um …«

»Aber er hat es zugelassen?«

»Nein, er hat mich höflich abgewiesen.« Beim Gedanken an den Abend zuvor krümmte ich mich innerlich vor Scham. Trotz des Kusses auf dem Rasen wünschte ich mir immer noch, ich hätte es nicht getan.

»Und was war das heute?«

»Da bist du genauso schlau wie ich. Er hat gesagt, er wollte mich küssen.«

Florence atmete tief durch. »Okay, er ist also offensichtlich verrückt nach dir«, sagte sie in sachlichem Ton. »Es ist total nett, dass er dich nicht geküsst hat, als du ihn überfallen hast, sondern erst jetzt vor den anderen. Er konnte eindeutig nicht länger warten.«

Florence war eine hoffnungslose Romantikerin, sogar wenn es zwischen Gordy und ihr nicht gut lief. »Er ist nicht *offensichtlich verrückt* nach mir. Es war nur ein Kuss.« Einer, den ich bis in die Knochen gespürt hatte und bei dem ich Gänsehaut bekam, wenn ich nur daran dachte.

»In dieser Woche seid ihr zusammen. Ihr schlaft in einem Bett. Da passiert bestimmt noch mehr.«

Ich schürzte die Lippen. Es war nur ein Kuss. Aber was war, wenn Florence recht behielt und er mich ein weiteres Mal küsste? Wenn er mehr wollte?

Natürlich musste nach Matt noch jemand kommen. Wenn ich nicht für die nächsten fünfzehn Jahre im örtlichen Nonnenkloster leben wollte, würde es einen anderen Mann geben müssen. Aber noch war ich tief im Innern nicht an dem Punkt angelangt, an dem ich mich fragte, wer dieser Jemand sein könnte, und schon gar nicht wünschte ich mir einen bestimmten Mann als neuen Partner.

Becks Attraktivität war allerdings nicht zu übersehen – sie sprang mir förmlich ins Gesicht.

Und er war unglaublich nett zu mir – zuversichtlich, beruhigend und stets um mich besorgt.

Es hatte einen Grund, dass ich mich auf ihn und nicht auf den Hotelpagen gestürzt hatte.

»Ihr fühlt euch eindeutig zueinander hingezogen, und wenn er dich nach deinem Sturmangriff noch immer mag, hat das durchaus etwas zu bedeuten«, meinte Florence.

»Nach dem *Sturmangriff*? Können wir uns bitte darauf beschränken, dass ich mich auf ihn gestürzt habe? Das war demütigend genug.« Aber Florence hatte recht. Wenn Beck mich betrunken und sentimental ertrug, ohne das Weite zu suchen, war er möglicherweise der nächste Jemand. Das Problem war nur, dass ich nicht wusste, ob ich die Situation richtig einschätzte, und es gab niemanden, dem ich genug vertraute, um mir Rat zu holen.

»Er hat ein begründetes Interesse daran, nett zu mir zu sein«, sagte ich, während mir vor Zweifel und Misstrauen der Kopf dröhnte. »Wahrscheinlich hatte er Angst, dass ich ihn stehen lasse, nachdem er mich abgewiesen hatte, und dieser Kuss war seine Art, mich bei Laune zu halten.« War das der Grund gewesen? Hatte er nur in seinem ureigenen Interesse gehandelt? Beck wirkte ziemlich aufrichtig, aber wenn er den Wunsch verspürt hatte, mich zu küssen, beruhte seine Zurückhaltung vom

Vorabend dann auf dem Wunsch, sich wie ein Gentleman zu verhalten?

»Stella, ich habe diesen Kuss gesehen. Es war nichts Unechtes oder Gezwungenes daran.«

Aber Florence kannte Beck nicht.

Auch mir war er im Grunde fremd. Und obwohl mir gefiel, was ich bisher von ihm gesehen hatte, bewies mir die bloße Tatsache, dass ich auf der Hochzeit des Mannes war, den ich selbst zu heiraten geglaubt hatte, dass ich meinem Urteilsvermögen nicht trauen konnte.

Nein, ich war aus geschäftlichen Gründen hier – ich kämpfte um meine Zukunft. Von den atemberaubenden Küssen eines Mannes würde ich mich nicht vom Kurs abbringen lassen.

Auf keinen Fall.

17. KAPITEL

BECK

Ich stach aus der Menge hervor wie der bunteste aller bunten Hunde. Inmitten einer Flut grüner oder brauner Barbourjacken und Tweedklamotten trug ich eine marineblaue Shelljacke von Tom Ford. Das sagte alles, was man über mich und die Leute hier wissen musste – mein Geld war neu, sie hatten ihres geerbt.

Aber egal – ich war ein besserer Schütze als die meisten von ihnen. Tontaubenschießen war verdammt langweilig. Ich verstand nicht, was die Leute daran reizte. Genauso gut hätte man hinter den leer stehenden Ställen mit einem Luftgewehr auf Dosen schießen können. Und das hatte ich bereits mit ungefähr dreizehn gekonnt.

Normalerweise wäre ich in einer solchen Situation einfach zurück ins Hotel gegangen. E-Mails überschwemmten mein Postfach, und ich hatte ungefähr tausend unbeantwortete Anrufe auf dem Handy, aber nichts, nicht einmal Tontaubenschießen, konnte mich von diesem Ort wegbringen. Henry Dawnay stand zehn Meter von mir entfernt, und ich würde nirgendwohin gehen, solange ich mich ihm nicht vorgestellt hatte.

Um ihn nicht anzustarren, beobachtete ich ihn nur aus dem Augenwinkel. Dennoch sah ich, dass er mit drei oder vier Männern zusammenstand, von denen einer Stellas Ex-Freund war. Wir waren einander nicht offiziell vorgestellt worden, aber unsere Blicke hatten sich ein paarmal gekreuzt, erst auf der Verlobungsparty und dann am Abend zuvor. Es war eigenartig. Er war ganz offensichtlich fertig mit ihr, denn er heiratete eine andere, aber ich hatte den starken Eindruck, dass aus seiner Perspektive etwas zwischen Stella und ihm unerledigt geblieben war.

Aber vielleicht bildete ich mir das auch nur ein.

Meine Fantasie lief in letzter Zeit auf Hochtouren. Als Stella mich zu küssen versucht hatte, war ich kurz davor gewesen, sie an die Wand zu drücken und sie zu knutschen, bis sie nicht mehr wusste, welchen Wochentag wir hatten. Seitdem stellte ich mir dauernd vor, wie sie schmeckte und wie sich ihre Haut unter meinen Händen anfühlen würde. Immer wieder fragte ich mich, ob der blumige Duft, den ich nicht recht einordnen konnte, von einem Parfüm stammte oder einfach der Geruch war, mit dem sie morgens aufwachte. Und nachdem ich sie nun geküsst hatte, überlegte ich ständig, wie ich es schaffen konnte, das noch einmal zu tun.

Aber damit würde ich warten müssen. Im Augenblick musste ich mich auf den Grund konzentrieren, aus dem wir beide hier waren.

Ein Tisch mit Drinks und Knabbereien war aufgestellt worden, und als ich sah, dass sich Henry aus der kleinen Gruppe löste und auf den Tisch zusteuerte, beschloss ich, die Gelegenheit beim Schopf zu packen. Ich nahm einen beruhigenden Atemzug. Ich durfte diese Sache nicht vermasseln, indem ich zu schnell und zu forsch vorging, was mein üblicher Modus Operandi war. Meiner Erfahrung nach hassten es Männer wie Henry, wenn man sie einfach so aus dem Hinterhalt überfiel. Sie waren es gewohnt, in den meisten Situationen die Fäden in der Hand zu halten, also musste ich mir Zeit lassen und nach Plan handeln.

Bei dem Tisch angekommen, begann ich, mir eine Tasse Tee einzugießen. »Es ist ein schöner Tag, um draußen zu sein«, sagte ich und versuchte, so beiläufig wie möglich zu klingen – und nicht wie jemand, der ihn festnageln und dazu bringen wollte, ihm sein Haus in Mayfair zu verkaufen.

Ich war es gewohnt, Geschäfte mit allen möglichen Leuten zu machen. Als ich noch Ein-Zimmer-Wohnungen in East London sanierte, waren die Leute, mit denen ich arbeitete, das Gegenteil von denen, mit denen ich nun zu tun hatte, wenn ich luxuriösen Wohnraum im Postleitzahlen-Gebiet London W1 sanierte. Ich war stolz darauf, dass ich mit vielen Menschen auf einen gemeinsamen Nenner kam und dass ich denjenigen, mit denen das nicht möglich war, wenigstens zu schmeicheln verstand. Ich tat, was nötig war, um zu bekommen, was ich wollte. Der Unterschied bestand darin, dass die Leute, mit denen ich üblicherweise arbeitete, etwas von *mir* wollten oder brauchten. Bei Henry war das anders. Das Dawnay-Haus war nicht auf dem Markt.

Henry brauchte mich nicht.

Und in Verbindung mit der Tatsache, dass er dem alten Geldadel angehörte, holte mich diese Tatsache so weit aus meiner Komfortzone heraus, dass ich Sauerstoff und einen Fallschirm brauchte.

»Ja, ein perfekter Tag«, antwortete er und reicht mir die Hand. »Ich bin Henry Dawnay. Sehr erfreut.«

Ich schüttelte ihm die Hand. »Beck Wilde.« Ich brachte es nicht über mich, ebenfalls »Sehr erfreut« zu sagen. Ja, es gefiel mir, eine gemeinsame Basis mit anderen Menschen zu finden, aber ich blieb dabei echt. Ich konnte nicht so tun, als wäre ich jemand anders, und »sehr erfreut« hatte ich noch nie zu jemandem gesagt.

Henry lächelte, und die Muskeln in meinem oberen Rücken

fingen an, sich zu lockern. Ich hatte es endlich geschafft. Ich stand dem Mann gegenüber, der mir geben konnte, was ich mir mehr als alles andere wünschte: die Möglichkeit, die Tür hinter meiner Vergangenheit zu schließen. Aber dazu musste ich eine Verbindung zu diesem Menschen aufbauen, mit dem ich nichts gemeinsam hatte. Ein Mann, der zweifellos auf mich herabblicken würde, weil ich eine Schule besucht hatte, von der er mit Sicherheit noch nie gehört hatte. Zuerst musste ich ihn dazu bringen, mich zu mögen und mir zu vertrauen. Vor mir lag eine Menge Arbeit.

Das Wichtigste war zunächst, ihn auf den Zufall aufmerksam zu machen, dass wir auf ein und derselben Hochzeit waren. »Henry Dawnay, der Name ist mir bekannt«, sagte ich und machte mich bereit, in seiner Gegenwart zwei und zwei zusammenzuzählen.

Ich hatte Henry kaum mehr als meinen Namen genannt, da wurden wir auch schon unterbrochen. Von Stellas Ex. Ich unterdrückte ein Stöhnen. Wenige Minuten hätten gereicht, um Henry zu erzählen, dass es eine Verbindung zwischen uns gab und dass ich bereits versucht hatte, mit ihm in Kontakt zu treten.

»Wir haben uns noch nicht kennengelernt«, sagte Matt und streckte die Hand aus. »Ich bin Matt, der Bräutigam. Sie sind Stellas Begleitung, richtig?«

Begleitung? Das war eine interessante Bezeichnung für Stellas neuen Freund, und sie verriet mehr, als ihr Ex beabsichtigt hatte. Er versuchte eindeutig, sich über mich hinwegzusetzen, und *wäre* ich tatsächlich Stellas Freund, wäre ich vermutlich beleidigt. Aber der Versuch war derart offensichtlich, dass er meinen Ärger nicht verdiente. Beinahe hätte ich über sein kleinliches Taktieren gelacht, aber er musste ja nicht gleich merken, dass ich den Schwachsinn durchschaute. »Beck

Wilde. Stellas Freund. Freut mich sehr, Sie kennenzulernen und Glückwunsch zur Hochzeit.«

Er hielt meinem Blick stand, als wollte er mich niederstarren. Himmel, gleich würde er seinen Schwanz rausholen und mich zum Wettpissen auffordern.

In Gedanken ging ich zurück – nein, Stella hatte nie erwähnt, warum Matt und sie sich getrennt hatten. Aber wenn sie lange zusammen gewesen und immer noch befreundet waren, war der Grund vermutlich harmlos. Vielleicht hatte sich ihre Beziehung in ein Bruder-Schwester-Verhältnis verwandelt. Ich würde sie danach fragen müssen. So etwas erzählte man seinem neuen Freund, wenn man es ernst mit ihm meinte. Und außerdem interessierte es mich.

»Scheint eine schöne Woche zu werden«, sagte ich. »Perfektes Hochzeitswetter. Sie haben Glück, schließlich sind wir in Schottland.«

»In der Tat. Und natürlich heirate ich die perfekte Frau«, sagte er. »Wie gefällt Ihnen der Tag bis jetzt?«

Vielleicht ging erneut meine Fantasie mit mir durch, aber die Anspielung auf Karens Vollkommenheit klang in meinen Ohren wie eine Spitze.

»Großartige Gesellschaft, prächtiges Wetter und eine Tasse Tee. Kann sich ein Mann noch mehr wünschen?«, gab ich zurück und blickte zu Henry hinüber.

»Ganz genau«, sagte der und hob seine Teetasse.

Matt lächelte angespannt. »Ja, absolut«, sagte er. »Ich habe fast alle Sommer meines Lebens hier oben verbracht und die spektakuläre Landschaft genossen. Und das wunderbare Wetter setzt dem Ganzen das Sahnehäubchen auf.«

»Sie haben wirklich Glück«, sagte ich. Matt und diese Leute hier waren anders als wir Normalsterblichen. Sie konnten sich den ganzen Sommer lang freinehmen, um zu jagen und zu reiten, während ich in einer Wohnung in New Cross den gammeligen Fußboden herausriss. Inzwischen hatte ich Leute eingestellt, die die körperliche Arbeit für mich erledigten, aber den Sommer verbrachte ich nach wie vor im Büro, verhandelte über den Preis der nächsten Immobilie oder setzte mich mit Bauunternehmern und Architekten auseinander.

Mein Geld wollte verdient sein.

Sie mussten ihres nur zusammenhalten.

»Ich glaube nicht, dass wir in denselben Kreisen verkehren«, sagte Matt. »Womit beschäftigen Sie sich?«

Eigentlich wollte ich Matts Frage nicht beantworten, weil er sie mir zweifellos nur gestellt hatte, um mich verurteilen zu können. Aber er hatte immerhin nach etwas gefragt, das Henry wissen sollte. »Ich bin Immobilienentwickler«, sagte ich. »Überwiegend Wohngebäude. Dabei habe ich Stella kennengelernt. Sie stattet eines meiner Gebäude aus.«

Matt verzog den Mund, als hätte er in etwas Saures gebissen. »Wirklich? Was für Gebäude sind das?«

»Luxuswohnhäuser. Das jüngste Projekt befindet sich in Mayfair.«

Dies war der perfekte Moment für Henry, um mir zu erzählen, dass er Grundbesitz in der Gegend hatte, dass ihm ein heruntergekommenes Haus gehörte, das saniert werden musste. Aber er starrte nur in die Landschaft, als hätte ich weiterhin über das Wetter geredet.

Geduld, Beck. Dies war unser erstes Gespräch. Und ich hatte einen Plan, auch wenn der gerade ein wenig auf Abwege geraten war.

»Wie interessant«, sagte Matt und räusperte sich, offensichtlich aus der Fassung gebracht.

»Verzeihen Sie, ich muss einen Anruf erledigen«, sagte Henry, und ich versuchte, innerlich nicht aufzustöhnen. Dass mir eine Gelegenheit entging, mit ihm zu plaudern, war schlimm genug, aber auf keinen Fall würde ich hier allein mit Stellas idiotischem Ex-Freund zurückbleiben.

»Ach, da fällt mir etwas ein«, sagte ich. »Ich muss rasch eine E-Mail beantworten. Hat mich gefreut, Sie beide kennenzulernen.«

Ich holte mein Handy aus der Tasche und schlenderte auf den kleinen Hügel zu, der vom Haus hinunterführte. Ich fragte mich, wie ich die folgende Woche überstehen sollte, umgeben von Menschen, von denen nichts als Süßholzraspeln und oberflächliche Gespräche über das Wetter zu erwarten waren. Vielleicht war es gar nicht nur die Oberfläche. Vielleicht verliehen einem ein leichtes Leben und Sommer, in denen man auf Tontauben schoss und Krocket spielte, so etwas wie unbegrenzten Charme.

Ich würde es nie erfahren. Zu diesen Menschen würde ich niemals passen. Dafür hatte mein Vater gesorgt.

18. KAPITEL

STELLA

Ich wischte die verschmierte Mascara unter meinem rechten Auge weg und versuchte, denselben Fehler beim linken Auge zu vermeiden. Ich konnte mich nicht erinnern, wann ich mich zuletzt vor dem Treffen mit einem Mann so gefühlt hatte. Was empfand ich eigentlich genau? War es Nervosität? Wenn ich mich recht erinnerte, hatte ich nicht einmal vor dem ersten Date mit Matt derart *körperlich* auf den bloßen Gedanken an ihn reagiert. Die Art, wie mir der Atem stockte, wenn ich an Beck dachte, die Tatsache, dass mich eine Gänsehaut überlief, wenn ich an den Kuss dachte – all das war neu für mich. Im Geist durchlebte ich den Kuss immer wieder und fragte mich, wie es dazu gekommen war – ob er mich aus Notwendigkeit oder Verzweiflung geküsst hatte oder ob es, wie er behauptete, nur aus Verlangen geschehen war. Aber wenn ich ihn nun wiedersah – würde er seine Meinung geändert haben und mich nicht mehr küssen wollen? Und wenn doch, sollte ich ihm dann widerstehen und mich daran erinnern, dass zwischen uns alles nur Lüge war?

Zu viele Fragen.

Ich steckte das Mascara-Bürstchen zurück ins Röhrchen. Beck war von seinem Ausflug mit den anderen Männern noch nicht zurück, und ich wollte nicht, dass es aussah, als hätte ich auf ihn gewartet. Glücklicherweise hielt meine Pediküre seit vier Tagen, ohne dass der Lack abgeblättert war, darum griff ich nach einem Paar schwarzer Sandalen. Männer und Frauen würden getrennt voneinander zu Abend essen, offenbar ein weiterer Versuch, den Junggesellenabschied nachzuholen. Es wirkte ein bisschen gezwungen und albern, und obwohl ich es mir nur ungern eingestand, wollte ein Teil von mir den Abend mit Beck verbringen, obwohl ich wusste, dass die zunehmende Wärme, die ich in seiner Gegenwart empfand, vielleicht nur in meinem Kopf existierte.

Als jemand an der Türklinke rüttelte, schrak ich auf, schaffte es aber, in die zweite Sandale zu schlüpfen und aufzustehen, ehe Beck den Raum betrat.

»Hi«, sagte ich, als hätte er mich gerade bei etwas Verbotenem erwischt, und vor Nervosität begann mein Magen zu flattern wie Herbstlaub im Wind.

Er ließ den Blick über meinen Körper wandern. »Du siehst …« Seine Augen weiteten sich, bis unsere Blicke sich endlich trafen. »… hübsch aus.« Die Art, wie er die Worte aussprach, erzeugte ein Prickeln am unteren Ende meiner Wirbelsäule, als wäre er mir mit der Zunge über die Haut gefahren. Wie schaffte er es nur, das Wort »hübsch« derart sexy klingen zu lassen?

»Danke«, sagte ich in der Hoffnung, dass er meine Gedanken nicht lesen konnte.

»Du siehst aus, als wolltest du gerade gehen«, sagte er, als ich nach meiner Abendtasche griff.

»Wir essen doch getrennt zu Abend«, antwortete ich, öffnete meine Tasche und vergewisserte mich erneut, dass ich alles hatte, was ich brauchte, obwohl ich kurz vor seinem Eintreffen erst nachgesehen hatte. Ich konnte ihm einfach nicht ins Gesicht sehen, denn dann würde er vielleicht erkennen, wie sehr ich den Kuss genossen hatte. Ich wollte cool sein. Als wäre es keine große Sache, dass dieser heiße, sexy Typ ausgerechnet mich vor aller Augen geküsst hatte. Als wäre das zwischen uns echt. »Seit halb sieben gibt es Drinks.«

Er blickte auf seine Uhr. »Ich hatte gehofft, wir könnten miteinander reden.«

Das Herbstlaub in meinem Bauch fiel auf den Boden. Wenn Männer *reden* wollten, verhieß das meiner Erfahrung nach nie etwas Gutes.

Er zog sein Jackett aus, warf es aufs Bett und ging mit gemessenen Schritten auf mich zu, als hätte er eine Mission zu erfüllen. Ich trat eine Schritt zurück, weil ich den Eindruck hatte, dass er mich gleich niedermähen würde, aber als er bei mir angekommen war, legte er mir einen Arm um den unteren Rücken, umfasste mit der anderen Hand meinen Nacken und küsste mich erneut. Diesmal war es von Anfang an drängender, als hätte er das Verlangen danach den ganzen Tag lang unterdrückt. Mein Körper entspannte sich, schmiegte sich weich an seine harte, muskulöse Brust. Er war warm und roch wie Waldboden nach einem Regenguss, wahnsinnig gut.

Sein Stöhnen ließ meinen Körper vibrieren, meine Knie wurden weich, und ich keuchte.

»Reden, ja?«, sagte ich, als wir uns voneinander lösten.

Er strich mir mit dem Daumen über den Wangenknochen. »Ja. Ich wollte nicht, dass es … Ich wollte wissen, ob es genauso sein würde wie beim ersten Mal.«

»Als du mich geküsst hast? *Darum* hast du es noch einmal getan?« Nichts an Beck *wirkte* unecht. Andererseits hatte ich auch Matt jedes Wort von dem geglaubt, was er mir erzählt hatte.

Er zuckte mit den Schultern. »Ja, eindeutig.«

»Mach dir keine Gedanken.«

»Keine Gedanken?«, fragte er, während er sich die Schuhe abstreifte und, bereits auf dem Bett sitzend, seine Uhr abnahm.

»Du hattest das Bedürfnis, mich zu küssen, und hast es getan. Ist doch kein Ding.«

Er lachte leise, stand auf und knöpfte sich das Hemd auf. Ich musste raus aus diesem Zimmer, verdammt. Wenn er so weitermachte, würde er bald nackt sein, und ich konnte nicht garantieren, dass ich meine Hände bei mir behalten würde. »Kein weiteres Gespräch nötig? Ich dachte, Frauen reden gern über solche Dinge.«

»Es ist dir vielleicht noch nicht aufgefallen, aber Frauen sind keine große, homogene Gruppe von Menschen, die alle auf dieselbe Art denken und handeln.«

»Aah«, sagte er und zog sich das Hemd aus, sodass ich direkt auf seine muskulöse, gebräunte Brust starrte. Wenigstens war sie nicht enthaart. Ein so gutaussehender Mann wie Beck hatte jedes Recht, eitel zu sein, aber eine haarlose Männerbrust hatte meiner Meinung nach etwas ausgesprochen Unmännliches an sich. »Das war also die Stelle, an der ich mich geirrt habe.« Er begann, seine Gürtelschnalle zu öffnen, und ich drehte mich um und steuerte auf die Tür zu. Soeben hatte jemand die Heizung aufgedreht, und ich versuchte, einen kühlen Kopf zu bewahren. »Bis später«, rief er mir nach, als ich auf den Korridor hinaustrat.

Vermutlich kannte ich nun die Antwort auf meine Frage, was als Nächstes zwischen uns passieren würde – kein Sinneswandel von Becks Seite und ein Folgekuss.

Beck und ich sollten etwas vorspielen. Aber die Schmetterlinge, die ständig in meinem Bauch herumflatterten, und die Art, wie mein Herz raste, als liefe ich beim olympischen Finale über einhundert Meter mit, waren zweifellos echt.

19. KAPITEL

BECK

Ich war vorbereitet. Ich hatte die Strategie optimiert, mit der ich mich Henry wegen des Gebäudes in Mayfair nähern würde. Ich würde ihm einfach erzählen, dass ich die Verbindung erst kürzlich hergestellt hatte, dass er aber offenbar *der* Henry Dawnay war, dem das Dawnay-Haus gehörte, und von da aus würde ich weitermachen.

Ich war bereit, ihn wiederzusehen.

Gerüstet für den ersten Zug.

Aber er war nicht gekommen, verdammt noch mal.

Zum siebzigsten Mal an diesem Abend blickte ich auf die Uhr. Es war fast zehn, und die Party sollte ungefähr um halb elf zu Ende sein. Er war ein geladener, aber nicht erschienener Gast. Den ganzen Abend hatte ich die Ohren gespitzt, aber niemand hatte ihn erwähnt. Ich ließ das Tonic im Glas kreisen, behielt nach wie vor die Tür zur Rezeption im Auge und hoffte, dass er in letzter Minute doch noch erscheinen würde.

Es war zwecklos, ich konnte genauso gut wieder aufs Zimmer gehen. Also trank ich aus und strebte dem Ausgang zu. Vielleicht würde ich auf dem Parkplatz nachsehen, ob Henrys Wagen noch dort war. Obwohl das nichts bedeuten musste – vielleicht hatte er an diesem Abend einfach etwas anderes unternommen. Immer wieder redete ich mir gut zu, geduldig zu sein, aber ich hatte nicht ewig Zeit. Mir blieb nur etwas mehr als eine Woche.

Als ich um die Ecke bog, erregte Gelächter aus dem Wintergarten meine Aufmerksamkeit. Durch die kleinen Fensterscheiben sah ich Stella inmitten der anderen Frauen auf dieser Hochzeitsfeier mit Florence plaudern.

Ich zögerte, und genau in diesem Augenblick drehte sie sich um und erblickte mich, als hätte sie gewusst, dass ich dort stand. Sie sah hinreißend aus. Ihre Haare waren zum Pferdeschwanz gebunden, ihre Wangen leicht gerötet. Ohne nachzudenken, lächelte ich sie an, und sie erwiderte das Lächeln, beugte sich zu Florence, um etwas zu ihr zu sagen, und setzte sich dann in meine Richtung in Bewegung.

»Hey«, sagte sie beim Näherkommen. »Alles okay?«

Ich zuckte mit den Schultern. »Ich dachte, ich gehe wieder aufs Zimmer und checke meine E-Mails.«

Stella blinzelte mehrmals, als wartete sie darauf, dass ich weiterredete und ihr die Wahrheit sagte.

»Ich komme mit«, sagte sie nach einigen Sekunden.

»Das musst du nicht.« Ich musste Arbeit nachholen, aber andererseits war es gut, ein bisschen Gesellschaft zu haben. Jemanden, der mit mir darüber nachdenken würde, wo Henry war. Jemanden, mit dem ich meine neue Strategie besprechen konnte.

Sie blickte zu mir auf, als wollte sie mir ins Gehirn schauen, als wollte sie wissen, ob meine Worte mit meinen Gedanken übereinstimmten. »Ich weiß. Aber ich möchte gern. Ich muss nur rasch meine Tasche holen.«

Als Stella Anstalten machte zu verschwinden, holte die Braut sie ein, und Stella erstarrte sichtlich, als sie ihr eine Hand auf den Arm legte. »Du willst schon gehen?«, fragte Karen und strahlte über das ganze Gesicht.

Stella erwiderte das Lächeln, aber ich kannte sie gut genug, um ein aufgesetztes von einem echten Lächeln zu unterscheiden, und an Stellas Miene war nichts echt. »Wir wollen uns ein bisschen Energie für die vielen Events aufsparen, die noch kommen«, antwortete sie.

»Ja, es ist eindrucksvoll, nicht wahr? Es war Matts Idee, eine Woche lang zu feiern – ein richtiges Fest. Und wie du weißt, liebe ich Schottland, obwohl ich das Schloss noch nie besucht hatte, bis Matt mich mitgenommen hat, um mich davon zu überzeugen, dass wir unbedingt hier heiraten müssen.«

Karen plauderte munter weiter, aber Stella sagte kein Wort – sie nickte nur und lächelte zwischendurch gezwungen. Diese Seite von Stella hatte ich nur selten zu sehen bekommen; sie wirkte wie ein Reh, das in die Scheinwerfer starrt. Sie wirkte wehrlos und … wie am Boden festgeklebt.

Ich trat vor und griff nach Stellas starrer Hand. »Wenn es dir nichts ausmacht, entführe ich sie jetzt«, sagte ich, während Stellas Handfläche mit meiner zu verschmelzen schien.

»Selbstverständlich, gern«, sagte Karen. »Ich bin entzückt, dass ihr hier mit uns feiert. Wir sehen uns morgen.«

Stellas falsches Lächeln verblasste, und sie drehte sich zu mir. »Danke. Wenn sie in der Nähe ist, kriege ich die Zähne einfach nicht auseinander.«

Ich hatte eine Stella gesehen, die ganz anders war als die, deren Hand ich nun hielt. Eine entschlossene Frau, die furchtlos nach dem verlangte, was sie wollte. Eine selbstbewusste Frau, die sich ihrer selbst sicher war. Was hatte Karen an sich, das Stella die Sprache verschlug?

Noch immer Hand in Hand, gingen wir auf die Treppe zu. »Du warst sehr lange mit Matt zusammen, stimmt's?«, fragte ich.

»Seit der Uni.«

»Aber du kennst Henry, der Karens Patenonkel ist ... Du hast gesagt, du hast mal bei ihm gewohnt. Das heißt also, du kanntest sie schon, bevor sie mit Matt zusammengekommen ist?«

»Wir sind beste Freundinnen, seit wir fünf sind«, sagte sie und versuchte, sich meinem Griff zu entwinden, aber ich schloss die Hand nur fester um ihre.

»Und jetzt heiratet sie deinen Ex-Freund. Ist das nicht seltsam?« So kam es mir zumindest vor, aber andererseits gab es für jeden Topf den passenden Deckel.

Wir erreichten den oberen Treppenabsatz und liefen schweigend über den Korridor zu unserem Zimmer.

Schließlich sagte Stella: »Es ist ein bisschen seltsam, das stimmt.«

Ich sprach nicht oft genug mit Frauen über persönliche Dinge, um mich damit auszukennen, aber an ihrem Schweigen, an der Art, wie sie erstarrt war und den Blick gesenkt hatte, als Karen vorbeikam, erkannte ich, dass *ein bisschen seltsam* eine Untertreibung war.

»Wie lange nach eurer Trennung ist Matt mit Karen zusammengekommen?«

Sie lachte halb, halb seufzte sie, dann schüttelte sie den Kopf. »Ich habe keine Ahnung. Matt und ich haben uns ungefähr vor einem Vierteljahr getrennt. Ich wusste nicht, dass zwischen ihm und Karen etwas läuft, bis ich die Einladung zur Hochzeit bekommen habe.«

»Meine Güte, Stella. Ich hatte ja keine Ahnung.« Nun verstand ich, warum es ihr so sehr widerstrebt hatte, Gast bei dieser Hochzeit zu sein. »Warum zum Teufel haben sie dich überhaupt eingeladen?«

Sie entzog mir ihre Hand und begann, in ihrer Abendtasche zu wühlen. »Ach, weißt du, sie wollten wohl so tun, als wäre alles in bester Ordnung oder so. Als wäre es keine große Sache, weil Matt und ich ja schließlich getrennt waren. Und sie haben bestimmt nicht damit gerechnet, dass ich komme.« Stella hielt die Schlüsselkarte hoch, und ich nahm sie ihr aus der Hand, schloss auf und ließ sie ins Zimmer gehen, ehe ich die Tür hinter mir zufallen ließ.

»Dann wünschst du dir bestimmt sehr, das Haus in Mayfair zu gestalten.«

»Jetzt noch mehr als am Anfang, als du mich gefragt hast. Es ist, als hätte ich nicht gemerkt, dass es genau das ist, was ich brauche – es hat mir eine Zukunft geschenkt, etwas, worauf ich hinarbeiten kann«, antwortete sie.

Ich schwieg, denn die Worte blieben mir im Hals stecken, wie niedergedrückt von dem Bedauern, das ich für sie empfand. Wenn Stella sich keine Zukunft mehr vorstellen konnte, war sie eindeutig am Boden zerstört gewesen.

»Ich gehe mich rasch umziehen«, sagte sie, nahm ihren Schlafanzug vom Bett und ging ins Badezimmer, bevor mir eine passende Antwort einfiel.

Ich zog mich aus bis auf die Boxershorts, schaltete den Fernseher ein und saß ans Kopfende gelehnt da, während ich durch mein Handy scrollte, als könnte ich darin die gesuchten Antworten finden.

»Hey, wo ist unsere Kissenwand?«, fragte sie, als sie aus dem Bad auftauchte, die Haare hochgesteckt und im Pyjama. Sie sah fantastisch aus, wenn sie sich in Schale warf, wie einem Hochglanzmagazin entsprungen, aber Stella gehörte zu den Frauen, die ohne das ganze Zeug noch besser aussahen.

»Das Zimmermädchen muss sie abgerissen haben.«

»Na ja, ich schätze, heute Nacht bist du in Sicherheit. Ich bin nüchtern«, sagte sie und zog die Decke auf ihrer Seite des Betts zurück.

»Irgendwie gefällst du mir, wenn du betrunken bist«, antwortete ich, legte mein Handy ab und schlüpfte unter die Decke.

Sie lachte, als sie sich auf die Seite legte und mich anblickte. »Nein, das ist ein Look, der mir überhaupt nicht steht.«

»Nach allem, was ich gesehen habe, steht dir fast jeder Look«, sagte ich. »Willst du über Matt reden? Oder über Karen?«

Sie schüttelte den Kopf und schob sich die Hände unter die Wange. »Dazu gibt es nichts zu sagen. Ich dachte, er sei der Mann, mit dem ich den Rest meines Lebens verbringen würde, und jetzt heiratet er die Person, die ich für meine beste Freundin gehalten habe. Man kann also sagen, dass mein Urteilsvermögen nicht das beste ist. Ich muss diese Woche einfach überstehen und mich auf meine Zukunft konzentrieren, nicht auf die Vergangenheit.«

Schweigen breitete sich zwischen uns aus.

»Das ist es jedenfalls, was ich mir selbst immer wieder sage«, fügte sie hinzu.

Ich schob ihr eine Haarsträhne hinters Ohr, weil ich nicht wusste, wie ich sie sonst trösten sollte. Ich hatte alles nur noch schlimmer gemacht. »Es tut mir leid, dass ich dich hierhergebracht habe.« Ich hatte dafür gesorgt, dass sie diesen Menschen gegenübertreten musste, die ihr wehgetan hatten. Sie hatte gesagt, dass sie nicht wusste, seit wann Karen und Matt etwas miteinander hatten, aber da sie nur wenige Monate nach der Trennung von Stella und Matt heirateten, musste zwischen ihnen bereits etwas gelaufen sein, als die beiden noch zusammen waren.

Ich hasste Fremdgeher.

»Es muss dir nicht leidtun. Du hilfst mir dabei, mir eine neue Zukunft aufzubauen, schon vergessen?«

Das erschien mir zu wenig. »Warst du nicht bereit, ihn zu heiraten? War das der Grund für die Trennung?«

Sie blickte an mir vorbei auf den Frisiertisch vor dem Fenster. »Ich wollte ihn schon vor Jahren heiraten, und das wusste er. Ich dachte immer, dass wir nur auf den richtigen Zeitpunkt warten. Aber offensichtlich war nicht der Zeitpunkt falsch, sondern die Freundin.«

Während ich ihr zuhörte, war es, als füllte sich mein Magen mit saurer Milch. »Du hast erwartet, dass er dich heiratet, und er hat dich an der Nase herumgeführt und schließlich etwas Besseres gefunden?« Das kam mir bekannt vor. Wenigstens hatte er Stella nicht schwanger und ohne Dach über dem Kopf zurückgelassen.

»Ich weiß nicht, ob er mich an der Nase herumgeführt hat.« Sie drehte sich auf den Rücken und starrte an die Zimmerdecke. »Ich dachte, wir steuern auf unsere Hochzeit zu und verbringen den Rest unseres Lebens miteinander. Selbst als er Schluss gemacht hat, glaubte ich noch, dass es sich nur um Torschlusspanik handelte, weil er sich bald fest binden würde. Ich hatte uns gar nicht als getrennt betrachtet, und dann … dann kam die Einladung.«

»Meine Güte, was für ein Ende!«

»Es war ein Schock.«

»Was hast du zu ihm gesagt? Zu Karen? Wie haben sie ihr Verhalten gerechtfertigt?«

Noch mehr Schweigen.

»Nichts«, sagte sie. »Also, ich habe ihn nie gefragt. Und sie auch nicht.«

Ich setzte mich auf. »Du hast nie mit ihm darüber gesprochen? Nicht mal, als du die Einladung bekommen hast?«

»Was hätte ich denn sagen sollen? Ich wollte ihm die Hochzeit schließlich nicht ausreden oder ihn überreden, statt

Karen mich zu heiraten. Was hätte das für einen Sinn gehabt?«

»Du hättest ihn anschreien, deinen Frust bei ihm abladen können, du hättest ihnen sagen können, wie du dich fühlst.« Am liebsten hätte ich es an ihrer Stelle getan.

Sie zuckte mit den Schultern. »Sie halten mich ohnehin schon für eine Frau, die sie belügen und betrügen können. Sie sehen ein dummes kleines Mädchen in mir, das sie zur Hochzeit einladen können, weil es sich für sie freut oder so. Vielleicht ist es ihnen auch egal. Ich glaube, ich wollte ihnen einfach keinen Grund geben, mich noch weniger zu respektieren.«

»Wen interessiert schon, was die beiden denken? Das sind definitiv Menschen, die man nicht in seiner Nähe haben möchte. Du hättest sie um deiner selbst willen damit konfrontieren müssen, damit es dir bessergeht. Biete ihnen die Stirn. Sei nicht die Frau, die alles einsteckt, was die beiden lächelnd austeilen!«

Stella kamen die Tränen. Ich war zu weit gegangen. Ich wollte ihr nicht das Gefühl geben, dass sie schwach war. Sie war hier – auf der Hochzeit ihrer besten Freundin und ihres Ex-Freunds. Lächelnd. Dafür brauchte man Mut und Kraft. Aber es war angemessen, sich geschädigt zu fühlen. Wütend zu sein. Ich war es an ihrer Stelle.

»Es tut mir leid«, sagte ich. »Es ist nur … solche Leute … solche Leute benehmen sich, als gehörte ihnen die ganze Welt und als lebten nur sie allein darauf. Als spielten andere keine Rolle. Sie fühlen sich zu allem berechtigt. Es ist ihnen egal, wen sie auf dem Weg zum Ziel zerstören.«

Meine Mutter war ein Opfer dieser anmaßenden Haltung – und das machte mich immer noch wahnsinnig wütend. »Du hast etwas Besseres verdient, Stella.«

»Ich habe geprobt«, sagte sie so kleinlaut, als sollte niemand sie hören. »Was ich sagen würde. Zu ihm und zu ihr. In der

Woche, nachdem die Einladung gekommen war, habe ich kaum geschlafen. Ich hatte jede Menge Zeit, mir eine Ansprache zurechtzulegen. Wahrscheinlich habe ich mehr Zeit darauf verwendet als der Vater der Braut auf seine Rede.«

»Dann halte ihnen deine Rede.«

Sie atmete tief durch. »Am Ende verschlägt es mir nur die Sprache oder Matt fällt mir ins Wort … Ich glaube nicht, dass es mir danach bessergehen würde.«

»Wenn du es nicht versuchst, wirst du es nie erfahren.«

»Ich glaube, ich gehe ihm lieber aus dem Weg. Bis jetzt hält er sich von mir fern, und solange er das tut, ist alles in Ordnung. Ich will nicht, dass er mir das Gefühl gibt, ich allein sei an allem schuld. Und genau das würde er tun.«

»Du hast kein einziges Mal mit ihm gesprochen, seit wir hier sind?«

Sie schüttelte den Kopf. »So wie ich ihn kenne, ist er sauer, dass ich überhaupt gekommen bin – obwohl er mich eingeladen hat.«

»Karen kann sich offenbar nicht von dir fernhalten. Ich habe mehrmals gesehen, dass sie zu dir gekommen ist.«

»Ja, ich hätte auch beinahe etwas zu ihr gesagt, aber dann denke ich wieder, dass ich selbst an allem schuld bin. Karen hat sich immer schon genommen, was sie wollte, und ich bin nie laut geworden, habe sie nie kritisiert oder gesagt, was ich wirklich dachte. Als wir noch zur Schule gingen, hat sie das Bett mit mir getauscht, weil sie nicht in der Nähe des Klos sein wollte. Wenn wir zum Essen in eine Restaurant gingen, brachte sie mich dazu, ein Dessert zu bestellen und hat es dann selbst gegessen. Sie hat sich Klamotten von mir geliehen und sie nie zurückgegeben. Ich habe es zugelassen. Jahrelang. Und mit Matt war es dasselbe – sein Glück war mir wichtiger als mein eigenes.«

»Du weißt nicht, wie man zuerst an sich selbst denkt«, stellte ich fest.

»Das klingt wie ein Klischee.«

»Es klingt wahr.«

»Ich glaube, die beiden sind sehr starke Persönlichkeiten, und ich wünsche mir aufrichtig, dass die Menschen, die ich liebe, glücklich sind.«

»Aber ihnen muss auch dein Glück am Herzen liegen, sonst treten sie dich nämlich mit Füßen.« Das war meiner Mutter passiert – sie war benutzt worden, wenn es nichts Besseres zu tun gab, und als das Leben weiterging, war sie fallen gelassen worden. Es widerte mich an. »Versprich mir, dass du es dir in Zukunft selbst recht machst, bevor du an die Bedürfnisse anderer denkst.«

»Ich kann kein Versprechen geben, wenn ich nicht weiß, ob ich in der Lage bin, es zu halten.«

»Versprich mir, dass du es wenigstens versuchen wirst. Und wenn Matt ein Wort darüber verliert, dass du nach allem, was er getan hat und noch dazu auf seine Einladung hin zu dieser Hochzeit gekommen bist … dann bekommt er es mit mir zu tun.«

»Willst du mein Ritter in glänzender Rüstung sein?«, fragte sie.

»Ohne Schwerter. Ich werde ihm nur sagen, was für ein nutzloses menschliches Wesen er ist.«

Stella drehte sich wieder zu mir und legte mir ihre warme, weiche Hand auf den Arm. »Bitte, lass es sein. Bislang konnte ich ihm aus dem Weg gehen – und mehr muss ich nicht tun, bis wir am Sonntag von hier verschwinden.«

»Wehe, er kommt dir zu nah.«

Dem Mann, der meine Mutter weggeworfen hatte wie ein Stück Dreck, konnte ich nicht mehr Paroli bieten, weil er tot war, aber wenn Matt auch nur in Stellas Richtung atmete, konnte ich für nichts garantieren.

»Versprich mir, dass du schweigst«, flehte sie.

»Stella, ich kann kein Versprechen geben, wenn ich nicht weiß, ob ich in der Lage bin, es zu halten«, wiederholte ich ihre Worte.

»Glaub nicht, mir wäre das Stählerne in dir entgangen. Ich weiß, dass du dich sehr wohl zurückhalten kannst, wenn du es willst.« Sie strich über meine Hand. »Bitte glaube nicht, ich wäre undankbar. Allein, das du mich beschützen *willst*, ist …« Sie seufzte. »Es ist mehr, als Matt je getan hat.«

»Aber warum sollte ich mich zurückhalten? Dieser Typ könnte mal ein paar unangenehme Wahrheiten vertragen …«

»Mir zuliebe. Darum.«

Mit zwei Worten hatte sie mir den Wind aus den Segeln genommen.

Ihr zuliebe.

Der Grund war schlicht, aber einen besseren gab es nicht. Und ich hatte absolut nichts dagegen einzuwenden.

»Ich verspreche dir, dass ich den Mund halten werde«, sagte ich. *Ihr zuliebe* – denn sie hatte dieses Versprechen verdient.

Ihr zuliebe würde ich den Frust zurückhalten, der seit Jahrzehnten in mir gärte, und ihn nicht an Matt auslassen, so verlockend die Vorstellung auch war.

Ihr zuliebe hätte ich vermutlich alles getan. Wirklich alles.

20. KAPITEL

STELLA

Beck hielt meine Hand, als wir das Hotelzimmer verließen, um zu einem mittäglichen Picknick nach unten zu den anderen zu gehen. Beim Aufwachen hatte ich mich wund gefühlt – nicht äußerlich, aber in meinem Inneren war etwas verletzt. Möglicherweise war das bereits seit einiger Zeit der Fall, und ich hatte es nur nicht bemerkt. Es war unglaublich, aber ich hatte Beck am Abend zuvor tatsächlich die Sache mit Matt und Karen gebeichtet. Bestimmt hielt er mich nun für den personifizierten Fußabtreter.

Als wir die aus Ziegelsteinen gemauerte Veranda betraten, tauchte Karen auf. Wir konnten weder kehrtmachen noch dem Blickkontakt ausweichen, denn wir standen einander direkt gegenüber. Scham stieg in mir auf und breitete sich heiß in meinem Bauch aus. Scham, weil ich ihr gegenüber geschwiegen und zugelassen hatte, dass sie mich auf diese Art behandelte.

»Hi«, sagte sie und senkte den Blick auf meine Hand, die Becks Hand hielt. »Das gute Wetter scheint ja zu halten.«

»Sieht gut aus«, bestätigte ich und lächelte gezwungen. Selbst wenn ich den Mut aufbrachte, mit ihr zu reden, durfte ich keinen Ärger riskieren und Beck an der Umsetzung seiner Pläne hindern. Henry war immerhin Karens Patenonkel. Wenn ich ihr die Hochzeit verdarb, würde man uns auffordern zu verschwinden, und Beck hatte keine Chance, Henry dazu zu bringen, ihm das Haus zu verkaufen. Aber *sollte* ich etwas sagen, würde ich ihr vermutlich erzählen, dass ihr erster Freund eine Woche, bevor er die Beziehung zu ihr beendete, bei mir zu Hause aufgetaucht war und mir seine Liebe gestanden hatte. Ich würde ihr erzählen, dass Elsie, ihre kleine Schwester, einmal zu mir gesagt hatte, ihr gefiele die Art nicht, wie Karen mit mir sprach. Vielleicht würde ich ihr sogar die Nachricht zeigen, die ich am Tag, nachdem die Einladung eingetroffen war, von ihrer Mutter bekommen hatte, und in der sie mir mitteilte, wie sehr sie das Verhalten ihrer Tochter bedauerte.

Aber natürlich hielt ich den Mund.

»Geht doch mal hinüber zu den Trauerweiden, wo alles aufgebaut ist«, sagte sie. »Ich komme später nach.«

»Sie ist total euphorisch«, sagte Beck, als wir die Stufen hinuntergingen. »Das ist nervig.«

Ich lachte. »Ja. So war sie immer schon – ihr geht so schnell nichts an die Nieren.« Mir war es immer schon so vorgekommen, als trüge Karen eine Art innere Rüstung.

»Ist wahrscheinlich genetisch bedingt«, sagte Beck. »Das Leben ist immer wundervoll.«

Karierte Picknickdecken in verschiedenen Farben lagen auf dem Rasen neben dem Fluss. Auf jeder Decke standen ein Weidenkorb und eine rechteckige Karte mit aufgedruckten Namen. Beck würde das für normal halten und es als Eigenart der Oberschicht betrachten, aber feste Sitzplätze bei einem Picknick waren alles andere als normal – dabei spielte es keine Rolle, wer man war.

Auf der Suche nach unseren Namen wanderten Beck und ich von einer leeren Decke zur nächsten.

»Sie sind alle verschieden. Man kann den Charakter eines Menschen nicht nach dem Vermögen seiner Familie beurteilen.« Beck betrachtete aufmerksam die Namenskarten, und ich wusste nicht, ob er mich ignorierte oder mich tatsächlich nicht gehört hatte. »Da sind wir«, sagte ich, als ich zwei Decken weiter, am äußeren Rand der Gesellschaft, meinen Namen erblickte. Ich streifte meine Ballerinas ab und setzte mich.

»Hast du noch einmal darüber nachgedacht, ob du Matt oder Karen zur Rede stellen willst? Oder besser noch: beide zusammen?«, fragte er und reichte mir die Karte, um die Schnalle des Korbs zu öffnen.

»Du machst dir vielleicht gern Feinde, aber auf mich trifft das nicht zu.«

»Es geht nicht darum, ob du dir Feinde machst oder nicht. Es geht darum, für sich selbst einzutreten.«

Es war sinnlos, dieses Gespräch ein weiteres Mal zu führen. Schließlich hatte ich Karen nicht bei der Wahl ihres Hochzeitskleides geholfen oder war ihre Trauzeugin oder so. »Okay, wenn ich sie zur Rede gestellt hätte, wäre ich nicht eingeladen worden, und du wärst auch nicht hier. Also schätz dich glücklich und sei still.«

Er lachte leise und reichte mir die beiden Weingläser. »Ja. Okay. Kapiert. Ich stehe nur auf dem Schlauch, das ist alles.«

Auf der anderen Seite des Deckenmeeres, unten am Fluss, erblickte ich Florence und Bea. Karen hatte ihnen offenbar eine Decke für vier Personen gegeben.

»Sieh mal, Florence winkt uns zu«, sagte Beck.

Ich nickte. »Ja. Sie ist da drüben mit Bea, und Jo ist auch dort«, sagte ich, als ich den Rest unserer Clique entdeckte.

»Um die Sitzordnung hat sich zweifellos deine liebe Freundin Karen gekümmert. Na komm«, sagte Beck und stand auf. »Wir nehmen unsere Decke und gehen zu ihnen rüber.« Er zog an dem grünen Wollstoff, auf dem ich saß. »Steh auf.«

»Nein, Beck. Das geht nicht. Für die Sitzordnung gibt es einen Grund. Ist doch egal, wenn wir hier hinten sind.«

»Und ob das geht.« Er hob den Korb hoch. »Diese Woche ist schwierig genug für dich, da muss sie dich nicht auch noch weit weg von deinen Freunden platzieren.«

»Aus ihrer Perspektive ist das kein böser Wille«, sagte ich und glaubte selbst nicht recht daran. Vermutlich wollte Karen mich nicht in ihrem Blickfeld haben, weil ich sie daran erinnert hätte, was sie getan hatte – obwohl sie mich in dem Fall gar nicht erst hätte einladen sollen.

»Vermutlich hängt es davon ab, wie du bösen Willen definierst. Wenn es bösartig ist, dass du und deine Gefühle ihr scheißegal sind, dann ist es böser Wille. Steh auf«, sagte er erneut, »sonst werfe ich dich über die Schulter und trage dich. Wenn du nicht für dich eintrittst, werde ich es an deiner Stelle tun.«

Ich erschauerte. Ich konnte mich nicht erinnern, dass mich je zuvor ein Mann gerettet hatte. Ich war es nicht gewohnt, dass Männer sich Gedanken über meine Gefühle machten oder darüber, ob ich den Tag genossen hatte.

In mir zündete ein Funke und gab mir Energie, und auf einmal kam ich mühelos auf die Füße.

Matt hätte dieser Mann sein müssen.

Er hätte der Mann sein müssen, der mich lieber mochte als ich mich selbst, der sich für mich einsetzte und alles tat, um mir das Leben schöner zu machen.

Im Lauf unserer langjährigen Beziehung war das, was ich bekam, mit dem verschmolzen, was ich hätte erwarten sollen, und ich hatte meinen eigenen Wert aus den Augen verloren. Beck gab zwar nur vor, mein Partner zu sein, aber er verhielt sich in jeder Hinsicht besser, als Matt es je getan hatte.

Er war netter zu mir. Respektvoller. Er war auf meiner Seite, hätte sich für mich geschlagen, spornte mich an. Ganz zu schweigen davon, dass er attraktiver und lustiger war und besser küssen konnte.

Matt hatte mir einen Gefallen getan, indem er mich verlassen hatte. Seine ständigen subtilen Herabsetzungen, der Mangel an Zuneigung und Freundlichkeit, ganz zu schweigen von der Tatsache, dass seine eigenen Bedürfnisse immer Vorrang hatten, ob ich es nun zugelassen hatte oder nicht. Beck hatte mir eine neue Normalität gezeigt, und ich konnte nicht mehr zurück.

Es sagte einiges aus, wenn ein gefakter Freund besser war als ein echter.

Anstatt mich traurig zu machen, schenkte mir diese Erkenntnis über Matt Erleichterung. Und sie verunsicherte mich – wenn ich mich so lange in Matt getäuscht hatte, worin täuschte ich mich dann sonst noch? In wem?

Ehe ich mir darüber den Kopf zerbrechen konnte, klemmte sich Beck die Decke unter den Arm und bahnte sich einen Weg zwischen den Gästen hindurch. Mir blieb nichts anderes übrig, als ihm zu folgen, also zog ich mir rasch die Schuhe wieder an und hob die Weingläser auf. Obwohl es mir ziemlich dreist vorkam, fand ich es auch befreiend. Ausnahmsweise tat ich etwas, um mich selbst glücklich zu machen.

»Hi«, sagte Beck, als wir die Stelle erreicht hatten, wo sich meine Freunde aufhielten. »Habt ihr was dagegen, wenn wir uns zu euch setzen?«

»Natürlich nicht«, sagte Florence. »Warum wart ihr nicht von Anfang an hier bei uns? Und wer zum Teufel weist bei einem Picknick Plätze zu?«

Beck warf mir einen Blick zu, der besagte: »Hab ich's nicht gesagt?«, und obwohl ich mich ein kleines bisschen über ihn ärgerte, musste ich ihn doch dafür bewundern, dass er sich einen Dreck um die Vorschriften kümmerte. Es fühlte sich wie ein kleiner Sieg über Karen und Matt an, und Beck war der Mann, der ihn mir verschafft hatte.

»Wer möchte Wein?«, fragte er und hielt die Flasche aus unserem Korb hoch. Als alle etwas zu trinken hatten, füllte er auch mein Glas und goss sich selbst ein paar Fingerbreit ein. »Tagsüber Alkohol trinken und auf diesen Fluss sehen«, sagte er, während wir alle durch den Vorhang der Weidenzweige auf den kleinen Steg blickten, der in den Fluss hineinführte. »Klingt wie aus einem Roman von E.M. Forster.«

»Hast du viel von E.M. Forster gelesen?«, fragte ich lachend.

»Ich habe *Zimmer mit Aussicht* gelesen«, sagte er, wobei mir das Lachen sofort verging.

»Wirklich?«, fragte ich. »In der Schule, oder?«

»Nein. Der Film hat mir gefallen, darum beschloss ich, das Buch zu lesen.«

Er meinte es offensichtlich ernst, und ich musste ein Kichern unterdrücken. Er schien mir so gar nicht das passende Publikum für einen Film von Merchant Ivory zu sein.

Beck musterte mich. »Lachst du mich etwa aus?«, fragte er und grinste.

»Niemals«, antwortete ich und trank einen Schluck Wein. Ich war eine furchtbar schlechte Lügnerin.

»Was soll ich sagen? Der Film ist gut und das Buch noch besser.«

»Irgendwie passt das gar nicht zu dir. Ist das nicht eine wehmütige und romantische Geschichte?« Beck war beharrlich und entschlossen. Wer keinen Biss hatte, wurde nicht aus dem Stand dermaßen erfolgreich. Die Liebe zu Kostümfilmen schien nicht recht dazu zu passen. Aber was wusste ich schon? Ich konnte nicht mal gute von bösen Menschen unterscheiden, Freunde von Feinden.

Ich hätte ihn gern noch weiter über seine filmischen Vorlieben ausgefragt – tiefer gebohrt, um herauszufinden, ob es etwas über seinen Charakter verriet oder nur Zufall war –, aber die anderen sollten nicht merken, wie wenig wir voneinander wussten. »Ich habe den Film nicht gesehen«, sagte ich, »also kann ich auch keinen Kommentar dazu abgeben.«

»Wenn wir wieder in London sind, sehen wir ihn uns abends mal an.«

Ich spähte zu Bea hinüber, weil ich wissen wollte, ob sie überhaupt Notiz von uns nahm, aber sie redete mit Florence über irgendetwas. War dieses Gespräch echt oder aufgesetzt? Wie auch immer, ich genoss es.

»Du musst mir deine Lieblingsstellen zeigen«, sagte ich.

Beck lachte leise. »Ich merke, dass du mir nicht glaubst, aber meine Schwester hatte eine Phase, in der sie alles von ihm gelesen hat, und ich war ein pflichtbewusster kleiner Bruder und habe den Film mehrmals durchgehalten. Im Rückblick glaube ich, dass sie Liebeskummer hatte und darüber hinwegkommen musste. Ich glaube, sie war ungefähr fünfzehn.«

Verdammt, ich hatte ihren Namen vergessen. Ich musste ihn das fragen, aber niemand sollte mich hören. »Stehst du … deiner Schwester immer noch nah?«

»Sie ist älter als ich und verheiratet und hat zwei Kinder. Ich sehe sie nur selten, aber wenn, dann freue ich mich.«

»Sag nicht, dass Karen und Matt da vorn in einem Boot ankommen«, sagte Florence und zeigte auf das Wasser, womit sie mich aus meinen Fantasien von einem sonnengebräunten, jüngeren und E. M. Forster lesenden Beck riss. Die Leute fingen an zu murmeln, und tatsächlich: Karen ganz in Weiß und Matt in seinem üblichen Sommeroutfit aus Chinos und blauem Hemd kletterten aus einem kleinen Ruderboot auf den Steg. Ich hatte gehofft, einer von ihnen würde kopfüber im Wasser landen, aber das würde ich natürlich nicht zugeben.

»Sie ist so eine Selbstdarstellerin«, sagte Jo. »Wer feiert denn eine ganze Woche Hochzeit? Und dann auch noch so was!« Sie legte den Kopf schief und blickte zum Fluss hinunter.

Hätte Karen mir zu einem Zeitpunkt, als wir noch Freundinnen waren, erzählt, dass sie zu ihrem Hochzeitspicknick in einem luftigen weißen Kleid in einem Ruderboot erscheinen würde, hätte ich sie für lustig und unbekümmert gehalten. »Vielleicht findet sie das ja lustig«, sagte ich.

»Karen findet alles lustig, solange jeder sie beachtet«, sagte Bea. »Ist dir das noch nicht aufgefallen?«

»Wenn sie so selbstsüchtig und egozentrisch ist, warum sind wir dann seit Jahren mit ihr befreundet?«, fragte ich. Nahmen Bea und Jo diese Seite an Karen erst wahr, seit sie sich mit Matt verlobt hatte, oder hatten sie sie von Anfang an so gesehen?

»Weil du immer wolltest, dass wir zu viert etwas unternehmen«, sagte Bea.

»Ja, du bist diejenige, die Karen in den E-Mail-Verteiler mit aufgenommen oder vorgeschlagen hat, sie auch zum Dinner einzuladen.«

Dessen war ich mir nicht bewusst gewesen. Mir widerstrebte es nur, jemanden auszuschließen. »Das ist mir nicht aufgefallen …«

»Weil du in jedem Menschen nur das Gute siehst. Und für alle das Beste willst. Das ist total lieb, aber Menschen wie Karen verspeisen dich für deine Gutmütigkeit zum Nachtisch wie *Summer Pudding*«, sagte Florence.

Karen hatte immer schon gern im Mittelpunkt gestanden, während wir anderen nur zuschauten, als wären wir ein Teil des Publikums und stünden selbst nicht auf der Bühne, aber mich hatte das eigentlich nie gestört – ich hatte mich nicht von ihr ausgenutzt gefühlt. Vielleicht war Matt genauso. Als wir zusammen waren, hatte ich geglaubt, wir spielten beide eine

Hauptrolle, aber vielleicht hatte ich ja nur den Bereich hinter der Bühne gefegt, nachdem er abgetreten war.

»Oder wie *Eton Mess*«, sagte Bea. »Matt war genauso – sie haben deine Freundlichkeit beide ausgenutzt.«

Beck stieß mich an und deutete mit einem Nicken auf Florence und Bea, als wollte er mich auffordern, ihren Worten aufmerksam zuzuhören.

Die Sache war die: Ich konnte mich undeutlich erinnern, dass Florence und Bea mir all das schon früher gesagt hatten, ich ihnen aber widersprochen hatte. Aber nach allem, was inzwischen passiert war, was Beck gesagt hatte und ständig wiederholte … musste ich mir eingestehen, wer Karen und Matt wirklich waren. Welche vermeintlichen Freunde würden sich wohl noch als Feinde entpuppen? Wenn mich zwei Menschen betrügen konnten, denen ich derart nahestand, dann konnte es jeder andere auch.

Als das glückliche Paar am Flussufer entlang auf uns zukam, fingen die Leute an zu applaudieren. Beck, der neben mir saß, lachte in sich hinein. »Ich hatte gehofft, einer der beiden würde ins Wasser fallen.«

Ich biss mir auf die Lippe, um nicht laut loszulachen. Dieser Tag war wie ein Sinnbild für Beck – der die Decke verlegt und dieses Schauspiel herausgefordert hatte, damit ich mir eingestehen musste, was tatsächlich geschah.

Er traute sich zu tun, wozu mir der Mut fehlte, sagte, was ich nicht sagen konnte und ließ mich die Dinge sehen, wie sie waren – und nicht so, wie ich sie gern sehen wollte. Ob unsere Küsse nun echt gewesen waren oder nicht, Beck veränderte meinen Blick auf die Welt und auf mich selbst.

Ich hoffte nur, dass ich mich in ihm nicht ebenso täuschte wie in Matt und Karen.

21. KAPITEL

BECK

Stella senkte den Blick auf meine Fliege, ließ ihn dann zu meinem Kinn wandern und sah mir endlich in die Augen. »Du siehst süß aus.«

Die Sonne tauchte das Hotelzimmer in ein goldenes, dunstiges Licht, in dem sie noch schöner aussah als sonst, weil es ihr Gesicht leuchten ließ und den Schönheitsfleck auf ihrer Wange und ihren ausgeprägten Amorbogen betonte. Der kurze Rock schadete auch nicht – sie hatte fantastische Beine.

»*Süß?*«, fragte ich. »Ich weiß nicht, ob das ein Kompliment ist.«

»Vielleicht wollte ich dir ja gar keins machen«, antwortete sie.

Diese Frau ließ mir nichts durchgehen, und ich fragte mich, wann ich zuletzt so viel Spaß gehabt hatte. Keine andere Frau hatte mir das Leben je so schwer gemacht wie Stella – meine Ex-Freundinnen schon gar nicht. Schließlich war ich mit lockeren Frauen ausgegangen. Nicht in Bezug auf Sex, sondern in dem Sinn, dass sie in mein Leben passten und nicht von mir verlangten, an der Beziehung zu arbeiten, sodass ich all meine Energie ins Geschäft stecken konnte.

Ich fand es angenehm. Vielleicht wäre Stella als echte Freundin ebenfalls locker, aber als vorgetäuschte war sie anspruchsvoll und lustig und hatte mir mehr als einmal gesagt, dass sie sich über mich geärgert hatte.

»Du siehst sehr viel besser als nur süß aus«, antwortete ich.

Sie fuhr herum, schwarze und weiße Pailletten schmiegten sich an ihre Kurven. »Findest du, es ist Dreißigerjahre genug? Bestimmt waren alle im Kostümladen und haben sich etwas anfertigen lassen. Dieses Kleid habe ich mir für eine von Matts Betriebsfeiern gekauft, als wir noch in Manchester gewohnt haben.«

»Es ist Dreißigerjahre mit einer Spur Sexyness. Und warum willst du eigentlich wie alle anderen hier sein?«

Sie lächelte. »So übel sind sie gar nicht, weißt du. Aber wie auch immer, ein anderes Kleid habe ich nicht, also muss das hier reichen.«

»Es ist mehr als ausreichend. Es wird mir schwerfallen, meine Hände bei mir zu behalten.« Wir hatten die Küsse vom Tag zuvor nicht wiederholt, aber als ich sie nun ansah, konnte ich an nichts anderes mehr denken als daran, sie zu küssen.

»Ich habe noch eine Federboa«, sagte sie, ohne meinen Worten Beachtung zu schenken. »Aber ich finde, sie sieht irgendwie billig aus. Was meinst du?«

Sie legte sich die schwarzen Federn um die Schultern. Wenn mich eine Freundin nach meiner Meinung bezüglich ihres Outfits fragte, sagte ich normalerweise etwas, das uns so schnell wie möglich zur Tür hinaus brachte, aber bei Stella sah ich genau hin. Sie sollte so gut wie nur möglich aussehen und selbstbewusster sein denn je. Sie sollte sich im Umgang mit diesen Leuten stark und mächtig fühlen, denn sie war besser als alle anderen zusammen. »Ich glaube, ohne ist es besser. Das Kleid allein reicht schon.«

»Du hast recht«, sagte sie und warf die Boa auf das Bett. »Sie lenkt nur ab. Und ich sehe aus wie eine Stripperin.«

»Wenn sie dir hilft, deine Rolle gut zu spielen, ändere ich meine Meinung vielleicht noch.«

Sie griff nach ihrer Abendtasche und schlug damit nach mir. »Gehen wir.« Mir voran verließ sie das Hotelzimmer.

»Heute Abend gibt es also nur Cocktails?«, fragte ich, als wir den Flur entlangliefen. »Kein Essen?«

»Ich habe keine Ahnung. Ich kann mir nicht vorstellen, dass Karen nicht für Essen gesorgt hat. Vielleicht ein paar nahrhafte Appetithäppchen?«

»Ich könnte den Zimmerservice bestellen, wenn wir zurückkommen«, murmelte ich. »Da ist Henry«, sagte ich dann und deutete mit dem Kinn auf die Gruppe, die vom anderen Ende des Flurs auf uns zu kam. »Er ist nur selten allein. Das ist einer der Gründe, warum es so schwer ist, mit ihm ins Gespräch zu kommen.«

»Jetzt ist die perfekte Gelegenheit. Ich habe ihn noch gar nicht gesehen. Komm«, sagte sie und ging schneller, damit wir ihnen begegnen würden.

»Henry«, sagte Stella. »Wie schön, dich zu sehen.« Ihr Lächeln ließ ihr Gesicht leuchten, und ich verspürte einen Anflug von Eifersucht. Hatte sie *mich* jemals so strahlend angelächelt?

»Stella, Liebling. Wie geht es dir? Du siehst wundervoll aus.« Henry war äußerst charmant und schenkte ihr ein warmes Lächeln.

»Mir geht es prächtig, danke. Darf ich dir Beck Wilde vorstellen?«

Sie legte mir liebevoll eine Hand auf den Arm und schmiegte sich an mich, als gehörten wir zusammen. Es verschlug mir den Atem, nicht, weil es mir unangenehm war, sondern weil mir die Vorstellung, dass sie zu mir gehörte … richtig erschien.

»Mr Wilde, freut mich sehr, Sie wiederzusehen. Sie haben Ihre Sache bei dem Tontaubenschießen neulich sehr gut gemacht. Ich hoffe, Sie lassen morgen noch ein paar Moorhühner für uns übrig.«

»Versprochen, Sir«, sagte ich. Vielleicht war ich ein Heuchler – das Wort Vegetarier konnte ich nicht mal buchstabieren –, aber ich wollte nicht von den Seelen winziger Vögel heimgesucht werden. Das würde ich lieber dem alten Geldadel überlassen. »Nachdem wir uns begegnet sind, Sir«, fuhr ich fort, »wurde mir klar, dass sich unsere Wege in London bereits mehrmals beinahe gekreuzt hätten.« Dass ich im *Dorchester* versucht hatte, mich mit ihm bekannt zu machen, würde ich nicht erwähnen. »Sie hatten eine Immobilie, an der ich interessiert war.«

Henry runzelte die Stirn. »Tatsächlich? Ich erinnere mich nicht.«

»Ja, das Dawnay-Haus in Mayfair.«

Er atmete tief durch und schüttelte dann den Kopf. »Ja, das Gebäude ist immer noch nicht verkauft. Aber ich kann mich an kein Angebot erinnern.«

»Nun, vielleicht finden wir irgendwann etwas Zeit, um darüber zu sprechen«, sagte ich.

»Ja, selbstverständlich«, sagte er. »Aber jetzt muss ich los und Graham guten Tag sagen.« Er schüttelte den Kopf und wandte sich erneut an Stella. »Du siehst wundervoll aus, Liebling.« Und an mich gewandt: »Passen Sie gut auf Sie auf … Mr Wilde.«

Na super, dachte ich, als Henry auf die Bar zuging und Stella und mich am Eingang zu der Party zurückließ. Er hatte sich nicht mal meinen Vornamen gemerkt.

»Wer ist Graham?«, fragte ich.

»Keine Ahnung«, antwortete sie. »Erzählst du mir, was passiert ist?«

»Was denn? Wann?«

»Henry hat erwähnt, dass du gut geschossen hast«, sagte Stella, als wir einen Tisch gefunden hatten und Platz nahmen.

»Ach ja. Es ist erstaunlich, wie oft diese Männer danebenschießen, obwohl sie sich ständig die Zeit mit solchen Dingen vertreiben.«

Stella stöhnte. »Klartext, bitte! Hast du alle anderen geschlagen?«

Warum stöhnte sie? Ich hatte gedacht, sie würde beeindruckt sein.

»Problemlos«, antwortete ich. »So ist das eben, wenn man zu viel Zeit mit einem Luftgewehr und drei leeren Dosen Tomatensuppe verbringt.«

Sie beugte sich vor. »Ich werde dir jetzt eine einfache Frage stellen, und ich will eine ehrliche Antwort von dir – wie dringend willst du dieses Haus in Mayfair haben?«

Hatte sie mir nicht richtig zugehört? Ich dachte, ich hätte mich überaus deutlich ausgedrückt. »Sehr dringend.«

»So dringend, dass du dein Ego beiseiteschiebst, mir deine Kreditkarte gibst und meine Anweisungen befolgst?«

»Soll ich vielleicht allen einen Drink spendieren?«, fragte ich.

»Das ist das Allerletzte, das du tun solltest.« Sie holte ihr Handy heraus und begann zu scrollen. »Morgen früh haben wir frei – kein Hochzeitsevent. Wir werden es im Dorf versuchen, und wenn das nicht klappt, müssen wir nach Inverness fahren«, sagte sie, als müsste ich wissen, wovon sie sprach.

»Wozu?«, fragte ich.

»Du hast Henry nicht überzeugt. Diese Begegnung war wie ein Autounfall.«

Das fand ich übertrieben. So schlimm war es doch nicht gewesen, oder? Er hatte zwar meinen Vornamen sofort wieder vergessen und mir auch keine Fragen zum Dawnay-Haus oder meinem Interesse daran gestellt. Und ja, er hatte das Gespräch abgebrochen, aber dennoch war es ein Fortschritt, oder etwa nicht? Okay, es war suboptimal gelaufen, aber ich hatte immerhin mit ihm gesprochen.

»Und das heißt, dass wir dich wieder auf Kurs bringen müssen«, sagte Stella. »Wir gehen shoppen und kaufen ein paar Sachen für dich, und dann helfe ich dir, eine Beziehung zu Henry aufzubauen.«

»Was willst du denn kaufen, das mir bei den Verhandlungen mit Henry helfen könnte? Ein Seil, Klebeband und ein bisschen Chloroform?«

»Sehr lustig«, antwortete sie. »Klamotten. Wir verpassen dir ein Umstyling.«

»Wie in *Pretty Woman?*«, fragte ich.

»Stell dir einfach vor, ich wäre Richard Gere. Und du bist Julia Roberts, nur nicht ganz so heiß.«

»Okay, nur fürs Protokoll: Du siehst besser aus als Richard und Julia zusammen.«

»Merkst du's selbst? Du kannst ja doch charmant sein.« Sie strich mir über den Aufschlag meines Jacketts, und ich musste den Drang unterdrücken, sie auf meinen Schoß zu ziehen.

»Tom Ford ist also nicht gut genug?«

»Er ist viel *zu* gut. Du weißt doch, der Reichtum dieser Leute besteht nicht in Kapital. Sie haben Grundbesitz und Kunstwerke und Treuhandfonds … Sie sind Vermögensverwalter – sie verbringen ihre Zeit mit dem Versuch, kein Geld auszugeben. Das weißt du, du bist ja nicht dumm.«

»Genau das ist der Punkt. Ich könnte Henry nämlich zu Kapital verhelfen, wenn er mich zur Kenntnis nehmen wollte.«

»Bislang hat deine Methode nicht funktioniert, und er hat kaum Interesse daran gezeigt, über dein Angebot für sein Gebäude mit dir zu sprechen. Wenn du willst, dass er dir das Anwesen verkauft, musst du nach seinen Regeln spielen. Niemand mag Angeber.«

Ich mochte Stellas Resolutheit, schon seit dem Tag, an dem ich ihr begegnet war und sie mich rundheraus abgewiesen hatte.

Aber wenn sie noch einen Schritt weiterging, würde ich mich ernsthaft ärgern. »Ich gebe nicht an.«

»Warum hast du dann gestern gewonnen?«

»Soll das etwa heißen, ich soll mich kleinmachen, um das Ego dieser Leute zu füttern?«, fragte ich.

»Wenn es die Lösung wäre, ihrem Ego zu schmeicheln, wäre die Sache ganz einfach. Und ich kann mir nicht vorstellen, dass du verbohrt genug bist, um ihnen nicht auf Teufel heraus zu schmeicheln, wenn das nötig wäre. Du kannst unglaublich charmant und äußerst überzeugend sein. Ich verstehe nicht, warum du so stur bist, wenn es darum geht, dich auch diesen Leuten gegenüber so zu verhalten. Wenn ich es nicht besser wüsste, würde ich sagen, dass ein Teil von dir das Dawnay-Haus gar nicht haben will.«

»Du weißt, dass ich mir nichts mehr wünsche als dieses Haus.«

»Warum? Du hast jede Menge Geld. Offenbar geht es dabei um mehr als nur um finanzielle Fragen.«

Stella blickte mich abwartend an, als würde ich ihre Vermutung gleich bestätigen und ihr all meine Geheimnisse verraten.

Ich schwieg.

»Du scheinst es darauf anzulegen, diese Leute zu verärgern. Du musst sie auf deine Seite bringen, aber das weißt du, und darum verstehe ich dich nicht – warum muss es Tom Ford sein, wenn alle anderen Tweed tragen? Warum gewinnst du beim Tontaubenschießen, obwohl du dich auf dein Gespräch mit Henry konzentrieren und den Gastgeber gewinnen lassen solltest? Das ergibt alles keinen Sinn.«

»Öl und Wasser«, sagte ich. »Wir passen nicht zusammen. Sie mögen mich nicht.«

»Ich mag dich«, sagte sie.

Verstand sie denn nicht? Sie war anders als der Rest dieser Truppe. Und sie war anders als alle Frauen, denen ich je begegnet war. »Du bist nicht wie sie.«

»Dann vertrau mir und geh morgen mit mir einkaufen.«

»Nur wenn ich dich küssen darf«, konterte ich. Unser letzter Kuss war viel zu lange her.

Sie verzog den Mund zu einem halben Lächeln. »Immer willst du Geschäfte machen. Aber du verlangst etwas von mir, das ich dir liebend gern ohne jede Gegenleistung gebe. Vielleicht solltest du an deinem Verhandlungsgeschick arbeiten.«

Diese Frau war blitzgescheit.

»Tja, dann lasse ich dich vielleicht noch ein bisschen warten.«

Sie seufzte. »Schon wieder warten.«

Ich unterdrückte ein Lächeln und versuchte zu ignorieren, dass mir bei dem bloßen Gedanken, sie abzuweisen, vor Sehnsucht die Kronjuwelen schmerzten.

Ja, ich wollte das Dawnay-Haus. Aber in diesem Moment wollte ich Stella London noch mehr. Der Abend würde lang werden, und ich würde all meine Selbstbeherrschung aufbringen müssen, um sie nicht von der Cocktailparty in unser Zimmer zu zerren und ihr die Kleider vom Leib zu reißen.

22. KAPITEL

BECK

Wenn ich Stella erzählte, was ich an diesem Abend mit ihr vorhatte, würde sie zweifellos einen ihrer ultrahohen High Heels ausziehen und mich damit verprügeln. Diese Frau war wahnsinnig sexy, sie bot mir Paroli und veränderte meine Sicht auf viele Dinge, aber das Beste war, dass ich mich in ihrer Gegenwart ungezwungen und behaglich fühlte – wie zu Hause. Es war, als wäre ich mit einem Freund zusammen, nur noch besser, weil sie hinreißend aussah und ich sie wahnsinnig gern ausziehen wollte.

Geduld. Ich hatte mich an diesem Abend ziemlich ins Zeug gelegt, und allmählich ging mir die Puste aus.

Ich öffnete die Tür zu unserem Zimmer und hielt sie für Stella auf, bis sie hineingegangen war.

»Du hast mir einen Kuss versprochen«, sagte sie. »Aber jetzt ist es schon spät, und ich bin immer noch ungeküsst.«

»Ungeküsst?«, fragte ich. »Oh, das wollen wir auf keinen Fall.« Ich drehte sie zu mir herum, nahm ihr Gesicht in beide Hände und drückte meine Lippen auf ihre.

Ihre Hände strichen an den Seiten meines Hemds hinauf, und ich unterdrückte einen Schauer. Wann hatte eine schlichte Berührung in angezogenem Zustand je eine solch intensive Wirkung auf mich gehabt?

Ich wollte diese Frau. *Diese* Frau. Nicht einfach Sex mit

einem hübschen Mädchen. Ich wollte Stella ausziehen, jeden Quadratzentimeter ihrer Haut kosten, bis ich sie besser kannte als mich selbst.

Ich wollte sie *verschlingen.*

Sie seufzte unter meiner Berührung, und ihre Hände umfassten meine Handgelenke. »Alles okay?«

Sie lächelte, ihre Lippen waren heiß und gerötet. »Absolut.«

»Du weißt, dass heute Nacht mehr passieren wird als nur Küssen?«

»Ach ja?«, fragte sie. »Was genau hast du vor?«

Ich schlang ihr die Arme um die Taille und zog sie fest an mich. »Nackt sein und so.«

Sie lachte. »Du Casanova!«

Der glatte Typ, der ich mal war, der Kerl, der wusste, wie man eine Frau verführt, war verschwunden. Vor Stella London hatte ich keine Ahnung gehabt, was es bedeutet, entwaffnet zu sein. Ich beugte mich vor und küsste sie auf den Hals. »Eigentlich versuche ich nur, einfach ich selbst zu sein«, antwortete ich und machte mich an den Knöpfen hinten an ihrem Kleid zu schaffen.

Ich zog sie aus bis auf Slip und BH und schob sie rückwärts auf das Bett zu. Ich musste diese Sache in den Griff bekommen, die Kontrolle über die Situation wiedererlangen. Ich beugte mich über sie, drückte ihr einen Kuss auf den weichen Bauch und atmete ihren Duft ein. In dieser Nacht würde sie mir gehören. Endlich.

Ich hakte die Daumen in ihren Slip und zog ihn ihr aus, während ich sie auf dem Bett zurückschob und mich zwischen ihre Füße kniete. Bereits bei dem Gedanken, wie sie schmecken – oder riechen – würde, begann mein Schwanz zu pulsieren.

Himmel, was passierte hier mit mir? Ich kam mir vor wie ein

Teenager, der die Unterwäscheseiten im Katalog seiner Mutter durchblätterte.

Ich küsste sie an der Stelle, an der ihre Schenkel sich vereinten, und sie stöhnte. Gut. Ich war also nicht allein. Auch sie war erregt – sie wollte es. Wollte mich.

Ich bahnte mir den Weg zu ihrem perfekten Hüftknochen, hinüber auf die andere Seite und weiter hinunter, genoss ihre warme, weiche Haut; ich musste mir Zeit lassen, obwohl ich nach ihr gierte, nach allem an ihr.

»Beck«, stöhnte sie und schob mir die Hände ins Haar. Ihre Stimme ließ meinen Körper auf eine Art vibrieren, die man vermutlich auf der Richterskala hätte ablesen können, bis die Schwingungen sich in meinen Eiern konzentrierten und mein Verlangen nach ihr mit jeder Sekunde größer werden ließen.

Ich küsste sie auf die Stelle über der Klit. »Du musst geduldig sein«, sagte ich ebenso zu mir selbst wie zu ihr.

Sie seufzte, und ich begann, sie zu lecken – langsam und unanständig, tief und immer tiefer. Ich wollte mich in ihr vergraben. Ich atmete ein, versuchte, das Grollen meines nahenden Orgasmus zu unterdrücken, und konzentrierte mich darauf, sie langsamer und intensiver zu verwöhnen. Sie hob die Hüften, und ich legte ihr eine Hand auf den heißen Bauch, die andere auf einen Schenkel, um ihr Halt zu geben.

»Sag mir, wenn du kommst«, befahl ich.

Ein Strom von Nässe benetzte meine Zunge, und Stella begann sich an meinem Mund zu reiben. »Beck!«, schrie sie.

Ich zog mich zurück. »Bist du schon so weit?«, fragte ich.

»Ja. Nein ... aber ... Oh Gott«, stöhnte sie erneut, als ich die Fingerkuppen in ihre milchweiße Haut grub, die so warm war wie ein von der Sonne verwöhntes Meer.

Für den Bruchteil einer Sekunde fragte ich mich, ob Matt es ihr je mit dem Mund gemacht hatte. Vermutlich hatte er keine Ahnung, wie er mit einer Frau umgehen musste. Ich würde Stella zeigen, dass sie ohne ihn nichts verpasste.

Erneut begann ich, ihren Körper zu erkunden, küssend, leckend und saugend schwelgte ich in ihrem Seufzen und Stöhnen, genoss die Art, wie sie die Lider zusammenkniff, als versuchte sie die Lust, die sie empfand, zu unterdrücken. Ihr Körper sah aus dieser Perspektive perfekt aus, er bestand aus sanften Linien und aus Ebenen, auf denen sich Gänsehaut zeigte. Unter meiner Zunge begann ihr Puls zu rasen und entzündete Funken der Lust in meinem Schwanz. Sie war definitiv kurz davor, und ich löste mich von ihr, um ihr ins Gesicht zu sehen.

Sie war verloren. Schwebte. Ihre Wangen waren gerötet, die Haare wie ein Fächer auf dem Bett ausgebreitet.

Nie zuvor hatte sie so schön ausgesehen.

»Nicht kommen!«, wies ich sie an.

»Ich bin fast so weit«, brachte sie mit erstickter Stimme heraus.

Dann mussten wir das eben ändern. Ich küsste sie ein letztes Mal und richtete mich auf. »Atme durch.«

Sie musterte mich verwirrt.

»Ich sagte: ›Nicht kommen‹, und das meine ich ernst.«

Mir gefiel, dass sie nicht allzu leicht zum Orgasmus kam. Wenn ich mit ihr fertig war, würde sie auf Kommando kommen.

Sie richtete sich auf und stützte sich auf die Ellbogen. »Beck, was −«

»Ich mache erst weiter, wenn du mir versprichst, nicht zu kommen, ohne es mir vorher zu sagen.«

»Ich v…verspreche es«, stammelte sie.

Erneut brachte ich mich in Stellung, blies auf ihre Klit und ließ einen Finger darum kreisen. Sie stöhnte. »Ich meine es ernst, Stella. Entspann dich und atme tief durch, sonst höre ich auf.«

»Was machst du mit mir?« Ihr Blick huschte über mein Gesicht.

»Vertrau mir, du wirst es bald wissen.«

Ihr Brustkasten hob sich, während ihre Lunge sich mit Luft füllte, und dann atmete sie aus – langsam und lange strömte ihr der Atem über die Lippen.

»Besser?«, fragte ich.

»Definiere ›besser‹.«

»Du wirst nicht sofort kommen?«

»Oh ja, wir haben eindeutig unterschiedliche Definitionen von ›besser‹.«

Ich drückte ihr einen Kuss auf den Hüftknochen, um nicht grinsen zu müssen. »Wart's ab.« Ich ließ die Finger kreisen und drückte die Zunge auf ihre Klit. Ihr Körper spannte sich an, ihr Atem ging schneller, ihre Hände ballten sich in meinem Haar zu Fäusten.

Sie war kurz davor. Schon wieder. »Stella«, knurrte ich. In Sachen Kommunikation musste sie noch einiges lernen.

Ohne weitere Aufforderung atmete sie ein weiteres Mal tief durch, und ihr Körper entspannte sich und sank tiefer in die Matratze.

»Ja, besser.« Ihre Nachgiebigkeit ließ mir das Wasser im Mund zusammenlaufen, und mein Schwanz wurde hart.

Während ich sie mit Fingern und Zunge bearbeitete, schwelgte ich in der Art, wie sie weiterhin tief durchzuatmen und sich zu entspannen versuchte, aber als ich einen dritten Finger in sie hineinschob, wölbte sie den Rücken und stieß mühsam hervor: »Ich komme!«

Ich zog mich aus ihr zurück und setzte mich auf. Ich war noch nicht so weit.

»Darauf stehst du also?«, fragte sie. Ihre Haut war gerötet, und ihre Worte kamen abgehackt, als wäre sie erschöpft. »Du quälst Frauen?«

Ich hätte Stella stundenlang auf diese Weise quälen können.

Diesmal konnte ich das Grinsen, das sie mir entlockte, nicht verbergen. »Ich spiele mit dir, ich quäle dich nicht. Und glaub mir: Wenn ich dich schließlich kommen lasse, wird es viel besser sein.« Ich stand auf, meine Erektion pulsierte vor meinem Bauch, sehnte sich verzweifelt nach der Erlösung, die ich nicht nur Stella vorenthielt.

»Die Dinge, für die man am härtesten arbeiten muss, schmecken am besten.« Ich gab ihr einen Kuss auf den Mund und ging ins Badezimmer. Ich zog mich aus und füllte Wasser in zwei Gläser.

Als ich zurückkam, richtete sie den Blick auf meinen Schwanz. »Fickst du mich jetzt?«

»Wir werden die ganze Nacht lang ficken. Aber noch bekommst du meinen Schwanz nicht. Du wirst noch ein bisschen arbeiten müssen, um mir zu beweisen, dass du bereit bist.«

Sie stöhnte, und diesmal war es kein lustvolles Stöhnen.

»Trink das. Ich will nicht, dass du dehydrierst.«

Ich erwartete, dass sie widersprechen würde, aber sie stützte sich auf dem Ellbogen ab, behielt meine Erektion im Auge und nahm mir das Glas aus der Hand.

Mein Schwanz zuckte unter ihrem prüfenden Blick, und schließlich seufzte sie und trank das Wasser in großen Schlucken, als könnte sie ihre Belohnung kaum noch erwarten.

Sie würde sie bekommen. Irgendwann.

Sie gab mir das Glas zurück und legte sich wieder hin.

»Beine auseinander«, sagte ich, ehe ich mich erneut in Stellung brachte und sie mit Fingern und Zunge zu verwöhnen begann. Ihre Hände umklammerten das Laken, aber ohne, dass ich es ihr befehlen musste, ließ sie es los und atmete aus.

Braves Mädchen.

Ich brachte sie noch dreimal an den Rand, aber sie beklagte sich nicht mehr. Tatsächlich schien sie es nun als Herausforderung zu betrachten.

Mit schweren Gliedern ließ sie sich auf die Matratze sinken, und ihr verhangener Blick verriet mir, dass sie die *Quälerei* in vollen Zügen genossen hatte.

Ich liebkoste sie intensiver, und sie versuchte ihre Schreie zu ersticken, aber ihr bebender Bauch und die gekrümmten Zehen verrieten, wie groß ihre Lust war. Endlich gab sie auf und stieß mit einem lauten Stöhnen die Luft aus. »Beck!«, schrie sie. »Ich komme!«

»Atme weiter tief, und komm für mich.«

Sie warf mir einen panischen Blick zu, als befürchtete sie, dass der Höhepunkt ihr etwas antun könnte.

»Alles ist gut«, sagte ich, als sich die Zuckungen in ihrem Körper ausbreiteten. Ich konnte fast *sehen*, wie der Orgasmus in ihr aufstieg. Ihre Brustwarzen richteten sich auf, ihr Rücken war gewölbt, und sie griff nach mir, ohne ein Wort zu sagen – aus Verlangen? Oder wollte sie sich vergewissern, dass ich noch da war?

Ich hatte keine Ahnung, aber in meinem Inneren löste der Gedanke etwas auf.

Ich schob mich an ihr hinauf, und sie schloss die Arme um meine Taille, während sie noch in ihrem Höhepunkt schwelgte.

»Alles okay?«, fragte ich, als sie wieder zu sich kam. Ich drehte mich auf die Seite, und sie folgte der Bewegung, indem sie ein Bein über meinen Oberschenkel legte.

»Ähm ... ja. Das war ... ich weiß nicht. Intensiv. Ich habe noch nie ... also ... ja, es war *intensiv*.«

Ich lachte in mich hinein. »Du hast die Quälerei also genossen.«

»Was die Quälerei betrifft, bin ich mir nicht so sicher. Die war eine Herausforderung, aber der Orgasmus … Der war die Mutter aller Höhepunkte. So etwas habe ich noch nie erlebt.«

Und genau das hatte sie verdient.

»Das war nur zum Aufwärmen.«

»Mir ist schon total warm«, sagte sie, stützte sich erneut auf den Ellbogen ab und setzte sich dann rittlings auf mich.

Sie war köstlich feucht. »Wo hast du das gelernt?«, fragte sie, während sie die Hüften vor und zurück bewegte. »Also … Ich hätte erwartet, dass du ein bisschen …«

Ich schob mir eine Hand unter den Kopf und wartete, dass sie ihre falsche Meinung von mir zum Besten gab.

»… keine Ahnung, ein bisschen egoistischer sein würdest. Und ungeduldiger.«

»Du hast eindeutig mit dem falschen Typen geschlafen.«

»Offensichtlich«, sagte sie und legte die Hände auf meine Brust. »Ich meine, bisher gab es nur Matt. Ich habe also ziemlich wenig Erfahrung.«

Himmel, ja, und obendrein befand sie sich auf der Hochzeit des einzigen Typen, mit dem sie je geschlafen hatte. Jedes Mal, wenn ich glaubte, ich hätte begriffen, wie schwer diese Woche für sie war, fand ich ein weiteres Detail heraus.

»Okay, und jetzt gibt es mich.« Sie verdiente den besten Sex, den es überhaupt gab. Und ohne es zu wollen, genoss ich die Tatsache, dass ich der Mann war, der ihr gezeigt hatte, wie gut Sex sein konnte.

Ich drehte sie auf den Rücken und nahm ein Kondom aus meiner Brieftasche, die ich auf den Nachttisch gelegt hatte. Ich wollte keinen Moment länger warten.

Je besser ich Stella kennenlernte, desto mehr wollte ich von ihr wissen. Am Anfang, als ich nach ihrem Ausraster den Tag mit ihr verbracht und zugehört hatte, wie sie alle möglichen Informationen herunterleierte, hatte ich sie nur trösten und auf dieser Hochzeit nicht allein lassen wollen. Jetzt aber wollte ich sie *kennenlernen*. Ich wollte Dinge über sie erfahren, die völlig überflüssig waren, wenn es nur darum ging, Fremden eine Beziehung vorzuspielen. Ich wollte in ihren Kopf schlüpfen. In ihren Körper. Ich wollte diese Frau *fühlen*.

»Bist du bereit?«, fragte ich, als ich meinen Schwanz an ihrer Mitte in Stellung brachte.

»Kommt drauf an. Willst du mich noch einmal quälen?«

»Nein, keine Quälerei mehr.«

»Dann bin ich mehr als bereit.« Sie fuhr sich mit den Händen über den Körper, dann spreizte sie weit die Beine. Verdammt, ich war noch nicht mal in ihr, aber das Wissen, dass sich das innerhalb weniger Sekunden ändern würde, reichte, damit mein Kiefer sich anspannte und mein Schwanz in meiner Hand zu zucken begann.

Ich drang in sie ein, gerade so weit, dass sie mich fühlen konnte.

»Oh Gott«, sagte sie und seufzte, als hätte ich ihr ein Glas kaltes Wasser gegeben, nachdem sie tagelang durch die Wüste geirrt war.

Langsam drang ich weiter in sie ein, und sie atmete tief durch, als versuchte sie ihren Orgasmus zurückzuhalten, als würde ein einziger Stoß meines Schwanzes ihr den Rest geben und sie kommen lassen. Meinem Ego gefiel das sehr.

Ich schob mich noch einen Zentimeter weiter in sie hinein, wollte so tief wie nur möglich in ihr sein, und sie wölbte den Rücken, sodass er sich vom Bett löste.

»So tief, Beck.«

Es war tief, eng und *fucking* perfekt.

Ich atmete durch, denn ich war noch nicht bereit, mich gehen zu lassen, und außerdem wollte ich, dass Stella ein weiteres Mal kam.

Genauso langsam wie zuvor zog ich mich aus ihr zurück und versuchte, mich an das Gefühl zu gewöhnen, sie um mich herum zu spüren. Ich versuchte mich auch an ihren Anblick zu gewöhnen – die Art, wie ihre Brüste wippten, wenn ich mich auf ihr bewegte, die Art, wie sie sich vor lauter Konzentration auf die Lippe biss und wie sie mich anschaute, als hätte ich den Mond vom Himmel geholt und ihn ihr geschenkt.

Ich fragte mich, ob ich im Bett mein Gegenüber je zuvor wirklich *wahrgenommen* hatte. Ich konzentrierte mich durchaus auf die Lust einer Frau – das gehörte immer zum Paket dazu. Aber im Vergleich dazu, wie ich Stella in mich aufnahm – wie sehr ich alles an ihr genießen und es meinem Gedächtnis einprägen wollte –, war es vorher immer nur eine anatomische, biologische Angelegenheit für mich gewesen. Mit ihr war es … anders, tiefer irgendwie.

Sie griff nach meinem Arm. »Alles okay?«, fragte sie und holte mich aus meinen Gedanken.

Es war mehr als okay.

Ich nickte und drang diesmal rascher in sie ein. Sie schloss die Augen, ließ ganz langsam den Atem ausströmen. Himmel, sogar die Art, wie sie atmete, war sexy.

Auch ich schloss die Augen in dem Versuch, alles um mich herum auszulöschen – ich machte meinen Geist leer, bis ich nur noch eine weite, weiße Ebene sah. Ich musste mich konzentrieren. Ich nahm einen bestimmten Rhythmus auf und versuchte, nicht so verdammt genau wahrzunehmen, wie weich und eng und vollkommen Stella London war.

»Beck«, flüsterte sie und holte mich in die Gegenwart zurück. »Es ist so gut. Warum ist es so verdammt gut?« Sie fuhr mir mit den Fingern über den Rücken, und ich konnte den Schrei, der mir tief aus den Eingeweiden in die Kehle aufstieg, nicht aufhalten.

An meinem Haaransatz bildeten sich Schweißperlen – nicht durch die körperliche, sondern durch die mentale Anstrengung, die es bedeutete, mich zurückzuhalten und nicht gleich in ihr zu kommen. Mein Schwanz war prall vor Begierde, meine Muskeln schwer vor Verlangen, und ich stieß in sie hinein, immer wieder. Ich wollte, dass es gut für sie war, aber mehr als alles andere wünschte ich mir, dass diese Gefühle, die neuen Empfindungen, die um mich herumspukten, flüsternd und fragend und neu, für immer anhalten könnten.

»Beck ... Beck ... Beck!«, flüsterte sie. Es klang unendlich aufgewühlt.

»Hey ...« Ich legte mich auf sie, sodass meine Brust die ihre berührte.

»Ich bin ganz nahe dran, und es fühlt sich so gut an. Ich glaube, ich kann es nicht mehr zurückhalten.«

Ich atmete aus, beinahe erleichtert, dass es gleich vorbei sein würde. Ich hielt es nicht mehr länger aus – ich konnte einfach nicht ertragen, wie unglaublich gut es war.

Als sie den Höhepunkt erreichte, wusste ich, dass ich meinen eigenen nicht länger zurückhalten konnte. »Psst«, flüsterte ich und küsste sie auf den Hals. »Du kannst kommen, Baby.«

Sie blinzelte träge und ließ die Hände über ihrem Kopf auf die Matratze sinken. Ich spürte, dass es begann. Der Puls unter ihrer Haut, das leise Zittern, das sich zu einem Erschauern steigerte. Sie wölbte den Rücken, und in meinem Innern legte sich ein Schalter um.

Es gab kein Zurück mehr. Ich zog mich zurück und drang ein weiteres Mal in sie ein, der Orgasmus kroch an meinem

Rückgrat hinauf, kreisend und wirbelnd, höher und immer höher, bis er in jede Zelle meines Körpers hinein explodierte.

Er zog mir jedes Gramm, jedes Molekül Energie aus den Knochen, saugte alles aus mir heraus, bis ich nur noch fühlte, wie ich kam, wie Haut auf Haut traf und alles verdammt noch mal perfekt war.

Ich ließ mich auf sie sinken, vergrub das Gesicht an ihrem Hals, und sie verstärkte den Griff um meinen Rücken, als glaubte sie, ich wollte irgendwohin gehen.

Als wäre ich dazu in der Lage gewesen.

Mir fehlte sogar die Kraft, um den Kopf zu heben.

Und selbst wenn ich sie gehabt hätte: Nirgendwo wäre ich lieber gewesen als hier bei ihr.

23. KAPITEL

STELLA

Die Scheibenwischer mussten hart arbeiten, damit wir den Weg vor uns überhaupt erkennen konnten. Die Straßen in dieser Gegend waren geradezu lächerlich schmal, aber das schien Beck, der am Steuer des gemieteten Land Rovers saß, nicht weiter zu stören.

»Meinst du, wir sollten lieber umdrehen?«, fragte ich und hielt die Papiere umklammert, die ich mitgenommen hatte.

Beck warf mir einen Blick zu, klopfte mir sanft aufs Bein und ließ seine Hand mit einer freundschaftlichen, beruhigenden Geste ein bisschen zu lange auf meinem Schenkel liegen. Bis zum vorhergehenden Abend hatte ich der Sache zwischen uns misstraut, war nicht in der Lage gewesen zu unterscheiden, was echt war und was nur vorgetäuscht. Aber diese Nacht hatte es tatsächlich gegeben, und die blauen Flecke, die Bissspuren und das permanente Summen unter meiner Haut, die vom Zusammensein mit Beck übrig geblieben waren, bewiesen es.

»Alles in Ordnung. Es ist nur Regen. Wenn es dich nervös macht, kann ich auch langsamer fahren.« Ich weiß nicht, ob es an den Worten oder an seiner Stimme lag, aber ich glaubte ihm, als er sagte, es sei alles okay. Dennoch fuhr er langsamer, ohne dass ich ihn darum bitten musste. Bei jeder Gelegenheit zeigte er mir, dass er meine Gefühle, meine Wünsche und Bedürfnisse berücksichtigte. Mit ihm zusammen zu sein war eine

Offenbarung für mich. »In ein paar Stunden soll es aufklaren, die Rückfahrt müsste also angenehmer werden. Wenigstens *fliegen* wir nicht nach Inverness. Im Heli wäre es mit der Sicht schwierig geworden.«

Auf keinen Fall wäre ich bei diesem Wetter in einen Hubschrauber gestiegen, aber glücklicherweise gab es in einem etwa zwanzig Kilometer entfernten Dorf ein Geschäft, in dem wir einen Großteil von dem bekommen würden, was wir brauchten.

Obwohl es im Grunde sinnlos war, etwas Neues zu kaufen. Und tatsächlich wollte ich vor allem herausfinden, was Beck antrieb. Er war clever. Er hatte lange genug über viel Geld verfügt, um zu wissen, wie diese Dinge funktionierten – es spielte keine Rolle, aus welcher Welt man kam, die Leute machten Geschäfte mit Menschen, die sie mochten und denen sie vertrauten. Dennoch tat Beck alles, um sich nicht einzufügen.

»Als Nächstes machen wir einen Ausflug nach Fort William«, sagte ich und betrachtete die detaillierte Straßenkarte, die man uns bei der Ankunft gegeben hatte. »Es dürfte ziemlich einfach sein, sich dafür passend anzuziehen. Da ist diese Wanderung – darauf müssen wir uns einstellen. Und dann die Jagd. Allerdings ist es zu spät, um dir einen Smoking zu besorgen ...«

»Ich habe mir einen sehr schönen Smoking mitgebracht.«

Dieser Typ stand auf Tom Ford, und wer wollte ihm das ernsthaft vorwerfen? Er sah in all seinen Sachen großartig aus, aber der alte Geldadel kaufte nun mal in der Savile Row ein. Und sie erkannten den Unterschied.

»Auch wenn ich keinen Schneider habe, der meiner Familie seit vier Generationen dient – mein Smoking kann trotzdem sitzen wie angegossen.«

»Hör auf, dich darauf zu konzentrieren, wie die Dinge sein

sollten, und finde lieber heraus, wie sie sind. Auf diese Art bekommst du viel eher, was du willst.«

Seine Fingerknöchel auf dem Lenkrad wurden weiß.

»Warum bist du so versessen darauf, dich von allen um dich herum abzuheben?«, fragte ich und legte ihm vorsichtig eine Hand aufs Bein. Becks Kommentare über Leute mit Geld ergaben nach wie vor keinen Sinn für mich, und ich war fest entschlossen, der Sache auf den Grund zu gehen. Ich wollte ihn besser kennenlernen. Ich wollte genau verstehen, was ihn antrieb. Ich hatte geglaubt, Matt zu kennen, und dann stellte sich heraus, dass ich jahrelang mit einem Fremden zusammengelebt hatte. Darum würde ich mich nicht mit dem begnügen, was Beck mir erzählte. Ich wollte tiefer graben. Nicht zuletzt deshalb, weil wir das Bett miteinander teilten.

Die Nacht zuvor war ... überraschend verlaufen. Es ließ sich nicht leugnen, dass Beck attraktiv war. Aber er war nicht mein Typ ... okay, physisch war er jederfraus Typ, aber darüber hinaus war er sehr ... nein, forsch war nicht das richtige Wort. Aber er strahlte eine Selbstsicherheit aus, die Matt immer gefehlt hatte. Matt war zwar äußerlich selbstbewusst und fühlte sich in der Welt der elitären Internate und des alten Geldadels ausgesprochen wohl, aber er besaß nicht den stählernen Kern, der Beck auszeichnete.

Und er hatte auch nicht Becks Penis.

Natürlich lag es nicht nur daran, dass ich diese Nacht niemals vergessen würde. Der Grund war das Gefühl, das er mir gab. Als wollte er anstelle von Sex vor allem mich. Bei Matt hatte ich dieses Gefühl nie gehabt. Mit Beck zusammen zu sein, war ... befreiend. Ich hörte auf, mich auf diesen Ort und die Ereignisse der Vergangenheit zu konzentrieren und landete unweigerlich in der Gegenwart. Allerdings würde Beck kein Teil meiner Zukunft sein. So sehr wir unsere Gesellschaft auch genossen, so überzeugt ich auch davon war, dass die Sache zwischen uns echt war – es gab einen Grund, warum wir zusammen in Schottland waren. Und der bestand nicht darin, dass es der Beginn einer festen Beziehung sein sollte.

Becks Mundwinkel zuckten, als er auf die regennasse, verschwimmende Straße vor uns blickte und ein Lächeln unterdrückte. Ich wusste nicht, ob es an meinen Worten oder meiner Hand lag oder ob auch er an die vergangene Nacht dachte.

Beck räusperte sich, griff nach meinem Handgelenk und legte meine Hand auf seinen Oberschenkel. »Die Wanderung wird nicht schwer sein«, sagte er. »Wir steigen nicht auf den Ben Nevis, also brauchen wir keine Stöcke und so. Ich habe eine graue Wanderhose dabei.«

Ich hätte gewettet, dass sie nagelneu war. Und ich hätte außerdem gewettet, dass sein Hintern fantastisch darin aussah. »Okay, das können wir vermutlich mit einer Nagelbürste und einer Schere in Ordnung bringen.«

»Ich habe zwar keine Ahnung, was das heißen soll, aber ich weiß mit Sicherheit, dass du meine Hose nicht aufschneiden wirst. Letztes Jahr bin ich damit auf den Scafell Pike gestiegen. Sie ist vollkommen in Ordnung.«

Das klang vielversprechend. Wenigstens würde kein Etikett an der Hose kleben, und die Beine hatten keine Knitterfalten von der Verpackung mehr. So war das eben beim Geldadel – nichts war neu. Nichts sah aus, als hätte man vor Kurzem erst Geld dafür ausgegeben. Aber Beck wusste das. Er wollte auffallen. Warum nur?

»Du bist auf den Scafell gestiegen?« Mir gefiel die Vorstellung von Beck draußen in der Wildnis, mit leicht zerzaustem Haar und einem Streifen Schlamm auf seinem perfekten Kinn. Ich hatte Beck bereits leicht verschwitzt gesehen, und es stand ihm gut.

»Ja, irgend so ein Charityding, das Dexter ausgerichtet hat.«

»Du hast also dein makelloses, teures Gym geopfert, um ins Freie zu gehen? Ich dachte, das hättest du hinter dir gelassen, als du deinen *Duke of Edinburgh* bekommen hast?«

Die Straße beschrieb einen Bogen nach rechts, und auf einmal kamen Häuser in Sicht. »Sieht aus, als wären wir auf dem richtigen Weg«, sagte er und deutete mit einem Nicken auf die Gebäude vor uns. »Und nein, ich habe kein Problem damit rauszugehen. Hatte ich nie und werde ich auch nie haben. Ich lebe zwar in der Stadt ...«

»In einem Penthouse in einer der teuersten Gegenden des Landes ... ach was, Europas.«

»Deswegen gehe ich trotzdem gern raus. Ich bin auf dem Land aufgewachsen. Und du bist diejenige, die sich seltsam benimmt, nur weil es regnet.« Er nahm meine Hand, die in seinem Schoß lag, und drückte mir wie selbstverständlich einen Kuss auf das Handgelenk. Seine Lippen auf meiner Haut hatten dieselbe Wirkung wie eine Dosis Lust, die mir direkt in die Ader injiziert wurde.

Ich entzog mich seinem Griff, denn ich wusste nicht, wie lange ich der Intensität seiner Berührung widerstehen konnte.

»Ah, das da vorn muss das Dorf sein«, sagte er. »Kannst du den Laden schon sehen, zu dem du willst?«

Ich spähte suchend nach links und rechts, während Beck die Fahrt verlangsamte. »Er ist auf der linken Straßenseite«, sagte ich.

»Bist du sicher, dass sie dort haben, was wir brauchen?«, fragte er und hielt bereits vor dem Geschäft mit den dunkelgrünen Fensterrahmen und dem cremefarbenen Schild davor an, auf dem stand: *Cameron James – Gentleman's Outfitters.* »Es sieht aus wie eine Geisterstadt.«

»Es ist nicht die Savile Row, so viel ist sicher. Und sicher ist auch, dass ich keinen Regenschirm dabeihabe.« Zwischen dem Wagen und dem Ladeneingang lagen nur ungefähr drei Meter, die bei diesem Wetter aber ausreichen würden, um klitschnass zu werden.

Beck nahm seine Jacke von der Rückbank. »Nimm die hier.«

Ehe ich ablehnen konnte, war er ausgestiegen, und anstatt auf das Geschäft zuzusteuern, umrundete er die Motorhaube und öffnete die Beifahrertür für mich.

Ich könnte mich durchaus daran gewöhnen, dass ein Mann so etwas für mich tat, aber das konnte ich ihm natürlich nicht sagen. »Ich kann mir die Tür auch selbst aufmachen. Du bist schon ganz durchnässt.«

Ich glitt vom Sitz, hielt mir seine Jacke über den Kopf und genoss es, von seinem Duft eingehüllt zu sein. »Hier«, sagte ich und versuchte, auch ihn mit der Jacke gegen den Regen zu schützen.

Er ignorierte es, nahm mich bei der Hand und zog mich mit sich.

Die Glocke klingelte noch, als wir die Tür hinter uns schlossen und Tropfen von unserer Kleidung auf die Matte im Eingang fielen.

Ich blickte zu Beck auf und fühlte mich, als stürzte mein Magen von einer kilometerhohen Klippe ins Meer. Ich fragte mich, ob ich jemals wieder auftauchen und Luft holen würde. Der Regen unterstrich seine Schönheit noch zusätzlich. Sein Gesicht war voller Wasserspritzer, und seine Haare durch die Nässe so glatt, als wäre er gerade aus der Dusche gestiegen. »Du bist …«, setzte ich an und strich ihm mit den Fingerkuppen über die Brauen. Träge schloss er die Lider.

Hinter uns räusperte sich ein Mann. »Kann ich Ihnen helfen?«

Beck rieb sich mit beiden Händen übers Gesicht und strich sich das Haar zurück.

»Ja, wir brauchen etwas zum Anziehen für Beck, wenn er auf die Jagd geht.«

»Sehr wohl. Mein Name ist Angus. Bitte folgen Sie mir.«

Von außen betrachtet wirkte der Laden winzig, aber nach hinten hinaus schien er nicht enden zu wollen. Wir waren die einzigen Kunden, doch der Verkaufsraum war so gut mit Ware bestückt, als rechneten sie jeden Moment mit einem Ansturm von Kunden. Vom Boden bis zu der zugegebenermaßen niedrigen Decke reichten die eingebauten Schränke aus altem Eichenholz und die Regale, die vollgestopft waren mit Schuhen, Hemden, Jacken, Wanderstöcken, Stiefeln, Mänteln, Hosen, Kilts, Gummistiefeln und Feldstechern. Hier und da stand eine einzelne Vitrine, in der Socken, Krawatten oder Halstücher zur Schau gestellt wurden. Es war, als wäre der Laden auf dem Luftweg aus der Savile Row direkt in die schottischen Highlands verfrachtet worden. Hier würden wir bestimmt alles finden, was wir suchten.

»Miss, wenn Sie sich setzen möchten, bitte sehr.« Angus zeigt auf einen kleinen roten Samtstuhl mit geknöpfter Rückenlehne neben einem Schrank voller blauer Krawatten mit unterschiedlichen Mustern. »Sir, wenn Sie in die Umkleide gehen möchten, die ist da vorn.« Angus deutete mit einem Kopfnicken auf eine Eichentür direkt neben mir. »Ich werde Ihnen einige Stücke bringen«, sagte er und huschte bereits davon.

»Wie bitte? Will er meine Größe nicht wissen oder mich fragen, was mir gefällt?«

»Was meinst du, wie alt der Mann ist? Ungefähr sechzig? Ich schätze, er macht diesen Job seit ungefähr fünfundvierzig Jahren. Er kennt deine Größe, seit du hereingekommen bist, und was du willst, weiß er besser als du selbst.«

»Was ich will, ist Henrys Unterschrift auf den Papieren.«

»Genau.«

Beck seufzte, dann verzog sich sein Mund zu einem Grinsen. »Willst du reinkommen und ein bisschen knutschen, bevor Angus zurückkommt?«

Ich lachte. Genau das wollte ich tun. Aber ehe ich antworten konnte, tauchte der Verkäufer schon wieder auf, den Arm voller Tweed, und scheuchte Beck zurück in den Anproberaum.

»So eine modische Passform hätte ich gar nicht erwartet«, sagte Beck, als er in einem dreiteiligen dunkelgrünen Tweedanzug herauskam.

»Ja«, sagte Angus, der offenbar Gedanken lesen konnte. »Es ist eine traditionelle Marke, die manche Modelle gern mit einer modische Note versieht. Wenn ich das so sagen darf: Der Anzug passt Ihnen wie maßgeschneidert.«

Angus hatte recht. Das Jackett schmiegte sich perfekt an Becks Schultern, und das dunkle Grün betonte die Farbe seiner Augen.

»Was meinst du, brauche ich auch eine Krawatte?«, fragte Beck, während er das Jackett aufknöpfte und die Weste zur Schau stellte.

»Nicht alle werden formell gekleidet sein, aber Henry schon«, sagte ich und versuchte, mich nicht darauf zu konzentrieren, wie verdammt gut dieser Kerl in Tweed aussah. Wie war das nur möglich?

»Und die Farbe ist genau richtig für die Moorhuhnjagd«, sagte Angus.

»Dann nehmen wir ihn«, sagte Beck. »Was noch?«

»Ich habe eine Liste gemacht«, sagte ich und holte den Notizblock und den Stift heraus, die ich aus dem Hotel mitgenommen hatte. »Wir brauchen Stiefel für die Jagd und eine wasserdichte Jacke. Ich würde sagen, eine Moleskin-Jeans für den Ausflug nach Fort William. Vielleicht ein lässiges Tweedjackett und eine Mütze?« Ich wusste nicht, ob ich Beck überreden konnte, eine aufzusetzen, aber einen Versuch war es wert.

»Die Mütze können Sie vergessen«, sagte Beck zu Angus. »Aber der Rest ist in Ordnung.«

Angus eilte davon, und Beck drehte sich zu mir. »Ich bin nicht der Typ für Mützen.«

»Bis vor fünf Minuten hast du auch geglaubt, kein Typ für Tweed zu sein.« Er verdrehte die Augen.

»Wenn ich dich etwas frage, gibst du mir dann eine ehrliche Antwort?«, fragte ich.

Er runzelte die Stirn. »Ich habe dich noch nie angelogen.«

Beck hatte recht. Er hatte mir nie Grund gegeben, an seinen Worten zu zweifeln, aber im Augenblick zweifelte ich einfach an allem.

»Warum ist dir das Dawnay-Haus so wichtig?«, fragte ich. »Du bist ein reicher Mann. Dir gehört der Rest des Häuserblocks. Du kannst auch ohne dieses Anwesen viel Geld verdienen.« Er trat vor, um nachzusehen, ob Angus bereits zurückkehrte, und ich hatte das Gefühl, dass ihm die Unterbrechung gelegen kam. Aber zu meinem Glück war Angus noch damit beschäftigt, Becks neue Garderobe zusammenzustellen. »Du gibst dir wirklich viel Mühe«, fuhr ich fort. »Es scheint fast, als wäre es etwas Persönliches.«

Beck atmete tief durch, als wäre er kurz davor, zu kapitulieren. »Vielleicht ist es genau das.«

Ich schwieg, denn er sollte weiterreden. Ich wollte mehr wissen. Ich wollte *alles* über diesen Mann wissen.

»Meine Mutter hat früher in dem Haus gewohnt. Als sie mit mir schwanger war.«

Ich hatte gewusst, dass es bei dem Gebäude um mehr ging als um Immobilienbesitz, aber diese große Empfindsamkeit überraschte mich. »Du willst es um der guten alten Zeit willen kaufen?«, fragte ich.

»Wohl kaum. Meine Mutter wurde noch vor meiner Geburt zum Ausziehen aufgefordert, und sie wusste nicht, wohin. Sie hat mir die Geschichte erzählt, als ich sechzehn war. Seitdem bin ich auf dieses Haus fixiert.«

So wie er es sagte, klang es absolut einleuchtend.

»Weil sie zum Ausziehen gezwungen wurde?«

Er nickte und machte sich an der Auslage blauer Krawatten neben mir zu schaffen. »Henry hat das Gebäude von seinem Cousin geerbt, Patrick Dawnay.« Er zögerte. »Mein leiblicher Vater.«

Mir lief ein kalter Schauer über den Rücken.

Er hatte von seinem Dad gesprochen – ein Mann, den er seiner Beschreibung nach zu urteilen eindeutig liebte. »Ich dachte, dein Vater wäre …«

»Ich habe Patrick Dawnay nie kennengelernt. Mein Dad hat mich aufgezogen, und er ist der einzige Mann, den ich als Vater betrachte. Patrick Dawnay hat meine Mutter geschwängert und sie dann weggeworfen wie ein überflüssiges Spielzeug. Sie war seine Geliebte, darum hat er ihr eine Wohnung in dem Haus verschafft. Aber als sie schwanger wurde, bekam sie einen Brief von seinem Anwalt mit der Aufforderung, die Wohnung zu räumen. Und dazu Geld für eine Abtreibung.«

Es lief mir kalt den Rücken hinunter, und ich unterdrückte ein Schaudern.

Endlich ergab alles Sinn.

Seine Besessenheit von dem Dawnay-Haus.

Seine Entschlossenheit, anders zu sein als die Angehörigen des alten Geldadels. Er *wollte* nicht zu ihnen passen. Er wollte nicht sein wie der Mann, der seiner Mutter so etwas angetan hatte.

Ich stand auf, ging auf ihn zu und schlang ihm die Arme um die Taille. Er trat zurück, entzog sich mir.

»Hab bloß kein Mitleid mit mir.«

Ich blickte zu ihm auf. »Mit dir nicht, aber mit deiner Mutter. So etwas verdient kein Mensch.«

Er nickte, und diesmal ließ er es geschehen, als ich ihn umarmte und den Kopf an seine Brust legte.

»Das Dawnay-Haus wird es nicht mehr geben, wenn ich mit ihm fertig bin.«

»Wenn *wir* mit ihm fertig sind«, korrigierte ich.

»Musst du immer das letzte Wort haben?«, fragte er.

»Mehr oder weniger. Und ich bin noch nicht fertig. Die Klamotten allein sind nicht genug – sie sorgen nur dafür, dass du unauffällig bist. Du musst deine Vorgehensweise ändern. Du sabotierst dich selbst.«

Er seufzte. »Ich weiß. Ich lasse zu, dass mir diese Leute unter die Haut gehen. Wenn ich mit einem von ihnen rede, möchte ich ihn immer fragen, wann er zuletzt einen ganzen Tag gearbeitet hat.«

»Du wärst überrascht«, sagte ich. »Kennst du Matts Onkel Richard?«

»Nope.«

»Er muss nicht arbeiten – sein Familienfonds ist riesig –, aber er ist pädiatrischer Neurochirurg. Er arbeitet in Vollzeit als Kassenarzt und nimmt keine Privatpatienten an.« Wenn ich ihm sagte, dass Richard sich an seinen freien Tagen gern um komplizierte Fälle aus dem Ausland kümmerte, würde Beck vermutlich glauben, dass ich mir das nur ausgedacht hatte.

Er nickte nur, und ich wusste, was er dachte: Ausnahmen gab es immer, aber Menschen waren eben Menschen, egal, ob arm oder reich. Manche waren nett und manche waren Arschlöcher.

»Und Nancy Meadows, die ich dir bei Gelegenheit vorstellen werde, arbeitet sieben Tage die Woche, indem sie Geld für einen karitativen Zweck nach dem anderen sammelt. Diese Frau macht nie Urlaub. Letztes Jahr hat sie dreizehn Millionen Pfund für ein Obdachlosenprojekt eingeworben. Nicht jeder, der in eine reiche Familie hineingeboren wird, ist wertlos. Und nicht jeder, der es aus eigener Kraft geschafft hat, ist ein anständiger Mensch.«

»Ich weiß, ich meine nur – «

»Du wirst Henry mögen. Er ist wirklich ein feiner Kerl. Gib ihm eine Chance, es dir zu beweisen.«

»Ich *brauche* dieses Gebäude«, erwiderte Beck.

»Dann weißt du, was du zu tun hast. Du musst charmant und freundlich sein und Henry dazu bringen, dass er dir aus der Hand frisst. Sobald du mit ihm in Kontakt trittst, wirst du ihn mögen – und seine Meinung respektieren. Das schwöre ich dir.«

Er nickte. »Ich muss mich auf das Ziel konzentrieren, anstatt immer auf die Ungerechtigkeiten zu starren ...«

»Ja. Behalte dein Ziel ruhig im Auge, aber vielleicht ist es gar nicht so schlimm, wenn du diesen Menschen eine Chance gibst.«

Er gab mir einen Kuss auf die Stirn. »Ich weiß nicht, was ich ohne dich tun würde.«

Ich schloss die Augen, dankbar, dass er mich brauchte, weil ich ihn nämlich ebenso brauchte. Ohne Beck hätte ich noch immer einem Mann nachgeweint, der meine Tränen nicht verdiente, aber jetzt konzentrierte ich mich auf die Zukunft. Auf das Dawnay-Haus und das Projekt in Mayfair. Wir würden Henry dazu bringen, Beck das Haus zu überschreiben, und dann würden wir es bis auf die Grundmauern abreißen – und wiederaufbauen.

24. KAPITEL

BECK

Hoffentlich wusste Stella noch, dass meine Rolle die von Julia Roberts in *Pretty Woman* war und nicht die von Steve McQueen in *Gesprengte Ketten*. Wir hatten bei *Boots* angehalten, um eine Nagelfeile und einen Bimsstein zu kaufen, weil das auf Stellas Liste stand, und am Hoteleingang hatte sie ein wenig Erde aus dem Blumenbeet geholt und sie in eine kleine Plastiktüte gefüllt, die sie aus ihrer Handtasche gezogen hatte.

»Ich verstehe immer noch nicht, was los ist«, sagte ich, als wir zurück in unserem Zimmer waren und ich Platz genommen hatte. Stella legte alles, was wir gekauft hatten, auf das Bett.

»Ich zeige es dir. Kannst du mir bitte die Schere aus der Kosmetiktasche im Bad holen?«

Mir würde nichts anderes übrig bleiben, als Stella bei Laune zu halten. Als ich das Licht im Badezimmer einschaltete, schossen mir Bilder aus der Nacht zuvor durch den Kopf. Stellas Haut war so glatt, dass ich mit der Zunge über Eiswürfel aus Gin zu gleiten glaubte. Meine Hände hatten sich perfekt um ihre Hüften geschlossen. Und sie roch so gut.

Aber Sex war Sex. Es kam selten vor, dass ich ihn nicht genoss, aber mit Stella war er außergewöhnlich gewesen. Noch überraschender war, wie verführerisch ich ihre absolute Konzentration auf die Mission dieses Tages fand. Und die Art, wie sie mich gehalten hatte, als ich ihr beichtete, welche Bedeutung Dawnays Haus für mich hatte – es war tröstlich gewesen … nein, mehr als das, es hatte uns irgendwie miteinander verbunden. Niemand außer ihr wusste, warum ich dieses Haus unbedingt besitzen wollte. Es war einfach aus mir herausgeplatzt. Ich konnte nicht anders.

Ich hatte immer behauptet, dass ich meine Beziehungen zu Frauen gern oberflächlich hielt, aber bei Stella konnte ich nicht anders, als mich tiefer auf sie einzulassen. Mit jedem Schritt vorwärts lief es besser zwischen uns; es fühlte sich richtiger an, so als hätte ich auf diese Frau gewartet und als ergäbe in ihrer Gegenwart alles in meinem Leben mehr Sinn.

Sie kniete neben dem Bett, als ich ihr die Schere reichte, konzentrierte sich auf das Futter des Jacketts, das zu dem fünftausend Pfund teuren Anzug gehörte, den ich gerade gekauft hatte und nur ein einziges Mal tragen würde. Sie zerschnitt den Faden des Futters und machte ein etwa drei Zentimeter langes Loch in den Saum.

»Ist das deine Art von passiv-aggressiv, dass du mich Sachen kaufen lässt und sie dann zerstörst, aus Zorn darüber, dass ich es dir nicht lange genug mit dem Mund besorgt habe oder so?«, fragte ich.

Sie hielt in ihrer Tätigkeit inne und blickte zu mir auf. »Mit was für Frauen gehst du denn aus?« Ihre Miene verriet zum Teil Entsetzen, zum Teil Mitleid. »Und du hast es mir sehr oft mit dem Mund besorgt. Oder hast du meine neunzehn Orgasmen nicht mitbekommen?«

Stella hatte mich für ihren Höhepunkt arbeiten lassen, was bedeutete, dass ich ihn umso mehr zu schätzen wusste, als ich ihn ihr endlich entlockt hatte. Und mein eigener war dadurch umso stärker gewesen. »Ich versuche es gern noch mal, falls du findest, dass es nicht lange genug war. Ich will dich ja nicht enttäuschen.«

Sie grinste, schüttelte aber den Kopf, als wäre ich ein unverbesserlicher Fünfzehnjähriger, der besessen ist von der besten Freundin seiner großen Schwester.

»Wir müssen uns konzentrieren. Du brauchst diese Unterschrift von Henry. Und danach …« Schulterzuckend fuhr sie fort: »Komm, nehmen wir die Hose und setzen uns drauf. Sie darf nicht zu neu aussehen.« Sie griff nach dem Bimsstein und fing an, damit über die Schulternaht des Jacketts zu reiben.

»Weißt du, allmählich fange ich an, dich für leicht durchgeknallt zu halten.«

»Es muss alles getragen aussehen und nicht, als hätten wir es erst vor anderthalb Stunden gekauft.«

»Du meinst, es soll aussehen, als hätte mein Großvater die Hose getragen und als wäre ich so verdammt geizig, dass ich seinen Kleiderschrank geplündert habe.« Ich streifte meine Schuhe ab.

»Immer schön aufgeschlossen bleiben, denk dran.« Sie blickte mich mit einem derart warmen Lächeln an, dass ich die Wärme bis in die Knochen spürte.

Ich setzte mich neben sie auf den Boden und griff nach dem Bimsstein. »Also, jetzt weißt du, warum ich Dawnays Haus unbedingt haben will. Und warum willst du den Architektenjob so dringend, dass du dir ansiehst, wie dein Ex deine beste Freundin heiratet?«

Sie atmete hörbar durch. »Solltest du mich nicht lieber ermutigen, anstatt mich zu fragen, warum ich so eine Irre bin?«

Ich zuckte mit den Schultern. »Du bist jetzt hier, wofür ich dir sehr dankbar bin. Aber ich glaube, wenn ich an deiner Stelle wäre, hätten mich keine zehn Pferde hierhergebracht.«

Sie blinzelte und schloss die Augen eine Sekunde länger als

normal, so als versuchte sie, eine Erinnerung aus ihrem Gedächtnis zu löschen. »Paradoxerweise ist die Gestaltung deines Mayfair-Projekts eine Gelegenheit, nach allem, was passiert ist, wieder einen Schritt nach vorn zu machen. Ich hasse meinen Job, aber ich kann ihn erst aufgeben, wenn ich einen anderen habe. Ich hatte in Manchester ein erfolgreiches Büro für Innenarchitektur, aber dann bekam Matt das Jobangebot in London, und wir sind umgezogen. Ich hatte gerade angefangen, mir etwas Neues aufzubauen, aber als er … gegangen ist, konnte ich nur zwei kleine Jobs an Land ziehen. Ich hatte mich noch nicht richtig niedergelassen und musste bereits eine Hypothek bezahlen – London ist teuer.«

»Er hat dich mit einer Hypothek sitzenlassen?«

»Ich habe ihn rausgeworfen, ohne mir klarzumachen, wie teuer die Wohnung tatsächlich ist.«

»Dann hätte er anständig sein und weiterhin seinen Anteil übernehmen sollen.« Bei dem Gedanken, dass Matt glaubte, er könne Stella einfach fallen und sie den Scherbenhaufen selbst beseitigen lassen, biss ich die Zähne zusammen.

»Es war meine Schuld. Ich habe es nicht gründlich durchdacht.« Immer übernahm sie für jedes Problem die Verantwortung, als wäre es allein ihr eigenes.

»Du hättest von ihm verlangen sollen, dass er seinen Teil beiträgt.«

»Das konnte ich nicht. Er wohnte nicht mehr dort.«

»Aber du hast deine Firma aufgegeben und bist für ihn in eine fremde Stadt gezogen.« Stella schien die Ungerechtigkeit nicht zu sehen, die in meinen Augen so offensichtlich war.

»Ich habe es auch für mich getan. Ich wollte, dass wir zusammenleben, und London liebe ich sowieso. Dort wollte ich immer schon leben.«

Während sie sprach, blickte sie mich kein einziges Mal an.

Ich hätte ihr gern gesagt, wie leid mir das alles tat, aber ich wusste, dass sie mein Mitleid nicht wollte. »Du bist gut im Geben, aber weniger im Nehmen«, sagte ich.

Ideen, was ich für sie tun könnte, schossen mir durch den Kopf. Vielleicht konnte ich ihr etwas kaufen, ihre Hypothek abzahlen oder etwas in der Art. Es ging nicht darum, dass Stella unfähig war, selbst auf sich aufzupassen, sondern darum, dass sie eine Frau war, die es verdiente, verwöhnt zu werden.

Jemand musste diesem Matt mal klarmachen, dass Frauen wie Stella nicht an jeder Straßenecke zu finden waren. Sie hatte Opfer gebracht, um ihn glücklich zu machen. Zum Wohl ihrer Beziehung, für eine gemeinsame Zukunft, hatte sie eine Menge aufgegeben. Sie war Teil eines Teams gewesen, wohingegen er nur an sich selbst gedacht hatte.

»Solange Henry auf der gepunkteten Linie unterschreibt, wird dieses Projekt in Mayfair für mich die Wende bedeuten. Ich habe bereits angefangen, nach Lieferanten zu suchen.«

Obwohl es mich nervös machte, dass sie das Projekt übernehmen würde, wünschte ich mir, dass sie ihre Sache gut machte und sich eine bessere Zukunft aufbauen konnte. »Vielleicht kann ich dich mit einigen Leuten in Kontakt bringen.«

Sie blickte mich unter ihren Wimpern hervor an. »Das würdest du tun?«

Verstand sie denn nicht? Es gab nur wenig, was ich nicht für sie tun würde.

»Das ist kein Problem. Und ich glaube, ich habe mich noch gar nicht bei dir dafür bedankt, dass du hierhergekommen bist und all diese Dinge tust.«

»Schließlich bekomme ich dafür etwas zurück.«

War es das? Ein schlichter Austausch? Vielleicht maß ich ihren Handlungen zu große Bedeutung bei, aber ich hatte das Gefühl, dass wir ein Team waren. Dass sie in diesem Hotel auf dem Fußboden saß, die Arme in ein Meer aus Tweed versenkt, weil sie mir helfen *wollte*.

»Das Dawnay-Haus wird der Durchbruch für uns beide sein«, sagte sie.

»Einverstanden. Aber können wir aufhören, es als Dawnay-Haus zu bezeichnen?«, fragte ich.

»Wie willst du es nennen? Das Wilde-Haus?«

»Das ganze Projekt wird *One Park Street* heißen.«

Ich musste das Gebäude nicht nach mir selbst benennen. Ich wollte nur sein Vermächtnis auslöschen. Und gleichzeitig ein neues für mich selbst erschaffen. Und für Stella.

25. KAPITEL

STELLA

Da saß ein heißer und halb nackter Mann in meinem Zimmer, aber das Programm sah vor, dass *ich* diejenige sein sollte, die halb nackt inmitten eines Haufens von Frauen saß.

Es gab nichts Besseres als einen Tag im Spa.

Normalerweise.

Aber in diesem Fall musste ich nicht nur auf Becks Gesellschaft verzichten, sondern riskierte außerdem, mit Karen sprechen zu müssen.

»Stella«, rief sie, sobald ich den Ruheraum betrat – ein abgedunkelter Bereich, nur von Kerzen erleuchtet, die von den goldenen Wänden reflektiert wurden. Walgesang spielte im Hintergrund, und um ein Arrangement aus Steinen und Kristallen waren Liegestühle angeordnet. »Hier ist noch ein freier Platz.«

Klar, natürlich musste sie die Erste sein, auf die ich traf.

Bevor sie mit meinem Freund durchgebrannt war, hätte ich angenommen, dass sie mir den Platz aus Nettigkeit anbot, aber jetzt konnte ich mir nicht mehr vorstellen, dass sie überhaupt fähig war, etwas Nettes für einen anderen Menschen zu tun. Vielleicht wollte sie vor den anderen eine Show abziehen, oder sie war auf diese Art zufriedener mit sich selbst. Wie dem auch sei, ich würde ihr die Genugtuung nicht gönnen, eine Szene zu machen, indem ich ihr Angebot ablehnte.

Wenigstens lag Florence auf der anderen Seite neben mir.

»Ich habe gerade zu Florence gesagt, dass ich dich bisher kaum zu Gesicht bekommen habe«, sagte Karen und klopfte auf die Liege neben ihrer. »Ich will alles über deinen neuen Mann wissen.«

Anstelle der Panik, die mich normalerweise überkam, wenn ich über meinen gefakten Freund sprechen sollte, musste ich nun ein Grinsen unterdrücken. Inzwischen war Beck zumindest mein *echter* Liebhaber. »Was willst du wissen?«, fragte ich.

»Ist es ernst? Und wie ist er so?«, fragte sie.

»Nach allem, was ich bisher gesehen habe«, meldete sich Florence zu Wort, »ist er charmant, großzügig, lustig und völlig verrückt nach Stella.«

Meine Freundin Florence war höchstwahrscheinlich der beste Mensch auf dieser Welt. Sie wusste, dass ich als Lügnerin nicht zu gebrauchen war. Aber zum ersten Mal seit langer Zeit verspürte ich kein Bedürfnis nach Schutz. »Du hast gar nichts gesehen, solange du ihn nicht nackt gesehen hast«, fügte ich hinzu.

Florences Augen weiteten sich, und ich nickte.

»Wie gemacht, um dich zu vögeln«, sagte sie, und ich grinste. »Weißt du was? Bei so einem Mann würde ich vermutlich gar nicht mehr aus dem Schlafzimmer kommen.«

»Ich brauche ein wenig Erholung«, sagte ich, und das stimmte. Nach unserer ersten gemeinsamen Nacht brauchte ich etwas gedanklichen Abstand, um die Gefühle zu verarbeiten, die er in mir geweckt hatte. Jeder Muskel, jeder Knochen tat mir weh. Und ich wusste nicht, ob es an den Dingen lag, die wir getan hatten, oder an meinem Verlangen, jedes einzelne davon zu wiederholen.

»Dann ist es also nur Gelegenheitssex?«, fragte Karen.

Nichts von dem, was ich gesagt hatte, legte diese Vermutung

nahe. »Das habe ich nicht gesagt.« Ich nahm eine Illustrierte von dem Stapel auf dem Tisch zwischen Florence und mir.

»Aber so ernst kann es ja wohl noch nicht sein«, fuhr Karen fort. »Schließlich seid ihr erst seit ein paar Monaten zusammen.«

Dass ich an dieser Hochzeit teilnahm, war in vielerlei Hinsicht unglaublich, aber Beck hatte recht – auch, dass ich Karen und Matt nie zur Rede gestellt hatte, gehörte zu den Dingen, die im Grunde nicht zu fassen waren. Vielleicht glaubten sie, sie könnten mich auf so elementare Weise betrügen und dann so tun, als wäre alles in bester Ordnung, weil ich nicht der Typ war, der seinen Mitmenschen die Stirn bot – ich war so sehr auf das Wohlbefinden anderer bedacht, dass alle glücklich sein und sich glänzend verstehen sollten.

Ich hatte viel zu lange auf mir herumtrampeln lassen.

»Wen interessiert schon, ob es eine feste Beziehung ist oder nicht?«, fiel Florence ihr ins Wort. »Beck ist dermaßen scharf, dass ich einfach nehmen würde, was ich kriegen kann.«

»Ja«, sagte Karen. »Er sieht nicht aus wie die Sorte Mann, die heiratet.«

»Tja, einer, der heiraten will, muss nicht unbedingt der Beste sein«, gab ich zurück, während ich die Illustrierte durchblätterte, ohne den Inhalt zu registrieren. Karen sollte aufhören, über die Liebe meines Lebens zu lästern, als wäre nicht sie diejenige, die mir den Freund ausgespannt hatte. Natürlich war Matt bereit gewesen, sich ausspannen zu lassen, aber trotzdem – ein bisschen Schamgefühl hätte sie haben sollen. »Noch vor wenigen Monaten war ich mit jemandem zusammen, von dem ich geglaubt hatte, er würde mich heiraten – und sieh nur, was die Sache für ein Ende genommen hat.« Ich legte die Illustrierte auf den Tisch zurück und drehte mich zu Karen. Der Puls pochte mir in den Ohren, während ich all meinen Mut zusammennahm. »Ich war sieben Jahre lang mit Matt zusammen, und nun heiratet er dich. Vielleicht will ich ja gar keinen Mann, der vorgibt, mich heiraten zu wollen, am Ende aber meine beste Freundin vor den Traualtar führt.«

Ich konnte beinahe hören, wie Florence hinter mir die Kinnlade herunterfiel, während ich durchatmete und meine Schultern, die ich auf Ohrhöhe hochgezogen hatte, sich senkten.

All das hatte ich, zu einem festen Ball zusammengedrückt, in mir zurückgehalten, und jetzt, wo ich ihn ausgespuckt hatte, fühlte ich mich innerlich wieder frei.

Karen blinzelte wütend. »Wenn du das so siehst, weiß ich nicht, warum du die Einladung angenommen hast.«

»Wie sehe ich es denn? Als Verletzung? Betrug? Zerstörung?« Hatte sie tatsächlich geglaubt, dass es mir nichts ausmachen würde? »Angesichts dessen, was du getan hast, weiß ich nicht, warum du mich eingeladen hast«, gab ich zurück.

»Ich dachte, du würdest dich für uns freuen. Schließlich habt ihr beiden nicht mehr zusammengelebt.«

Ich schnaubte. Ihr Mangel an Empathie haute mich beinahe um. Ich hatte versucht, einen Grund für das zu finden, was vorgefallen war, nach dem Motto: Hätte ich nur nicht auf dem blauen Sessel bestanden oder mich geweigert, nach London zu ziehen, aber jetzt war es offensichtlich: Nichts davon war meine Schuld.

Der Elefant, der mir auf der Brust saß, seitdem ich die Einladung bekommen hatte, war abgestiegen, um seinen Hinten anderswo zu parken. »Wenn das die Wahrheit wäre, hättest du den Anstand besessen, mir ins Gesicht zu sagen, dass du meinen Freund heiraten wirst. Ich hätte es nicht erst erfahren, als ich die Einladung gelesen habe.« Karen hatte nicht geglaubt, dass ich mich für sie freuen würde; es war ihr schlicht und einfach egal.

»Niemand kann etwas dafür, wenn er sich verliebt. Ich dachte, das würdest du verstehen.«

Sie glaubte, dass ich es verstehen würde, weil ich immer für alles Verständnis gezeigt hatte. Ich hatte ihr selbstsüchtiges Verhalten immer entschuldigt, ihr Glück ständig über mein eigenes gestellt – so, wie ich es bei jedem Menschen tat. Und jetzt hatte ich die Nase voll.

»Ich habe ihn sieben Jahre lang geliebt, hast du das vergessen?«, fragte ich. Nach all den Jahren verblüfften mich die Gründe, die Karen anführte, noch immer. War es möglich, dass sie einander wirklich liebten?

Wie dem auch sei, ich musste nicht so tun, als freute ich mich für die beiden.

Aus geweiteten Augen und mit offen stehendem Mund starrte sie mich an, als wüsste sie nicht, ob sie weglaufen oder mich anschreien sollte.

»War es das wert? Bist du jetzt glücklich?«, fragte ich und wollte es tatsächlich wissen. Würde es sie erfüllen, dass sie meinen Ex-Freund geheiratet hatte? Ging es ihr gut mit dem Verlust einer Freundschaft, die seit ihrem fünften Lebensjahr bestanden hatte?

»Natürlich«, sagte sie, und ich konnte beinahe sehen, wie sich ihre Nackenhaare sträubten. Sie blickte auf die Uhr. »Ich glaube, sie haben mich vergessen. Ich gehe mal nachsehen, woran die Verspätung liegt.«

»Unbedingt«, stimmte ich zu. »Die zukünftige Braut darf man auf keinen Fall warten lassen.«

Meine Glieder entspannten sich, als hätte ich die Massage bereits hinter mir. Ich hatte immer geglaubt, Konfrontationen würden zu Ärger und Frustration führen, aber Karen zu sagen, wie ich mich fühlte, hatte mir eine Art von innerem Frieden gebracht.

»Gut gemacht!«, flüsterte Florence, während wir Karen zur Tür hinausgehen sahen. »Ich warte schon seit Jahren darauf, dass du ihr die Stirn bietest. Nicht zu fassen, dass sie geglaubt hat, du würdest dich für sie freuen!«

»Da kannst du mal sehen, was für ein bequemer Fußabtreter ich immer war«, sagte ich.

»Das sagt zwar viel mehr über sie als über dich aus, aber die neue Stella gefällt mir. Hat dich die Zeit mit Beck mutig gemacht?«

»Ich weiß nicht, ob mutig das richtige Wort ist.« Das Zusammensein mit Beck hatte mir keinen Mut eingeflößt, aber es hatte mir ein bisschen Abstand und eine neue Perspektive ermöglicht, jenseits von Drama und Katastrophe. Beck war ein Außenstehender, der nichts zu verlieren hatte. Florence hatte mich seit Jahren immer wieder aufgefordert, mich gegen Karen zu wehren, aber ich hatte mich erst mit Becks Augen sehen müssen, um mein Verhalten ändern zu können.

»Wenn Beck dir keinen Mut einflößt, was für ein Gefühl gibt er dir dann?« Florence grinste so breit, dass ich nicht anders konnte, als zurückzulächeln – wegen Beck, aber auch, weil ich eine Freundin wie Florence hatte, der mein Glück tatsächlich am Herzen lag. Freunde wie sie waren seltener, als ich immer geglaubt hatte.

»Als hätte ich mehr Platz zum Atmen«, antwortete ich. »Er ist … also, es hat nichts zu bedeuten … wir stecken hier zusammen fest, und es ist … einfach bequem. Aber ich bin sechsundzwanzig und hatte noch nie eine kurze Affäre, also ist er vermutlich die Urlaubsliebe, die ich nie hatte.«

»Das ist längst überfällig. Und man kann nie wissen, schließlich heißt er nicht Marco Russo und muss in ein paar Monaten nach Italien zurück.«

Ich lachte. Marco Russo – warum erinnerte sich Florence

an den italienischen Referendar, den wir mit vierzehn hatten? Alle Mädchen der Schule waren total abgelenkt von seinem südländischen Aussehen und blieben bei den Abschlussprüfungen hinter den Erwartungen zurück. »Damals wolltest du nach dem Abschluss unbedingt nach Italien gehen.«

»Dabei konnte er sich am Ende des Schuljahrs nicht mal an unsere Namen erinnern.«

»Allerdings. Er hat sie sich nämlich von Anfang an nicht gemerkt.«

»Einen so attraktiven Mann hatte ich noch nie gesehen«, sagte Florence. »Ich war mir sicher, wenn es mir gelang, ihn in Italien ausfindig zu machen, würde er sich in mich verlieben. Wir würden heiraten, in der Toskana leben, dort malen und für immer glücklich miteinander sein.«

Wir alle hatten kindliche Fantasien gehabt, die uns inzwischen albern vorkamen. Genauso unmöglich kam es mir nun vor, dass ich einmal geglaubt hatte, Matt würde mich eines Tages heiraten.

»Du wirkst glücklich, wenn du mit Beck zusammen bist«, sagte Florence.

Womit sie vermutlich recht hatte, aber ich würde mir auf keinen Fall einbilden, dass mehr zwischen uns lief als dieser Fake. »Sei nicht albern.« Ich warf die Illustrierte wieder auf den Tisch zwischen uns. »Beck ist ein Lückenbüßer. Er ist der Mann, der vor dem richtigen kommt. Wie die Betäubung vor der Operation oder das Appetithäppchen vor dem Hauptgang.« Die Worte schmeckten bitter, und ich fragte mich, ob ich tatsächlich so empfand. Das mit Beck fühlte sich an wie der Beginn von etwas, aber ich wollte nicht das naive Mädchen sein, das in die Falle tappte und ausgenutzt wurde – schon wieder.

Wenn Beck nicht meine Zukunft war, dann war er zumindest ein Vorgeschmack darauf – ein Wink, dass nach allem, was passiert war, doch noch etwas kommen konnte. Zum ersten Mal seit langer Zeit begann ich mich wieder zu fragen, was mich glücklich machen würde.

26. KAPITEL

BECK

Als ich aufwachte, stand mein Entschluss fest. Stella hatte recht. Ich wusste, was ich zu tun hatte. Ich musste mich auf mein Ziel konzentrieren, anstatt wie besessen an das zu denken, was diese Leute … was Henrys Cousin meiner Mutter angetan hatte.

Stella hatte mir geholfen, mich zu fokussieren. Sie brachte das Beste in mir zum Vorschein.

Meine neuen Klamotten – mit Bimsstein bearbeitet und an einigen Stellen leicht schmutzig – ließen mich wie alle anderen aussehen, und ich nickte einigen Leuten zu, während ich auf die Gruppe von Männern zusteuerte, die sich am Rand der geschwungenen Auffahrt versammelt hatte.

»Morgen«, sagte ich. »Schöner Tag, um auf die Jagd zu gehen.« Ich war solchen Leuten auch früher schon begegnet – verdammt, mit einigen Treuhandfonds-Besitzern war ich sogar gut befreundet. Stella hielt Henry für einen feinen Kerl, und obwohl es mir schwerfiel, zu glauben, dass jemand, der mit Patrick Dawnay verwandt war, anständig sein konnte, vertraute ich ihr.

Henry stand drüben beim Jagdaufseher, also machte ich mich in dieser Richtung auf den Weg.

»Heute schießen wir wilde Vögel, keine Moorhühner, die auf dem Grundstück aufgezogen wurden.« In einem hellgrünen Anzug aus Tweed, braunen Kniestrümpfen und mit einer passenden Schiebermütze auf dem Kopf tauchte Matt neben mir auf.

Aus der Entfernung betrachtet, hätte er fünfzig Jahre älter sein können, als er tatsächlich war. Bei Kopfbedeckungen war bei mir Schluss, und obwohl Stella mich in Kniehose und Gummistiefeln sehen wollte, hatte ich auf einer langen Hose und Wanderschuhen bestanden. »Bist du bereit?«, fragte Matt.

»Bereiter denn je«, antwortete ich.

Stella hatte darauf bestanden, dass ich meine Hausaufgaben machte und mich darüber informierte, was zur Moorhuhnjagd dazugehörte. Normalerweise war ich gut vorbereitet, aber in dieser Hinsicht hatte ich mich bislang geweigert, da ich diese Art zu leben ablehnte – vielleicht weil *sie* mich von Anfang an abgelehnt hatte. Patrick Dawnay hatte mich nicht gewollt, hatte meine Mutter und mich beiseitegeschoben, und darum wollte ich auf keinen Fall zu diesen Leuten gehörten. Aber wie Stella ganz richtig sagte: Wenn ich das Dawnay-Haus haben wollte, musste ich tun, was immer dazu erforderlich war.

»Gehst du gern auf die Jagd?«, fragte Matt.

»Golf ist eher mein Ding.«

»Hervorragend«, sagte er. »Vielleicht spielen wir mal eine Runde, wenn ich aus den Flitterwochen zurück bin. Die Mädels können sich zum Lunch treffen, und wir haben unsere Ruhe.«

Warum um alles in der Welt glaubte er, dass ich Zeit mit ihm verbringen wollte? Er war Stellas Ex-Freund. Und selbst wenn es anders wäre – ich hatte genug Freunde. Dass ich mich mit fünf extrem konkurrenzbewussten Arschlöchern auseinandersetzen musste, reichte mir völlig. In meinem Freundeskreis gab es keinen freien Platz mehr.

»Wie gefällt dir Schottland?«, fragte er. »Der Regen gestern war grässlich, aber heute kommt zum Glück die Sonne raus. Ich hätte nur ungern abgesagt.«

»Wegen ein paar Regentropfen sagt man doch keine Jagd ab, Mensch«, blaffte Henry, der neben uns auftauchte, Matt an. »Wir tragen Regenzeug und machen einfach weiter.«

»Mir gefällt der Regen«, sagte ich, weil es die Wahrheit war. »Ich lasse nie einen Lauf nur wegen schlechtem Wetter aus.«

»Ganz recht«, sagte Henry. »Wenn man Angst vor ein bisschen Wasser hätte, würde man in Schottland nie aus dem Haus gehen.« Er schniefte, dann fragte er, an mich gewandt: »Sie sind der neue Bursche an Stellas Seite, richtig?«

»Ja, Sir.«

»Nun, sie ist ein reizendes Mädchen. Ich habe sie sehr gern. Kenne sie, seit sie ein Kleinkind war. Sie war immer schon clever, hat aber nie Aufhebens darum gemacht. Das gefällt mir.«

Wenigstens in dieser Hinsicht waren Henry und ich uns einig. »Sie unterschätzt sich«, sagte ich. »Sie ist sehr bescheiden, obwohl sie eigentlich … wunderbar ist.« Ehrlich zu sein, fiel mir leicht, wenn ich darüber sprach, wie großartig Stella war.

Henry nickte. »Sie setzt andere immer an die erste Stelle. Auch Menschen, die das offen gesagt nicht verdient haben.« Er warf Matt einen Blick zu, der genug gesunden Menschenverstand besaß, um so zu tun, als hörte er nicht, worüber wir uns unterhielten.

»Oh, gerade habe ich Phillip gesehen. Entschuldigt mich bitte«, sagte Matt. »Ich muss ihn etwas wegen seiner Rede fragen.«

»Ja, er soll ruhig verschwinden«, sagte Henry. »Die Art, wie er und mein Patenkind Stella behandelt haben, war absolut schrecklich. Selbstsüchtig und anmaßend – alle beide. Stella ist ohne ihn besser dran.«

Ein Lächeln breitete sich auf meinem Gesicht aus. »Besser hätte ich es nicht ausdrücken können. Aber sein Verlust ist mein Gewinn.«

»Hoffentlich wissen Sie, was Sie an dem Mädchen haben.«

Ich hatte Stella vom ersten Moment an gemocht, fand sie attraktiv und genoss ihre lebhafte Art. Aber seit ich sie ein bisschen besser kannte, hatte meine Faszination ein neues Level erreicht. Ich respektierte sie, genoss ihre Gesellschaft und konnte noch dazu nicht die Finger von ihr lassen. »Das wird mir jeden Tag ein bisschen klarer«, antwortete ich.

»Ich habe diese Schürzenjäger nie verstanden. Als ich meine Frau gefunden hatte, war ich fest entschlossen, sie zu heiraten. Ich sah, wie freundlich sie war. Sie brachte das Beste von mir zum Vorschein, und ich konnte sie zum Lachen bringen. Was wollte ich mehr? Und jetzt, so viele Jahre später, ist es immer noch genauso – gemeinsam sind wir besser als allein.«

Ich blickte in die Landschaft hinaus, in der alles von moosigem Grün oder gedämpftem Braun war. So war Stella – sie machte mich zu einem besseren Menschen. Sie sah etwas in mir, das andere Menschen nicht sahen, und sie lockte das Beste aus mir heraus.

»Matt weiß nur, wie man nimmt«, sagte Henry. »Vielleicht ist Karen genau die Frau, die er braucht. Wenn er Stella geheiratet hätte, hätte sie nie erfahren, wie es ist, bewundert und respektiert zu werden. Und das hat sie verdient. Sie ist ein ganz besonderer Mensch.«

»Absolut«, stimmte ich ihm zu. Auf mein Bauchgefühl hatte ich mich im Verlauf meiner Karriere immer verlassen können, und in diesem Moment sagte es mir, dass hinter Henrys Worten mehr steckte als nur die Aufforderung, gut auf Stella aufzupassen. Es war beinahe, als wüsste er, dass wir nicht wirklich zusammen waren, und er ermahnte mich, die Gelegenheit beim Schopf zu packen und nicht zuzulassen, dass sie nach dieser Woche aus meinem Leben verschwand.

Aber vielleicht sagte das auch nur mein Verstand, der mir Streiche spielte.

»Waren Sie schon mal auf Moorhuhnjagd?«, fragte Henry.

»Nein, nie«, gestand ich. »Ist eigentlich nicht mein Ding. Ich habe ein paarmal auf Tontauben geschossen. Und oft auf Suppendosen.«

»Ah, wie ich als Junge. Mit dem Luftgewehr hinter den Ställen.« Ich lachte in mich hinein. Vielleicht hatten Henry und ich mehr gemeinsam, als ich geglaubt hatte. »Das ist bestimmt der Grund, warum Sie neulich so gut abgeschnitten haben.«

»Die Suppendosen kommen mir jetzt zugute«, bestätigte ich.

»Ich nehme an, Sie haben kein eigenes Gewehr dabei?«
Ich schüttelte den Kopf.

»Ich habe meins auch nicht mitgebracht. Kommen Sie, ich helfe Ihnen beim Aussuchen.«

Als wir auf den Jagdaufseher zugingen, hallte Matts gluckselndes Lachen über die versammelten Jagdteilnehmer hinweg. Henry räusperte sich. »Ich habe Karen gesagt, dass ein Mann, der bereit ist, *eine* Frau zu betrügen, letztlich *jede* Frau betrügen wird.«

»Ich glaube, das sind weise Worte«, antwortete ich.

»Passen Sie gut auf Stella auf. Wenn ich Sie nach dieser Woche das nächste Mal sehe, ist es vielleicht bei Ihrer Hochzeit.«

Es fiel mir leicht, Henry zuzustimmen. Die zurückliegenden Wochen mit Stella hatten Spaß gemacht. Für sie war die Vorstellung, allen das glückliche Paar vorzuspielen, stressiger als für mich gewesen. Beziehungen hatten mir nie irgendwelche Anstrengung abverlangt, aber bei Stella … Die Rolle des angeblichen Freundes beherrschte ich wesentlich besser als die des echten. Dabei war das Vortäuschen viel anspruchsvoller – wir waren so etwas wie Mannschaftskameraden mit einem gemeinsamen Ziel. Aber mir war es recht, und das brachte mich auf die Idee, dass Beziehungen möglicherweise genauso sein sollten. »Na ja, so weit sind wir noch nicht.«

Henry blieb stehen und sah mir unverwandt in die Augen. »Sie wirken wie ein Mann, der weiß, was er will. Wenn Sie Stella wollen, dann schikanieren Sie sie nicht.«

Ich bewunderte Henry für die Entschlossenheit, mit der er sie beschützen wollte.

Stella hatte etwas an sich, das mich viele Dinge anders sehen ließ, sogar, wenn sie mich nicht absichtlich dazu zu bringen versuchte. Sie schüttelte das Leben wie eine Schneekugel, und wenn die Flocken sich gelegt hatten, war alles wieder normal und hatte sich dennoch grundlegend und unwiderruflich verändert.

»Ja, das hier ist passend für Sie«, sagte Henry, reichte mir ein Jagdgewehr und riss mich aus meinen Gedanken an Stella und daran, wie die Dinge sich darstellen würden, wenn der Schnee gefallen und ich in mein Leben vor ihr zurückgekehrt sein würde. Ob das überhaupt möglich war?

»Vielleicht können wir diese Woche ein wenig Zeit erübrigen, um noch einmal über das Dawnay-Haus zu reden«, sagte ich.

»Ach ja, richtig. Sie sagten, Sie hätten versucht, ein Meeting zu arrangieren. Wollen Sie es pachten?«, fragte Henry. »Ich fürchte, es hat eine Überholung dringend nötig. Es befindet sich in einem grässlichen Zustand.«

»Tatsächlich würde ich es Ihnen gern abkaufen.«

Henrys Augenbrauen verschwanden unter seinem Hut. »Ich glaube nicht, dass es zum Verkauf steht.« Er klang nicht sehr überzeugt. »Zumindest habe ich nie daran gedacht, es zu verkaufen.«

»Ich biete Ihnen einen guten Preis, aber ich fürchte, es muss schnell gehen. Mir steht nur ein kurzes Zeitfenster für den Erwerb zur Verfügung, und wie Sie bereits sagten, muss das Haus saniert werden, sonst lässt es sich nicht einmal vermieten. Wenn Sie es mir verkaufen, können Sie in etwas anderes investieren, mit dem sich leichter Erträge erzielen lassen.«

Henry nickte, schwieg aber. Ich wollte ihn nicht bedrängen. Ich musste geduldig sein und abwarten, bis der Vorschlag in ihm zu arbeiten begann.

»Teilen Sie mir Ihre Preisvorstellung mit. Ich werde darüber nachdenken. Und wenn Sie irgendwelche Papiere haben, die ich mir ansehen oder meinen Anwälten zeigen kann, lassen Sie mir sie zukommen.«

Ich hielt die Luft an, während er sprach, konnte kaum glauben, dass wir dieses Gespräch tatsächlich führten und er die Idee nicht kurzerhand ablehnte.

Ich wusste nicht, ob es an dem Tweedanzug lag, den ich trug, oder an Stellas Ermahnung, Henry unvoreingenommen zu begegnen, aber etwas hatte sich verändert. Wenn ich weiterhin auf sie hörte, würde mir das Dawnay-Haus vielleicht endlich eines Tages gehören.

27. KAPITEL

BECK

Das Schloss der Hotelzimmertür summte, und Stella erschien im Türrahmen, lächelnd, als freute sie sich, mich endlich zu sehen. Ihr Gesichtsausdruck traf mich wie eine physische Kraft, haute mich fast vom Stuhl. Mein Anblick schien sie glücklich zu machen.

Das war ein verdammt fantastisches Gefühl.

»Wie viele wehrlose kleine Moorhühner hast du heute ermordet?«, fragte sie, während sie sich die Schuhe abstreifte. Ich legte mein Handy auf den Tisch und richtete meine volle Aufmerksamkeit auf sie. Sie hatte die Haare hochgesteckt und trug keinerlei Make-up.

Sie war schön.

»Sehr lustig. Und du kannst stolz auf mich sein.« Mit einem energischen Kopfnicken brachte ich sie zum Schweigen.

»Tatsächlich?« Als sie nahe genug herangekommen war, nahm ich sie bei der Hand und zog sie zwischen meine Oberschenkel.

»Ich habe Kontakt mit Henry aufgenommen. Er ist ein großer Fan von dir.«

Stella fuhr mir mit den Fingern durch die Haare. »Ist das wahr?«

»Ja, er mag dich sehr. Von Matt hingegen ist er übrigens kein Fan, wenn ich ihn richtig verstanden habe.«

»Tatsächlich? Dann sind wir ja schon zu zweit.« Sie lehnte sich an mich, als ich ihr die Hände um die Hüften legte.

»Bist du dir da so sicher?«, fragte ich. »Wenn er Karen sitzenließe und dir sagen würde, dass er den größten Fehler seines Lebens begangen hat – was würdest du dann tun?«

»Ihm zustimmen.«

»Würdest du ihn wiederhaben wollen?«, fragte ich. Stella hatte so viel zu bieten – das musste sie nicht an einen Idioten verschwenden, der sie nicht zu schätzen wusste.

»Dazu wird es nicht kommen, also muss ich weder Zeit noch Energie auf ein *Was-wäre-wenn* verschwenden.«

Was für ein Ausweichmanöver! Verstand sie denn wirklich nicht, dass sie etwas Besseres verdient hatte?

»Du würdest einfach mitmachen?«, fragte ich. Denn genau das tat Stella. Sie ließ sich auf alles Mögliche ein, damit andere glücklich waren, und machte sich im Grund nicht einmal klar, was sie selbst wollte.

»Ich habe darüber noch gar nicht nachgedacht.« Sie zögerte. »Aber … nein.« Sie atmete durch und zog die Augenbrauen zusammen, als wäre sie tief in Gedanken versunken. »Nein, ich glaube nicht, dass ich das täte. Matt ist nicht der Mann, für den ich ihn gehalten habe. Was er getan hat, ist unverzeihlich, aber …«

»Es gibt ein Aber?«, fragte ich. Sie konnte doch nicht glauben, dass sein Verhalten berechtigt war!

»Ja. Ein Teil von mir – ein sehr kleiner Teil – glaubt, dass es nicht unbedingt schlecht war, wie es nun gekommen ist. Stell dir vor, wir hätten geheiratet, und ich hätte *dann erst* herausgefunden, dass er mit Karen schläft oder mich nicht so liebt, wie ich ihn liebe? Ich weiß nicht, ob es daran liegt, dass ich hier auf ihrer Hochzeit bin, aber obwohl es noch immer wehtut, glaube ich, dass sich für mich alles zum Besten wenden wird.

Ich werde nach London zurückkehren und sehen, wie es weitergeht.«

Ich bekam das Lächeln nicht aus dem Gesicht und hoffte, dass ich zu ihrem Glauben an eine vielversprechende Zukunft meinen Teil beigetragen hatte. Ich zog sie auf mein Knie hinunter. Vielleicht konnte ich ihr ja zeigen, wie schön das Leben war.

Ich ließ eine Hand unter ihren Rock gleiten. Über Matt hatten wir jetzt genug geredet. »Wie war's in dem Spa? Was haben sie mit euch gemacht?«

Sie wand sich, als ich ihr die Hand zwischen die Schenkel schob.

»Ähm … ich hatte eine Massage?«

»Wer hat dich berührt? Eine Frau oder ein Kerl?«

»Eine Frau, warum fragst du? Bist du eifersüchtig?«

Ich schob die Finger unter die Spitze an ihrem Slip. »Kommt drauf an«, antwortete ich. »Hattest du ein Happy End?«

Sie warf den Kopf in den Nacken und lachte, und ich lächelte – nicht wegen meiner Frage, sondern weil die glückliche Stella wundervoll klang. Matt war unbestritten ein Idiot, weil er sie mit ihrer besten Freundin betrogen hatte. Aber was war, wenn ich sie nach der Rückkehr nach London verließ? Wozu machte *mich* das?

Sie keuchte und umklammerte meine Schulter, als meine Finger in sie eintauchten. »Nein, du bist diese Woche der Einzige, der mich zum Orgasmus bringt.«

Genau so sollte es sein.

»Du hast mir nicht erzählt, wie die Sache mit Henry gelaufen ist«, sagte sie und bewegte sich nach vorn, sodass mein Daumen ihre Klit streifte. Ich genoss, wie sie zitterte.

»Du willst, dass ich dir von meinem Tag erzähle, während ich dich kommen lasse?« Machten Paare das so?

Sie lächelte, dann drückte sie mir einen Kuss auf die Wange. »Nein, aber ich möchte es wirklich gern wissen.«

»Erst die Orgasmen«, sagte ich, zog die Hand zurück und schob sie sanft zurück. Sie sah verwirrt aus, und dann begann ich, sie auszuziehen, indem ich ihr das T-Shirt über den Kopf zog. »Übers Geschäft reden wir danach.«

»Wenn du darauf bestehst. Ich werde mich nicht beklagen.«

»Richtig, ich werde nämlich dafür sorgen, dass du keinen Grund zur Klage hast.« Ich löste den Verschluss ihres BHs und schob ihr die Träger über die Schultern hinunter, während ich auf die Knie ging, um ihren Rock aufzuknöpfen. Diese Klamotten waren für die Leute draußen bestimmt. Sie waren ein Teil der Show – eine Maske, eine Rüstung –, aber dieser Raum, die Zeit, die uns beiden allein gehörte, waren echt.

Als sie nackt war, legte sie sich auf das Bett und stützte sich auf einen Ellbogen, während sie zusah, wie ich mich auszog. »Ich verbringe gern Zeit mit dir«, sagte sie, und mein Herz setzte einen Schlag aus, als wollte es ihren Worten Nachdruck verleihen, sie sozusagen in Fettdruck schreiben.

Ich wollte, dass sie mehr bedeuteten.

Ich wollte, dass sie mehr empfand.

»Ich verbringe auch gerne Zeit mit dir.«

Ich schälte mich aus den verbliebenen Klamotten und betrachtete sie, wie sie nackt dort lag und auf mich wartete. Ich wollte nichts überstürzen. Ich wollte jede Wölbung, jedes Tal, jede Kurve, die ihr Körper beschrieb, in mich aufnehmen, wollte ihn mit der Zunge vermessen und ihr zeigen, wie verdammt unersättlich sie mich machte. Ich trat einen Schritt vor und ließ die Finger an ihrem Körper hinaufwandern wie ein blinder Mann, der die Geheimnisse des ewigen Lebens zu entschlüsseln versucht. Nichts sollte mir entgehen, ich wollte jedes Wort, das sie sagte, in mich aufnehmen.

»Alles okay?«, fragte sie. »Du wirkst angespannt. Möchtest du über Henry reden?«

Offenbar hielt sie es nicht für möglich, dass sie es war, die mich dermaßen fesselte. »Ich denke nicht an Henry. Ich denke darüber nach, wie sensationell dein Körper ist.«

Stella legte eine Hand auf meine. »Wirklich?«, fragte sie.

»Ist das so schwer zu glauben?« Wenn der Mann, mit dem eine Frau den Rest ihres Lebens verbringen wollte, sie letztlich betrog, kam sie vermutlich leicht zu der Überzeugung, dass sie es nicht verdiente, bewundert zu werden ... oder angebetet.

Sie schwieg, und ich setzte meine Erkundungsreise fort.

Ich fragte mich, ob ich mir je zuvor bei einer Frau so viel Zeit gelassen hatte wie jetzt bei Stella. Ich handelte ungern überstürzt, aber der Grund war, dass das Ergebnis dann intensiver ausfiel. Mit Stella ließ ich mir Zeit, weil ich jeden Augenblick genießen wollte – nicht nur, um die Erregung bis zum Höhepunkt zu steigern. Ich wollte das Zusammensein mit ihr bis zum Letzten auskosten, mich mit ihrem Wesen förmlich durchtränken. Nie zuvor hatte ich so etwas erlebt.

»Leg dich auf den Bauch«, sagte ich und machte bereits Anstalten, sie umzudrehen.

Ich schluckte, als sich die Linien und Kurven veränderten, während ihre Haut im Licht der diesigen Strahlen der untergehenden Sonne, die zum Fenster hereinfielen, zu leuchten begann. »Lass uns das Dinner überspringen«, sagte ich. »Wir können morgen noch den ganzen Tag mit diesen Leuten verbringen. Heute Abend sollten wir hier weitermachen.«

Sie blickte mich über die Schulter an, als wollte sie sich vergewissern, dass sie richtig gehört hatte. Ihre Mundwinkel verzogen sich zu einem halben Lächeln, das teils auf Argwohn, teils auf Unbehagen beruhte. Letzteres konnte ich verstehen. Die Gefühle, die Stella in mir weckte, waren mir nicht vertraut.

Bislang war ich nie lange komplett angezogen geblieben, wenn ich ein Date mit einer Frau hatte. Aber nicht nur die Tatsache, dass ich sie gut kannte, hob sie von den anderen Frauen ab. Nein, Stella war einfach Stella.

Selbstlos.

Rücksichtsvoll.

Sexy.

Es gab tausend Dinge, die ich an ihr mochte.

Ich hob ihre Hüften an und zog Stella zu mir, sodass ihre Füße den Boden berührten. »Ich würde sagen, ungefähr so.« Sie stützte sich auf die Unterarme, ihre Brüste streiften die Matratze, und die Erinnerung daran, wie sie sich in meinem Mund angefühlt hatten, entlockte mir ein Knurren.

Später.

Ich griff nach einem Kondom. An diesem Abend wollte ich Stella ficken, schnell und heftig. Ich musste Anspruch auf sie erheben – damit sie sah, was *ich* in ihr sah.

Über sie gebeugt, flüsterte ich ihr ins Ohr: »Ich werde dich so heftig kommen lassen, dass du alles Schlechte vergisst und dich nur noch an gute Sachen erinnerst.« Ich wollte, dass sie ihr Misstrauen und ihr gebrochenes Herz vergaß. Ich wollte ihr zeigen, wie es sich anfühlte, jemandem zu vertrauen. Ich ließ die Hände über ihre Schultern gleiten, strich mit den Daumen über die kleine Vertiefung an ihrem Hals und ließ dann die andere Hand an der Vertiefung neben ihrer Wirbelsäule hinabwandern. Am unteren Rücken angekommen, strich ich zwischen ihren Pobacken hindurch, über ihren Anus und ließ den Daumen schließlich in sie gleiten.

Sie war so feucht, und das heizte meine Lust noch an. Es reichte mir nicht, nur ihr Äußeres zu spüren. Ich musste in ihr sein.

Ich schob ihr den Daumen in den Mund, damit sie ihn ableckte, und brachte meinen Schwanz in Stellung. Anstatt es langsam angehen zu lassen, drang ich mit einer schnellen, heftigen Bewegung in sie ein und zog sie auf mich, während ich tiefer ging, immer tiefer.

Ihr Aufschrei war so laut, das jeder draußen auf dem Rasen vor unserem Fenster sie hören konnte. Verdammt, sie war innerhalb eines Radius von achthundert Metern zu hören.

»Du zerreißt mich!«, rief sie, die Fäuste um die Laken geklammert.

»Niemals«, knurrte ich.

Ich zog mich zurück und drang erneut in sie ein, schnell und drängend, und auch diesmal stöhnte sie verzweifelt auf, ein Seufzer ging in den anderen über. Alles in mir zog sich zusammen, und ich umschloss ihre Taille mit gespreizten Fingern. Ich musste sie festhalten, sie sollte sich nicht bewegen, denn ich wollte ihr ganz nah sein, um jedes Zittern ihrer Haut zu spüren.

»Mehr!«, schrie sie, als ich innehielt.

Erneut vergrub ich mich in ihr, und diesmal zögerte ich nicht, ehe ich mich zurückzog, um wieder und immer wieder in sie einzudringen. Ich wusste nicht mehr, ob die Geräusche, die von den Zimmerwänden widerhallten, von ihr oder von mir stammten.

Ihr Rücken wölbte sich. »Ich bin … Bitte, Beck, bitte, lass mich kommen!«

Diesmal würde ich sie nicht warten lassen. Unsere Lust und unser Verlangen hatten uns in einen anderen Bewusstseinszustand versetzt, aus dem der Orgasmus der einzige Ausweg war. Ich war ebenso wenig wie sie in der Lage, mich noch länger zurückzuhalten.

Aber die Art, wie sie mich um Erlaubnis bat und auf mein Ja wartete, bevor sie sich vollkommen gehenließ – das war zu viel. *Sie* war zu viel.

»Ja, Baby, komm!« Die Worte versengten mir die Kehle, und bevor mir der Befehl vollständig über die Lippen gekommen war, begann sie unter meinen Fingern zu beben. Mein eigener Höhepunkt stieg aus dem unteren Rücken auf, wirbelnd, kreiselnd, drückte nach außen und oben. Es wurde immer stärker, bis ich glaubte, aus der Haut zu fahren.

Ich schlang Stella die Arme um die Taille und hielt sie fest, während sie unter mir zuckte, die Hüften an mich drängte und sich mein Orgasmus mit ihrem vereinte, als wir beide gleichzeitig aufschrien.

Ich ließ mich auf das Bett sinken, hielt sie noch immer im Arm. Unser keuchender Atem beruhigte sich, fand allmählich zum normalen Rhythmus zurück.

»Beck …«

Ich wartete, dass sie aussprechen würde, was sie dachte. Was wollte sie sagen? Würde sie einen Kommentar dazu abgeben, wie intensiv es war? Aber sie ließ den Satz in der Luft hängen, als erwartete sie, dass ich ihn für sie zu Ende führte.

Sie drehte sich in meinen Armen um, sodass wir einander ins Gesicht sahen, und legte beide Handflächen auf meine Brust. »Viel entspannender als das Spa.«

Ich lachte. »Hast du den Tag dort genossen?«

Sie schüttelte den Kopf und schmiegte sich seufzend an mich. Um mir ihre zufriedene Miene einzuprägen, schloss ich die Augen und spürte ihren Atem auf meiner Haut. Nach dem Sex war ich in Gedanken normalerweise sofort woanders, entweder beim nächsten Fick oder bei meinen E-Mails, und griff rasch nach meinem Handy, bereit, nach dem nächsten Projekt zu jagen, den nächsten Deal zu besiegeln. Aber bei Stella wollte ich nichts anderes, als genau hier zu sein. Mit ihr in meinen Armen.

»Ich kann mich gar nicht mehr an den Tag erinnern«, antwortete sie. »Aber erzähl mir von Henry. Du hast gesagt, dass ihr miteinander in Kontakt gekommen seid.«

»Ja, wir haben über dich gesprochen. Ich habe den Eindruck, dass er von Karens Verhalten nicht gerade begeistert ist.«

Sie schwieg.

»Vielleicht hast du recht, und er ist wirklich ein anständiger Mensch.«

»Ich freue mich darauf, dass du mir bei der Ausstattung des Gebäudes häufig recht geben wirst.«

»Darauf würde ich nicht wetten. Ich bin ein anspruchsvoller Kunde.«

»Ach ja?«, fragte sie, löste sich aus meinen Armen und rutschte auf dem Bett nach unten, während sie meine Schwanzwurzel umfasst hielt.

Ich lachte leise, stöhnte aber auf, als sie sich zwischen meine Schenkel kniete. Ich warf einen Blick zum Nachttisch hinüber und reichte ihr eine Haarspange. Diesen Anblick würde ich mir auf keinen Fall entgehen lassen.

Sie grinste und nahm ihr Haar zurück, sodass ich ihre hohen, festen Brüste und den flachen Bauch sehen konnte. Die Qual der Wahl: mein Schwanz in ihrem Mund, was vermutlich monumental wäre, oder ihre Haut, die sich an meiner rieb, während ich sie ein weiteres Mal fickte, diesmal von Angesicht zu Angesicht.

Ich wollte beides gleichzeitig.

Stella brachte mir eine Menge über Geduld bei.

Mit zurückgebundenem Haar beugte sie sich über mich und schloss die Faust um meinen Schwanz. Ihr Griff war perfekt – selbstsicher und stark. Sie blickte auf, leckte sich über die Lippen und schluckte. Ich hätte auf der Stelle auf ihren perfekten, glatten Hals kommen können, und es wäre der beste Blowjob gewesen, den ich je hate.

Alles würde viel zu schnell vorbei sein, wenn ich es mir von Anfang an ansah, darum verlagerte ich das Gewicht und blickte an die Zimmerdecke, als ich ihre Zunge an der Unterseite meines Schwanzes fühlte. Es war, als hätte jemand einen Startschuss abgegeben. Ich ballte die Fäuste und versuchte, mich mit einem tiefen Atemzug zu beruhigen, als sie mich mit langen, ruhigen Zungenschlägen von der Wurzel bis zur Spitze zu bearbeiten begann.

Das hier war ein Marathon, kein Sprint ... das hoffte ich zumindest.

Sie nahm die Spitze in den Mund und begann zu saugen, und ich musste mich darauf konzentrieren, die Hüften aufs Bett zu drücken, um ihn ihr nicht tief in die Kehle zu rammen. Dann zog sie sich zurück, leckte an einer Seite hinauf und an der anderen wieder hinunter. Jeder Millimeter Schwanz, den sie berührte, summte und intensivierte das Vibrieren unter meiner Haut. Sie umkreiste mit der Zunge die Spitze, und ich wollte unbedingt, dass sie mich in den Mund nahm, aber sie ließ mich warten. Zahlte es mir heim. Es war eine köstliche Folter, und ich würde damit leben müssen.

Quälend langsam nahm sie mich immer tiefer in sich auf, schloss die Lippen fester um mich, und dann ließ sie wieder los, streifte mich nur leicht mit den Zähnen.

In diesem Augenblick hätte ich ihr mein komplettes Vermögen überschrieben, wenn sie mir erlaubt hätte, sie umzudrehen und sie in den Mund zu vögeln, während ihr Kopf auf der Matratze lag. Aber ich hielt still, gelähmt vor Begierde und Lust, bis auch sie stöhnte, und da konnte ich mich nicht länger zurückhalten. Manche Frauen machten beim Blowjob Geräusche, und das hatte mich immer misstrauisch gemacht – glaubten sie, dass Männer sich das wünschten? Hatten sie das in einem Porno gesehen oder in der *Cosmo* gelesen? Aber bei

Stella klang es so ungehemmt, so echt und begierig, dass es keinen Zweifel gab – sie liebte es, mir einen zu blasen.

Noch nie in meinem Leben hatte ich eine Frau so sehr begehrt.

»Ich komme gleich«, kündigte ich an.

»In meinen Mund?«, fragte sie.

Ich hatte keine Zeit zum Diskutieren. Ich zog sie aufs Bett und legte sie auf den Rücken. »Leg dich hin.« Ich nahm meinen Schwanz in beide Hände. Ich wollte sie sehen, wenn ich kam, jeden nackten Teil von ihr. Sie zog ein Bein an, als wollte sie sich verstecken, aber ich schüttelte den Kopf und zog ihr Knie zur Seite, spreizte ihr die Beine und sah, wie feucht sie war.

Fuck, ja, mein Schwanz in ihrem Mund hatte das bewirkt.

Ich stieß in meine Hand, einmal, zweimal, und als sie sich mit dem Handrücken über den Mund fuhr, mich von sich abwischte, explodierte ich und ergoss mich in die Laken, während ihr Name durch den Raum dröhnte.

»Du bist verdammt großartig«, sagte ich und ließ mich auf das Bett sinken.

»Ich habe dich kaum angefasst«, erwiderte sie und legte mir eine heiße Hand auf die Brust.

»Sieh nur, was du mit mir gemacht hast. Ich bin völlig fertig. Dein Körper ... dein ... ach, einfach alles.«

Ich war kurz davor, etwas Unüberlegtes zu sagen. Ich musste meine Geständnisse für mich behalten, durfte ihr nicht sagen, was für Gefühle in mir aufbrandeten und die Oberfläche meiner Seele durchbrachen. Ich wollte ein Mann sein, den Stella wollte, nach dem sie sich sehnte und den sie verdient hatte.

28. KAPITEL

STELLA

Vor einem Tagesausflug mit den Menschen, die mich mehr als alle anderen auf der Welt verletzt hatten, sollte mir eigentlich grauen, aber mit Beck an meiner Seite freute ich mich sogar darauf. »Hast du schon viele Busreisen gemacht?« Ich drückte seine Hand, als wir über den Hof auf den Bus zustrebten, der darauf wartete, uns nach Fort William zu bringen.

»Sehe ich etwa aus wie achtzig?«

Ich blinzelte, um ihn gründlich zu betrachten. »An einem schlechten Tag vielleicht«, sagte ich.

Er funkelte mich an.

»Ach, stimmt ja, bei dir gibt es keine schlechten Tage. Das liegt an Tom Ford. Wir anderen geben uns mit Zara und vielen Tagen zufrieden, an denen wir aussehen, als hätten wir seit einer Woche nicht mehr geschlafen.«

»Zara oder nicht, für mich hast du noch nie anders als verdammt phänomenal ausgesehen.«

Mir sank der Magen in die Kniekehle. Niemand konnte uns hören, wir mussten nichts vorspielen, aber was Beck zu mir sagte, egal, ob in der Öffentlichkeit oder wenn wir allein waren … Er war nett zu mir und schmeichelte mir auf eine Art, wie Matt es nie getan hatte.

»Das schottische Wetter scheint dir nicht zu bekommen«, gab ich zurück. Beck war die Sorte Mann, die es fertigbrachte, morgens um fünf aufzustehen, sich mit einer Hand durchs Haar zu fahren und bereit für den Catwalk zu sein. Die meisten Menschen hatten da weniger Glück.

Laute Stimmen in der Nähe der Tür zum Bus erregten meine Aufmerksamkeit, und ein Mann mit einem Klemmbrett und Haaren, die so orange waren wie ein Verkehrskegel, lächelte Karen gezwungen an.

»Tja, was soll ich sagen?«, sagte der Fahrer. »Die Buchung im System sieht vierundvierzig Personen vor.«

»Wir haben aber für achtundvierzig reserviert. Es sind immer noch vier Passagiere mehr, als Plätze vorhanden sind.«

»Wir könnten mit dem Auto fahren«, sagte Beck zu Karen. »Auf die Art kann ich Stella Easy Listening aufdrängen.«

»Du magst Easy Listening doch gar nicht«, sagte ich und zog ihn am Arm.

»So was gibt man doch nicht gleich beim ersten Date zu. Geschmacksverirrungen und schlechte Angewohnheiten spare ich mir lieber auf, bis es zu spät ist. Und ich glaube, jetzt kann ich ruhig zugeben …« Er holte tief Luft. »… dass ich die Carpenters liebe.«

Ich brach in Gelächter aus. In mancher Hinsicht war Becks Ego riesengroß – meistens mit seiner Arbeit und dem nicht vorhandenen Familienvermögen beschäftigt –, aber hin und wieder überraschte er mich, indem er sich einen Dreck darum scherte, was die Leute von ihm hielten.

»Okay, fahren wir mit dem Auto – dann können wir in Ruhe mitsingen«, schlug ich vor.

Wir drehten uns zu Karen um, die mit den Augen rollte. »Okay, das sind schon mal zwei Leute weniger. Matt und ich fahren auch mit dem Auto, um eine Weile allein zu sein.«

Eine Woche zuvor hätte mich ein solcher Kommentar noch verletzt, hätte mir das Ausmaß ihres Verrats erneut mit voller

Wucht ins Gedächtnis gerufen. Jetzt aber perlten ihre Sprüche an mir ab – Karen hatte die Macht verloren, mir wehzutun. Sie schien fest entschlossen, sich nur um sich selbst zu kümmern. Ich hatte sie immer um ihre Unabhängigkeit beneidet, um die Art, wie sie durchs Leben stürmte, zielstrebig und furchtlos. Tatsächlich aber war sie weniger zielstrebig als vielmehr gleichgültig gegenüber den Gefühlen der anderen.

Jahrelang hatte ich durch schmutziges Glas geschaut, und plötzlich war jemand mit Essig und einem Putztuch vorbeigekommen. Aber dass ich sie jetzt klar sehen konnte, hieß nicht, dass es nicht mehr wehtat. Es bedeutete außerdem, dass ich mich ständig umsah und mich fragte, wo die anderen schmutzigen Fensterscheiben waren. In wem sah ich sonst noch, was ich in ihm sehen wollte, und nicht das, was er oder sie tatsächlich war? Ich traute meinem eigenen Urteil nicht mehr.

»Ist das okay?«, fragte Beck, während wir bereits auf den Wagen zugingen. »Oder hast du Angst, dass der Mietwagen zu neureich wirkt?«

Ich lachte. »Wie kommt es, dass du selbst fahren willst?«, fragte ich.

»Anstatt im Bus zu sitzen und ›Ich sehe was, was du nicht siehst‹ zu spielen? Da fahre ich definitiv lieber selbst.« Er zielte mit dem Schlüsselanhänger auf den Wagen, und die Lichter blitzten auf, ehe er die Fahrertür öffnete. »Wir können zusammen sein, du kannst mich verarschen und zum Lachen bringen. Und das mit den Carpenters war übrigens kein Witz.«

Ich stieg ein und machte mich an meinem Handy zu schaffen. Bei Spotify hatte ich ihre größten Hits ausgewählt, und nun schob ich das Handy in den Halter am Armaturenbrett und verband es über Bluetooth. »Was willst du zuerst hören?«, fragte ich, als er sich auf den Fahrersitz schob. »›Close to You‹? ›Superstar‹?«

»Ist mir egal. Fang einfach oben an.«

Das erste Lied war »Superstar«. Das Intro wurde abgespielt, und die erste Zeile erklang. »Ich dachte, du wolltest singen?«, fragte ich.

»Multitasking ist nicht mein Ding«, sagte er, bog scharf links auf die Zufahrt ab und verließ das Hotelgrundstück. »Du bist so ängstlich beim Autofahren, ich dachte eigentlich, du willst, dass ich mich konzentriere.«

»Nur wenn es reg-«

Ehe ich den Satz beenden konnte, begann er textsicher mitzusingen, traf genau die Melodie und betonte an den richtigen Stellen.

»Machst du nicht mit?«, fragte er in einer Pause zwischen zwei Strophen.

»Oh, ich genieße die Musik lieber als Zuhörerin, ich muss nicht zur Band gehören.« Ich versuchte, ein Lachen zu unterdrücken, aber ich lachte nicht über seinen Gesang. Ich lachte über die Tatsache, dass dieser supercoole, gelegentlich mürrische, Tom Ford tragende Multimillionär bei leichter Unterhaltungsmusik fröhlich mitsang.

Er fummelte am Lenkrad herum, und die Musik wurde leiser, bis sie nur noch im Hintergrund zu hören war. »Also, erzähl mir etwas über Fort William. Ist das der Ort, an dem die Geheimnisse der Oberschicht begraben sind? Werde ich sozialen Selbstmord begehen, wenn ich nicht weiß, dass Matts Großvater den Ort vierzehnhundertfünfundsiebzig gegründet hat?«

Beck glaubte vielleicht, dass der Kauf des Dawnay-Hauses einige Geister zur ewigen Ruhe betten würde, aber etwas sagte mir, dass das Gebäude den Schmerz nicht heilen würde, der Beck noch immer im Griff hielt.

»Na ja, nach allem, was Florence mir erzählt hat, geht es heute nur um einen Lunch mit Blick auf Loch Linnhe.«

»Nicht zu fassen, dass wir hier auf eine Wanderung verzichten. Wir sind nur einen Katzensprung vom Ben Nevis entfernt. Die Gegend ist sehr schön. Ich habe es mir angesehen, bis zum Wanderweg müssten wir nur einen Spaziergang durch die Außenanlagen unternehmen.« Er schüttelte den Kopf. »Vermutlich müssen sie auf die Wünsche der Mehrheit eingehen. Trotzdem, was für eine Verschwendung der Landschaft hier.«

»Ich bin noch nie in Schottland gewandert, aber allem Anschein nach muss es wundervoll sein.«

»Du warst schon mal hier oben und bist nie gewandert? Du willst mich wohl auf den Arm nehmen? Die Jungs und ich haben praktisch hier draußen gewohnt, als wir den *Duke-of-Edinburgh*-Preis in Gold geholt haben.«

»Ich glaube, bisher war ich nur mit Matt hier oben, und der wollte nie wandern. Er mochte den Regen nicht.«

»Okay, ich nehme dich noch einmal mit, und dann gehen wir auf Tour.«

Ich hielt die Luft an, wartete, dass er weiterreden würde. Hatte er gerade Pläne für die Zukunft angedeutet? Wir beide saßen allein im Auto. Es bestand keine Notwendigkeit, eine Show abzuziehen, warum schlug er also vor, noch einmal hierherzukommen? Ich hatte Beck und mich als vorübergehende Sache betrachtet – eine Ferienliebe –, aber glaubte er, dass vielleicht mehr daraus werden konnte? Der Puls begann mir in den Ohren zu dröhnen wie eine Sirene, die mich warnte – aber wovor? Ich würde nicht länger darüber nachdenken. Ich war entschlossen, einfach mit Beck den Augenblick zu genießen und dankbar zu sein, dass er die Wunden heilte, die Matt mir zugefügt hatte.

»Aber kein Camping, okay?« Es war die unverbindlichste Antwort, die mir einfiel.

»Das kann ich dir nicht versprechen. Mitten in der Natur aufzuwachen, das ist … Solche Sachen sind wichtig.«

Ich lachte. »Solche Sachen? Du bist ein richtiger Philosoph. Du solltest ein Buch schreiben und Lebenshilfe anbieten.«

»Ich habe mich vielleicht ungeschickt ausgedrückt, aber deswegen ist es nicht weniger wahr.«

»Okay, pass nur auf, dass du dich Henry gegenüber heute angemessen ausdrückst. Wirst du mit ihm über das Anwesen in Mayfair reden?«

»Ich muss. Ich kann nicht bis nach der Trauung warten und riskieren, dass ich ihn womöglich verpasse. Ich muss heute eine Gelegenheit finden. Die Papiere, die er verlangt hat, liegen bereit und können sofort losgeschickt werden. Hoffentlich wirft er bald einen Blick darauf. Viel Zeit bleibt uns nicht mehr.

»Florence hat mir eine E-Mail mit der Sitzordnung für heute geschickt – wir sitzen am anderen Ende des Raums, weit weg von Henry«, sagte ich. »Also solltest du ihn vermutlich ansprechen, bevor sich alle hinsetzen. Ich würde dich dabei nur ablenken; wenn du mit ihm allein bist, kannst du gleich zur Sache kommen. Ich schließe mich Florence und Gordy an und gehe in die Bar oder so.«

Es war zwar nicht meine Aufgabe, den Verkauf des Dawnay-Hauses unter Dach und Fach zu bringen, aber er bedeutete für meine Zukunft möglicherweise noch mehr als für Becks. Nach wochenlangem Wundenlecken hatte diese Reise etwas in mir zum Leben erweckt – oder vielleicht hatte sie auch die Tür hinter etwas geschlossen. Nun wartete ich ungeduldig darauf, endlich in die Zukunft zu starten – ob Beck nun ein Bestandteil dieser Zukunft war oder nicht.

Nachdem ich Florence überall gesucht hatte, entdeckte ich sie und Gordy auf dem Parkplatz, wo sie hitzig diskutierten, und ich beschloss, dass es mir nicht zustand, die beiden zu unterbrechen, nur weil ich nicht in dem Restaurant herumlaufen wollte, um Matt und Karen und ihren Familien aus dem Weg zu gehen. Nur wenige Wochen zuvor hatte ich viele Menschen in diesem Raum noch als *meine* Familie betrachtet, und nun versuchten wir einander nicht in die Augen zu sehen und taten so, als ob der andere nicht existierte.

Ich wusste zwar nicht genau, wo meine Zukunft lag, aber mit Sicherheit nicht bei den hier versammelten Menschen.

»Einen Gin Tonic, bitte«, bat ich den Barkeeper, während ich in Richtung der Bar blickte, um niemanden ansehen zu müssen.

»Alles in Ordnung?«, fragte der Barmann, und mir wurde klar, dass ich ihn anstarrte.

»Ja, klar. Wie geht es Ihnen?« Ich benahm mich wie eine Idiotin. Ich war eine selbstsichere und kompetente Frau im besten Alter, und es war nicht an mir, jemandem aus dem Weg zu gehen. Ich hatte nichts falsch gemacht. Ich nahm meinen Drink und drehte mich leicht zur Seite, um die Einrichtung des Lokals zu bewundern, und ich musste lächeln, als ich Beck mit Henry sprechen sah. Er würde das Dawnay-Haus mit Sicherheit bekommen, dessen war ich mir sicher. Er konnte jeden von allem überzeugen.

»Stella«, erklang hinter mir eine vertraute Stimme, und ich erstarrte.

Das konnte einfach nicht sein.

Genau das war der Grund für mein Versteckspiel gewesen.

So wenig Lust ich hatte, Zeit mit Karen zu verbringen, so sehr widerstrebte es mir, mit meinem Ex-Freund zu sprechen.

»Matt?« Ich drehte mich um und sah ihn an, während ich eine möglichst gleichmütige Miene aufzusetzen versuchte.

Seine Augen waren geweitet und gerötet, und die Sehnen an

seinem Hals standen hervor, als wollte er jemanden schlagen. »Was machst du hier?«, zischte er und ließ den Blick schweifen, um sich zu vergewissern, dass uns niemand beobachtete.

»In Fort William?«, fragte ich, weil ich nicht recht verstand, was er von mir wollte. »Das gehört doch zum Programm der Woche, ich …«

»Die ganze Woche! Warum bist du gekommen?« Er machte Anstalten, nach meinem Handgelenk zu greifen, aber ich zog die Hand zurück und wich ihm gerade noch rechtzeitig aus.

»Was soll das heißen? Ihr habt mich eingeladen«, sagte ich.

Wie konnte er wütend auf *mich* sein?

»Du hättest nicht zusagen sollen, Stella. Du machst dich komplett lächerlich. Verstehst du das nicht?«

Als bräche in meinem Magen eine Flutwelle, vermischte sich Übelkeit mit Verwirrung und dem Gefühl, von einem Feind in die Enge getrieben zu werden.

Seine Miene verriet enorm viel Zorn und Vorwurf.

Zorn auf *mich*. Dabei war ich diejenige, die wütend sein sollte. *Er* war derjenige, der Vorwürfe verdient hatte. Schließlich war er es, der mit meiner besten Freundin durchgebrannt war.

Was hatte ich ihm denn getan?

»Wenn ihr mich hier nicht haben wollt, hättet ihr mich nicht einladen sollen«, sagte ich so gleichmütig wie nur möglich, obwohl ich mich fühlte, als versuchte ich mich bei stürmischer See über Wasser zu halten.

Noch stärker als die Ungerechtigkeit der Situation machte mir zu schaffen, dass Matt es immer wieder fertigbrachte, mich zu beschämen. Beispielsweise hatte er mich gern *zu anspruchsvoll* genannt, wenn ich ihm ein Möbelstück zeigte, das sich in unserer Wohnung gut gemacht hätte. Dasselbe bewirkte der Blick, mit dem er mich bedachte, als ich die Ausschreibung zur

Neugestaltung eines Hotels in Manchester gewonnen hatte. Früher war mir das nie aufgefallen, aber wenn ich genauer darüber nachdachte, hatte Matt mich sehr oft beschämt, wenn ich mich für etwas begeisterte.

»Das ist typisch Stella«, sagte er nun. »Bedürftig. Verzweifelt.«

Im Sommer nach dem Abschluss waren Matt und ich nach Indien gereist. In der ersten Nacht in Delhi kamen wir auf dem Rückweg vom Dinner mitten in der Stadt an einem Elefanten und dessen Besitzer vorbei. Der Mann ließ Touristen auf den Rücken des Tiers steigen, damit sie sich fotografieren lassen konnten, und verlangte Geld dafür. Mir war unbegreiflich, warum sich ein derart mächtiges Tier mit einer schlichten Kette um sein gewaltiges Fußgelenk einfach so führen ließ. Es hätte seinen Besitzer niedertrampeln und zu seiner Familie und seinen Freunden zurücklaufen können. Wie hatte der Mann das Tier dressiert, damit es ihm folgte?

Erst in diesem Augenblick, als ich vor Matt stand, begriff ich, wie es funktionierte.

Der Elefant war darauf konditioniert, Schmerzen zu erwarten, sobald er aus der Reihe tanzte. Es war die *Angst*, verletzt zu werden, die jeden Fluchtversuch von vornherein vereitelte.

Der Schmerz des Elefanten war physisch. Der Schmerz, den Matt mir jahrelang zugefügt hatte, war seelisch. Aber sowohl der Elefant als auch ich selbst waren eingeschüchtert worden.

Herabgesetzt.

Man hatte uns beiden unsere Kraft genommen.

Und als ich nun vor Matt stand, fühlte ich noch immer den Zug seiner Kette, den Druck seines Zorns, und ich wusste nicht, ob mir genug Kraft geblieben war, um ihn zu überrennen und mich zu befreien.

»Karen wollte nur nett sein. Ich habe ihr gleich gesagt, dass du so eine Nummer abziehen würdest. Du bist dir der Realität überhaupt nicht bewusst, Stella.«

Was sollte ich dazu sagen? Diesen Mann hatte ich sieben Jahre lang geliebt. Ich hatte ihm vertraut und geglaubt, dass ich eines Tages eine Familie mit ihm gründen würde, und dennoch betrachtete er mich mit einer Mischung aus Geringschätzung, Ärger und Gereiztheit, als wären wir einander fremd. »Ihr habt mich eingeladen«, wiederholte ich, denn ich konnte ihm schlecht sagen, dass seine Hochzeit der letzte Ort auf der Welt war, an dem ich gern sein wollte.

»Was hast du denn erwartet, als du hierhergekommen bist? Dass ich meine Meinung ändern würde? Dir hätte schon vor Jahren klar sein müssen, dass das zwischen uns nur vorübergehend war. Ich habe dir nie einen Antrag gemacht, Stella. Ich dachte, du hättest den Wink verstanden. Es lief nie besonders gut zwischen uns, aber du hast trotzdem weitergemacht, hast die Zeichen nicht gesehen und geglaubt, wir würden ewig zusammenbleiben. Ich dachte, der Umzug nach London würde der Sache endlich ein Ende machen. Aber du hast nicht aufgegeben und bist mir gefolgt. Himmel noch mal ... wach endlich auf!«

Ich stand da wie ein Reh, das in die Scheinwerfer starrt. Okay, Matt liebte mich nicht. Okay, er heiratete meine beste Freundin – aber jetzt behauptete er auch noch, das alles sei meine Schuld. Ich spürte, wie ich unter der kalten Entschlossenheit seines Blicks schwach wurde. Er war entschlossen, mir wehzutun. Mich zu brechen. Matt verhielt sich, als hätte er mir Jahre zuvor die Kette vom Fußgelenk genommen und seitdem immer wieder versucht, mich zu verscheuchen. War ich so naiv gewesen? Als er mir von dem Job in London erzählte, war ich schockiert, aber von Trennung hatte er damals nichts gesagt. Nur dass es sich um ein Angebot handelte, das er nicht ablehnen konnte. Er hatte nie angedeutet, dass er allein in die Hauptstadt ziehen wollte. Bis zu dem Abend, an dem er mir sagte, dass er ausziehen würde, hatte es keine Anzeichen dafür gegeben, dass es zwischen uns nicht funktionierte. Aber vielleicht war es aus seiner Perspektive nie gut gewesen. Matts Verhalten brachte mich dazu, alles in Frage zu stellen.

War mir entgangen, dass er die Beziehung zu beenden versuchte? Ich hatte eindeutig auf eine gemeinsame Zukunft hingearbeitet, die er nicht wollte, aber warum hatte er mir nicht einfach gesagt, dass er mich nicht mehr liebte? Warum war er so lange geblieben? Wenn er nicht gewollt hatte, dass ich mit ihm nach London ging, hätte er es nur sagen müssen.

»Das ist nicht meine Schuld«, sagte ich. Ich kam mir jämmerlich vor, weil mir keine schlüssigere Verteidigung gegen seine Anschuldigungen einfiel.

Seufzend verdrehte er die Augen. »Du siehst eben nur, was du sehen willst. So warst du immer schon – es ist, als hättest du einen Tunnelblick und sähest nur die Stella-Version der Wirklichkeit. Mit dem Neuen da ist es bestimmt genauso.« Er deutete mit dem Kinn auf das Fenster, vor dem Beck mit Henry saß.

Vielleicht hatte ich bei Matt die Zeichen übersehen. Vermutlich hätte ich ihn stärker drängen müssen, über unsere Zukunft zu reden, aber ich hatte ihn geliebt und war davon ausgegangen, dass auch er mich liebte. Nie wäre mir in den Sinn gekommen, dass ich ihm mein Herz besser nicht anvertrauen sollte.

Das würde mir kein zweites Mal passieren. Nie wieder würde ich mein Herz derart leichtfertig verschenken. Obwohl Matt das Gegenteil annahm, würde ich zukünftig nicht einfach davon ausgehen, dass mein Gegenüber meine Gefühle erwiderte. Ich würde nicht mehr erwarten, dass Menschen ehrlich, geradlinig und treu waren. Ich hatte die Nase voll davon, die Frau zu sein, die sich von Männern ausnutzen ließ.

Ich hatte meine Lektion gelernt, und ich würde dieselben Fehler nicht mehr wiederholen.

29. KAPITEL

BECK

Glücklicherweise gab es Stella. Mit den endlosen Mittagessen, Drinks und Dinners und dem hirnverbrannten Small Talk kam ich nur deshalb zurecht, weil ich es ihr zuliebe tat. Aber heute musste ich Henry endlich festnageln und ihn dazu bringen, dem Verkauf des Dawnay-Hauses grundsätzlich zuzustimmen, und das war mir jede Mühe wert. Ohne diesen Sieg würde ich Schottland nicht verlassen, und vor mir lag noch einiges an Arbeit. Allmählich wurde die Zeit knapp.

Ich blickte hinüber zu Stella, die an der Bar stand. Von dem Gespräch mit Henry hing so viel ab. Aber als sie mich anblickte, zweifelte ich keine Sekunde lang. Ich wollte das hier für mich selbst, natürlich. Aber ich wünschte es mir auch für sie – damit sie sich um den Innenausbau kümmern, ihr Unternehmen wieder auf Kurs bringen und ihren idiotischen Ex hinter sich lassen konnte. Möglicherweise brauchte sie diesen Sieg noch dringender als ich.

Ich steuerte auf Henry und das große Panoramafenster zu, das den Blick auf den Loch und die Berge dahinter freigab. Die Landschaft passte zu den Farben des Geschäfts, das wir kürzlich besucht hatten. Braun-, Erika- und Grüntöne. Von der Landschaft hatte ich kaum Notiz genommen, als ich damals als Teenager mit den Jungs hierhergekommen war. Ja, die Aussicht gefiel uns, aber wir konzentrierten uns auf das Ziel, den Gipfel des Berges, das Ende des Wanderwegs und darauf, unsere Auszeichnung in Gold zu bekommen. Vermutlich hatte ich die Umgebung, die mich an diesen Punkt gebracht hatte, nie genug gewürdigt.

»Henry«, sagte ich, als er sich vom Fenster abwandte. »Genießen Sie die fantastische Aussicht?«

»Oh ja. Ich komme fast mein ganzes Leben lang hierher, aber sie fasziniert mich immer noch.«

»Bei meinem ersten Ausflug hierher war ich achtzehn. Bevor ich mein erstes Unternehmen aufgebaut habe, bevor ich wusste, was ich mit meinem Leben anfangen wollte. Aber es ist alles wie früher.«

»Und darin können wir Trost finden.«

Obwohl ich mit Henry lieber als mit den meisten anderen Leuten an diesem Ort plauderte, wollte ich mich doch nicht auf Small Talk beschränken. »Ich habe einige Papiere zusammengestellt, die ich Ihnen per E-Mail schicken könnte, wenn Sie eine Adresse haben«, sagte ich. Ich holte mein Handy heraus, während Henry sie mir gab, und tippte sie ein. Ich hatte dafür gesorgt, dass die Anwälte alles bereithielten – wenn Henry also der Sinn danach stand, konnte er alles unterschreiben und das Geschäft sofort unter Dach und Fach bringen.

Allerdings rechnete ich damit nicht. Ich wollte nur sichergehen, dass der Deal von meiner Seite aus unterschriftsreif war.

»Okay, ich habe es Ihnen zugeschickt«, sagte ich und schob das Handy wieder in die Tasche.

»Ich werde es mir ansehen. Aber ich brauche ein paar Hintergrundinformationen. Warum wollen Sie die Immobilie unbedingt haben?«, fragte Henry.

Ich versuchte, den Kloß hinunterzuschlucken, der sich in meiner Kehle bildete und jedes Mal auftauchte, wenn ich an meine Mutter und an die Art dachte, wie sie behandelt worden war. »Ich glaube, ich erwähnte bereits, dass ich weitere Häuser in dem Block besitze. Ich möchte die beste Wohngegend von Mayfair daraus machen.«

»Sie wollen also die gesamte Straße komplett umwandeln?«

»Genau.« Ich nickte.

»Dieses Gebäude trägt unseren Namen, seit es Mitte des 18. Jahrhunderts erbaut wurde. Und sollte ich es verkaufen, würde ich darauf bestehen, dass unser Name in Bezug auf das Haus erhalten bleibt.«

Obwohl ich blutsverwandt mit der Familie war, hatte ich den Namen Dawnay nie getragen. Da mein Vater nichts mit mir zu tun haben wollte, kam das für mich nicht in Frage. Darum war ich mir verdammt sicher, dass der Name das Erste war, das verschwinden würde, sobald mir das Gebäude gehörte.

Ich wollte nicht ständig daran erinnert werden, wer ich *nicht* war.

»Die ganze Straße wird ein einziger großer Komplex werden und einen völlig neuen Namen erhalten«, sagte ich.

»Na ja, vielleicht können Sie den Namen Dawnay für einen Trakt oder so etwas in der Art verwenden?«, fragte Henry.

»Darüber würde ich definitiv nachdenken«, antwortete ich bewusst vage.

»Wir müssten uns darüber einigen, wo genau der Name stehen würde«, sagte Henry. »Vielleicht ginge ja eine Gedenktafel in der Eingangshalle?«

Nur über meine Leiche.

»Was meinen Sie?«, fuhr Henry fort.

»Wollen Sie, dass das in den Vertrag aufgenommen wird?«, fragte ich.

»Unbedingt«, antwortete Henry. »Das Gebäude zu verkaufen, ist nicht … Nun, normalerweise mache ich Sachwerte nur ungern zu Geld. Und dieses Haus gehört seit Generationen zum Grundbesitz unserer Familie.«

Ich könnte ihm reinen Wein einschenken, ihm sagen, dass ich den Namen zwar nicht trug, dass aber dennoch Dawnay-Blut in meinen Adern floss.

Aber ich würde die Verbindung zu meinem leiblichen Vater auf keinen Fall benutzen, um etwas zu bekommen, das ich mir wünschte. Er hatte mir nie etwas gegeben, und ich würde nichts von ihm nehmen. Für alles, was ich besaß, hatte ich hart gearbeitet, und so würde es auch bleiben.

»Ich verstehe durchaus, dass es Ihnen leichter fallen würde, es einem Familienmitglied zu übertragen. Aber meiner Erfahrung nach, Henry – und verzeihen Sie, wenn dies eine unpassende Bemerkung sein sollte –, sind Familienmitglieder manchmal nicht am besten geeignet, sich um eine Immobilie wie das Dawnay-Haus zu kümmern. Ich möchte es pflegen und weiterentwickeln – es für eine weitere Generation am Leben erhalten.« Ich spähte zu Stella hinüber, vielleicht in der Hoffnung, ein wenig von dem Zutrauen zu spüren, das sie in mich setzte, und mich damit zu stärken. Die Sache bedeutete Henry definitiv etwas, und ich konnte mir keinen Fehltritt leisten.

Sie stand mir gegenüber, unterhielt sich aber nicht mit Florence. Stellas Kopf war gesenkt, ihr Blick auf den Boden gerichtet, während sie mit einem Mann redete, der mir den Rücken zuwandte. Es sah fast aus, als würde sie gleich weinen. War es Gordy, der da mit ihr sprach?

Ehe ich erkennen konnte, wer bei ihr war, antwortete Henry: »Ich verstehe, was Sie damit sagen wollen, aber – und diesmal müssen Sie mir verzeihen, falls ich etwas Unpassendes sage –, ich kenne Sie nicht. Ich bin überzeugt, dass Sie ein absolut ehrlicher Mensch sind, der tun wird, was er sagt, aber …«

Meine Aufmerksamkeit hätte zu einhundert Prozent Henry gelten müssen, aber ich sah nichts anderes mehr als die Art, wie Stella zurückwich, als der Mann, der bei ihr stand, nach ihrem Handgelenk griff.

»Ist das Matt da drüben bei Stella?«, fragte ich, ohne nachzudenken. Ich unterbrach Henry, obwohl ich ihm aufmerksam hätte zuhören müssen.

»Ich glaube schon«, antwortete er.

Was zum Teufel tat er da, warum griff er nach ihr? Sie trat einen Schritt zurück, und er setzte ihr nach, wirkte bedrohlich, geradezu gefährlich, und seine Stimme wurde lauter.

Ich machte Anstalten, aufzustehen, hielt aber mitten in der Bewegung inne und schwebte quasi über dem Stuhl. Sollte ich zu ihnen gehen? Es war nicht meine Aufgabe, Stella zu beschützen, aber sie hatte es nicht verdient, von Matt schlecht behandelt zu werden.

Ich sollte dieses Geschäft mit Henry abschließen und den Ehrgeiz befriedigen, der mich mein Leben lang angetrieben hatte, aber … »Henry, es tut mir leid, bitte entschuldigen Sie mich.«

Ich konnte nur noch daran denken, dass Matt Stella auf keinen Fall ein weiteres Mal wehtun durfte. Er verdiente weder ihre Zeit noch ein Gespräch mit ihr und auch keine Tränen mehr.

Möglicherweise vermasselte ich gerade ein Geschäft, auf das ich mein Leben lang hingearbeitet hatte.

Aber es gab etwas, das wichtiger war.

Unglaublich schnell war ich bei ihr, und eine Sekunde später lag meine Hand auf Stellas unterem Rücken. Zwei Sekunden höchstens. Als ich sie berührte, schnappte sie nach Luft, und als sie zu mir aufblickte, sah ich dieselbe Traurigkeit wie bei unserer ersten Begegnung in ihren Augen.

Ich sah Matt an. *Er* hatte das getan.

Am liebsten hätte ich ihn getötet. Aber ich hatte Stella versprochen, nicht einmal mit Matt zu *reden*, ihn weder zur Verantwortung zu ziehen noch ihm zu sagen, dass er wertlos war, weil er eine so kostbare Frau derart verächtlich behandelte – ganz zu schweigen davon, ihn umzubringen.

Sie hatte ganze Arbeit geleistet, denn das Versprechen, das ich Stella gegeben hatte, war stärker als mein Verlangen, Matt die Lektion zu erteilen, die er verdient hatte.

»Tut mir leid, dass ich störe, aber ich muss mit meiner Freundin sprechen«, sagte ich, und damit führte ich Stella aus dem Raum.

Weg von dem Mann, der sie einfach entsorgt hatte.

Weg von dem Mann, der zwischen mir, dem Dawnay-Haus und dem Abschluss stand, den ich mir so verzweifelt wünschte.

30. KAPITEL

STELLA

Sogar nach einem Lauf sah dieser Mann noch großartig aus. Becks glitzerndes Gesicht, seine Brust, die sich hob und senkte. Es war atemberaubend. Kein Wunder, dass es mir in den letzten Tagen gelungen war, mich von allem um mich herum abzulenken.

»Du siehst fantastisch aus«, sagte Beck, als er am Eingang zum Hotelzimmer stand.

Aber nicht einmal sein Anblick konnte mich von dem Schuldgefühl ablenken, das mich nach wie vor umfing wie eine dünne Schicht Schweiß an einem schwülen Augusttag in London. »Meinst du, du kannst dich heute mit Henry treffen?«

Beck zuckte mit den Schultern und zog sich das Shirt aus. Zwei Tage war es nun her, dass er mich unter dem Vorwand, er müsse mich sprechen, aus dem Restaurant geholt hatte. Nie zuvor hatte ich mich so sehr gefreut, jemanden zu sehen, aber andererseits war Beck gerade kurz davor gewesen, den Deal unter Dach und Fach zu bringen. Und gestern hatte Henry Verwandte besucht und nicht an der Wanderung teilgenommen. Möglicherweise hatte Beck sein Ziel verfehlt.

»Ich hätte dich wieder zu Henry zurückschicken sollen. Ich hätte doch im Auto warten können.«

»Das hast du bereits gesagt. Und ich hätte es auf keinen Fall zugelassen.«

»Habe ich mich eigentlich schon bei dir bedankt?«

Lächelnd drehte er sich zu mir. »Das hast du. Schon oft.« Er streifte seine Schuhe ab und ging ins Badezimmer, ließ die Tür aber offen stehen.

Auf der Fahrt zurück zum Hotel konnte ich kaum die Finger von Beck lassen. Irgendwann unterwegs hatten wir am Straßenrand angehalten, und ich war auf der Rückbank auf seinen Schoß gekrochen. Ich weiß nicht, warum, aber dass Beck sich zwischen Matt und mich gestellt, dass er Henry hatte stehen lassen, um mich zu retten, das war … So etwas hatte noch niemand für mich getan.

»Und ich würde es wieder tun«, fügte er hinzu. »Er kann von Glück sagen, dass ich ihn nicht zusammengeschlagen habe, und wenn ich dir nicht dieses Versprechen gegeben hätte, wäre es wahrscheinlich auch dazu gekommen. Willst du mir immer noch nicht verraten, was er zu dir gesagt hat?«

Ich konnte es ihm nicht erzählen. Es war zu peinlich zuzugeben, dass Matt behauptet hatte, mein Erscheinen bei der Hochzeit wirke verzweifelt. Und dass ich hätte merken müssen, dass er niemals vorgehabt hatte, mich zu heiraten. »Ach, du weißt schon. Er wollte sich rechtfertigen, weil er mit meiner besten Freundin abgehauen ist.« Ich versuchte, Matts Worte auszublenden, aber allein der Gedanke an seine Anschuldigungen wirkte wie Essig, den man in eine frische Wunde träufelt.

War ich verzweifelt gewesen? Hatte ich die Zeichen nicht gesehen? Tatsächlich hätte ich Matt und Karen nie im Leben zugetraut, mich dermaßen zu hintergehen und so treulos zu sein. Ich hatte geglaubt, dass sie mich liebten, aber ich hätte mich nicht gründlicher täuschen können.

»Typisch Feigling. Er hat versucht, dir ein schlechtes Gefühl zu geben.«

»Ist mir egal«, log ich. »Ich mache mir eher Sorgen wegen Henry.« Mich auf die Zukunft zu konzentrieren, war nun meine einzige Option.

Mir blieb nichts anderes übrig, als weiterzugehen, mich vor neuerlichen Verletzungen zu schützen und denselben Fehler kein zweites Mal zu begehen. Ich musste mich auf die Arbeit fokussieren. »Wenn du mir nicht zu Hilfe gekommen wärst, hätte er die Papiere vielleicht unterschrieben.«

»Ja, vielleicht. Allerdings ist er offenbar in die Vorstellung verliebt, dass der Name Dawnay dem Gebäude auf irgendeine Art erhalten bleibt.«

Ich war derart mit meinem eigenen Drama beschäftigt, dass wir über den Inhalt des Gesprächs zwischen ihm und Henry gar nicht gesprochen hatten. »Wie denn zum Beispiel?«

»Ein Flügel, der so heißt, oder eine Plakette in der Eingangshalle oder so.«

»Was angesichts deiner Herkunft vermutlich ein absolutes No-Go für dich ist.«

Sein Kopf fuhr herum. »Ja. Genau.«

»Das verstehe ich«, sagte ich. Er sah in diesem Projekt eine Art Therapie. Und wenn er den Namen Dawnay beibehalten musste, wurde diese Wirkung in seinen Augen untergraben. Dennoch schien es ein geringer Preis zu sein. »Du musst dich fragen, ob du zum Verzicht bereit bist, falls das für Henry ein Stolperstein ist.«

»Ich muss jetzt duschen, aber komm ruhig mit ins Bad, dann können wir weiterreden«, sagte er.

Ich versuchte, mich an meine Anfangszeit mit Matt zu erinnern. Hatten wir jemals ein Gespräch im Badezimmer geführt? Immer war so viel zu tun gewesen – ich konnte mich nicht erinnern, wann wir das letzte Mal wirklich miteinander geredet hatten.

»Findest du, dass die Sache mit dem Namen idiotisch von mir ist? Schneide ich mir ins eigene Fleisch?

»Das habe ich nicht gesagt«, antwortete ich.

Beck fuhr fort, sich bei offener Badezimmertür auszuziehen. Er war so unbefangen. Wir kannten uns erst seit wenigen Wochen, aber ich kannte seinen Körper besser als meinen eigenen. Die kleine Narbe an seinem Kinn, die ich nur aus wenigen Zentimetern Entfernung sehen konnte – die Folge eines Sturzes auf den Felsen bei einer Wanderung auf den Snowdon. Die Grübchen direkt über seinen Pobacken – der Grund, warum ich ihm vom Bett aus gern zusah, wenn er nackt durchs Zimmer ging. Die Tatsache, dass seine Hände doppelt so groß waren wie meine und meine Taille, meine Hüften, meine Brüste umfingen, als gehörten sie ihm. All das würde ich vermissen.

Ich würde *ihn* vermissen.

»Stimmt, aber inzwischen kenne ich dieses kleine Zucken deines Mundes und die Art, wie du den Blick abwendest – es bedeutet, dass du anderer Meinung bist. Sag mir, was du denkst, Stella. Ich will es wissen.«

Wir kannten uns noch nicht lange, aber in mancher Hinsicht konnte er mich offenbar besser einschätzen als meine ältesten Freunde. »Ja, es klingt, als würdest du dir tatsächlich ins eigene Fleisch schneiden.«

»Ehrlich gesagt wäre das bei mir nichts Neues«, räumte er ein.

»Wem sagst du das? Florence musste mich erst überreden, zu dieser Hochzeit zu kommen.«

»Ich verstehe durchaus, warum du nicht wolltest. Was Matt und Karen getan haben, ist schrecklich.«

»Und ich verstehe, warum du den Namen Dawnay in Verbindung mit dem Gebäude nicht mehr hören willst.«

Er stieg unter die Dusche und blickte mich an. »Lass dir nie wieder von einem Typen erzählen, dass du kein verdammter Hauptgewinn bist, Stella.«

Er sagte das, als glaubte er, ich sei das Beste, das einem Mann überhaupt passieren konnte, und unter seinem Blick lief mir ein Prickeln über die Haut, als lägen seine Lippen auf meinen.

»Ich weiß nicht, ob das bedeutet, dass du Henrys Bedingung akzeptieren wirst oder nicht.«

Er seufzte, als befände er sich in einer ausweglosen Situation. »Was würdest du an meiner Stelle tun?«

»Falsche Frage«, entgegnete ich. »Du willst wissen, was Warren Buffett oder Jeff Bezos tun würden.«

»Du meinst also, ich soll nicht zulassen, dass mir meine Gefühle in die Quere kommen?«

»Nein, das meine ich nicht. Ich finde, wenn es dein Ziel ist, das beste Geschäft zu machen, dann erklär dich bereit, den Namen beizubehalten. So würden es Warren oder Jeff machen.«

»Natürlich will ich den besten Deal herausholen«, sagte er.

Zum Teil mochte das stimmen, aber er wollte das Dawnay-Haus noch aus anderen Gründen. »Oder du willst die Geister der Vergangenheit zum Schweigen bringen«, antwortete ich. »Und wenn das der Fall ist, wird dir der Kauf des Hauses niemals die ersehnte Erfüllung bringen, wenn es weiterhin Dawnays Namen tragen muss.«

»Also lieber verzichten?«

Ich schüttelte den Kopf. »Nein. Ich glaube, du musst entscheiden, was dir wichtiger ist – die Vergangenheit zu begraben oder das Haus zu bekommen. Wenn es um deinen Vater geht und Henry auf dem Namen besteht, dann solltest du vielleicht verzichten, ja.«

Beck kam aus der Dusche, und ich tappte zurück ins Schlafzimmer und schlüpfte rasch in einen Rock und eine Bluse von Zara, beides Billigkopien von Prada-Modellen.

»Du bist nicht nur ein Hauptgewinn, du hast auch noch recht«, sagte Beck, der sich bereits abtrocknete. »Es geht um mehr als um ein Haus oder ein Geschäft. Ich kann nicht damit leben, dass der Name auch in Zukunft noch an dem Gebäude kleben soll. Ich will vorankommen, und das Einzige, das mich seit Jahren davon abhält, ist der Wunsch, es zu besitzen und die Handschrift meines Vaters durch meine eigene zu ersetzen.«

Ich kannte dieses Gefühl, im eigenen Leben vorankommen zu wollen. Und unwillkürlich dachte ich, dass ich mir gerade selbst ins Knie geschossen hatte. Wenn Beck das Dawnay-Haus nicht kaufte, wo blieb ich dann? In einem miesen Job, den ich hasste, und in der Wohnung, in der ich mit Matt gelebt hatte.

»Nun, dann kennst du jetzt vermutlich die Antwort«, sagte ich.

»Vielleicht. Wenn ich Henry nicht überreden kann, auf den Namen zu verzichten. Aber es ist noch einen weiteren Versuch wert.«

»Hoffentlich bekommst du ihn am Tag der Trauung zu Gesicht.«

Beck zog sich die Hose an und nahm ein Hemd von einem Bügel im Schrank.

»Und danach sind wir fertig«, sagte ich. Nach diesem Tag konnte ich wieder mein eigenes Leben führen. Das Kapitel Matt, das eigentlich das gesamte Buch darstellen sollte, war zu Ende. Aber da noch unklar war, was aus Beck und dem Dawnay-Haus werden würde, hatte ich keine Ahnung, wie es auf der nächsten Seite weitergehen sollte.

Er zog seinen Koffer hinter der Tür hervor, nahm ein

T-Shirt vom Bett und zog es sich über den Kopf. »Lass uns packen«, sagte er.

»Jetzt?« Ich warf einen Blick auf die Uhr. »Wir dürfen nicht zu spät zur Trauung kommen.« Packen konnten wir auch später noch. Auf keinen Fall würde ich zu spät in der Kirche auftauchen und Gefahr laufen, mich in eine Bank schieben zu müssen, wenn alle bereits saßen und sich zu mir umdrehen würden.

»Nein, lass uns hier verschwinden. Heute. Jetzt. Ich habe Henrys Kontaktdaten. Ich kann ihn anrufen oder ihm eine Mail schreiben.«

Mein Herz begann zu rasen, und mein Magen rebellierte vor Aufregung und Erleichterung. Obwohl der Gedanke im Gegensatz zum Beginn der Woche keinen Brechreiz mehr in mir auslöste, stand es nicht gerade oben auf meiner Wunschliste für den nächsten Tag, Matt und Karen beim Heiraten zuzusehen. »Wäre es nicht besser für dich, persönlich mit ihm zu sprechen?«

»Ich glaube, ich muss ihn noch ein bisschen schmoren lassen.« Beck nahm seine Sachen aus dem Schrank und warf sie in den Koffer. »Es sei denn, du willst aus irgendeinem Grund dabei sein. Um die Sache abzuschließen oder so.«

»Überall sonst wäre ich lieber als dort.«

»Na, dann mal los, zieh diese sexy Schuhe aus und pack sie ein.« Er nahm sein Handy vom Nachttisch, und ich blieb wie versteinert auf dem Bett sitzen. »Ich telefoniere jetzt wegen des Fliegers, aber wenn du bleiben willst, dann bleiben wir.«

Kümmerte es mich, wenn beim Empfang zwei Personen fehlten? Die Leute würden vermutlich sagen, dass ich den Anblick nicht ertragen hätte, und in gewisser Hinsicht hatten sie damit recht. Wären nicht Beck und der Job als Innenarchitektin gewesen, wäre ich hier überhaupt nicht aufgetaucht. Wenn Beck mir eine Freikarte schenkte, mit der ich dieses Gefängnis verlassen konnte, warum sollte ich die Gelegenheit nicht beim Schopf packen? »Bist du sicher? Du bist so kurz vorm Abschluss, was Henry betrifft.«

»Ich glaube, wir müssen jetzt beide von hier flüchten.«

»Okay, wenn du dir sicher bist, dann …«

»Stella, du scheinst förmlich darauf zu warten, dass ich meine Meinung ändere. Aber man kann nie wissen – wenn ich jetzt gehe, ist das vielleicht genau der Schubs, den Henry noch braucht.« Er hielt das Handy hoch. »Also, soll ich?«

Ich wollte nicht hierbleiben. Ich wollte nicht zusehen, wie Matt und Karen heirateten. Ich wollte in der Luft und auf dem Weg zurück nach London sein. Ich wusste nicht, ob ich zurück in die Wohnung wollte, die Matt und ich geteilt hatten, oder zu dem Job, den ich angenommen hatte, um die Hypothek abzahlen zu können, aber ich wusste: Hierbleiben war in jedem Fall schlimmer. »Okay, auf geht's.«

Ich sprang auf, Adrenalin strömte durch meine Adern, und ich zog mein hochzeitstaugliches Outfit aus und suchte den Raum nach meiner Jeans ab. »Tun wir das hier wirklich? Irgendwie kommt es mir falsch vor.«

Beck nahm sein Handy und sagte: »Joe, ich brauche heute das Flugzeug. In ungefähr zehn Minuten verlassen wir das Hotel, wir sollten also in einer halben Stunde am Flugplatz sein.« Er beendete das Gespräch und drehte sich zu mir. »Ja, das hier passiert wirklich. Endlich tust du einmal, was für dich am besten ist und nicht für Matt, deine Freunde oder meinetwegen auch für mich.« Er lächelte mich an, dann nahm er mich in die Arme und drückte mir einen Kuss auf den Scheitel. »Es wird Zeit.«

31. KAPITEL

STELLA

Durch das Heckfenster des Wagens sah ich das Hotel immer kleiner werden und endlich mit dem grauen, schottischen Himmel verschmelzen. Ich musste mich vergewissern, dass wir tatsächlich weggefahren waren. »Es kommt mir vor, als ließe ich die Vergangenheit hinter mir«, sagte ich. »Im wörtlichen und im übertragenen Sinn liegt jetzt alles hinter mir.«

»Ist das okay für dich?«, fragte Beck.

Ich drehte mich um und sah auf dem Beifahrersitz neben Beck nach vorn. »Es ist eine Erleichterung, endlich damit fertig zu sein. Und dass ich nicht zu der Trauung gehen muss. Ich bezweifle, dass ich Matt und Karen jemals wiedersehen werde.«

»Aber du wirst Florence und Gordy noch sehen, oder?«

»Klar. Florence hat sich die ganze Zeit super verhalten.«

Beck schwieg.

»Sie ist eine großartige Freundin«, fügte ich hinzu. »Ich weiß nicht, was ich ohne sie getan hätte.«

Er zuckte mit den Schultern.

Das war merkwürdig, denn ich kannte Beck gut genug, um zu wissen, dass er damit kein bloßes Desinteresse an meinen Worten zum Ausdruck brachte. Er war anderer Meinung als ich, versuchte sich aber zurückzuhalten und es mir nicht zu zeigen.

»Magst du Florence nicht?«

Er tippte mit den Daumen auf das Lenkrad. »Mir gefällt nicht, dass sie nach allem, was Karen dir angetan hat, immer noch mit ihr befreundet ist.«

Ich griff nach seinem Arm. Es war schön, dass ihn das berührte, aber was Florence betraf, hatte er etwas missverstanden. »Florence ist nicht mit Karen befreundet.«

»Sie ist auf der Hochzeit. Und ehrlich gesagt kenne ich Gordy zwar nicht sehr gut, aber er wirkt wie ein netter Kerl auf mich. Ich verstehe nicht, warum er kein Machtwort gesprochen und sich geweigert hat, daran teilzunehmen.«

Ich musste ein Kichern unterdrücken. »Ein Machtwort sprechen? Ich würde zu gern mal sehen, wie er Florence vorzuschreiben versucht, was sie zu tun hat. Aber zu deiner Information: Florence hat mir versprochen, nach Schottland zu fahren, wenn ich fahre. Sie wollte nicht, dass ich es allein durchstehen muss. Hätte ich sie nicht gebraucht, hätte sie an der Hochzeit nicht teilgenommen.

Beck nahm einen langen, tiefen Atemzug. »Gut«, sagte er. »Das ergibt schon mehr Sinn. Und Gordy ist einfach mitgekommen?«

»Er würde alles tun, um Florence glücklich zu machen. Du kannst jetzt aufhören, die beiden zu verurteilen. Obwohl es irgendwie nett ist, dass du so gut auf mich aufpasst.«

»Der Charakter eines Menschen ist mir wichtig. Das weißt du.«

Wenn man bedachte, wie wenig Zeit wir miteinander verbracht hatten, wusste ich tatsächlich eine Menge über Beck. Aber inzwischen hütete ich mich zu glauben, dass ich irgendeinen Menschen wirklich kannte. Nach dem Gespräch mit Matt hatte der Mangel an Vertrauen in meine Menschenkenntnis den Siedepunkt erreicht.

»Ich verstehe nicht, warum du so lange mit ihm zusammen warst und warum du mit Karen seit dem fünften Lebensjahr befreundet bist. Soweit ich es beurteilen kann, haben die beiden einander verdient. Und keiner von ihnen hat eine Freundin wie dich verdient.«

Es war einfach, von außen auf Freundschaften zu blicken und zu erkennen, was nicht in Ordnung war. Aber wenn man mittendrin steckte, konnte man die Unstimmigkeiten leicht übersehen. »Daran ist nie eine Person allein schuld«, sagte ich.

Wir fuhren auf die Hauptstraße, Beck ließ den Motor aufheulen, und wir wurden schneller. »Wenn dieser Vollpfosten es geschafft hat, dir einzureden, du wärst selbst daran schuld, dass er mit deiner besten Freundin durchgebrannt ist, dann – «

»Nein, das ist es nicht. Es ist eher so: In einer Beziehung besteht das Ziel darin, glücklich zu sein, und das heißt, dass man Kompromisse eingehen und akzeptieren muss, dass man nicht immer recht hat.«

»Und das hat Matt getan?«

Ich wusste nicht, ob ich Matts Ziele überhaupt verstanden hatte, und kam mir noch dümmer vor als ohnehin schon. Ich hatte einfach blind weitergemacht und war davon ausgegangen, dass alle ein gutes Herz hatten und an irgendeinem Punkt das Happy End auf mich wartete. »Na ja, Kompromissbereitschaft war nicht gerade seine Schlüsselqualifikation, als wir zusammen waren«, erklärte ich. »Das heißt aber noch lange nicht, dass man böswillig handelt.

»Aber genau das ist doch der Punkt, oder? Du hattest gute Absichten, und ihm war das scheißegal.«

Matt hatte mich gern gehabt. Irgendwann einmal. So musste es gewesen sein. »Wir waren lange glücklich miteinander.«

»Und als du es nicht mehr warst«, sagte Beck. »Bist du da gegangen?«

Mein Magen rebellierte. Ich war bis zum Schluss glücklich gewesen. Sogar, als er die Beziehung beendet hatte, hatte ich ihn noch geliebt und geglaubt, dass es funktionieren würde.

Wie dumm ich doch gewesen war.

Seit ich ein bisschen Abstand von Matt gewonnen hatte, war mir klar, dass unsere Beziehung alles andere als perfekt war. Rückblickend betrachtet, war er kontrollierend und anspruchsvoll und nicht nur ein bisschen versnobt.

Beck hatte recht. Ich hatte gesehen, was ich sehen wollte … das Schlechte ignoriert und für das Gute in unserer Beziehung selbst gesorgt, alles durch die rosarote Brille gesehen.

Nun befürchtete ich, dass meine verzerrte Sichtweise sich nicht auf Matt und Karen beschränkte, sondern dass ich generell nicht in der Lage war, die Realität zu sehen. Sah ich auch an Beck nur das Gute? Die Sache zwischen uns kam mir echt vor; ich hatte das Gefühl, dass er alles für mich tun würde. Aber ich hatte mich schon einmal getäuscht.

»Ich blicke nicht zurück. Ich konzentriere mich auf die Zukunft. Auf das Mayfair-Projekt.«

»Wenn wir es bekommen«, sagte Beck.

»Du *wirst* es bekommen.«

Lächelnd nahm er meine Hand und verflocht seine Finger mit meinen. War alles nur ein Spiel? »Danke für dein Vertrauen in mich. Aber ich habe mich entschieden. Ich will es entweder ohne den Namen oder gar nicht.«

In diesem Augenblick kam ein Anruf über Bluetooth, und Henrys Name blitzte auf. Er sollte eigentlich bei der Trauung sein.

»Henry«, meldete sich Beck.

»Wenn Sie noch bei Trost sind, haben Sie die reizende Stella vor diesem lächerlichen Aufmarsch hier gerettet. Das liebe

Mädchen sollte dieses Geschwätz nicht über sich ergehen lassen müssen.«

»Allerdings. Wir sind gerade auf dem Weg zum Flugplatz, und dann geht's zurück nach London.«

»Sehr gut«, sagte Henry. »Also, ich rufe an, weil wir unser Gespräch in Fort William nicht zu Ende gebracht haben.«

Beck räusperte sich. »Ja, das tut mir leid. Ich – «

»Sie müssen sich nicht entschuldigen. Sie haben es genau richtig gemacht«, entgegnete er. »Tatsächlich hat Ihr Verhalten mich dazu gebracht, über Familie und Loyalität nachzudenken. Es gab viele Dawnays, die niemals die Charakterstärke aufgebracht hätten, die Sie an den Tag gelegt haben, als Sie in dieser Situation zwischen der lieben Stella und Matt eingegriffen haben. Unter uns gesagt: Der Cousin, von dem ich das Gebäude geerbt habe, war nicht gerade der beste Mensch, der mir je über den Weg gelaufen ist. Vielleicht hat der Name Wilde es verdient, als einziger auf Ihrem Haus zu stehen.«

Ich ballte die Fäuste in der Hoffnung, damit den Freudenschrei zu unterdrücken, der aus mir herausplatzen wollte.

»Das weiß ich sehr zu schätzen.« Beck lächelte mich an – es war der Blick eines Mannes, der wusste, wann er gesiegt hatte.

»Sie sagten, vierzehntausendfünfhundert pro Quadratmeter?«

»Ja, richtig«, antwortete Beck.

Das schien viel Geld zu sein, aber Beck hatte gesagt, für die Lage sei es ein fairer Preis, und meine Recherchen hatten ergeben, dass Beck mehrere Tausend Dollar mehr pro Quadratmeter verlangen konnte, wenn ich meinen Job ordentlich machte.

»Wenn Sie auf fünfzehntausend erhöhen, unterschreibe ich«, sagte Henry.

»Okay, wenn die Dokumente bis Donnerstag ausgefertigt sind, kann ich den Preis zahlen.«

»Dann schlage ich vor, dass wir unseren Anwälten schleunigst Feuer unterm Hintern machen«, sagte Henry und lachte in sich hinein. »Und Sie und Stella kommen nächste Woche Samstag zum Dinner, damit wir den Abschluss feiern können.«

Beck drehte sich zu mir, und ohne nachzudenken, nickte ich begeistert. Der Zeitpunkt für Henrys Okay hätte nicht besser gewählt sein können. Nun hatte ich etwas, worauf ich mich freuen und worauf ich hinarbeiten konnte.

»Mit Vergnügen«, sagte Beck. »Dann will ich Sie nicht länger aufhalten, damit Sie sich direkt an ihre Anwälte wenden können. Viel Vergnügen noch auf der Hochzeit, Sir.«

»Du hast dein Haus!«, sagte ich und strahlte Beck an. »Ich wusste, dass du es schaffen würdest.«

»Und du hast dein Projekt«, antwortete er.

»Meine Zukunft.«

Er streckte eine Hand aus und berührte mein Gesicht, strich mir mit dem Daumen über den Wangenknochen. »Wenn wir wieder in London sind, sollten wir das feiern.«

Im Nullkommanichts rutschte mir der Magen in die Kniekehle. Ich hatte mir verboten, mir Beck und mich jenseits der schottischen Grenze zusammen vorzustellen. Aber in ungefähr einer Stunde würden wir wieder in England sein.

Wenn er mir tatsächlich ein Date vorschlug, wusste ich nicht, was ich sagen würde – Matt hatte mir beigebracht, vorsichtiger mit meinem Herzen umzugehen.

»Das ist ja die Idee hinter Henrys Dinner«, antwortete ich.

»Stimmt, aber ich würde auch gern mit dir allein feiern.«

Beck hatte sämtliche Zweifel an seinen Worten ausgeräumt. Ich spürte meinen Puls in den Handgelenken pochen und wusste nicht, ob vor Aufregung oder vor Furcht. »Ein Grund zum Feiern ist es auf jeden Fall«, sagte ich.

Dass Beck das Dawnay-Haus bekommen wurde, war ein Grund zum Feiern.

Dass ich Karen die Stirn geboten hatte, war ein Grund zum Feiern.

Und unsere Flucht von der Hochzeit war ebenfalls ein Grund zum Feiern.

In meinem Leben passierte viel Gutes, worauf ich anstoßen konnte. Aber sollte ich das mit Beck tun?

Würde ich den Mut aufbringen, mir selbst zu vertrauen? War ich fähig, die Dinge zu sehen, wie sie wirklich waren, und nicht, wie ich sie haben wollte?

Die Woche mit Beck war wundervoll gewesen. Aber wir hatten eine Lüge gelebt. Genau wie Matt und ich es zuvor getan hatten. Bei Beck war ich mir der Täuschung zwar bewusst, aber es war noch immer nicht die Wahrheit, sondern eine chaotische, komplizierte Täuschung.

Indem Matt mir gezeigt hatte, wie sehr sich die Realität von dem Leben unterschied, das ich zu führen glaubte, hatte er mir den Boden unter den Füßen weggezogen, und ich musste mir den Staub von den Gliedern klopfen und wieder laufen lernen.

»Willst du bei dem Dinner mit Henry immer noch so tun, als wären wir zusammen?«, fragte ich. Bislang hatten wir nicht darüber gesprochen, wie es weitergehen würde. Wir gaben vor, ein Paar zu sein und schliefen miteinander. Bedeutete das, dass wir tatsächlich zusammen waren?

Beck musterte mich aus schmalen Augen. »Du tust nur so, als ob? So kam es mir gestern Abend im Bett aber gar nicht vor.« Ein breites Grinsen zog seine Mundwinkel nach oben. »Und auch heute Morgen unter der Dusche nicht und – «

»Okay, schon verstanden. Es ist nur … na ja, Schottland war eben … Schottland.«

»Keine Ahnung, was ›Schottland war eben Schottland‹ heißen soll.«

Auch ich wusste nicht, was ich sagen sollte. Tatsache war, dass wir über Dates im echten Leben nicht gesprochen hatten. Was wir jetzt vermutlich nachholen würden – wir redeten darüber, was passierte, wenn wir wieder in London waren.

»Willst du Schluss machen, wenn wir zurück in London sind?«, fragte er. Seine Stimme klang ein bisschen kälter und distanzierter als noch wenige Sekunden zuvor.

Ich kaute auf der Innenseite meiner Wange herum. Wollte ich?

Ich mochte Beck. Ich mochte es *sehr*, mit Beck zu schlafen. Und er war lustig. Er war süß, wenn er ernst war. Und furchtbar süß, wenn er sich im Arbeitsmodus befand.

Er hatte mich vor Matt gerettet und vorgeschlagen, der Trauung an diesem Tag einfach fernzubleiben.

Beck schien ein feiner Kerl zu sein. Aber auch Matt war mir anständig vorgekommen.

Ich musste herausfinden, ob ich einen grundlegenden Fehler hatte, der mich in allen Menschen nur das Gute sehen ließ.

Florence hatte darauf hingewiesen, wie selbstsüchtig Matt sich verhalten und dass ich ihm ständig nachgegeben hatte, aber ich selbst hatte das immer anders gesehen.

Ich brauchte Zeit, um meinen Blick auf andere Menschen wieder scharfzustellen. Oder um meine Instinkte wiederzubeleben oder so. Ich musste den Teil von mir reparieren, der kaputt war und die Dinge nicht sehen konnte, wie sie wirklich waren.

Was ich nicht wollte, war, vom Regen in die Traufe zu kommen.

Mein Magen rebellierte, als mir klar wurde, dass eine Beziehung zwischen Beck und mir wahrscheinlich eine verdammt schlechte Idee war. Die Vergangenheit hatte gezeigt, dass meine Instinkte nicht funktionierten. Wenn es sich richtig anfühlte, musste es also falsch sein. Nach genauerem Nachdenken würde er mir bestimmt recht geben. »Wir werden zusammen arbeiten. Vielleicht ist es keine gute Idee, Geschäftliches mit …« Ich zögerte.

Was würde er mir vorschlagen? Halb hoffte ich, dass er zustimmen, halb, dass er mich überreden würde, aber er konnte mich natürlich zu allem überreden, was er im Sinn hatte. »… na ja, mit Sex zu vermischen«, beendete ich den Satz.

Beck wandte sich von mir ab und starrte stur geradeaus. »Okay, dann belassen wir es beim Geschäftlichen.«

Das war's?

Ich hatte erwartet, dass er ein Gegenargument vorbringen würde. Das war doch seine übliche Vorgehensweise, oder etwa nicht? Ich hätte damit gerechnet, dass ich mich zumindest wehren müsste, denn ich hatte Beck in Aktion gesehen. Wenn er etwas wollte, machte er vor nichts halt.

Mich wollte er offenbar nicht. Jedenfalls nicht genug.

Vielleicht war mein Urteilsvermögen ja doch ganz in Ordnung. Meine Zweifel an ihm waren nämlich wohlbegründet.

32. KAPITEL

BECK

Eigentlich wollte ich mich auf meine Arbeit konzentrieren, aber seit wir Schottland verlassen hatten, schien mein Verstand in schwarzen Dunst eingehüllt zu sein, aus dem ich einfach keinen Ausweg fand. Es waren nur wenige Tage gewesen, aber gefühlt waren es Wochen … oder sogar Monate.

Ich trommelte mit den Fingern auf den glänzenden schwarzen Tisch, immer um mein Pintglas herum.

»Ist das Wasser?«, fragte Dexter, der soeben eintraf, und er zuckte zusammen, als stünde ein halber Liter Batteriesäure vor mir.

»Ja, mit einem Limonenschnitz. Ist das ein Problem für dich?« Alkohol war das Letzte, das ich jetzt gebrauchen konnte. Ich wollte klarer im Kopf werden, nicht noch wirrer.

Er hängte sein Jackett über die Stuhllehne und gab dem Barkeeper ein Zeichen. »Warum hast du so schlechte Laune? Hattest du einen Autounfall?«

»Leck mich, mit meiner Laune ist alles in Ordnung«, fauchte ich.

»Na klar«, sagte er, lehnte sich zurück und dankte dem Barkeeper, der ihm ein Glas Whiskey hingestellt hatte.

»Total idiotisch, dass du für diesen Laden bezahlst.« Ich hatte nie verstanden, warum Leute Mitgliedsbeiträge zahlten, um etwas zu besuchen, das im Wesentlichen nur eine Bar oder ein

Restaurant war. Ich sah mich in Dexters Club um – die Decke war ein exaktes Abbild des Tisches, um den wir uns versammelt hatten, und von der kreisförmigen Lampe aus dunklem Glas gingen goldene Strahlen aus, als versuchte die Sonne, einer Verdunkelung zu entgehen. Es sah aus wie etwas, worauf mich Stella aufmerksam machen würde. »Bars wie diese gibt es in London zu Tausenden.« Das stimmte nicht ganz. Das Lokal war nett, aber ich hätte Dexter für genügsamer gehalten.

»Okaaay«, antwortete er. »Und willst du mir vielleicht erklären, warum du aussiehst, als wäre gerade dein Hund gestorben?«

»Mit mir ist alles okay. Ich warte nur, dass ihr endlich kommt.« Im Büro war ich abgelenkt gewesen, was untypisch für mich war, darum hatte ich mich ins Gym verzogen und war danach gleich hierhergekommen. Ich hatte gehofft, das Workout würde mir einen klaren Kopf verschaffen, aber auch das hatte nicht funktioniert. Alles, woran ich denken konnte, war Stella. Wo war sie? Was tat sie? Woran dachte sie? Mit wem war sie zusammen?

»Und du flirtest nicht mit den Kellnerinnen, was entweder bedeutet, dass du einen Arsch voll Geld verloren hast oder bei etwas Wichtigem deinen Willen nicht durchsetzen konntest. Was von beidem ist es?«, fragte er.

Himmel, hielt dieser Typ sich für meinen Therapeuten? »Nichts davon, Madame Zelda. Hör auf, meine Gedanken zu lesen oder mir die Zukunft vorherzusagen oder was auch immer du da gerade tust.«

»Okay, wie war es in Schottland?«

Sollte das ein Frage- und Antwortspiel werden? »Soll ich dir vielleicht einen Fragebogen über mein Leben ausfüllen?«, fragte ich.

Dexter brach in Gelächter aus. »Ich glaube, du hast deine Tage.«

»Sei nicht so ein sexistisches Arschloch«, sagte ich. Vielleicht sollte ich lieber gehen. Dexter nervte mich an diesem Abend. Alles nervte mich.

»Oh, Entschuldigung, ich habe ganz vergessen, dass du ein Bollwerk politischer Korrektheit bist.«

»Kein Arschloch zu sein bedeutet nicht, dass man politisch korrekt ist. Es bedeutet einfach, kein Arschloch zu sein.«

Dexter zog die Brauen hoch. »Na schön. Du hast also nicht deine Regel, weil du keine Frau bist – nicht dass es schlecht ist, eine Frau zu sein, und die Regel zu haben, ist bestimmt super – aber mal im Ernst, Kumpel: Was zum Teufel ist mit dir los?«

Ich lehnte mich auf dem Stuhl zurück. »Mir gehen nur ein paar Sachen durch den Kopf, das ist alles.«

Drüben am Tisch der Platzanweiserin machte Tristan gerade eine junge Frau vom Personal an. »Der Typ muss dringend mal flachgelegt werden«, sagte Dexter.

»Definitiv«, antwortete ich, während sich Tristan bereits unserem Tisch näherte.

»Christy«, sagte er zur Erklärung. »Die ist scharf, nicht wahr?«

»Das heißt aber nicht, dass du sie vögeln musst«, sagte Dexter, als erklärte er einem Vierjährigen, dass er sich vom Feuer fernhalten soll.

»Es heißt aber auch nicht, dass ich sie *nicht* vögeln sollte.«

Tristan machte gerade eine Phase durch. Das Problem war nur, dass diese Phase bereits seit fünf Jahren andauerte.

»Sind wir heute Abend nur zu dritt?«, wollte er wissen.

»Vielleicht kommt Gabriel noch, aber er macht gerade Überstunden«, sagte Dexter.

»Wie war es in Schottland?«, fragte Tristan. »Hast du das Gebäude bekommen?«

Ich atmete durch. Es hätte sich mehr wie ein Sieg anfühlen müssen. Vielleicht würde sich das ändern, wenn die Papiere endlich unterschrieben waren. »Wir haben uns auf einen Preis geeinigt. Das Gutachten ist erledigt. Jetzt warte ich nur noch auf die Verträge.«

»Wow, das sind großartige Neuigkeiten … oder nicht?«, fragte Tristan.

»Na und?«, schnauzte ich ihn an. Ohne Stella kam mir das Dawnay-Haus nicht mehr so wichtig vor.

»Sein Hund ist gestorben«, sagte Dexter, um zu erklären, warum mein Gesichtsausdruck nicht zu der Nachricht passte, dass der Abschluss des Geschäfts, auf das ich so lange gewartet und auf das ich hart hingearbeitet hatte, endlich kurz bevorstand.

»Meinem Hund geht es gut.« Ich schüttelte den Kopf. Was redete ich denn da? »Ich habe keinen Hund, verdammt, und es ist auch keiner gestorben. Niemand ist krank. Ich bin nur … besorgt.«

Ich nahm den Blick sehr wohl wahr, den Tristan Dexter zuwarf – ein Blick, der besagte, dass ich mich an der Grenze zum mentalen Versagen befand. Was möglicherweise sogar stimmte.

»Warum?«, fragte Tristan.

»Irgendwelches Zeug. Arbeit und so. Und Dexter hat Arschloch gespielt und ist mir auf den Geist gegangen.«

»Offenbar bin ich ein Sexist«, sagte Dexter.

»Das versteht sich von selbst«, sagte Tristan. »Und es ist auch nichts Neues.« Er trank einen Schluck aus dem Glas, das der Barmann ihm gerade hingestellt hatte. Beim Flirt mit der Wirtin war es ihm offenbar nicht nur um ihre Telefonnummer gegangen. »Aha, Schottland hat gut geklappt. Auf der Arbeit ist alles okay. Niemandes Hund ist gestorben. Und wie geht es Stella?«

Danke, Tristan, du mich auch. Manchmal hasste ich diesen Typen. Er war ein neugieriger Schnüffler. Warum gehörte er überhaupt noch zu unserem Freundeskreis? »Gut.«

Dexter und Tristan atmeten gleichzeitig hörbar ein.

»Was ist?«, fragte ich.

»Deine schlechte Laune hat etwas mit Stella zu tun«, sagte Dexter.

»Mach dich nicht lächerlich.« Wenn ich nur aufhören könnte, an sie zu denken, wäre alles wieder normal.

»Yep, es hat definitiv mit Stella zu tun. Hat sie zu deinem *äußerst* schwachen Spiel Nein gesagt?«, fragte Tristan.

»Mein Spiel ist nicht schwach. Und natürlich hat sie nicht Nein gesagt.« Innerlich stöhnte ich, denn ich hatte mich nicht gerade glorreich geschlagen.

»Ahhh!«, riefen die beiden im Chor.

»Bei deinem Hundeblick habe ich mir schon gedacht, dass es eine Frauengeschichte sein muss«, sagte Tristan. »Habe ich bei dir noch nie gesehen. Interessant.«

Ich hatte keine *Frauengeschichte*. Stella und ich waren nicht zusammen. Wir redeten nicht mal miteinander.

»Du hast mit ihr geschlafen«, sagte Dexter. »Und was ist dann passiert?«

»Nichts. Ich will nicht darüber reden.«

»Es gibt also etwas, worüber du nicht reden willst«, stellte Tristan fest. Allmählich ging er mir echt auf die Nerven.

»Halt die Klappe«, sagte ich.

»Hört beide auf, sonst gibt es gleich Streit«, sagte Dexter. »Aber im Ernst, was ist mit Stella? So habe ich dich noch nie gesehen. Du bist abweisend und schlecht gelaunt. Wir lachen dich nicht aus – wir lachen *mit* dir.«

»*Ich* lache ihn aus«, sagte Tristan. »Aber wenn's hilft, gebe ich dir gern Christys Nummer.«

Ich musste hier verschwinden, sonst würden Tristan und ich bald mit Fäusten aufeinander losgehen. Ich mochte schlechte Laune haben, okay, aber er war unnatürlich aufgedreht.

»Halt die Klappe, Tristan«, sagte Dexter.

»Tut mir leid«, murmelte er. »Ich habe mir gerade ein neues Auto bestellt und bin sehr zufrieden mit mir. Ich halte jetzt den Mund.« Er fuhr sich mit einer Hand übers Gesicht und setzte wieder eine normale Miene auf. »Ich habe mich wie ein Arschloch benommen. Erzählst du uns, was passiert ist?«

»Eigentlich ist alles okay. Ich weiß nur nicht …« Ich hatte keine Ahnung, was schiefgegangen war. »Ich habe ihr vorgeschlagen, den Kauf des Dawnay-Hauses mit mir zu feiern, und sie schien nicht besonders scharf darauf zu sein. Sie meinte, es wäre besser, sich auf das Geschäftliche zu beschränken. Das ist alles.« Ich verstand es einfach nicht. Wir hatten eine großartige Woche miteinander verbracht. Einfach fantastisch. Warum wollte sie das nicht feiern? Aber wie dem auch sei, ich war darüber hinweg. Es gab nichts, was ich verschmerzen musste.

»Du magst sie, Beck«, sagte Dexter. »Keine Ahnung, was da oben in Schottland in der Luft liegt, aber auf jeden Fall hat es dich dazu gebracht, über eine Frau nachzudenken.«

»Ich denke nicht nach.« Ich war nur irritiert.

»Normalerweise ist dir egal, was andere von dir halten, aber an Stellas Meinung liegt dir offensichtlich etwas«, sagte Dexter. »Falls dich das tröstet: Ich finde sie toll. Sie hat dir Paroli geboten. Und sie ist scharf, nicht wahr, Tristan?«

»Ich würde sie sofort bumsen«, antwortete der.

»Hey!« Die Vorstellung, dass Tristan so über Stella dachte, gefiel mir nicht.

»Aus Tristans Mund hat das nichts zu bedeuten – bedenklicher wäre es, wenn er sie *nicht* bumsen wollte«, sagte Dexter.

»Okay, das Thema ist irrelevant«, antwortete ich. »Selbst wenn ich sie mögen würde, was ich nicht gesagt habe, haben wir seit der Rückkehr nicht mehr miteinander gesprochen.«

Tristan verdrehte die Augen. »Ausdauer macht sich immer bezahlt. Sieh dir mich und Christy an. Drei Monate lang habe ich versucht, ihre Nummer zu bekommen. Du musst einfach weiter daran arbeiten.«

»Ich muss nicht arbeiten, um an Frauen zu kommen«, erwiderte ich. Ich musste mich nicht anstrengen, damit Menschen mich mochten. Bei niemandem. Und bei Stella schon gar nicht. Sie war viel zu sehr daran gewöhnt, einfach bei dem mitzumachen, was andere Leute wollten. Sie musste endlich herausfinden, was sie selbst glücklich machen würde.

»Manchmal lohnt es sich«, sagte Dexter. »Du willst doch später nichts bereuen. Und deiner Stimmung nach zu urteilen, bedeutet Stella dir etwas.«

»Ich mochte sie. Das ist alles.« Ich hatte geglaubt, dass sie mich auch mochte. Aber nun war es eben anders gelaufen, und das nagte an mir. Ich hatte geglaubt, wir seien auf einer Wellenlänge.

»Ist das alles?«, fragte Tristan. »Ich habe noch nie von dir gehört, dass du eine Frau magst. Normalerweise *erwähnst* du Frauen nicht mal.«

Tristan übertrieb. Wie üblich.

»Ich verstehe es einfach nicht. Wir haben uns prächtig amüsiert, aber ich habe die Situation offenbar völlig falsch gedeutet.«

»Am Telefon in Schottland hast du mir erzählt, dass ihr fester Freund ihre beste Freundin geheiratet hat. Die Arme wird bestimmt noch eine Weile glauben, dass jeder sie nur verarschen will. So was macht einen doch fertig.«

Ich atmete tief durch und versuchte, Dexters Worte zu verarbeiten. Als *fertig* hätte ich Stella nicht bezeichnet, trotzdem hatte er nicht ganz unrecht. Es musste schwer für sie gewesen sein zuzusehen, wie Matt und Karen das glückliche Paar gaben, obwohl Matt ziemlich gockelhaft gewirkt hatte. »Ja, okay, das verstehe ich.« Wahrscheinlich befürchtete Stella, dass ich nicht vertrauenswürdig war. »Aber ich verschwende meine Energie nicht auf eine Frau, die mich bei der erstbesten Gelegenheit sitzenlässt.«

»Sie wird schon wieder auftauchen. Stella ist eine vernünftige Frau«, sagte Dexter.

»Und witzig ist sie auch«, fügte Tristan hinzu. »Wenn du die Sache mit ihr verbockst, gibst du mir dann ihre Nummer?«

Herrgott noch mal, Tristan ging mir wirklich auf die Nerven. »Was ist los mit dir? Kannst du dir nicht eine eigene Frau suchen, muss es unbedingt meine sein?«

Er starrte mich an. »Deine Frau? Das klingt, als wäre es ernst. Du solltest die Sache lieber regeln, Beck. Denn wenn ich es nicht tue, schnappt sie dir irgendein anderer Kerl vor der Nase weg, und dann wird deine miese Laune zum Dauerzustand.«

Ein kalter Schauer überlief mich. Tristan hatte recht – es war durchaus möglich, dass mir ein anderer Mann zuvorkam. Stella war ein verdammter Hauptgewinn. Das Grauen, das mich sonst immer bei dem Gedanken befiel, das Mayfair-Projekt aufgeben zu müssen, ließ meinen Magen rebellieren, aber diesmal war es noch heftiger.

»Tja, da gibt es nichts zu regeln. Sie will mich nicht. Also war's das wohl.«

Dexters Mundwinkel verzogen sich nach oben. »Ich glaube sehr wohl, dass sie dich will. Wahrscheinlich hat sie nur Angst. Verstehst du das nicht?«

Dexter war derjenige, der nicht verstand. Stella hatte mich abgewiesen. Vielleicht gab es einen Grund dafür, aber letzten Endes lief es auf dasselbe hinaus.

Dexter leerte sein Whiskeyglas. »Tristan, holst du mir noch einen Drink?«

»Dafür ist die Kellnerin zuständig. Und zu deiner Information: Die bin ich nicht«, antwortete er, während er die ganze Zeit auf sein Handy starrte.

Dexter seufzte. »Okay. Kannst du dich für ein paar Minuten verziehen, damit ich unter vier Augen mit Beck sprechen kann?«

Tristan blickte auf und grinste. »Siehst du, du musst mir nur sagen, was du willst.« Er schob sich aus der Sitznische und steuerte natürlich sofort auf Christy zu.

Ich lehnte mich zurück, bereit, mir anzuhören, was Dexter mir zu sagen hatte. In den vergangenen Jahren hatte er einiges durchgemacht: Er hatte seine Eltern verloren, die Suppe ausgelöffelt, die sein Bruder ihm eingebrockt hatte, und dann aus dem Nichts ein eigenes Unternehmen aufgebaut. Dennoch hatte er keine Sekunde lang mit seinem Schicksal gehadert.

»Ich will nicht allzu sehr in die Tiefe gehen und dich bedrängen«, sagte er. »Aber hast du mal darüber nachgedacht, dass du möglicherweise wegen dem, was dein leiblicher Vater getan hat, jede Nähe zu anderen Menschen meidest?« Dass er den Mann, der meine Mutter geschwängert hatte, nicht als meinen Dad oder auch nur als meinen Vater bezeichnete, war ein Beleg dafür, wie gut Dexter mich kannte.

»Du glaubst, dass ich Nähe vermeide, weil ich meinen leiblichen Vater nie kennengelernt habe?«

»Du bist zutiefst abgelehnt worden, als du gerade erst auf der Welt warst, und so etwas fordert seinen Tribut.«

»Ich bin nicht so naiv, wie du glaubst«, sagte ich. »Diese Sache hat mich mit Sicherheit beeinträchtigt. Es ist nur so, dass ich dem Dawnay-Haus schon seit einer gefühlten Ewigkeit nachjage.«

»Ich fände es schrecklich, wenn das der Grund ist, warum du jemanden verlierst, mit dem du glücklich sein könntest«, sagte er.

Ich wusste nicht, was Dexter damit meinte, aber meine Aufmerksamkeit war ihm nun sicher.

»Dein leiblicher Vater war ein Arschloch«, fuhr er fort.

»Definitiv«, antwortete ich. »Aber was hat das mit Stella zu tun?«

»Stella läuft weg, weil sie Angst hat. Nicht weil sie ein Arschloch ist.«

»Dafür halte ich sie auch nicht.« Im Gegenteil, ich fand sie wundervoll. Sie war etwas Besonderes und erinnerte mich an die Dinge, die in Gedichten und Liebesliedern standen. Wenn ich Stella anblickte, empfand ich genau auf diese Art für sie.

»Wichtigen Dingen muss man manchmal nachjagen.«

Stella hatte bei mir nichts zu befürchten, und das wusste sie. Dexter hatte da etwas falsch verstanden. »Sie hat keine Angst vor mir.«

»Vor dir nicht, aber ich wette, dass sie sich davor fürchtet, verletzt zu werden. Sieh dir an, was sie durchmachen musste. Es geht nicht darum, dass sie dich nicht will, sondern darum, dass sie niemanden an sich heranlassen will.«

Vermutlich hatte Dexter recht. Ich konnte definitiv verstehen, dass es Stella widerstrebte, sich nach Matt noch einmal auf einen Mann einzulassen, aber ich hatte ihr schließlich keinen Antrag gemacht oder vorgeschlagen, dass wir zusammenziehen sollten. »Ich habe sie nur gefragt, ob ich sie auf einen Drink einladen darf. Wenn sie kein Interesse hat, dann …«

»Beck, sie hat Interesse. Das habe ich an dem Abend gesehen, als sie mit uns in dem Pub war.«

»In dem Pub? Da kannten wir uns doch kaum.« Ich schaute ihn ungläubig an.

»Glaub mir, ich weiß, wie eine Frau aussieht, wenn sie auf einen Typen steht. Und du warst auch von ihr angetan. Irgendetwas war da zwischen euch beiden. Ihr passt einfach gut zusammen.«

Dexter beschrieb exakt, was ich selbst empfand – es war, als wären wir zwei Seiten derselben Münze. Aber meine Gefühle für Stella beruhten eindeutig nicht auf Gegenseitigkeit. Ich zuckte mit den Achseln. »Du kennst mich doch. Ich bin kein guter fester Freund.«

»Und du weißt, wie ich darüber denke«, gab er zurück. »Du bist nur deshalb kein guter Freund, weil dir die Frauen egal sind, mit denen du deine Zeit verbringst.«

»Okay, wenn deine Theorie stimmt, wenn Stella die Richtige für mich wäre, dann hätte ich sie doch nicht einfach gehen lassen.«

»Doch. Und jetzt hast du im Pub vor einem großen Glas Wasser gesessen und gegrübelt, weil du einen Korb bekommen hast – zum ersten Mal in deinem Leben.«

Ich griff nach meinem Pint Bier in der Hoffnung, dass er von sich aus weiterreden würde, denn ich wollte ihn nicht um weitere Erklärungen bitten.

»Ich habe noch nie erlebt, dass du schlecht gelaunt warst, weil eine Frau deine Einladung zum Dinner oder auf ein paar Drinks oder wozu auch immer abgelehnt hat.«

Auch ich konnte mich nicht erinnern, dass das je zuvor der Fall gewesen war.

»Es ist bestimmt schon mal vorgekommen, aber ich würde wetten, dass du es nicht mehr weißt, weil dir die Frauen bislang einfach egal waren. Und bei Stella ist es anders, das merke ich doch.«

Ich gab es nur ungern zu, aber Dexter hatte recht – bei ihr war es anders. Stella schien mich zu verstehen, mich wirklich zu kennen. Und das nicht nur, weil sie den Beruf meiner Mutter kannte und wusste, wie ich mein Steak gern aß – nein, sie blickte mir in die Seele. »Ich kann sie nicht zwingen, mit mir zusammen zu sein, Dexter. Sie hat Nein gesagt.«

»Sie traut sich selbst nicht über den Weg. Und dir auch nicht. Du musst sie umwerben. Du musst ihr immer wieder zeigen, was für ein feiner Kerl du bist, dann kommt sie zu dir zurück.«

»Ich möchte aber niemanden überreden, mit mir zusammen zu sein.« Ich hatte gesehen, wie anpassungsfähig Stella war, wenn es darum ging, andere glücklich zu machen. Ich wollte, dass sie sich bewusst dafür entschied, mit mir zusammen zu sein. Ich wollte sie nicht überreden müssen.

»Es geht nicht darum, was sie für *dich* empfindet, sondern darum, wie sie die *Welt* empfindet. Sei der Mann, der die Welt zu einem sicheren Ort für sie macht. Wenn Stella die Richtige für dich ist, dann ist es deine Aufgabe, ihr zu geben, was sie braucht. Und sie muss wissen, dass sie bei dir in Sicherheit ist. Sie muss begreifen, dass du sie nicht verarschen wirst. Und lass dir von mir gesagt sein: Jede Frau will spüren, dass sie es dir wert ist, um sie zu kämpfen.«

Stella hatte all das definitiv verdient.

»Wenn sie dir so viel bedeutet, wie ich annehme«, fuhr Dexter fort, »solltest du dich von nichts und niemandem daran hindern lassen. Dein Erzeuger hat dich im Stich gelassen, aber Stella ist anders. Sie weist dich nicht zurück, sondern schützt nur sich selbst.«

Ich ließ Dexters Worte auf mich wirken. Wenn mir etwas wichtig war, arbeitete ich hart, um es zu bekommen; dadurch konnte ich mir und anderen beweisen, dass ich es verdient hatte. Ich tippte auf den Rand meines Glases. Um Stella hatte ich nicht gekämpft. Ich hatte ihr nicht mal meine Absichten dargelegt. Dexter hatte recht – ich fürchtete mich davor, zurückgewiesen zu werden. Mal wieder.

Aber ich wollte einen Menschen, der mir so viel bedeutete wie Stella, nicht aus purer Angst vor Ablehnung verlieren. Ich würde nicht zulassen, dass meine Vergangenheit meine Zukunft bestimmte. Mit dem Kauf des Dawnay-Hauses setzte ich einen Schlusspunkt hinter dieses Kapitel meines Lebens.

Und Stella London war ein Teil meiner Zukunft. Dessen war ich mir sicher.

33. KAPITEL

STELLA

Ich würde es Beck Wilde schon zeigen. Die Innenräume des Mayfair-Projekts würden zum Stadtgespräch von London werden. Sie würden Preise gewinnen, und auf Partys würden die Leute einander zuflüstern, wie großartig das Design war. Ich musste mich nur inspirieren lassen, Lieferanten finden und auf die Jagd nach Dingen gehen, die man in London noch nicht gesehen hatte.

»Jetzt hast du zum dritten Mal in sieben Minuten gegähnt«, sagte Florence. Sie legte den Kopf schief und betrachtete die Unterseite eines Tisches. Das hübsche kleine Möbelgeschäft in unmittelbarer Nähe der Marylebone High Street war einer meiner Lieblingsläden. Sie hatten dort einen Mix aus Antiquitäten und neuer Ware – Möbel, Kunst, Vasen, Töpfe, Teppiche. Es war wie in einem vollgestopften Londoner Herrenhaus, das jemandem mit großartigem Geschmack, aber zu wenig Platz gehörte. »Warum bist du so müde? Hat Beck dich wach gehalten?«

»Ich glaube, mir stehen ein paar Auslandsreisen bevor«, sagte ich, um ihren Fragen auszuweichen. Ich hatte mir für Schottland eine Woche freigenommen, darum würde mich der Drachen, der meine Chefin war, auf keinen Fall weiteren Urlaub nehmen lassen. Mein Job stand als Nächstes auf meiner To-do-Liste – er kam gleich nach *Beck vergessen* und vor *Mein Leben in Ordnung bringen*.

»Wozu? Mit Beck?«

»Um nach Lieferanten zu suchen.« Ich wünschte, sie würde aufhören, über ihn zu sprechen. »Es sei denn, ich entscheide mich für eine komplett britische Inneneinrichtung und mache es zu einem charakteristischen Merkmal, dass alles von einheimischen Handwerkern angefertigt wurde. Das könnte ein Verkaufsargument sein.« Aber wäre das auch luxuriös genug? Ich wünschte mir ein Thema abseits von Luxus und Überfluss. Ich musste etwas Innovatives finden, und ich würde alles tun, was nötig war, um Beck zutiefst zu beeindrucken. Vielleicht wurde ihm dann klar, was er sich hatte entgehen lassen.

»Es kommt mir vor, als hättest du einen Teil deiner Magie wiedergefunden«, sagte Florence. »Was glaubst du, hat die Woche in Schottland dir geholfen, etwas zum Abschluss zu bringen?«

Ich ließ mich auf ein mit grünem Damast bezogenes Sofa sinken. »Ich weiß nicht, ob Abschluss das richtige Wort dafür ist.« Becks Anwesenheit hatte meinen Blickwinkel verändert. Er war eine großartige Ablenkung gewesen.

»Es sieht tatsächlich so aus, als wärst du über die Sache hinweg. Hoffentlich kannst du dein Unternehmen wieder aufbauen, diese Personalberatung verlassen und Matt und Karen einfach vergessen. Zumal du jetzt mit jemand anders zusammen bist.«

»Ich bin mit niemandem zusammen«, sagte ich. »Beck und ich … das ist nichts. Und jetzt sind wir wieder in London, darum …«

»Wie bitte?«, fragte Florence und riss sich endlich von der chinesischen Waschschüssel los, die sie begutachtet hatte. Sie gesellte sich zu mir auf das Sofa. »Was ist passiert? Ihr mochtet euch so sehr.«

Ich hatte ihn tatsächlich gemocht. Zu sehr. Ich war völlig

in der Sache aufgegangen – im Sex, in der Art, wie er meine Hand hielt, als wollte er sie um nichts auf der Welt wieder loslassen, in der Art, wie er mich anblickte, wenn er glaubte, dass ich es nicht sah. Wir hatten zum Flitterwochen-Stadium einer Beziehung vorgespult, und plötzlich waren wir wieder zu Hause, und die Ehe war annulliert. »Oh, die Show war offenbar ziemlich gut.«

Florence stieß mich an. »Komm schon, wir wissen beide, dass es mehr war als das. Was ist passiert?«

»Ich habe gelernt, dass ich viel zu vertrauensselig bin. Ich muss härter werden. Das Schlechteste unterstellen. Die Dinge sehen, wie sie sind und nicht, wie ich sie gern hätte.« Ich stand auf und ließ den Blick auf der Suche nach weiteren Inspirationen durch den Raum schweifen.

»Stella, was um aller Welt ist da schiefgegangen?«

»Nichts. Aber … ich kannte Beck eben kaum. Und eines steht fest: Ich werde nicht zulassen, dass ich vom Regen in die Traufe komme.«

»Nein, das auf keinen Fall. Aber hat er die Sache zwischen euch beendet?«

»Die Sache? Es gab keine Sache, die beendet werden musste. Es war nur ein lockerer Zeitvertreib, mehr nicht.«

»Er hat also nicht gefragt, ob er dich in London wiedersehen kann?«, wollte sie wissen.

»Irgendwie schon. Na ja, nicht so richtig.« Ich schluckte und versuchte, die Enttäuschung über seinen halbherzigen Versuch abzuschütteln, das Geschäftliche mit dem Privaten zu verbinden.

»Er hat also gefragt?«

»Er meinte, wir sollten feiern, dass er das Gebäude bekommen hat oder so.«

»Okay«, sagte Florence. »Und was hast du geantwortet?«

»Nicht viel. Und es schien ihm kaum etwas auszumachen. Ich habe gesagt, dass wir uns auf das Geschäftliche beschränken sollten, da wir miteinander arbeiten werden.«

»Er hat dich gefragt, ob ihr euch wiederseht, und du hast abgelehnt!« Florence verdrehte die Augen und stand von dem Sofa auf.

»Nein. Nicht ich. Ich … Wenn Beck etwas haben will, unternimmt er alles Nötige, um es zu bekommen. Er kämpft darum. Ich war nicht sonderlich begeistert von seinem Vorschlag, den Deal zu feiern, und er war einverstanden und wurde plötzlich ganz kalt. Es hat ihn definitiv nicht gestört. Ich habe es ihm leicht gemacht.«

»Bist du sicher?«, fragte sie. »Auf mich wirkte er ziemlich verknallt.«

»Tja, das habe ich bei Matt auch gedacht«, erwiderte ich schulterzuckend. »Man kann Leuten nicht trauen. Nein, warte – *Männern* kann man nicht trauen.«

Als Florence nicht antwortete, blickte ich zu ihr hinüber. Sie rümpfte die Nase, als hielte ihr jemand saure Milch darunter. »Wir sind doch Freundinnen, oder? Und Freundinnen sagen einander, wenn sie sich bescheuert benehmen, stimmt's?«

Mir rutschte das Herz in die Hose.

»Matt war nicht vertrauenswürdig. Er war ein Arschloch, aber deswegen muss Beck noch lange keins sein. Lass Matt hinter dir. Lass nicht zu, dass er deine Zukunft zerstört. Er darf dir nicht wegnehmen, was zwischen Beck und dir ist.«

Mein Herz stotterte auf dieselbe Art, wie wenn ich glaubte, bei der Arbeit etwas vermasselt zu haben oder wenn ich versehentlich eine Freundin zum Weinen gebracht hatte. »Warte, nein«, sagte ich. Das hier lag nicht an mir. »Beck wollte mich nicht, das war offensichtlich. Ich bin zwar bei seinem Vorschlag nicht vor Freude in die Luft gesprungen, aber trotzdem: Mein

Nein hat ihn kaltgelassen. Total. Ich weiß nämlich, wie er aussieht, wenn er etwas unbedingt will.«

»Du hast gesehen, wie er aussieht, wenn er eine Immobilie kaufen will«, sagte Florence. »Aber nicht, wenn er eine Frau um ein Date bittet. Die größten Egos sind die zerbrechlichsten.«

Die Vorstellung, dass ich Becks Ego zerstört hatte, war lächerlich. »Er hat bestimmt eine Menge Frauen, die ihn nur zu gern mit ihren Küssen trösten.«

»Aber wahrscheinlich nicht die, die er wirklich haben will«, gab Florence zurück.

Ich verschränkte die Arme und trat ans Fenster. Ich musste nachdenken – einen klaren Kopf bekommen.

»Ich möchte den gleichen Fehler kein zweites Mal begehen«, sagte ich, als Florence neben mir auftauchte. »Ich will nicht die Dumme sein, die glaubt, dass ihr Freund sie liebt, und die als Letzte erfährt, dass er eine andere heiraten will.«

»Du hast es nicht als Letzte erfahren. Alle haben geglaubt, dass ihr heiraten würdet, Matt und du.«

»Ich wollte nichts in den falschen Hals bekommen … nicht glauben, dass Beck auf mich steht und dann merken, dass es nur um Sex ging. Ich muss über die Vergangenheit wegkommen, sie soll sich auf keinen Fall wiederholen.«

»Verstehe. Als Beck aufgetaucht ist, warst du noch …«

»… sehr labil. Wegen des Schocks, des Betrugs und vor Schmerz. Ich stehe das kein zweites Mal durch. Es ist an der Zeit weiterzugehen«, sagte ich, nickte energisch und trat ein paar Schritte zurück.

»Ich finde, das klingt perfekt. Und da ich euch beide letzte Woche zusammen gesehen habe, würde ich sagen, dass Beck der Mann ist, mit dem du weitergehen solltest.«

Ich rollte mit den Augen. »Nur weil ich mich wieder aufgerappelt habe, muss ich mich doch nicht dem erstbesten Kerl an den Hals werfen, der mir über den Weg läuft.«

»Das stimmt. Aber lauf nicht vor einem Kerl weg, der möglicherweise perfekt zu dir passt, nur weil du Angst hast. Dein Misstrauen ist verständlich, aber wenn du ihn magst, solltest du ihm eine Chance geben.«

»Und dann? Warten, bis er mich verletzt? Matt hatte recht, rückblickend erkenne ich die Zeichen, die darauf hindeuteten, dass er nicht auf Dauer mit mir zusammenbleiben wollte. Ich meine, warum zum Teufel hat er ständig vom Heiraten gesprochen, aber immer behauptet, es sei nicht der richtige Zeitpunkt? Ich habe ihn nicht mal unter Druck gesetzt, und trotzdem hat er …«

»Quäl dich nicht mit Grübeleien über die Vergangenheit. Nur weil du keins dieser sogenannten Zeichen gesehen hast, bist du noch längst nicht mitschuldig.«

»Matt betrachtet mich nicht nur als mitschuldig. Er ist der Ansicht, dass das Ganze allein meine Schuld ist.«

»Natürlich sieht er das so. Er ist ein verwöhntes, selbstsüchtiges Kind, das keine Verantwortung für seine Handlungen übernehmen will.«

»Aber wenn ich nicht so ahnungslos gewesen wäre, hätte ich verhindern können, derart verletzt zu werden.«

Florence legte den Kopf schief und forderte mich wortlos heraus.

»Okay, vielleicht hätte er mich in jedem Fall verletzt«, sagte ich. »Aber dann wäre ich mir wenigstens nicht so wahnsinnig dumm vorgekommen.«

»Das verstehe ich. Aber der einzige Weg, nie wieder verletzt zu werden, besteht darin, sich nie wieder zu verlieben. Beck oder wer auch immer es sonst sein mag kann dir keine Garantie geben.«

»Stimmt«, sagte ich. »Aber trotzdem, wenn die Alarmglocke schrillt …«

»Deine Alarmglocke schrillt zurzeit bei jeder Kleinigkeit.«

Vielleicht hatte sie recht. Möglicherweise hatte ich überreagiert, aber die Tatsache, dass Beck mir nicht die Tür einrannte, verriet mir doch, dass seine Sehnsucht nach mir begrenzt war.

»Ich will einen Mann, der mich wirklich begehrt. Der mich als Hauptgewinn betrachtet. Einen Mann, der mich davon überzeugen will, dass wir ein Paar sein sollten.«

»Empfindest du so für Beck? Willst du *ihn* wirklich? Betrachtest du ihn als Hauptgewinn? Es liegt nicht nur an Beck. Du musst dich entscheiden, was du willst, und es darf nicht einfach jemand sein, der dich mag. Ich wette, du hast dich nie gefragt, ob du eigentlich glücklich bist, als du noch mit Matt zusammen warst. Du hast einfach weitergemacht, weil er es so wollte. Du denkst so viel an andere, dass du nie innehältst und dich fragst, was *du* eigentlich willst.«

Es war nicht das erste Mal, dass unsere Beziehung auf diese Art beschrieben wurde. »Ich habe Matt wirklich geliebt«, sagte ich. »Sonst hätte ich ihn verlassen.«

»Wirklich?«, fragte sie. »Oder hattest du dich einfach an ihn gewöhnt, kanntest nichts Besseres und hast das Beste daraus gemacht?«

»Ich wollte ihn heiraten«, sagte ich. Ich wäre nicht sieben Jahre lang mit jemandem zusammengeblieben, wenn ich nur das Beste aus den gegebenen Umständen gemacht hätte. Ich hatte tatsächlich an eine gemeinsame Zukunft geglaubt.

»Wolltest du wirklich mit ihm verheiratet sein oder dachtest du einfach, das käme nun einmal als Nächstes?«

»Ich habe ihn geliebt, Florence.«

Sie seufzte. »Ich weiß, ich bin brutal, aber ich möchte, dass du glücklich bist. Der nächste Mann in deinem Leben sollte so besonders sein, dass du ohne ihn nicht leben kannst. Ich will nicht, dass du nur deshalb bei einem Kerl landest, weil er dich eben ausgesucht hat.«

Matt und ich waren vielleicht nicht Antonius und Kleopatra, aber ich war glücklich mit ihm gewesen. Ich atmete durch und dachte zurück, versuchte mich zu erinnern, wie das Leben mit Matt gewesen war. Wir waren erst seit wenigen Monaten getrennt, aber die Erinnerungen waren bereits ziemlich diffus. Ich war glücklich mit ihm, aber etwas hatte gefehlt. Das hatte mir das Zusammensein mit Beck gezeigt. Beck hörte mir zu, vertraute mir, wollte meinen Rat hören. Und ich hatte an ihn geglaubt und daran, dass er dasselbe für mich empfand.

»Manches war in der Beziehung mit Matt nicht in Ordnung, und wahrscheinlich hatte ich mich einfach damit arrangiert. Ich wollte ihn glücklich machen.«

»Aber was macht dich glücklich, Stella?«, fragte Florence.

Ich versuchte, ein Lächeln zu unterdrücken, als ich daran dachte, wie Beck im Regen meinetwegen langsamer gefahren war, wie er meine Hand gehalten hatte, wie er mich von Matt weggelotst hatte, ohne eine Szene zu machen, weil er mir versprochen hatte, darauf zu verzichten. Und dann sein Körper und all die Dinge, die er damit anstellen konnte. »Ich mag ihn wirklich«, sagte ich kleinlaut.

»Beck?«, fragte sie.

»Ich verstehe nur nicht, warum er so schnell aufgegeben hat«, sagte ich. »Und obwohl ich ihn mag und ihn will und auch glaube, dass er mich glücklich machen könnte … ich will keinen Mann, der nicht bereit ist, um mich zu kämpfen.«

»Das verstehe ich. Aber etwas sagt mir, dass es sich vor dir bei Becks Beziehungen nur um seinen Schwanz gedreht hat. Wahrscheinlich ist er genauso verwirrt wie du. Vielleicht musst du ihm zeigen, dass du bereit bist, um dich kämpfen zu *lassen*.«

»Ja, vielleicht«, räumte ich ein. Nachdem ich mir erlaubt hatte, an ihn zu denken, konnte ich es kaum noch erwarten, ihn endlich wiederzusehen.

»Solltet ihr nicht mit Karens Patenonkel zum Dinner gehen?«, fragte Florence.

Ich nickte. Das Dinner würde am Samstag stattfinden. In zwei Tagen schon.

»Vielleicht ist das eine gute Gelegenheit, um es ihm zu sagen.«

»Um ihm was zu sagen?«, fragte ich.

»Dass du bereit bist. Um dich kämpfen zu lassen.«

Vielleicht war es voreilig von mir gewesen, unsere Beziehung als Ferienflirt abzutun, als etwas, das nicht echt sein konnte. Denn für mich fühlte sie sich mehr als echt an. Ich hatte mir einzureden versucht, dass ich nicht die Richtige für Beck war, aber je mehr Zeit ich ohne ihn verbrachte, desto stärker wurde das Gefühl, dass er derjenige war, mit dem ich zusammen sein sollte.

34. KAPITEL

STELLA

Als ich an die Bürotür meiner Chefin klopfte, konnte ich mich nicht entscheiden, ob ich die größte Idiotin der Welt oder nur eine kleine Närrin war, die ihren Träumen hinterherjagte.

»Was gibt's?«, blaffte sie.

Ich öffnete die Tür.

»Was ist denn, Stella? Ich habe noch eine Menge zu tun, und wenn Sie das Monatsziel noch nicht erreicht haben, gilt für Sie dasselbe.«

Wenigstens hatte sie sich nicht in eine freundliche Person verwandelt, sonst hätte ich vielleicht doch noch ein schlechtes Gewissen gehabt. Ich fragte mich, ob sie schon immer so ein Miststück gewesen war oder ob dieser schreckliche Job sie dazu gemacht hatte.

»Ich werde Ihre Zeit nicht lange in Anspruch nehmen, aber ich wollte Ihnen das hier persönlich überreichen.« Die Nerven in meinem Magen zuckten, als ich den zugeklebten Umschlag auf ihren Schreibtisch legte. Was ich tat, war richtig – das wusste ich. Es war an der Zeit für einen Sprung ins kalte Wasser.

»Was ist das?«, fragte sie, als hätte ich ihr gerade einen Hundehaufen auf einer Schaufel überreicht.

»Meine Kündigung. Bitte sagen Sie mir Bescheid, falls ich bis zum Vertragsende arbeiten soll.« Kaum hatte ich es ausgesprochen, fühlte ich mich, als hätte mir jemand Luftballons an den Körper gebunden – ich war um Tonnen leichter. Ich machte auf dem Absatz kehrt und steuerte auf die Tür zu.

»Ihre Kündigung? Wovon zum Teufel reden Sie?«

An der Tür drehte ich mich um und lächelte. »Ich höre auf.« Ich war keine Personalberaterin, nicht im Herzen.

»Und wo gehen Sie hin? Zu *Whitman and Jones?* Für diese Dreckskerle würde ich nicht arbei-«

»Ich habe keinen neuen Job. Ich werde mich darauf konzentrieren, mein eigenes Architekturbüro aufzubauen.«

»Keinen Job?« Sie stand auf und beugte sich über ihren Schreibtisch. Hätte ich ein bisschen dichter davor gestanden, hätte ich vielleicht befürchtet, sie könnte sich auf mich stürzen. »Müssen Sie denn keine Rechnungen zahlen?«

Die Hypothek abzuzahlen, reichte mir nicht mehr – ich wollte glücklich sein.

»Ich verkaufe meine Wohnung.« Ich wollte nicht mehr in den Räumen leben, in die Matt und ich zusammen eingezogen waren, inmitten von gebrochenen Versprechen und furchtbar schlechtem Geschmack. »Bei der aktuellen Lage auf dem Markt wird er bis zum Wochenende einen Käufer finden, hat der Makler gesagt.« Ich hatte vor, mich mit dem Erlös aus dem Wohnungsverkauf über Wasser zu halten, bis mein Unternehmen richtig lief. Und wenn dies länger dauerte, als das Geld reichte, würde ich mir eben einen Teilzeitjob suchen – einen, der mich nicht innerlich auffraß.

»Na, dann wünsche ich Ihnen viel Glück«, fauchte sie, als wünschte sie mir eine Tropenkrankheit an den Hals. »Räumen Sie Ihren Schreibtisch aus. Ich will Sie im Büro nicht mehr sehen.«

Als ich hinausging, war mein Lächeln noch genauso breit, und die Luftballons wiesen mir die Weg.

Ich war frei. Und stand am Beginn eines neuen Lebens.

35. KAPITEL

STELLA

Ich drehte meine Füße hin und her und betrachtete die neuen Schuhe von allen Seiten. Die roten Satinriemen schmiegten sich an meine Fessel und passten perfekt zu meinem Nagellack. Sie hatten die höchsten Absätze, die ich je gesehen hatte, und waren überaus sexy. Wenn diese High Heels kein Wink mit dem Zaunpfahl waren, dass ich bereit war, um mich kämpfen zu lassen, würde nichts mehr helfen.

Vermutlich hatte Florence recht – ich war sehr zurückhaltend und noch immer ein wenig verletzt, darum musste ich Beck auf diese Art zeigen, dass ich bereit war. Für ihn. Denn das stimmte. Möglicherweise war er nicht in der Lage, mir zu geben, was ich brauchte, aber ich war mir zumindest schuldig, es herauszufinden.

Ich hatte beschlossen, die Karten auf den Tisch zu legen, ihm zu sagen, wie ich mich fühlte und was ich von ihm brauchte. Er würde sich entscheiden müssen: alles oder nichts. Ich würde nicht eine der vielen Frauen sein, mit denen er unverbindlich ausging. Beck würde vielleicht Nein sagen, aber mir war klar, dass ich nicht mit ihm zusammen sein konnte, wenn er sich weniger fest an mich band als ich mich an ihn.

Ich brauchte einen Mann, der *mich* wollte – mich und keine andere. Wenn ich mein Herz verschenkte, wollte ich dafür ein anderes zurückbekommen.

Die Türklingel summte, und mir stockte der Atem. Da war er. Ich hatte ihn vermisst, und das Echo seiner Abwesenheit war immer lauter geworden. Zu wissen, dass er auf der anderen Seite der Tür stand ... das war, als wäre eine Flut herangestürmt und hätte mein Herz erfüllt.

Ich schob den BH-Träger hoch – schulterfrei war zwar der perfekte Mix aus Zurückhaltung und Sexyness, aber mit trägerlosen BHs würde ich mich niemals anfreunden – und drehte mich zur Seite, um sicherzugehen, dass der Saum meines langen schwarzen Kleides nicht in meinem Slip steckte, dann griff ich nach meiner Clutch und ging hinaus.

Ein heiße Welle überlief mich, als ich die Tür öffnete und Beck Auge in Auge gegenüberstand.

Sogar in den wenigen Tagen, seit wir uns zuletzt gesehen hatten, schienen seine Haare gewachsen zu sein, und ich wäre gern mit den Fingern hindurchgefahren, um seine schönen Augen besser sehen zu können.

»Hi«, sagte ich und spürte meinen Puls dicht unter der Haut.

Sein Blick ruhte auf meinem Gesicht. »Du bist schön.«

Vielleicht hätte ich gar nicht so viel Zeit für die Wahl des Kleides, meiner Schuhe oder der perfekten Farbe für den Nagellack aufwenden müssen.

»Du auch«, antwortete ich und widerstand dem Drang, meine Hände an seiner Brust hinaufgleiten zu lassen und die Wange auf seine Herzgegend zu legen.

»Bist du so weit?«, fragte er und riss mich aus meinen Gedanken.

Ich nickte, und er nahm meine Hand und drückte sie auf die Art, wie er es bereits in Schottland getan hatte. Während wir zum Auto gingen, kaute ich auf meiner Unterlippe herum.

»Wir müssen reden«, sagte er, als er sich auf den Fahrersitz setzte und den Motor anließ.

»Reden?«, fragte ich, als hätte ich nicht gerade exakt dasselbe vorschlagen wollen.

»Ja«, antwortete er. »Ich muss dir etwas sagen. Tatsächlich muss ich dir sogar eine Menge sagen.«

»Ich dir auch.«

Er warf mir einen Blick zu.

Vor Neugier und Ungeduld begannen mir die Fingerkuppen zu kribbeln.

»Wir werden später über alles reden«, sagte er. »Aber erst mal essen wir zu Abend.«

»Wir sind doch mit Henry allein, oder?«, fragte ich. »Du hättest mir sicher Bescheid gegeben, wenn es eine Willkommensparty für Karen und Matt nach den Flitterwochen wäre, nicht wahr?«

»Nein, dann hätte ich nämlich abgesagt.«

Beck blickte mich zwar nicht an, zog aber die Brauen zusammen, was sein Stirnrunzeln strenger wirken ließ.

»Sie hätten mich niemals zu dieser Hochzeit einladen dürfen. Sie hätten sich schämen und davor fürchten müssen, dass ich auftauche und alles niederbrenne. Das hätte ich zwar niemals getan, aber in diesem Fall hätte ich mich nicht so vorhersehbar höflich verhalten sollen. Weißt du, was ich meine?«

»Ja«, sagte Beck mit gleichmütiger Miene, während er den Wagen durch den dichten Verkehr manövrierte.

»In Zukunft werde ich nicht mehr höflich zu Menschen sein, die mich verletzen.« Ich atmete durch, während ich aus dem Fenster blickte. London hatte so viel zu bieten. Es gab so vieles im Leben, wonach ich greifen konnte. Ich war nicht mehr bereit, einfach dazusitzen und es an mir vorbeiziehen zu lassen. »Hast du etwas dagegen, wenn wir die Klimaanlage ausmachen und das Fenster öffnen?«

»Überhaupt nicht«, sagte er und drückte auf einen Knopf am

Lenkrad. Die Ventilatoren hörten auf zu surren, und die Fenster öffneten sich.

»Das ist besser«, sagte ich.

Er blickte mich von der Seite an und lächelte, als wüsste er etwas, das ich nicht wusste.

»Was ist?«, fragte ich und wollte in das Geheimnis eingeweiht werden.

»Nichts«, antwortete er. »Später.«

»Wir reden später darüber, dass ich offene Fenster wollte?«

Er zögerte, als überlegte er, ob er sich erklären sollte oder nicht, dann nickte er. »Ja, später. Erst das Dinner. Danach ist unser Deal besiegelt.«

Bis *später* war es gefühlt noch verdammt lange.

Wir fuhren durch endlose Straßen voller schmiedeeiserner Geländer. Ich spähte aus dem Fenster, wünschte mir, dahinter zu gelangen und zu entdecken, was sich in den Häusern verbarg. Ich konnte es kaum noch erwarten, wieder als Innenarchitektin zu arbeiten, Lieferanten zu suchen, Material zu beschaffen. »Ich habe diese Woche gekündigt«, sagte ich, während wir uns weiterhin auf dem Weg zu Henrys Stadthaus befanden.

»Endgültig?«, fragte er.

»Ja. Am Dienstag habe ich die Kündigung eingereicht.«

»Das ist großartig, Stella. Wie geht es dir damit?«

Eine angenehme Wärme breitete sich in meinem Bauch aus, weil er so begeistert reagierte. »Na ja, nervös, aber erleichtert, würde ich sagen. Ich habe kaum Ersparnisse, aber die Wohnung steht zum Verkauf, und fürs Wochenende sind fünf Besichtigungen geplant. Ich hoffe, ich kann von dem Erlös leben, während ich wieder auf die Beine komme.«

»Willst du dich ausschließlich auf Innenarchitektur konzentrieren?«

»Ja, unbedingt. Ich frage mich, wie ich es in der Personalbranche so lange ausgehalten habe.«

»Du hast also herausgefunden, was du willst, und holst es dir«, sagte er wie zu sich selbst. »Gut für dich.«

Bei jedem Wort, das ich sagte, wurde Becks Lächeln ein bisschen breiter. Freute er sich einfach nur für mich? Ging es darum? Ich wäre gern in seinen Verstand eingetaucht, um herauszufinden, was er dachte. Sah er uns als Kollegen und Freunde, als Chef und Angestellte? Oder wollte er mich in das kleine schwarze Buch der Frauen aufnehmen, in dem er blätterte, wenn er Gesellschaft brauchte?

Mir gefiel keine dieser Optionen.

»Du hast zwar gesagt, wir reden später, Beck, aber …«

»Wir sind da«, sagte er und bog in eine Einfahrt ein, deren Tor offen stand. »Offenbar erwarten sie uns bereits.«

»Können wir noch fünf Minuten warten, bevor wir hineingehen?«

»Lass uns die Sache mit Henry über die Bühne bringen. Und alles, was danach kommt, ist echt. Wenn es das nicht ohnehin schon ist.«

Ehe ich ihn fragen konnte, was er damit meinte, hatte er den Motor ausgestellt und stieg aus.

Alles, was nach diesem Dinner kam, war echt? Was hatte er dann bis jetzt alles vorgetäuscht?

Später sollte sich verdammt noch mal beeilen.

36. KAPITEL

BECK

Ich hatte die Bauarbeiter die Nacht durcharbeiten lassen, um sicherzugehen, dass alles rechtzeitig fertig wurde. Nie zuvor hatte ich über meine Gefühle sprechen müssen, und ich zweifelte daran, dass ich Stella *allein* mit Worten dazu bringen würde, ihre Meinung zu ändern. Ich wollte etwas Konkretes haben, das ich ihr zeigen konnte – um ihr klarzumachen, was ich empfand.

Eine Frau wie Stella begegnete einem nur einmal im Leben, und dies war meine Chance, sie davon zu überzeugen, dass ich der Richtige für sie war. Ich musste meine Sache gut machen.

»Das Dinner war nett«, sagte sie, als sie auf dem Beifahrersitz saß. »Henry ist wirklich charmant.« Ich war dermaßen ungeduldig, so heiß darauf, ihr zu sagen, was ich zu sagen hatte, dass ich beinahe vergessen hatte, dass sie neben mir saß.

»Ja. War nett.«

»Alles okay mit dir?«

Das fragte ich mich auch. Meine Handflächen waren verschwitzt. Ich konnte nicht still sitzen. Ich hatte geglaubt, Henrys Unterschrift auf dem Vertrag für das Dawnay-Haus unbedingt haben zu wollen, aber das war nichts im Vergleich zu dem Verlangen, das in mir tobte, weil ich wusste, dass Stella nicht mir gehörte.

»Alles gut«, antwortete ich. Wenn wir in meinem Büro waren und ich ihr zeigen konnte, was ich getan hatte, würde es mir bessergehen.

»Du fährst Richtung Osten«, sagte sie. »Ich kann auch mit der Tube nach Hause fahren, wenn du –«

»Ich bringe dich. Muss nur noch etwas aus dem Büro holen.« Ich war ungeübt in dem, was Dexter als *eine Frau umwerben* bezeichnet hatte. Noch nie hatte ich eine Frau dazu überreden müssen, mir eine Chance zu geben. Oder ihr erklären, was ich empfand. Und unerfahren, wie ich war, galt es nun, meine einzige Chance zu nutzen.

Ich würde dafür sorgen, dass es klappte. Es musste klappen.

Vor dem Haus hielt ich an.

»Am Wochenende ist es in der City immer so still«, sagte Stella und ließ den Blick schweifen. Das Licht der Straßenlaterne hob ihre Wangenknochen und ihre üppigen, weichen Lippen hervor. Viel zu lange schon hatte ich sie nicht mehr berührt.

»Kommst du mit rauf?«, fragte ich.

»In dein Büro?« Sie zog die Brauen hoch, als verstünde sie nicht, löste aber ohne weitere Fragen den Sicherheitsgurt und öffnete die Beifahrertür. Das war das Besondere an Stella – ja, ihr Ex hatte sie misstrauisch gemacht, aber wenn die Leute, die ihr Vertrauen nicht verdient hatten, verschwunden waren, kam unter der harten Oberfläche eine offene, schöne Frau zum Vorschein, die alles für den Menschen tun würde, den sie gernhatte. Sie brauchte nur den richtigen Mann dazu.

Als ich die Kühlerhaube umrundet hatte und bei ihr war, nahm ich ihre Hand, und sie legte den Kopf in den Nacken und lächelte mich an.

»Wir müssen unbedingt miteinander reden, das ist überfällig«, sagte sie. »Es gibt Dinge, die ich dir sagen muss, und für dich gilt offenbar dasselbe.«

Ich führte sie durch die automatischen Schiebetüren in den Eingangsbereich und weiter zu den Aufzügen.

»Du hast recht«, antwortete ich. »Wenn du nichts dagegen hast, würde ich gern vorgehen.«

Sie nickte, und ich drückte ihr die Hand, dankte ihr wortlos für ihre Geduld.

»Es kommt mir vor, als wäre ich ewig nicht hier gewesen«, sagte sie, als sich die Türen des Fahrstuhls auf meiner Büroetage öffneten.

Ich hatte das Gefühl, mich in einem anderen Leben zu befinden. Ich führte sie zu der gläsernen Wand mit Blick auf die St.-Pauls-Kathedrale.

»In der abendlichen Beleuchtung sieht sie großartig aus«, sagte sie und blickte an der Fassade der Kirche hinauf, die seit annähernd vierhundert Jahren an dieser Stelle stand. »Wusstest du, dass Sir Christopher Wren so getan hat, als würde er ein weitaus bescheideneres Haus errichten, um einen derart gewagten Bau verwirklichen zu können? Und dann hat er die Gerüste abgebaut und alle überrascht.«

Ich lächelte. Vielleicht hatte ich mich ja unbewusst vom Bauherrn der Kathedrale inspirieren lassen, denn ich hatte Stella unter einem Vorwand in mein Büro gelockt. »Tatsächlich? So etwas scheint hier in der Luft zu liegen«, antwortete ich.

»Wie meinst du das?«

Ohne ihr zu antworten, entfernte ich mich von meinem Büro und steuerte auf die andere Seite der Etage zu. Vor dem zweiten gläsernen Büro, das ich gerade eingerichtet hatte, blieb ich stehen.

»Was ist?«, fragte Stella.

Ich deutete mit dem Kopf auf das pinkfarbene Neonschild hinter dem Schreibtisch. »Ich glaube, dein neues Unternehmen braucht ein Büro.«

Sie trat näher und spähte in den Raum, wobei sie sich an der Scheibe fast die Nase platt drückte.

»Wir können reingehen – das Gebäude gehört praktisch mir.« Ich zog die Tür auf und ließ sie eintreten.

»Das verstehe ich nicht. Auf dem Schild steht *London Designs*.« Sie ließ meine Hand los und ging auf den Schreibtisch zu.

Himmel, ich hatte doch gewusst, dass ich so etwas nicht konnte. »Ja. Ich wusste nicht, wie ich sonst ... Ich wollte dir zeigen, wie sehr ich ... Du musst wissen, dass ...«

Mist. Laut Dexter besaß ich durchaus Charme, aber der ließ mich in diesem Augenblick komplett im Stich.

»Stella, ich weiß, dass du besorgt bist, weil wir zusammenarbeiten werden und weil du Geschäft nicht mit Vergnügen vermischen willst – aber das haben wir doch von Anfang an getan. Und es ist super gelaufen.«

»Ich verstehe nicht ganz. Willst du, dass ich von deinem Büro aus arbeite?«, fragte sie.

»Ich möchte, dass wir Partner sind.«

»Geschäftspartner?«, fragte sie.

»Nein.« Meine Güte. Warum stellte ich mich nur dermaßen blöd an? »Als wir damals unsere Abmachung getroffen haben, konnte ich nicht wissen, das aus der vorgespielten Partnerschaft das werden würde, was wir nun haben ... was ich für dich empfinde. Es hat zwar als Spiel angefangen, aber meine Gefühle für dich sind so echt, wie es nur geht.«

Sie errötete und lehnte sich an den Schreibtisch, den sie hoffentlich als ihren eigenen akzeptieren würde. Das Herz hämmerte mir in der Brust wie eine geballte Faust an eine Tür, während ich auf ihre Antwort wartete.

Sie schwieg. Hatte ich sie überzeugt?

»Wenn du mit deinen Gefühlen für Matt noch nicht fertig

bist, bin ich bereit, zu warten. Und dich für mich zu gewinnen … dir zu zeigen, dass er dich nicht verdient hat. Wenn du Zweifel hast, ob wir ein Paar sein und dennoch zusammen arbeiten können, werde ich sie dir nehmen. Gib mir eine Chance, und ich zeige dir, wie sehr ich dich liebe.«

Stella schnappte nach Luft, und die Kraft meiner eigenen Gefühle traf mich wie ein Schlag gegen die Kehle.

Ich liebte sie.

Sie war alles, was ich wollte.

Sie kam einen Schritt auf mich zu. Nahe genug, um sie zu berühren, aber aus irgendeinem Grund hielt ich mich zurück. Ich wollte genau hören, was sie sagte, und ich wusste nicht, ob ich mich auf ihre Worte konzentrieren konnte, wenn ich sie berührte.

»Ich habe keine Gefühle mehr für Matt. Und ja, ich bin ein bisschen nervös, was die Arbeit betrifft, wenn wir eine Beziehung haben. Aber ehrlich gesagt, habe ich vor allem Angst.«

»Vor mir?«

Sie legte mir eine Hand auf die Brust, und ich entspannte mich sofort. Ihre Wärme war wie Nach-Hause-Kommen – ich gehörte zu ihr. Wo sie war, sollte auch ich sein.

»Ich fürchte mich schrecklich davor, verletzt zu werden«, antwortete sie. »Mich noch einmal lächerlich zu machen. Aber am meisten fürchte ich mich vor meinen Gefühlen für dich. Sie sind so stark, ich weiß einfach, dass du mich bereits nach diesen wenigen Wochen für immer vernichten könntest. Du könntest mich viel schlimmer verletzen, als Matt es je gekonnt hätte, weil ich so viel mehr für dich empfinde. Ich würde es nicht überleben, wenn du mir das Herz brichst.«

Ich schlang ihr die Arme um die Taille. »Dazu wird es niemals kommen.«

»Aber nach Schottland schien es dich nicht zu kümmern, ob wir uns wiedersehen oder nicht – ich habe über unsere Zusammenarbeit gesprochen, und du hast es irgendwie abgetan, als wäre es unwichtig.«

»Stella, es hat mich einfach umgehauen. Ich hatte angenommen, dass die Sache zwischen uns weitergeht, und du wirktest so unentschlossen, da bin ich in die Defensive geraten. Darauf war ich nicht vorbereitet.«

Sie nickte und nestelte an einem Knopf meines Hemds herum. »Ich dachte, du würdest mich überzeugen. Ich hatte gesehen, wie du bist, wenn du etwas willst, und du hast derart schnell aufgegeben, dass ich dachte, ich bedeute dir nichts. Und nach allem, was passiert ist, brauche ich jemanden, dem ich etwas bedeute.«

Natürlich brauchte sie so einen Menschen – und sie hatte ihn verdient. Ich hätte um sie kämpfen müssen und hatte es nicht getan. Hoffentlich war es noch nicht zu spät. »Mir hat noch nie jemand mehr bedeutet als du«, sagte ich.

Sie blickte zu mir auf, als wollte sie beurteilen, ob ich die Wahrheit sagte.

Die Worte drängten sich in meiner Kehle, wollten unbedingt hinaus. »Darum habe ich dich mit hierhergenommen«, sagte ich. »Ich wollte, dass wir zusammen sind, egal, ob zu Hause oder im Büro. Du sollst tun, was du liebst – um glücklich zu sein –, und wenn ich dir dabei helfen kann, werde ich alles tun, was in meiner Macht steht. Ich will dich und dein Unternehmen unterstützen.«

Sie ließ den Blick durch den Raum wandern. »Vierundzwanzig Stunden am Tag?« Sie kicherte, und es klang so hinreißend, dass ich alles tun würde, um ihr Lachen mein Leben lang und so oft wie möglich zu hören.

»Dir ist nicht klar, wie unterschiedlich wir sind. Ich habe

noch nie ... Die Vorstellung, dich zu verlieren, verursacht mir echten körperlichen Schmerz. Lange war mir das nicht klar, aber ich bin mit zusammengebissenen Zähnen und Kopfschmerzen, die nicht aufhören wollten, durch die Gegend gelaufen, und als ich dich heute Abend gesehen habe, waren sie sofort verschwunden.« Sie berührte mein Gesicht. »Ich möchte an jedem Morgen neben dir aufwachen, nicht nur, wenn wir in irgendeinem Schloss in Schottland sind. Ich will, dass wir zusammen arbeiten, damit wir keinen einzigen Tag voneinander getrennt sein müssen. Wir können den ganzen Tag miteinander reden. Geschäftliche Projekte besprechen. Und Herr im Himmel, ich will jeden Morgen wissen, welche Farbe deine Unterwäsche hat und warum du nach einem Anruf stinksauer bist. Ich will alles.«

»Ich will dich lieben. Wenn du mich lässt.«

Ich atmete durch. Nun war alles gesagt, und ich konnte nur hoffen, dass es genug war.

Sie zögerte, und jede Nanosekunde schien sich auszudehnen und zu einer Stunde zu werden. Endlich sagte sie: »Mit dir in Schottland zu sein, hat für mich vieles verändert. Ich kam zurück und wusste, was ich wollte. Ich habe meine Kündigung eingereicht, die Wohnung auf den Markt gebracht ... ich wusste einfach, dass es richtig war.«

»Und weißt du das auch bei uns?«, fragte ich, ungeduldig wie eh und je. Sie war in allem so konsequent, warum war sie nicht auf mich zugekommen? Nach der Rückkehr aus Schottland hatte ich nichts mehr von ihr gehört.

»Das ist das letzte Puzzleteil. Du sagst, du willst mich, und ich weiß, dass ich dich will. Ich bin gekommen, um dir einen Vortrag darüber zu halten, dass ich nicht bereit bin, irgendeine beliebige Frau zu sein, mit der du hin und wieder ein Date hast.«

»Du wirst niemals nur Irgendeine sein, mit der ich gelegentlich ausgehe. Du bist die Frau, mit der ich jede wache Stunde verbringe, der ich alles erzählen will, was mir durch den Kopf geht. Du bist der einzige Mensch auf diesem Planeten, der mich in Sachen Kleidung beraten darf und auch der einzige, mit dem ich mir das Büro teilen würde. Du wirst niemals nur *irgendeine* Frau für mich sein. Du bist *meine* Frau. Matt und alle anderen Männer auf diesem Planeten sollen sich gefälligst verpissen.«

Sie legte mir einen Finger auf die Lippen. »Ich sage es dir jetzt ganz deutlich – was Matt getan hat, hat mich verletzt, es hat mich regelrecht fertiggemacht. Aber mit ihm habe ich nie gefühlt, was ich mit dir fühle. Mit dir fühle ich mich stark, nicht schwach, meine Meinung zählt, ich bin clever und sexy und umsorgt, wenn du bei mir bist. Vergleiche dich niemals mit einem anderen, Beck, und vor allem nicht mit Matt.«

Die Anspannung in meinen Muskeln ließ nach. Diese Worte hatte ich dringender von ihr hören müssen, als ich mir selbst eingestanden hatte. Für mich war es einfach – ich hatte noch nie eine Beziehung mit einer Frau gehabt, die der Rede wert gewesen wäre –, aber sie hatte geglaubt, den Rest ihres Lebens mit Matt zu verbringen. Ich hasste ihn dafür, dass er diesen Teil von ihr bekommen hatte, ehe ich dazu in der Lage war, aber gleichzeitig hätte ich dem Scheißkerl am liebsten die Hand geschüttelt, weil er dumm genug gewesen war, sie gehen zu lassen. Denn das bedeutete, dass ich sie haben konnte.

»Du bist mit niemandem zu vergleichen«, sagte ich.

»Also, gehen wir es an?«, fragte sie.

Ich lachte leise. »Ja, das tun wir. Aber wenn wir uns auf den Weg machen, musst du vielleicht gelegentlich deinen Bimsstein anwenden. Ich habe ein paar raue Ecken und Kanten, und ich bin mir ziemlich sicher, dass ich eine Menge Mist bauen werde. Das musst du mir dann sagen.«

»Oh, das werde ich, keine Sorge.«

Ich nahm ihr Gesicht in beide Hände. »Ich weiß.« Und ich würde jede Sekunde genießen, wenn sie mir den Kopf zurecht-rückte und mir genau erklärte, wie ich sie zu lieben hatte.

Ich würde sie lieben, wie sie es brauchte, und auf jede Art, zu der ich fähig war.

37. KAPITEL

BECK

Ich ließ die Hände an ihren Schenkeln hinaufgleiten und schob den Rock gleich mit hoch. »Du weißt, wonach das hier verlangt, oder?«

»Ich weiß nur, dass du mir an die Wäsche willst«, antwortete sie, lehnte sich auf dem Schreibtisch zurück und spreizte die Schenkel.

Ich versuchte es. Und ich hörte keine Klagen.

»Aber ich weiß gerade nicht, worauf du dich beziehst.«

»Du meinst, abgesehen von der Tatsache, dass ich dir gerade meine Liebe gestanden habe und du meine Gefühle offensichtlich erwiderst, abgesehen davon, dass wir zum ersten Mal seit Tagen allein sind und ich in jeder Nacht seit der Rückkehr aus Schottland davon geträumt habe, wie sich deine Haut unter meinen Fingerkuppen anfühlt?«

Zur Antwort lächelte sie. Das Lächeln dieser Frau machte mich fertig. Ich spürte es tief in meinen Eingeweiden – als bräuchte ich es, um zu funktionieren. Ich würde nie aufhören, mich danach zu sehnen, es hervorzurufen, davon zu träumen.

»Ja, abgesehen von all dem«, sagte sie und legte den Kopf in den Nacken, als ich ihren Hals mit immer mehr verlangenden Küssen zu bedecken begann.

»Wir müssen dein neues Büro einweihen. Auf diese Art wird

bei jedem Meeting, jedem Telefonat und jedem Gedanken, den du hier drin fasst, ein Teil von mir dabei sein.«

Ich begann, ihr die Bluse aufzuknöpfen, aber sie hielt mich davon ab. »Beck, hier kann uns ganz London zusehen.«

»Nur, wenn man auf der Kuppel der Kathedrale steht ...« Sie schien mir ins Wort fallen zu wollen, aber meine Miene verriet offenbar, wie sehr ich mich amüsierte, denn sie schwieg. »Bevor du jetzt von Leuten anfängst, die uns von der Goldenen Galerie oder der Steingalerie aus sehen können – die sind beide geschlossen.«

Ich öffnete die letzten Knöpfe ihrer Bluse. »Und sollte es einen nicht-öffentlichen Gottesdienst oder einen Eindringling geben, der sich bis zur Schließung der Kathedrale dort versteckt hat ...« Ich beugte mich vor und drückte ihr einen Kuss zwischen die Brüste. »... dann gönnen wir ihnen das Vergnügen.«

Ich griff ihr zwischen die Schenkel, zog ihr den Slip hinunter, und sie keuchte, als ich mit den Fingern über ihre empfindlichste Stelle strich. »Wow, wie empfindsam du bist.«

»Quäl mich nicht!«, flehte sie. »Nicht heute Abend.«

Ich schob zwei Finger tief in sie hinein, und sie stöhnte. »Ich verspreche es. Keine Quälerei.«

Okay, nicht direkt. Aber die Dinge, für die man am härtesten arbeitet, schmecken nun mal am süßesten.

Ich zog die Hand zurück, führte sie an den Mund, und leckte mir die Finger ab, um sie zu kosten. »Schmeckt wie Honig«, sagte ich.

Sie setzte sich auf und griff nach meinem Gürtel, aber ich trat einen Schritt zurück, zog mein Jackett aus und hängte es auf den Kleiderständer, der hinter der Tür stand.

»Beck!«, beschwor sie mich.

Ich atmete durch. Ich musste nichts überstürzen. Uns blieb der Rest unseres Lebens, um das hier zu tun ...

Um sie betteln zu lassen.

Kommen zu lassen.

Um sie glücklich zu machen.

Und ich würde jeden Moment genießen.

Ich löste die Manschettenknöpfe an meinem Hemd, ließ sie auf den gläsernen Beistelltisch gleiten und krempelte die Ärmel hoch.

Stellas Stöhnen verriet mir, dass ihr trotz ihres Protests ein wenig Quälerei durchaus gefallen würde.

Sie war in jeder Hinsicht die perfekte Frau für mich.

»Du bist so ungeduldig. Was soll ich nur mit dir machen?«, fragte ich.

»Was immer du willst«, antwortete sie.

Wie gesagt – die *perfekte* Frau für mich.

Ich schwieg, stand nur da und betrachtete sie, diese wunderschöne nackte Frau, bereit, meine Finger, meine Lippen, meinen Schwanz in sich aufzunehmen. Sie stöhnte und machte Anstalten, sich selbst zu berühren.

Blitzartig umfasste ich ihr Handgelenk. »Nicht, ohne mich vorher zu fragen. Das da ist mein Spielzeug.«

Ich nahm ihre Hand und legte sie auf meinen vom Stoff der Hose bedeckten Schwanz. »Und das hier ist deins.«

Sie tastete nach dem Reißverschluss, zog ihn auf und schloss die Finger um mich.

So verdammt begierig.

So verdammt perfekt.

Und sie gehörte mir.

Ich biss die Zähne zusammen, konnte aber nicht wiederstehen und stieß in ihre Hand. *Fuck,* sogar die war besser als jede andere, die mich vor ihr berührt hatte.

»Ich glaube nicht, dass du dich zurückhalten könntest«, sagte sie leise. »Selbst wenn du es wolltest.«

»Willst du deine Theorie etwa überprüfen?«, fragte ich und trat einen Schritt zurück.

Sie schüttelte den Kopf, ein Anflug von Panik huschte ihr übers Gesicht.

»Ja, dachte ich mir schon.« Ich drückte sie auf den Schreibtisch hinunter, eine Seite ihres Körpers wurde von den Lichtern der Straße beleuchtet, die andere lag im Schatten, aber eine war so schön wie die andere.

Ich drückte ihr die Knie auseinander und beugte mich vor, um sie zu betrachten.

Da wir gerade von Schönheit sprachen – da waren ihre Kurven, die sanften Konturen, ihr weicher Körper, der gleichzeitig heiß und verlangend war. Und nun mir gehörte.

Sie wand sich unter meinem Blick, nicht vor Verlegenheit, sondern vor Begierde. Verdammt, womit hatte ich so viel Glück verdient? »Beck, bitte!«

Sie hatte recht. Ich konnte mich nicht mehr zurückhalten – und ich wollte es auch nicht. Ich drückte mich an sie und versuchte nicht zu explodieren, als ich spürte, wie glühend heiß sie war. *Fuck*, wie hatte ich das ... wie hatte ich *uns* vermisst. Dieses Gefühl, alles zu haben, was ich brauchte.

Erst als sie mich verlassen hatte, war mir klar geworden, dass sie mir mehr bedeutete, als ich je für möglich gehalten hatte.

Sie war alles für mich.

Ich atmete tief durch und drang in sie ein, nahm wahr, wie sie mich ansah. Und es war genauso, wie ich es in Erinnerung hatte und noch mehr. Einem anderen Menschen so nah wie nur möglich zu sein, diese Vorstellung bekam mit Stella auf einmal eine konkrete Bedeutung, so als wäre unsere Vereinigung bereits vor Jahrtausenden von einem allwissenden Gott vorhergesagt worden oder als hätte sie in den Sternen gestanden, als das Universum mit einem Knall zu existieren begann.

Wir waren füreinander bestimmt.

Und noch nie war ich mir einer Sache sicherer gewesen als jetzt. Ich war mir ihrer sicher. Und unserer Beziehung.

»Ich wusste nicht, dass man derart intensiv für einen anderen Menschen empfinden kann. Es fühlt sich an, als wäre es mehr als Liebe«, fasste sie flüsternd meine eigenen Gedanken in Worte.

»Ich weiß.« Ganz sanft legte ich mich auf sie und begann, mich langsam in ihr zu bewegen, während ich spürte, wie die Vorhersehung uns fester aneinanderband. Unsere Körper, die sich wiegten, ließen mich tiefer in unser gemeinsames Schicksal eintauchen.

Sie nahm mein Kinn in eine Hand, drückte die Fingerkuppen auf meine Bartstoppeln und näherte ihre Lippen meinem Mund. Sie drang mit der Zunge in mich ein, ihr Stöhnen ließ mein Rückgrat vibrieren, so intensiv war die Lust.

Ich beendete den Kuss, nahm all meine Kraft zusammen, stützte die Handflächen links und rechts von ihr auf den Schreibtisch und atmete durch. Es war zu viel. Diese Frau war verdammt noch mal zu viel für mich.

Ihr Haar war auf dem gläsernen Schreibtisch ausgebreitet, während alles um uns herum ihren Körper widerspiegelte, von den Fensterscheiben bis zu den verchromten Tischbeinen. Ich war von Stella umgeben, und das war überwältigend und perfekt. Ich wollte, dass es niemals aufhörte.

Aber ich musste sie haben. Ich musste kommen. Und wenn wir damit fertig waren, musste ich es noch einmal tun und noch mal, immer wieder.

Ein ganzes Leben mit dieser Frau würde nicht genug sein.

Noch zwei Sekunden, und ich würde kapitulieren, mich

meinem Orgasmus ergeben, aber mir lag mehr an ihrer Lust als an meiner eigenen, und mit einer Art von Willenskraft ließ ich Adrenalin durch meine Glieder strömen, das mir die Kraft gab weiterzumachen, das heftige, fast schmerzhafte Verlangen, das sie in mir weckte, noch einmal zu unterdrücken. Denn nur sie allein konnte mich davon heilen.

»Beck!«, schrie sie auf.

Ihr verzweifelter Blick zeigte mir, dass sie es nicht länger aushielt, und das verstand ich.

»Komm, Stella. Komm für mich.«

Sie seufzte dankbar und begierig, und ihr Körper explodierte lautlos unter mir. Es war das Schönste, das ich je gesehen hatte, und ich war verloren. Ich verlor mich in ihr, drang erneut in sie ein, keuchte auf, als ich das tiefe Grollen meines eigenen Orgasmus spürte, das sich zu einem Brüllen verdichtete, als es meine Brust erreichte und endlich explodierte.

Ich wusste nicht, ob ich die Macht meines Höhepunkts ertragen würde, die Lust, die ich aus dem Zusammensein mit ihr zog.

Für einen Moment umgab mich Schwärze, dann öffnete ich die Augen und sah, dass sie zu mir aufblickte. Keuchend legte ich den Kopf an ihre Brust und versuchte, meine Stimme wiederzufinden. »Sag mir, was du willst«, verlangte ich, während mein Atem schwer auf ihre Haut traf.

»Dich«, flüsterte sie. »Ich will dich. Ich brauche dich. Nur dich. Für immer.«

Ob es mir bewusst gewesen war oder nicht – auf diese Worte aus Stellas Mund hatte ich gewartet, seit ich sie das erste Mal gesehen hatte. Sie zu hören, beruhigte mich. Als hätte das letzte Puzzleteil seinen Platz gefunden. Und ich brauchte nichts anderes als sie – keine Immobilien oder Bauprojekte, keine Anerkennung von dem Teil der Gesellschaft, der mich so entschieden abgelehnt hatte. Ich brauchte nichts anderes als das Zusammensein mit dieser Frau, die die Art verändert hatte, wie ich mich selbst sah. Sie war die Frau, die meine Wunden heilte, die Narben verblassen ließ und mir die Zukunft zeigte.

EPILOG

Ein halbes Jahr später

STELLA

War es falsch, sich von einer Steinplatte geradezu sexuell angezogen zu fühlen? Ich betrachtete die dünnen, grauen Adern des weißen Statuario-Marmors und erschauerte. *Wie schön er war.*

»Stella? Du guckst ja beinahe, als wärst du in den Stein verknallt!« Neben mir tauchte Florence auf.

»Schon möglich. Was machst du denn hier?« War ich zu sehr in die Beschäftigung mit dem Inventar vertieft gewesen und hatte eine Verabredung zum Lunch verpasst?

»Ich habe bei dir im Büro vorbeigeschaut, und es hieß, du seist hier unten.«

Als sie das letzte Mal bei mir auf der Arbeit vorbeigekommen war, hatte es sich um ein anderes Büro in einem anderen Job gehandelt – ich hatte ein ganz anderes Leben geführt.

»Ist alles in Ordnung?«, fragte ich, strich rasch über die kalte, glatte Oberfläche und wandte mich dann ab, falls ich in Versuchung geraten sollte darüberzulecken.

Florence zuckte zusammen, und ich führte sie aus der Penthouse-Wohnung, an der wir gerade arbeiteten, zum Fahrstuhl. »Lass uns hier verschwinden.«

»Ich wollte, dass du es von mir hörst«, sagte Florence, als sie in den Aufzug trat.

»Oh Gott, bitte fang nie wieder einen Satz mit diesen Worten an!« Ich lachte. »Wenigstens erzählst du mir diesmal nicht, dass Karen mit Beck durchgebrannt ist.« Es gab keinen einzigen Tag, an dem ich an Becks Liebe zu mir gezweifelt hätte. Er war ein Mann, für den Lieben eine Tätigkeit war, und er fand immer Mittel und Wege, um mir zu zeigen, was er für mich empfand.

Er hatte mir gezeigt, was wahre Liebe war.

»Nein, das nicht, aber du wirst es nicht glauben, wenn ich dir sage, was sie diesmal angestellt hat.«

Der Lastenaufzug setzte mit einem dumpfen Geräusch auf dem Boden auf.

»Was denn?«, fragte ich.

»Na ja, sie hat Matt sitzenlassen. Sie ist einfach abgehauen.«

Trotz all ihrer Fehler konnte ich mir nicht vorstellen, dass Karen eine Ehe beenden würde, die erst ein halbes Jahr alt war.

»Offenbar hat sie ihn erwischt, wie er einer Freundin ihrer Mutter bei der Einweihungsparty für ihr Haus unter den Rock gefasst hat. Und sie haben geknutscht. Natürlich hat er es auf den Alkohol geschoben.«

Ich lachte, obwohl es nicht lustig war. Nie hätte ich geglaubt, dass Matt ein Fremdgeher war. Okay, er hatte mich betrogen, aber ich hatte nicht geglaubt, dass ihm das im Blut lag. Vielleicht war er tatsächlich so gestrickt. »Bist du sicher, dass Karen sich die Story nicht nur ausgedacht hat, um von etwas abzulenken, das sie selbst angestellt hat?«

Florence zuckte mit den Schultern. »Ich habe es von Bea gehört, und die hat es von Karen.«

»Und wollen sie es noch einmal miteinander versuchen oder war's das? Das S-Wort?«, fragte ich.

»Soweit ich weiß, hat Karen sich bereits offiziell von ihm getrennt.«

Wir überquerten die Straße und gingen zu der Bank, auf der

Beck und ich immer zu Mittag aßen, wenn wir auf der Baustelle waren.

Beck hatte recht – die beiden hatten einander wirklich verdient.

»Wie geht es dir?«, fragte Florence. »Ich habe mich gefragt, ob du dich darüber aufregen würdest.«

»Aufregen? Ich bin einfach nur erleichtert, kein Teil dieses Dramas zu sein. Und dankbar, dass ich nicht diejenige war, die ihn erwischt hat. Dass er die Beziehung damals beendet hat und in den Monaten vor der Hochzeit nicht angekommen ist, denn dann hätte ich mich vielleicht noch einmal auf ihn eingelassen. Es war schrecklich, dass er Karen geheiratet hat, aber letztlich hat mich das zu Beck geführt, und das bedaure ich nicht im Geringsten.«

Ich lächelte, als Beck uns vom Eingang der *One Park Street* zuwinkte. Er kam zu uns herüber geschlendert.

»Himmel, er sieht so unglaublich gut aus, Stella.«

»Das stimmt. Aber dass ich ihn von Tag zu Tag mehr liebe, liegt an seinem großen Herzen und seinem Humor.«

»Worüber lästert ihr beiden?«, fragte Beck, während er mit großen Schritten näher kam.

»Ich habe gerade zu Florence gesagt, wie sehr ich dich liebe«, sagte ich, und dieses Lächeln, das besagte, dass alles nach Wunsch lief, breitete sich auf seinem Gesicht aus.

»Nicht so sehr, wie ich dich liebe«, sagte er und drückte mir einen Kuss auf den Scheitel.

»Ihr beiden seid geradezu lächerlich perfekt füreinander«, sagte Florence.

»Genau wie du und Gordy.«

»Womit wir beim zweiten Grund für meinen Besuch wären«, sagte Florence. »Gordy hat mir einen Heiratsantrag gemacht, und ich habe Ja gesagt.«

Ich richtete mich auf und stürzte mich auf sie. »Ja! Hurra! Ich freue mich so sehr für euch!«

»Ich möchte, dass du meine Trauzeugin bist. Gordy wünscht sich eine riesige Hochzeitsfeier. Ich würde zwar lieber heimlich heiraten, aber … na ja … ansonsten schlägt er mir ja nie etwas ab.«

»Ist das aufregend!«, sagte ich, und an Beck gewandt fuhr ich fort: »Ist das nicht großartig?«

»Ich wünschte, du wärst genauso aufgeregt, wenn ich dir einen Antrag mache.« Er rollte mit den Augen.

Ich musste ein Kichern unterdrücken. Beck machte mir nahezu monatlich einen Heiratsantrag. Und jedes Mal sagte ich ›Nein‹ oder ›Vielleicht‹ oder ›Jetzt noch nicht‹. Er kam damit zurecht, aber ich verstand natürlich, dass meine freudige Erregung ihn ein wenig schmerzte. »Das ist was anderes. Florence und Gordy sind schon seit einer Ewigkeit zusammen.«

»Genauso lange, wie wir zusammenbleiben werden«, versetzte er.

»Genau. Also, was spielt es für eine Rolle, ob wir heiraten oder nicht?« Ich war mir so sicher gewesen, dass ich Matt heiraten würde, und ich wollte die Beziehung zwischen Beck und mir nicht herabsetzen, indem ich auf einer Heirat bestand. Ein Zeremoniell, das jedem zur Verfügung stand, war irgendwie nicht genug. Und ich verstand nicht, warum das so wichtig sein sollte.

»Irgendwann kriege ich dich rum«, sagte er.

Ich lachte. Wenn es Beck wichtig war, würde ich bei einem seiner Anträge einfach Ja sagen. Aber ich wusste, dass er mich liebte, und das war alles, was ich brauchte. Becks Liebe und Bewunderung, seinen Respekt und seine Zeit waren mehr, als ich mir je erhofft hatte, und all das gab er mir. Er war alles, was ich jemals brauchen würde.

BECK

Ich blickte auf die frisch renovierte *One Park Street*, die wir bald auf den Markt bringen würden. Das rote Mauerwerk war gesäubert, neu verfugt und repariert worden, und es sah so gut aus, wie es das zweifellos getan hatte, als es über hundertfünfzig Jahre zuvor errichtet worden war. Die Bogenfenster, hinter denen sich die schönen, von Stella vollständig verwandelten Innenräume verbargen, waren hell erleuchtet. An diesem Abend leiteten wir den Verkauf der ersten Wohnungen in die Wege, nur für geladene Interessenten.

»Du hast es geschafft«, sagte Stella, die neben mir stand.

Ich schlang ihr einen Arm um die Taille. »*Wir* haben es geschafft.«

»Aber das hier ist für dich ... es ist mehr als nur ein weiteres Bauprojekt. Wie fühlst du dich?«

»Anders, als ich erwartet hätte«, antwortete ich. »Rückblickend betrachtet war ich total irre – dir die Innenausstattung bei diesem Projekt zu überlassen, war echt verrückt. Aber ich war verzweifelt.«

»Hey!« Stella knuffte mich in den Bauch und lachte.

»Du hast großartige Arbeit geleistet – viel besser als jeder andere Innenarchitekt, mit dem ich je zusammengearbeitet habe. Aber mal im Ernst: Ich hatte keine Ahnung, wer du bist. Ich hätte dir eigentlich nicht erlauben dürfen, diese Aufgabe zu übernehmen, aber ich wollte das Dawnay-Haus um jeden Preis haben.«

»Fühlst du dich jetzt frei? Als hättest du die Vergangenheit besiegt?«, fragte sie.

Ich konnte mich nicht erinnern, wann ich das letzte Mal auch nur einen Gedanken an meinen leiblichen Vater verschwendet hatte. »Ja, aber ich frage mich, ob das tatsächlich etwas mit dem Haus zu tun hat. Ich glaube eher, dass es an dir und dem Leben liegt, das wir zusammen führen … und an der Zukunft, die vor uns liegt.« Ich fand es wunderbar, dass ich sie noch immer erröten lassen konnte. Hoffentlich würde es so bleiben, bis wir neunzig waren und mit unseren Spazierstöcken aufeinander losgingen. »Beim Gedanken an fünf kleine Wildes in unserem neuen Haus kommt mir alles andere lächerlich vor.«

»Fünf wohl kaum«, sagte Stella. »Und auch keine Wildes. Das werden alles London-Babys sein.«

»Aber wenn wir verheiratet sind, werden Wilde-Kinder aus ihnen.«

»Nein, wenn wir verheiratet sind, bin ich immer noch Stella London und du immer noch Beck Wilde. Unsere Kinder werden London-Wilde oder Wilde-London heißen.«

»Das ist doch albern. Unsere Kinder sollen keinen Namen mit Bindestrich tragen.«

»Dann heißen sie eben London«, sagte sie.

Ich lächelte – zum Teil, weil sie genau wusste, dass ich fast immer nachgab, wenn sie etwas wollte, vor allem aber, weil sie diesmal nicht behauptet hatte, sie habe nicht die Absicht, mich zu heiraten.

Denn normalerweise tat sie das. Jedes Mal, wenn ich sie fragte. Und ich fragte sie oft. Stella war ein Hauptgewinn, um den ich kämpfen würde, solange es nötig war.

Eine vertraute Hand griff nach meiner Schulter. »Nicht übel, Kumpel. Gar nicht übel«, sagte Dexter, der hinter uns aufgetaucht war.

»Nicht übel? Warte, bis du es von innen gesehen hast«, sagte ich.

»Es ist unglaublich«, fügte Stella hinzu. »Das Äquivalent eines Diamanten in Form einer Immobilie.«

»Da irrst du dich«, sagte Dexter, und das Funkeln in seinen Augen konnte nur eins bedeuten: Er hatte einen Diamanten gefunden, nach dem er lange gesucht hatte.

»Du handelst mit gepresster Kohle«, sagte ich. »Ich bevorzuge dagegen Ziegel und Mörtel.«

»Hör auf, Dexter zu ärgern«, sagte Stella.

»Halt diese Frau bloß fest«, sagte Dexter. »Sie ist etwas ganz Besonderes. Einer Frau wie Stella begegnet man nur einmal im Leben.«

»Ich weiß, Kumpel. Bei dir ist es noch nicht passiert, aber das kommt noch.«

Dexter lächelte und nickte. Er wollte das Thema eindeutig nicht vertiefen, glaubte mir aber auch nicht.

»Ich habe das Gefühl, dass wir nächstes Jahr um diese Zeit zu viert ausgehen werden«, sagte Stella. »Ich meine, welche Frau würde sich nicht glücklich schätzen, dich an ihrer Seite zu haben? Du bist lustig, attraktiv und hast jeden Tag Diamanten im Wert von mehreren Millionen Pfund in Reichweite.« Sie drehte sich zu mir. »Wenn dieser Typ hier mich nicht mit einer List dazu gebracht hätte, mich in ihn zu verlieben, wäre ich die Erste in der Reihe.«

Jedes Mal, wenn sie mir sagte, dass sie mich liebte, blieb mir fast das Herz stehen. Sogar jetzt noch, mehr als ein Jahr, nachdem wir uns zum ersten Mal begegnet waren.

»Ich darf mich nicht beklagen«, sagte Dexter. »Schließlich hatte ich mal dasselbe wie ihr beiden jetzt. Ich war nur blöd genug, es zu versauen. In diesem Fall solltet ihr es ausnahmsweise mal anders machen als ich.«

Dexter glaubte an die Liebe, aber er glaubte auch, dass sie einem nur einmal im Leben begegnet. Doch seit ich mit Stella zusammen war, sah ich viele Dinge anders. Dexter hatte recht. Die Liebe zu einer Frau war wichtig, und ich konnte mir nicht vorstellen, dass mein Kumpel den Rest seines Lebens allein verbringen würde.

»Ich werde es versuchen«, sagte ich, denn ausnahmsweise hatte ich keine Lust, ihn aufzuziehen. »Wenn sie endlich Ja sagt, bist du der Erste, den ich anrufe. Wir werden einen richtigen Klunker brauchen.«

»Ich brauche keinen Klunker«, sagte Stella, und ich unterdrückte ein Lächeln. Sie hatte also bereits darüber nachgedacht, was sie für einen Ring haben wollte. Interessant.

Ich beugte mich vor und küsste sie auf den Mund. »Du hast aber einen verdient.«

»Könnt ihr nicht mal für eine Sekunde die Finger voneinander lassen?«, fragte eine nervtötende Stimme hinter mir.

Ich drehte mich um und sah Tristan und Gabriel auf uns zukommen. Gabriel sollte eigentlich in Miami sein. Er musste wieder aus dem Flieger gestiegen sein, weil er wusste, dass dieser Abend wichtig für mich war – und darum wollte er unbedingt dabei sein.

Womit hatte ich nur so viel Glück verdient, verdammt? Freunde, die sich meinetwegen eine Kugel fangen würden, und eine Frau, für die ich mich einer Kugel in den Weg stellen würde. Kein Wunder, dass sich meine Vergangenheit in Luft aufgelöst hatte.

Besser als in diesem Moment konnte das Leben nicht mehr werden.

»Jungs, ihr seht super aus«, sagte Stella zu den beiden, und ich verstärkte meinen Griff. Sie war inzwischen Stammgast bei unseren Drinks am Samstagabend, und die Jungs beteten sie an. Es war, als wäre eine Frau als neues Mitglied in unsere Gruppe aufgenommen worden.

»Nicht so super wie du«, sagte Tristan, nahm ihre Hand und platzierte einen Kuss auf den Handrücken.

»Hör auf«, sagte ich und zog Stella von ihm weg. Sie lachte.

»Da Stella jetzt vergeben ist, kann ich mit ziemlicher Sicherheit sagen, dass ich niemals heiraten werde«, sagte Tristan.

Er war ein verdammter Lügner. Aber wäre Tristan mit Stella zusammen gewesen, hätte ich dasselbe gesagt – es war sinnlos, nach einer anderen Ausschau zu halten, wenn die Frau, die für einen bestimmt war, bereits vergeben war.

»Das ist also die *One Park Street*«, sagte Tristan. »Sieht ziemlich gut aus, aber wenn es so schön ist, warum zieht ihr beiden dann nicht hier ein?«

Stella hatte vorgeschlagen, eine der beiden Penthouse-Wohnungen zu übernehmen, aber ich hatte mich bisher ziemlich zugeknöpft gezeigt. Ich fragte mich, wie es sich wohl anfühlen würde, in einem Haus zu leben, das eng mit dem Namen Dawnay verbunden war. Aber seit der Umwandlung der Häuserzeile, seit ich mit Stella zusammen war und bei der Gestaltung so eng mit ihr zusammengearbeitet hatte, konnte ich mir keinen besseren Ort zum Leben mehr vorstellen.

»Tatsächlich«, sagte ich und holte die Schlüssel des Penthouses aus der Hosentasche, »denke ich ernsthaft darüber nach. Und da heute Abend die Markteinführung ist, sollten wir vielleicht auf Besichtigungstour gehen und uns die Sache mal aus der Perspektive eines Käufers ansehen.«

Stella reckte sich auf die Zehenspitzen, ihre Augen begannen zu leuchten. »Wirklich? Ich habe an der unrealistischen Hoffnung festgehalten, dass du deine Meinung vielleicht änderst, wenn du die Wohnungen siehst.«

»Entschuldigen Sie uns bitte, Gentlemen, und bedienen Sie sich selbst am Champagner. Wir werden einen Blick in die Wohnung werfen, in die wir meinen ältesten Sohn aus dem

Krankenhaus mit nach Hause nehmen werden«, sagte ich, während ich Stella bereits in das Gebäude und zum privaten Aufzug von Penthouse A führte.

»Ist das dein Ernst?«, fragte sie.

»Welchen Teil meinst du? Den mit dem Sohn? Das Krankenhaus oder das Penthouse?«

Sie lächelte. »Ich meinte das Penthouse, aber wahrscheinlich auch alles andere.«

Wir traten aus dem Fahrstuhl direkt in den Empfangsbereich der besten Wohnung in WI. Die Marmorböden, die Kristalllüster, die in die Türblätter eingelegten Verzierungen aus Messing. Alles sah perfekt aus.

»Ich meine alles ernst, was mit unserer Zukunft zu tun hat«, antwortete ich und näherte mich mit großen Schritten dem Wohnbereich. Stella rührte sich jedoch nicht vom Fleck, und als ich mich umdrehte, biss sie sich auf die Innenseite ihrer Wange, wie sie es immer tat, wenn sie nervös war.

»Okay, wenn das so ist, dann habe ich eine Frage«, sagte sie.

»Frag mich, was immer du willst«, antwortete ich.

Sie nestelte an ihrer Handtasche herum und holte etwas heraus. »Wie wär's, wenn wir die hier tragen?«, fragte sie und hielt mir ein schwarzes Samtdöschen hin. Ich erkannte, dass es eins der Schmuckkästchen war, die Dexter für seine Kunden benutzte.

Machte meine Frau mir einen Antrag? Sagte sie nach Monaten, in denen ich sie gebeten hatte, meine Frau zu werden, endlich Ja? Ich konnte den Blick nicht von ihr abwenden. Dies war der perfekte Abend – genau jetzt, nachdem ich gedacht hatte, dass das Leben nicht mehr schöner werden konnte. Aber so war das Leben mit Stella: Wenn ich glaubte, wir hätten den Gipfel erklommen, ging sie weiter und setzte einen neuen Maßstab für Glück fest.

Da ich keine Anstalten machte, ihr das Kästchen abzunehmen, öffnete sie es zögerlich, und zum Vorschein kamen zwei Ringe, die darin nebeneinanderlagen – ein Brillantreif und ein schlichter Platinring.

Hoffentlich würde diese Frau niemals aufhören, mich zu überraschen.

Ich grinste, und sie rollte mit den Augen.

»Also, was sagst du?«, wollte sie wissen.

Okay, es war nicht der romantischste Antrag, von dem ich je gehört hatte, aber ich hätte es mir nicht anders gewünscht.

»Klar, ich werde den Ring tragen.«

»Beck!«, sagte sie.

»Was denn? Ich kann keine Frage beantworten, die du mir nicht gestellt hast.«

Stella lachte. »Du bist unmöglich. Aber ich liebe dich. Willst du mich heiraten?«

»Du bist vollkommen. Und ich liebe dich auch und werde dich bis zum Ende deines Lebens jeden Tag wieder heiraten.«

Ich nahm ihr das Kästchen aus der Hand, holte den Diamantring heraus und ging vor ihr auf die Knie. »Du bist die netteste, liebenswürdigste, lustigste, erotischste Frau, die mir je begegnet ist, und ich liebe dich so sehr, dass es mir manchmal Angst macht. Mein Leben lang habe ich nach etwas gesucht, um eine Leere in meinem Leben zu füllen. Jahrelang habe ich geglaubt, das Dawnay-Haus sei die Antwort. Dabei habe ich die ganze Zeit nur auf dich gewartet.«

Stella trat einen Schritt vor, legte den Kopf schief und fuhr mir mit den Fingern durchs Haar.

»Heirate mich«, sagte ich. »Und ich werde alles tun, damit du glücklich bist.«

Sie setzte sich auf mein gebeugtes Knie und schlang mir die Arme um den Nacken. »Ich liebe dich, Beck Wilde. Jetzt. Morgen. Für immer. Es ist, als hätte mein Leben erst begonnen, nachdem ich dir begegnet bin. Und wir haben einen Deal.«

Mit Stella London zusammen zu sein war nicht nur ein Deal, wie er sich nur einmal im Leben bot. Es war ein täglicher Hauptgewinn, und nichts und niemand würde sich jemals mit ihr vergleichen lassen. Egal, was im Leben noch passierte – ob gut oder schlecht –, solange Stella an meiner Seite war, war alles perfekt. Die Suche nach einer verschlossenen Tür zu meiner Vergangenheit hatte mir den Himmel geöffnet und mir Stella geschenkt, und ich würde nie wieder zurückblicken.

DANKSAGUNG

Danke, dass du MISTER MAYFAIR gelesen hast.

LOUISE BAY

Mister Knightsbridge

DEXTER

Sie besaß die Art von Schönheit, die einen Mann um den Verstand bringen konnte. Ein Blick, und schon richteten sich die Härchen in meinem Nacken auf und meine Finger verkrampften sich vor Verlangen, sie zu berühren.

Atemberaubend. Wundervoll. Und verdammt teuer.

»Sehr hübsch. Du kannst verdammt stolz auf dich sein«, sagte Gabriel, einer meiner besten Freunde, während er in den Schaukasten blickte, der mitten im Ballsaal des Dorchester Hotels stand.

»In der Tat, sie sieht prächtig aus.« Ich hatte sie zwar schon lange nicht mehr gesehen, aber eine solche Schönheit vergisst man nicht.

»Dir ist aber schon klar, dass es sich um eine Art Haarreifen handelt und nicht um eine Frau, oder?«, fragte Tristan, der ebenfalls zu den sechs Männern gehörte, mit denen ich seit dem Teenageralter befreundet war.

»Eine Tiara«, stellte ich richtig. Für Tristan war das nur irgendein Ding, das Frauen auf dem Kopf trugen. Für Gabriel war es eine Ansammlung hübscher Steine. Aber für mich verkörperte dieses Diadem Schönheit und Lebenskraft – es war mein verdammtes Erbe.

»Okay«, sagte Tristan. »Und deine Eltern haben sie hergestellt?«

»Meine Mutter hat sie entworfen, mein Vater hat sie angefertigt.«

»Für die Queen?«, fragte Tristan.

»Für die Königin von Norwegen. Sie hat es bei ihrer Hochzeit getragen.« Wenn ich als Kind der Länge nach in einem Haufen Lego unter einer Vitrine im Laden meiner Eltern lag, der sich in Hatton Garden befand, hatte ich das Gefühl, dass sie nichts anderes taten, als an diesem Entwurf zu arbeiten. Gespräche über das Diadem waren die Begleitmusik meiner Kindheit. Ihr Leben wurde zwar nur einen Sommer lang von dem Schmuckstück bestimmt, aber damals nahm es sie komplett in Anspruch. Als ich es nun zum ersten Mal nach ihrem Tod wiedersah, begriff ich, warum sie von diesem Diadem förmlich besessen waren. Es war wunderschön, sein Design wirkte auf kühne Art modern, und dennoch war es klassisch genug, um etwas Majestätisches auszustrahlen.

Die Leidenschaft meiner Eltern für ihre Arbeit lag in der Luft, die ich atmete, und ich wuchs in der beneidenswerten Lage auf, genau zu wissen, was ich mit meinem Leben anfangen würde – ich würde in ihre Fußstapfen treten und Juwelier werden. Aber als meine Eltern starben und mein Bruder ihr Geschäft ohne mein Wissen verkaufte, reichte der bloße Wunsch, Juwelier zu werden, nicht mehr aus. Dem Andenken meiner Eltern zuliebe wollte ich in diesem Beruf der Beste auf der ganzen Welt sein. Ihr Name – mein Name – sollte international mit den schönsten Schmuckstücken in Verbindung gebracht werden, die es gab. Genau das hatten sie verdient.

»Ich verstehe immer noch nicht, warum wir in London sind und nicht in Norwegen«, sagte Tristan.

»Die Prinzessin heiratet einen Briten, darum findet der Wettstreit um das Design für ihren Schmuck hier statt. Dabei wird viel Geld für wohltätige Zwecke zusammenkommen. Die Leute in London sind wohlhabender als die in Norwegen.«

»Das ergibt Sinn«, sagte Gabriel.

Tristan schob die Hände in die Taschen und nickte. »Okay. Das Zeug sieht echt nett aus.«

Ich lächelte. Tristan war zwar manchmal etwas verpeilt, aber als ich ihn bat, an diesem Abend hierherzukommen, machte er keine Anstalten, sich der Aufgabe zu entziehen. Obwohl er sich in Jeans vor einem Computer sitzend sehr viel wohler fühlte, hatte er sich ohne mit der Wimper zu zucken in einen Smoking geworfen, weil er der loyalste Freund war, den man sich nur wünschen konnte. Jetzt brauchte er einen Drink. Ich suchte den Blick eines Kellners, der ein Tablett Champagner in Händen hielt. Er kam zu uns, und jeder nahm sich ein Glas.

»Auf die Diamanten?«, schlug Tristan als Trinkspruch vor.

»Auf deine Eltern«, stellte Gabriel richtig. Von Anfang an war er so etwas wie die Vaterfigur in unserer Gruppe gewesen – also lange, bevor er tatsächlich Vater wurde. Gabriel war klug, bedächtig und nie um die richtigen Worte verlegen.

»Danke, Kumpel«, antwortete ich und stieß mit ihm an. »Auf meine Eltern. Und auf den Sieg in diesem verdammten Wettbewerb.«

»In dem Fall prophezeie ich dir die Eröffnung deiner ersten Londoner Filiale. Es wäre ein fantastischer Einstieg in die Szene«, sagte Tristan.

Ich nahm in London bereits Auftragsarbeiten an, unser Designatelier und die Werkstatt befanden sich hier. Aber die Eröffnung einer Ladenzeile unter dem Namen Daniels & Co.

stand im Vereinigten Königreich noch aus. Mein Flagshipstore befand sich in New York, außerdem besaß ich Filialen in Paris, Rom, Peking und Dubai. In Beverly Hills und Singapur hatten wir gerade erst aufgemacht.

Aber nicht in London.

In London lebte ich in meiner eigenen, streng geschützten Blase. Ich wohnte und arbeitete hier, hatte aber keinen Kontakt zur Branche vor Ort. In dieser Stadt gab es zu viele Erinnerungen an den trostlosesten Teil meines Lebens – das Geschäft meiner Eltern in Hatton Garden, das nicht mehr existierte. Sparkles Geschäft, das nur dank der Entwürfe meiner Eltern überleben konnte. Und David, mein Bruder, der das Vermächtnis meiner Eltern zerstört hatte, indem er es an Sparkle verkaufte. Es gab hier einfach zu viele Dinge, die ich vergessen wollte.

Immer wieder wurde ich nach einem Angebot für London gefragt, aber ich blockte das Thema regelmäßig ab und schwieg mich aus. Eine Filiale von Daniels & Co. würde es in London nicht geben. Ich glaubte daran, in die Zukunft zu blicken, nicht in die Vergangenheit. Die Vergangenheit wieder ans Licht zu holen, war überflüssig, wenn man sie genauso gut ungestört in einem tiefen Grab ruhen lassen konnte.

»Und ein Hoch auf Treffen unter Freunden!«, sagte Tristan. »Ich genieße es sehr, wenn wir uns in den Armen liegen. Jedenfalls, solange du mich am Ende eines langen Abends nicht zu küssen versuchst.«

»So viel Glück hättest du wohl gern«, versetzte ich.

»Hatte ich schon – an dem Wochenende damals in Prag, schon vergessen? Deine herumwandernden Hände will ich kein zweites Mal in meiner Nähe haben«, sagte Tristan.

»Halt die Klappe«, gab ich zurück. Ich war nur halb bei der Sache, denn eine Frau in einem weißen Kleid, der rotbraune

Haarsträhnen über den Rücken fielen, hatte meine Aufmerksamkeit erregt. Sie hielt ein Glas Champagner in der einen und ein altmodisches Notizbuch in der anderen Hand, konzentrierte sich aber offensichtlich weder auf das eine noch auf das andere, als sie sich an uns vorbeischob und dabei beinahe Gabriels sehr teures Jackett mit Alkohol übergossen hätte. »Das ist fünfzehn Jahre her, und ich habe damals geschlafen«, sagte ich, als die Frau an uns vorbeiging. Ich beobachtete, wie sie auf eine der Vitrinen zusteuerte. Beim Blick auf ein Paar Ohrringe, die meine Eltern passend zu dem Diadem entworfen hatten, erhellte ein strahlendes Lächeln ihr Gesicht. Beglückt von dem Gedanken, dass sich jemand an den Entwürfen meiner Eltern erfreute, klinkte ich mich erneut in das uralte und immer wieder aufgewärmte Wortgefecht mit Tristan ein.

Er verdrehte die Augen und nickte. »Das sagst du. Aber ob im Schlaf oder nicht, du hast versucht, mit mir zu knutschen.«

Gabriel war niemand, der viele Worte machte, aber Tristan redete genug für sie beide. Dass wir drei und dazu noch Beck, Andrew und Joshua es so viele Jahre lang geschafft hatten, Freunde zu bleiben, grenzte an ein Wunder. Eigentlich waren wir eher Brüder als Freunde.

»Wir sollten noch einmal zu sechst nach Prag reisen«, sagte Gabriel.

»Jetzt können wir uns definitiv jeder ein eigenes Zimmer leisten, und ich muss nicht mehr mit diesem Typen hier schlafen«, sagte Tristan und deutete mit einem Nicken auf mich. »Ich werde es mir also überlegen.«

Eine Atempause mit meinen besten Freunden klang nach einer guten Idee, aber solange ich den Wettbewerb nicht gewonnen hatte, würde es dazu nicht kommen. In den nächsten Monaten erwartete mich eine Menge Arbeit. Es würde nicht reichen, nur die Entwürfe für die Hochzeitskollektion der Prinzessin zusammenzustellen. Wir würden uns durch die Qualität und Seltenheit der Steine, durch ihren Schliff und die Fassung von unseren Mitbewerbern abheben. Meine Edelsteinlieferanten waren die besten in der ganzen Branche, und die Besten der Besten würde ich auch brauchen. In nächster Zeit konnte es keine Auszeiten geben, weder in Prag noch anderswo.

»Wenn Dexter den Wettbewerb gewonnen hat, können wir das ja mit einer Reise feiern«, sagte Gabriel, der mal wieder meine Gedanken erraten hatte.

Tristan zuckte mit den Schultern. »Wenn du meinst. Ich verstehe immer noch nicht, warum du unbedingt bei diesem blöden Wettbewerb mitmachen musst. Schließlich brauchst du die Arbeit nicht. Und das Geld auch nicht. Oder?«

Tristan hatte recht. Ich brauchte weder das Geld noch die Arbeit.

Aber ich *musste* gewinnen.

Zum Teil für meinen guten Ruf – ein Sieg wäre ein weiterer Beweis dafür, dass ich der Beste auf meinem Gebiet war. Vor allem aber meinen Eltern zuliebe. Sie hätten sich gewünscht, dass in der Generation nach ihnen ich derjenige sein würde, der gewinnt – als Beweis, dass sie ihre Leidenschaft mit den Genen weitergegeben hatten –, und ich trug die Fackel für sie weiter.

»Nein, keine Sorge, ich stehe nicht mit einem Fuß im Armenhaus«, sagte ich.

»Das hört man gern. Aber trotzdem: Wenn du deinen DB5 zum Tiefstpreis abstoßen willst, zahle ich mit Vergnügen bar.«

»Such dir deinen eigenen Aston Martin, und hör auf, mir meinen abzuschwatzen«, entgegnete ich. An Gabriel gewandt, fuhr ich fort: »Sollte ich jemals unter ungeklärten Umständen zu Tode kommen, hetzt diesem Typen da die Polizei auf den

Hals«, sagte ich und deutete mit dem Kopf auf Tristan. »Sie werden ihn zweifellos mit meinem Autoschlüssel in der Hand festnehmen.«

Tristan zuckte mit den Schultern, als wäre diese Annahme berechtigt. Er hatte sich meinen Wagen öfter ausgeliehen, als ich zählen konnte. Dafür musste er mich nicht extra umlegen

»Wisst ihr was? Wir hocken hier zusammen wie die Hexen bei Macbeth. Ich finde, wir sollten uns ein bisschen unter die Leute mischen«, sagte Gabriel.

Vermutlich hatte er recht. Ich war hier, um die in der Branche vorherrschende Überzeugung zu widerlegen, ich sei mir zu gut, um mich mit meinen Kollegen abzugeben. Ich suchte den Raum nach einem geeigneten Ort zum Networken ab – ideal wäre eine kleine Gruppe von Leuten, die mich nicht sofort mit Geschichten über meine Eltern bombardieren würden. Und natürlich hatte ich überhaupt keine Lust, jemandem von Sparkle über den Weg zu laufen. Eine unübersehbare Spur aus leeren Champagnergläsern führte zu der Frau im weißen Kleid, die vor den Ohrringen stand, die meine Eltern für die Hochzeit der Königin angefertigt hatten. »Okay. Es dauert nicht lange«, sagte ich und ging in Richtung der Ohrringe davon. Die Frau in Weiß schien sich als einzige Person in diesem Raum stärker auf den Schmuck als auf das Knüpfen von Kontakten zu konzentrieren, und das hieß meiner Ansicht nach, dass es sich lohnte, sie näher kennenzulernen.

In der Nähe des Eingangs erregte eine Liste auf einer Staffelei meine Aufmerksamkeit – die Namen der Teilnehmer. Primrose, meine Chefdesignerin, würde darauf brennen, zu erfahren, wer an diesem Abend hier gewesen war. Ich holte mein Handy heraus und machte ein Foto, ehe ich mit dem Finger auf der Suche nach meinem Namen über die alphabetisch geordnete Liste fuhr.

Eine Sekunde später wich ich so abrupt zurück, als hätte mir die Tafel einen Stromschlag versetzt. Ich hatte damit gerechnet, meinen Namen dort zu finden, aber auf dieser Liste standen zwei »Daniels«.

David war hier.

Der Bruder, der das Vermächtnis meiner Eltern zu zerstören versucht hatte. Der Bruder, mit dem ich nichts mehr zu tun haben wollte, das hatte ich mir geschworen. Der Bruder, den ich hasste.

Hitze durchflutete mich, und ich wandte mich rasch ab und sah mich suchend in dem Raum um. Er konnte doch nicht wirklich hier sein, oder? Würde ich ihn jetzt, fünfzehn Jahre später, überhaupt noch erkennen? Mit siebenunddreißig hatte er womöglich bereits seine Haare verloren, genau wie Dad. Oder er …

»Dexter Daniels!« Ein gönnerhaft wirkender Fremder in den Fünfzigern fasste mich am Ellbogen und klatschte mich gleichzeitig ab. Energisch schüttelte er mir die Hand und schaffte es tatsächlich, meine Gedanken aus dem schwarzen Loch heraus zu holen, in dem sie im Kreis gelaufen waren. »Donnerwetter, neben dir komme ich ja mir wie ein alter Mann vor«, sagte er. »Hätte Joyce McLean mir nicht gesagt, dass du es bist, ich wäre im Leben nicht darauf gekommen.« Er grinste mich an, als müsste ich ihn erkennen, aber ich war mir sicher, dass ich ihm noch nie zuvor begegnet war. »Als ich dich das letzte Mal gesehen habe, hattest du eine Flasche Essig in der einen Hand und Papiertücher in der anderen, weil du im Geschäft deiner Eltern die Glasvitrinen gereinigt hast.«

Ich atmete durch und stellte mir vor, von einem unsichtbaren Schutzschild umgeben zu sein, das mir seine Worte vom Leib hielt, damit sie die Orte in mir nicht erreichten, die ich so lange vor jedem Zugriff geschützt hatte. Das war der eigentliche Grund für Tristans und Gabriels Anwesenheit an diesem Abend. Klar, Tristan freute sich über Alkohol zum Nulltarif und die Gelegenheit, sich in einen Ballsaal voller Frauen zu stürzen, aber er und Gabriel waren beide hier, weil ich sie gebeten hatte, mir als Puffer zu dienen. »Sie waren gute Menschen«, antwortete ich. Genau darum hatte ich solche Situationen so lange gemieden. Ich wusste, wie großartig meine Eltern waren. Ich brauchte keine Fremden, die mir diese Tatsache ins Gedächtnis riefen und in der offenen Wunde herumstocherten, die ihre Abwesenheit hinterlassen hatte.

»Begabt. Und liebenswürdig. Es ist lange her, aber die Lücke ist in der Branche immer noch zu spüren.«

»Da haben Sie recht«, sagte ich. »Es war ein Verlust auf persönlicher Ebene, aber ihr Talent und ihre harte Arbeit haben es auch zu einem Verlust für die Branche im Allgemeinen gemacht.« Die einstudierte Antwort kam mir automatisch über die Lippen, und das nicht zum ersten Mal an diesem Abend.

Normalerweise hätte ich den kurzen höflichen Wortwechsel an dieser Stelle mit einem Handschlag beendet, aber der Mann, wer auch immer er war, machte keine Anstalten, weiterzugehen.

»Weißt du, was mir am meisten fehlt?«, fragte er. »Das seltene Lachen deines Vaters.«

Ich lächelte – ein echtes Lächeln und nicht das aufgesetzte, das ich den ganzen Abend lang zur Schau gestellt hatte. Mein Vater war bei der Arbeit ein ernster Mensch gewesen. Aber nicht im Kreis seiner Familie. Unser Haus war stets von Neckereien und Gelächter erfüllt.

»Deiner Mutter ist es immer gelungen, es aus ihm herauszukitzeln«, sagte der Mann.

Ich nickte und dachte daran, wie sie ihm im Geschäft Witze erzählt hatte, um ihn aufzuheitern. »Sie waren ein gutes Team.«

»Sie sagte immer, mit seiner strengen Miene sähe er aus, als wäre er besessen von seinem Vater, also deinem Großvater.«

Das hatte ich ganz vergessen. Meine Mutter hatte mich oft durch den Laden gejagt, wobei sie gruselige Geräusche von sich gab, und die strengen Zügen meines Vaters nahmen dann unweigerlich einen weicheren, gelösteren Ausdruck.

»Weißt du, hinter deiner Mutter waren die ganz Großen her – Bulgari, Harry Winston und Konsorten. Sie standen Schlange, um ihr einen Posten als Designerin anzubieten. Sie hätte sich ihren Gehaltscheck selbst ausstellen können, aber sie wollte immer nur mit deinem Vater zusammenarbeiten.«

Ich versuchte, mir meine Überraschung nicht anmerken zu lassen. Mir gegenüber hatte meine Mutter nie irgendwelche Jobangebote erwähnt. Vermutlich hatten sie ihr nichts bedeutet. Der einzige Mensch, der je eine Rolle für sie gespielt hatte, war mein Vater – und ihre Jungs natürlich. »Meine Mutter war sehr talentiert.«

Mir hatte davor gegraut, an diesem Abend hierherzukommen. Ich wollte das Bedauern und die Traurigkeit in den Stimmen der anderen nicht hören, wenn sie über meine Eltern sprachen, und ich wollte nicht ständig an meinen großen Verlust erinnert werden. Aber es war erfreulich, etwas aus der Perspektive anderer Leute über sie zu erfahren, und ich empfand es als zutiefst tröstlich, lieb gewordene Erinnerungen wiederzubeleben. Um den Schmerz nicht zu spüren, hatte ich die Vergangenheit so weit von mir weggeschoben, dass ich einige bedeutsame Ereignisse vergessen hatte.

»Ja, das war sie. Und wenn ich es richtig sehe, ist der Apfel nicht weit vom Stamm gefallen. Ich habe deine Karriere aufmerksam verfolgt.«

Noch immer wusste ich nicht, wer dieser Mann war, aber er schien mich recht gut zu kennen. »Geben Sie mir Ihre Karte?«, fragte ich. Vielleicht würde ich später irgendwann Veranlassung haben, geschäftlich mit ihm in Kontakt zu treten.

»Selbstverständlich«, sagte er und klappte sein Portemonnaie auf. »Du hast dich in London nicht sehr häufig sehen lassen.«

»Nein, Sir«, antwortete ich. »Ich bin immer da, wo meine Kunden sind.« Das war eine Lüge, aber eine glaubwürdige.

»Ja, es hat mich überrascht, dass dein Bruder nie in die Branche eingestiegen ist«, sagte er und reichte mir seine Karte.

Die Wärme, die sich bei der Erwähnung meiner Eltern in meinem Bauch ausgebreitet hatte, verwandelte sich in Eiseskälte, als er auf meinen Bruder zu sprechen kam. Die Erkenntnis, dass David an diesem Abend hier war und den Champagner genoss, zweifellos am Tisch von Sparkle, schien die Luft aus dem Saal zu saugen. Ich brauchte Platz. Ich musste die Güte meiner Eltern atmen, die diesen Raum erfüllte, nicht den Verrat, der meinem Bruder anhaftete.

»Würden Sie mich bitte entschuldigen«, sagte ich und schüttelte dem Mann noch einmal die Hand. »Ich habe dort drüben gerade jemanden gesehen, mit dem ich sprechen muss.« Die junge Frau mit dem rotbraunen Haar stand in der Ecke und betrachtete eins meiner Lieblingsstücke.

HOLLIE

Ich blickte über die Schulter, um mich zu vergewissern, dass ich nicht auffiel in diesem Ballsaal voller Männer im Smoking und Frauen in Kleidern, die mehr gekostet hatten als unser Wohnwagen zu Hause in Oregon. Szenen wie diese hatte ich bisher nur in Filmen gesehen, und doch war ich hier, war einer der Gäste.

Ich gehörte nicht hierher.

Meine neuen Kollegen waren verschwunden, sobald wir diesen riesigen Saal betreten hatten, und in Anbetracht der enormen Menschenmenge würde ich sie an diesem Abend wahrscheinlich auch nicht mehr zu Gesicht bekommen. Es war okay für mich. Der Bus, der uns zum Büro zurückbringen sollte, würde um elf Uhr losfahren, und das hieß, dass mir nur begrenzt Zeit blieb, um den unglaublichen, majestätischen Schmuck zu betrachten, der hier ausgestellt war.

Ein hochgewachsener Kellner hielt mir ein Tablett mit Drinks unter die Nase, als wäre es das normalste der Welt, jemandem gratis Champagner anzubieten. Ich hatte nie zuvor welchen probiert und war entschlossen, klar im Kopf zu bleiben, aber wäre Autumn, meine Schwester, hier gewesen, hätte sie mich aufgefordert, mir ja nichts entgehen zu lassen. Ich nahm ein Glas und steuerte auf einen der Schaukästen mit dem Schmuck der königlichen Familie von Norwegen zu. Ich war hier, um zu arbeiten. Um zu lernen. In meine Zukunft zu investieren. Das dreimonatige Praktikum war meine einzige Chance – *die* Gelegenheit für mich, dem Leben zu entkommen, das meine Eltern geführt hatten, der Existenz in einer Wohnwagensiedlung, aus der ich endlich ausbrechen wollte.

»Wow!«, entfuhr es mir, als ich bei dem ersten der Schaukästen ankam, die überall im Raum verteilt waren. Ich ließ das zweistufige Diadem auf mich wirken und konnte nicht fassen, was dort direkt vor meiner Nase lag.

Ich hatte es im Internet gesehen. Die Königin von Norwegen hatte es an ihrem Hochzeitstag getragen. Das Schmuckstück live und von Nahem zu betrachten, war jedoch etwas ganz anders. Es überwältigte mich beinahe, so viel gab es daran zu sehen. Der untere Abschnitt bestand aus einem Haarreifen, der mit riesigen Solitären besetzt war, jeder einzelne so groß wie meine Fingerknöchel. Der obere Teil ähnelte einem Strang kleiner Flaggen, die abwechselnd aus Rubin und Diamant bestanden. Aus einiger Entfernung waren nur die größeren Steine zu sehen, aber als ich näher kam, erkannte ich eine Reihe von kleineren Edelsteinen, die durch noch kleinere miteinander verbunden waren. Das Design war so ungewöhnlich, dass ich am liebsten einen Skizzenblock gezückt und angefangen hätte, Zeichnungen anzufertigen. In meiner Handtasche hielt ich ein Notizbuch und einen Stift bereit, aber ich sah sonst niemanden, der sich Notizen machte, und ich wollte an diesem Abend keine Aufmerksamkeit erregen. Ich fiel ohnehin schon auf. Wenn ich den Kopf nicht einzog, würde mich womöglich die Graue-Mäuse-Polizei festnehmen, die hier vermutlich patrouillierte. Ich trug ein billiges, etwas zu großes weißes Kleid in A-Linie, das meine Schwester mir geliehen hatte. Um den Ausschnitt herum hatte ich eine Reihe schwarzer Pailletten aufgestickt in der Hoffnung, es würde als Cocktailkleid durchgehen. Ich hatte mir sogar Autumns ein wenig zu kleine Schuhe geborgt, wofür die frischen Blasen an meinen Füßen als Beweis dienten.

Blasen waren ein geringer Preis für meine Anwesenheit in diesem Saal. Ich war die Praktikantin eines Schmuckhauses, das eine echte Chance hatte, den Wettbewerb zu gewinnen. Für mich war es ein Glücksfall, der den Schmerz betäubte, den ich unter anderen Umständen vielleicht empfunden hätte.

Der Gedanke, zu dem Team zu gehören, das die Prinzessin von Norwegen an ihrem Hochzeitstag mit Schmuck ausstatten würde, war die Kirsche auf der Sahne. Ich wäre schon mit den drei Monaten Praktikum bei einem der erfolgreichsten Juweliere Londons zufrieden gewesen. Das hier war das Sprungbrett, das ich brauchte, um einen Job bei einem der großen Häuser in New York zu bekommen. Ein Dutzend erfolglose Bewerbungen sprachen eine deutliche Sprache – keine Erfahrung, kein Job. Aber ein Empfehlungsschreiben von Charles Ledwin, CEO von Sparkle, würde mir jede Tür öffnen, die man mir bisher vor der Nase zugeschlagen hatte. Es war mein Fahrschein hinaus aus dem Sackgassenleben in Oregon.

Ich ließ den Blick über die Schaukästen in dem Saal schweifen, ehe ich die Security-Typen zählte, die an jedem Ausgang standen. An diesem Abend und an diesem Ort war eine Menge Geld versammelt. Und sehr viel Talent. Es war einschüchternd und gleichzeitig total beglückend. Es fühlte sich an, als wäre ich im Begriff, in einem Supermarkt voller Fachwissen einzukaufen. Drei Monate lang würde ich Zeit haben, um so viel wie nur möglich einzupacken, ehe der Buzzer ertönen und mein Schicksal besiegeln würde. Hoffentlich hatte ich dann genug getan, gesehen und gelernt, um meine Zukunft in eine andere Richtung zu lenken.

Warum standen die Leute nicht Schlange, um dieses Diadem zu betrachten? Es war so verdammt schön, dass ich sie am liebsten laut herbeigerufen hätte, damit sie es sich ansahen. Aber auf diese Art hatte ich das prächtige Schmuckstück ganz für mich allein. Ich blickte mich verstohlen um, um sicherzugehen, dass mich niemand beachtete – was natürlich der Fall war –, stellte mein Champagnerglas auf einem Tisch in der Nähe ab, holte mein Notizbuch heraus und schrieb rasch ein paar Ideen nieder.

Der nächste Schaukasten enthielt einen silbernen, mit Pavé-Diamanten wie mit einer Kruste überzogenen Kamm. Ein weiterer hochgewachsener Kellner tauchte mit einem Tablett Champagner in der Hand neben mir auf. Oh Mann, ich hatte mein Glas bei dem Schaukasten mit dem Diadem zurückgelassen! Ich hatte den Champagner nicht einmal gekostet. Konnte ich mir jetzt einfach ein weiteres Glas nehmen? Ich blickte den Kellner verstohlen von der Seite an, aber er nahm keinerlei Notiz von mir, also stibitzte ich noch ein Glas und ging zurück zu der Vitrine.

Dem Datum nach zu urteilen, das auf einer dezent neben dem Schmuckstück platzierten Karte stand, musste der Kamm viktorianisch sein, aber das Design war so schlicht, dass er sehr viel moderner wirkte. Hätte ich eine Kunstschule oder irgendeine andere Art von College besucht, hätte ich den Künstler vielleicht erkannt. In den vergangenen Jahren hatte ich zwar vieles recherchiert, aber mir war kaum Zeit geblieben, die wenigen Stücke anzufertigen und zu verkaufen, die ich mir hätte leisten können, ganz zu schweigen von der Zeit, die es gekostet hätte, mich in die Geschichte des Schmuckdesigns zu vertiefen. Bei den Entwürfen, die mir eingefallen waren, handelte es sich ursprünglich um Kritzeleien aus meiner Arbeitspause in der Fabrik. Irgendwann fand ich bei eBay ein Lötset, und als ich etwas zeichnete, das mir so sehr gefiel, dass ich es nicht bei dem papierenen Entwurf belassen konnte, sparte ich mir etwas Geld für Silber zusammen und fertigte mein erstes Schmuckstück an. Sobald ich mir die Kette mit dem Anhänger aus eigener Produktion um den Hals gelegt hatte – ein silbernes Eichenblatt –, ergriff etwas Besitz von mir. Zum ersten Mal in meinem Leben hatte ich ein Ziel, bei dem es nur um mich ging – und nicht darum, die Miete für den Trailer meiner Eltern oder das Schulgeld meiner Schwester aufzubringen. Dies war mein Wunsch und nur meiner. Schmuckdesign war *mein* Ding.

Ich machte mir ein paar Notizen und umriss einige Ideen auf dem Papier. Ich wusste, dass Sparkle keinen meiner Entwürfe für den Wettbewerb in Betracht ziehen würde, aber ich wollte lernen, meine Ideen mit der speziellen Software des Unternehmens auszuarbeiten.

Dieser Raum war voller Inspirationen, und ich wollte alles in mich aufnehmen, solange sich die Gelegenheit dazu bot. Ich hatte vieles versäumt, weil ich kein College besucht hatte, aber ich war entschlossen, mich in meiner Zeit in London so gut weiterzubilden wie nur möglich und noch den letzten Tropfen an Erfahrung aus diesem Aufenthalt zu pressen.

Ich zog den Kopf ein und schlängelte mich zwischen Kanapees, Kristallgläsern und Smokings zum nächsten Schaukasten durch, dann zum nächsten und zum übernächsten. Hätte sich herausgestellt, dass dies der Himmel war, wäre ich nicht weiter überrascht gewesen.

Während ich einen Kasten mit drei Armbändern darin umkreiste, belauschte ich eine Gruppe von Leuten, die links von mir stand und sich gedämpft über Dexter Daniels unterhielt. Daniels Teilnahme an dem Wettbewerb war eine große Nummer. Er war ein virtueller Einsiedler und ebenso dafür bekannt, keine Londoner Filiale zu haben, wie für die Tatsache, dass er trotz seiner Jugend unglaublich erfolgreich war. Er war einer der Favoriten auf den Sieg und, wie ich gehört hatte, außerdem verstörend attraktiv.

Offensichtlich hatte er die Gene seiner Eltern geerbt – aus deren Werkstatt das Diadem stammte, das ich soeben betrachtet hatte. Das Geschäft meiner Familie hingegen bestand darin, sich vor Vermietern zu verstecken und sie um ihr Geld zu prellen. Da er aus einer Familie kam, die ihre Spuren in der Geschichte hinterließ, indem sie Schmuck für Königshäuser entwarf, war Dexter vermutlich sehr … Wusste er überhaupt, was für ein Glück er hatte? Weil er mit all dem aufgewachsen durfte? Kein Wunder, dass er derart erfolgreich war.

Während ich etwas in mein Notizbuch zeichnete, stupste

auf der anderen Seite des Schaukastens eine Frau ihre Freundin an und flüsterte hörbar: »Dort drüben an der Bar. Der große Typ. Das ist er. Dexter Daniels.«

Ich hob den Kopf und folgte mit dem Blick dem Finger der Frau, da drehte sich auf der anderen Seite des Raumes ein Mann zu uns. Ich erschrak über seine gerunzelte Stirn und die schmerzerfüllte Miene. Was in aller Welt konnte so schlimm sein, dass jemand an einem solchen Abend und an einem Ort voller schöner Dinge derart unglücklich war? Er kniff sich in die Nasenwurzel, die Verzweiflung über seinen extremen Erfolg war offensichtlich kaum zu ertragen.

Er war der attraktivste Mann im Saal.

Vielleicht der attraktivste in ganz London.

Sein dickes gewelltes, nahezu schwarzes Haar hatte die perfekte Länge – lang genug, um mit den Fingern hineinzufahren, aber zu kurz, um es zu einem Pferdeschwanz oder, schlimmer noch, zu einem Man Bun zu binden. Er schien als einziger Mann in diesem Raum keine Krawatte zum Anzug zu tragen; das offene Hemd formte ein V unter der Einbuchtung an seinem Halsansatz. Er fiel auf, aber nicht, weil er in einer Wohnwagensiedlung lebte oder geliehene Schuhe trug, die eine Nummer zu klein waren. Es lag weder an seiner Körpergröße noch an der Tatsache, dass er Selbstsicherheit förmlich zu versprühen schien, auch nicht an dem Bartschatten auf seinem Kinn. Er fiel auf, weil er nicht wie jemand wirkte, der sich im Kreis seiner Kollegen aufhielt, sondern eher den Eindruck vermittelte, ein Kunde der hier versammelten Juweliere zu sein. Er sah aus wie ein Typ, der in der Lage war, ein paar tausend Dollar für ein Collier für seine Frau hinzublättern und gleichzeitig etwas für seine Freundin zu erstehen. Jemand näherte sich ihm, um ihn zu begrüßen, und der schmerzerfüllte Gesichtsausdruck verschwand und wurde von einem breiten Lächeln ersetzt. Es war ein Lächeln, das ein Geschäft besiegeln oder jemandem das Gefühl geben konnte, der ungewöhnlichste Mensch im Raum zu sein, und mit Sicherheit war es ein Lächeln, bei dem Frauen ihr Höschen fallen ließen.

Aber nicht ich. Mein Slip würde bleiben, wo er war. Ich senkte den Blick wieder auf die Armbänder und skizzierte weiter.

Ich stellte meine Notizen fertig und suchte den Raum nach weiteren Schaukästen ab, die mir womöglich entgangen waren. In der gegenüberliegenden Ecke stand ein kleinerer Kasten, den ich noch nicht gesehen hatte. Ich fragte mich, warum er mir bisher entgangen war. Ich blickte auf die Uhr – noch ein paar Minuten, ehe ich zum Bus musste.

Als ich die Vitrine erreichte, erstarrte ich und ließ beinahe mein Notizbuch fallen. Darin lag der schönste Ring, den ich je gesehen hatte. Sehr viel schlichter als die meisten anderen Stücke, die an diesem Abend zu sehen waren, beeindruckte er mit einem großen Smaragd, der von Baguette-Diamanten flankiert war. Während die meisten ausgestellten Schmuckstücke originelle Entwürfe oder brillante Konstruktionen zur Schau stellten, tat dieser Ring nichts dergleichen. Es handelte sich um ein klassisches Design in einer schlichten Fassung, das aber unglaublich schön war. Offenbar ein Verlobungsring, aber ein riesiger. Ich legte meine Hand daneben, um eine Vorstellung von seiner Größe zu bekommen. Der Kontrast war geradezu erschreckend – meine rauen Hände, die ich zu Hause einer Maniküre unterzogen hatte, und daneben dieser elegante, gediegene, perfekt geschliffene Ring. Eine Woche zuvor war ich noch zu Hause im Sunshine Trailer Park gewesen und hatte einen Etsy-Shop betrieben, der mir pro Monat ein paar Bestellungen für Halsketten einbrachte. Nun befand ich mich auf der anderen Seite des Globus, umgeben von schönen Menschen und noch schönerem Schmuck, und stand am Beginn eines dreimonatigen Praktikums bei einem der besten Juweliere der Welt. Und obwohl solch schöner Schmuck niemals Hände wie meine zieren würde, konnte ich sie immerhin gebrauchen, um etwas Schönes herzustellen.

Wer die KINGS OF NEW YORK mochte,
wird die MISTER-Reihe lieben!

Louise Bay
MISTER KNIGHTSBRIDGE
Aus dem amerikanischen
Englisch von
Anja Mehrmann
ISBN 978-3-7363-1652-2

Auf seinem Weg das britische Familienunternehmen zu Weltruhm zu führen, hat Geschäftsmann Dexter Daniels gelernt, Juwelen zu erkennen, sobald er sie sieht. Und als er auf Hollie Lumen trifft, weiß er augenblicklich, dass er einen Rohdiamanten entdeckt hat. Da ein schier unlösbarer Auftrag Hollies Talent erfordert, bietet Dexter ihr ein Internship an, auch wenn dies bedeutet, dass er sie jeden Tag um sich haben wird, obwohl er Ablenkung gerade alles andere als gebrauchen kann ...

»Louise Bay hat sich mit diesem Roman selbst übertroffen!« SENTRANCED JEM

LYX

*Er ist der König von New York, doch gegen
die Liebe ist er machtlos!*

Louise Bay
KING OF NEW YORK
Aus dem amerikanischen
Englisch von
Anja Mehrmann
352 Seiten
ISBN 978-3-7363-0692-9

Max King ist der erfolgreichste Investment-Banker der Wall Street,
doch niemand ahnt, dass sein härtester Job erst nach Feierabend
beginnt: als alleinerziehender Vater seiner Tochter Amanda. Er
lebt in zwei Welten, die er strikt getrennt hält. Doch als er eines
Abends Harper Jayne, seiner neuen Angestellten, im Aufzug zu
seinem Penthouse begegnet - und sie küsst - weiß er augenblicklich, dass seine beiden Welten gerade aufeinander geprallt sind.

»Erotisch und herzzerreißend zugleich!« USA TODAY

LYX

Ein Playboy auf Abwegen ...

Louise Bay
LONDON PRINCE
Aus dem amerikanischen
Englisch von
Wanda Martin
320 Seiten
ISBN 978-3-7363-1442-9

Dem britischen Millionär Noah Jensen eilt der Ruf voraus, ein Playboy zu sein – zu Recht! Als er nach langer Zeit wieder seine ehemals beste Freundin Truly trifft, macht er aber plötzlich eine ganz neue Erfahrung: Sie geht ihm einfach nicht mehr aus dem Kopf. Deshalb ist Noah sofort zur Stelle, als Truly seine Unterstützung braucht. Er soll ihr helfen, sich in den Kreisen der Londoner High Society zu bewegen. Doch je öfter sie sich sehen, desto größer wird Noahs Verlangen. Wie soll er es schaffen, Truly davon zu überzeugen, dass er nur sie will – und zwar für immer?

»Friends-to-Lovers kombiniert mit einer prickelnden Slow-Burn-Liebesgeschichte!« UnboundBookReviews